모자이크로 읽는 지중해 오디세이 2

로맨스에 빠진 그리스 로마

로맨스에 빠진 그리스 로마

2011년 12월 20일 초판 1쇄 발행
글과 사진 김문환

펴낸이 이원중 책임편집 김찬 디자인 정애경
펴낸곳 지성사 출판등록일 1993년 12월 9일 등록번호 제10 - 916호
주소 (121 - 829) 서울시 마포구 상수동 337 - 4 전화 (02) 335 - 5494 ~ 5 팩스 (02) 335 - 5496
홈페이지 www.jisungsa.co.kr 지성사, 한국
블로그 blog.naver.com/jisungsabook 이메일 jisungsa@hanmail.net
편집주간 김명희 편집팀 김찬 디자인팀 정애경

ⓒ 김문환 2011

ISBN 978 - 89 - 7889 - 246 - 9 (03810)

이 도서의 국립중앙도서관 출판시도서목록(CIP)은 e-CIP 홈페이지(http://www.nl.go.kr/ecip)와 국가자료공동목록
시스템(http://www.nl.go.kr/kolisnet)에서 이용하실 수 있습니다. (CIP제어번호:CIP2011005300)

Modus vivendi

Annus mirabilis

Hoc est vivere

모자이크로 읽는 지중해 오디세이 2

로맨스에 빠진 그리스 로마

김문환 지음

지성사

프롤로그

이른 아침, 어머니와 아버지가 마당 건너편 하이닉스 이천 본사 옆 잡초 땅에 서너 평 채소밭 일구시는 모습을 물끄러미 보노라면 마음이 싸해집니다. 흙과 함께 살고 싶으신 부모님께 땅 한 뼘 마련해드리지 못하는 불효자의 눈에 이슬이 맺힙니다. 빈손으로 왔다 빈손으로 간다空手來空手去고 하는데요, 그냥 마음 편히 오래오래 사셨으면 좋겠습니다. 올해 연세가 여든셋이신 아버지가 시력이 점점 나빠져 아들의 책을 서문 한두 페이지 읽으시다 덮는다는 사실을 발견했어요. 그래서 평생 못난 자식 위해 헌신하신 부모님께 애틋한 정 한마디 안겨드리고 출발합니다.

로맨스 1 : 파이드라

「금지된 장난Les Jeux Interdits」. 국내에 소개됐던 영화 제목이죠. 제목만 보고도 설레는 심정으로 마른침을 삼키는 분 있을 거예요. 프랑스 어 제목을 직역하면 '금지된 놀이'가 더 어울릴 것 같은데, '장난'이란 말을 쓴 것은 관객을 끌어모으기 위한 수단이었을까요. 요즘 말로 '낚시' 제목 말이에요. 뭔가 허락되지 않은 사랑, 도덕적이지 못한 사랑을 연상시키는 제목이죠. 하지만 예상과 달리 영화는 열 살 안팎의 해맑은 아이들이 주인공이랍니다. 그것도 전쟁의 비극을 고발하는 영화죠. 「태양은 가득히Plein Soleil」로 알랭 들롱을 최고의 미남 배우로 우뚝 서게 만들어준 프랑스 영화감독 르네 클레망이 1952년에 제작했으니, 요즘 세대에게는 다소 낯설 수도 있겠네요. 하지만 주제곡 「로망스Romance」, 이 기타 연주곡은 한번 들어본 분이라면 누구라도 마음에 담고 있을 것입니다. 그 서정적인 선율을 외면할 목석은 없을 테니까요. 그건 그렇고, 고대 그리스·로마를 마음자리에 담고 살다 보니 그리스·로마의 '금지된 장난', 그러니까 '불륜', 아니 '사랑', 어쨌든 좋은 말로 '로맨스'의 세계는 어땠는지 그 실상을 엿보고 싶어지네요. 호기심의 발동이죠.

'파이드라(영어명은 페드라)'. 그리스·로마 신화에서는 보통 사람의 감정을 벗어나는 일이 벌어지곤 하죠. 비련의 여인 파이드라가 그래요. 크레타 섬의 괴물 미노타우로스를 처치해 아테네를 구한 영웅 테세우스는 크레타의 공주 파이드라와 결혼합니다. 테세우스는 이미 여인 천국인 아마존 왕국의 여왕 히폴리테와 결혼해 아들 히폴리토스를 둔 상태였는데요, 테세우스의 두 번째 아내가 된 파이드라는 그만 의붓아들 히폴리토스에게 마음을 빼앗기고 말지요. 세상에 이런 일이……. 아버지의 여인을 사랑할 수 있을까요? 안 되겠죠. 그래서 히폴리토스는 의붓어머니 파이드라의 연정을 받아들이지 못합니다. 여기서 『신약성경』 마태복음 5장 27절이 떠오르네요. "여자를 보고 음란한 생각을 품은 사람은 벌써 마음으로 그 여자를 범했다." 그렇다면 불륜의 마음을 가진 것만으로도 파이드라는 이미 부정한 여인이 된 셈이지요. 탄로 날까 봐 뒤탈이 두려웠던 파이드라는 선수를 칩니다. 남편 테세우스에게 거짓을 고해바친 거죠.

왼쪽부터 파이드라, 하녀, 히폴리토스. 2세기. 안타키아 박물관.

"히폴리토스가 나를 겁탈하려 했어요. 그를 죽여주세요." 아, 간사한 사랑이여! 그러자 미련한 아버지 테세우스는 신에게 아들을 죽여달라고 기원해요. 결국 죄 없는 히폴리토스는 마차 사고로 죽습니다. 그리고 파이드라도 그를 따라 자살하고 말죠.

이 소재는 1962년 누아르 영화의 거장 줄스 다신 감독이 만든 영화 「페드라Phaedra」로 2000년의 세월을 넘어 되살아났죠. 국내에는 1967년 관심을 확 끄는 낚시 제목 「죽어도 좋아」로 소개됐어요. 올드 팬들은 알렉시스(신화의 히폴리토스) 역을 맡은 미남 배우 앤서니 퍼킨스가 "페드라"를 외치며 자동차 사고(신화의 마차 사고)를 내는 인상적인 영화의 주제음악을 기억하실 거예요. FM 라디오 영화음악 코너를 통해 많이 들으셨을 테니까요. 불타는 육체의 정열이 영혼의 불꽃으로 타올랐다 사그라지는 로맨스의 명장면으로 손색없죠.

사실, 이보다 더한 금지된 장난이 있답니다. 『구약성경』 창세기 19장 30절로 가볼까요. 아브라함의 조카 롯은 멸망한 타락의 도시 소돔을 탈출해 사해 동쪽으로 옮겨가 살죠. 롯이 아내와 두 딸을 데리고 소돔을 빠져나오는 도중 아내는 그만 뒤를 돌아보지 말라는 천사의 말을 듣지 않아요. 결과는 소금 기둥이죠. 롯은 소금 기둥이 된 아내를 잃고 두 딸만 데리고 사는데요, 두 딸의 효성이 무척 깊었어요. 아들이 없는 아버지의

대가 끊기게 된 것을 염려한 나머지 두 딸은 일
을 저지르지요. 아버지에게 술을 먹여 이성을 잃
게 만든 뒤 이틀 밤 연속 잠자리를 가져요. 그리
고 모압과 암몬이라는 두 아들을 낳죠. 근친상간
으로 태어난 모압 족과 암몬 족의 조상이랍니다.
남성 혈연 중심의 가부장 제도가 자취를 감춰가
니 천만다행이 아닐 수 없네요.

소금 기둥. 사해 요르단 연안에 있는 사람 형상
의 이 바위를 롯의 아내라고 부른다. 요르단.

　서양 사람들, 상스럽다고 마냥 비난하기는
어려워요. 그 유명한 8세기 당나라 때 양귀비의
사랑 이야기. 양귀비는 원래 당나라 현종의 며느
리였잖아요. 현종이 자신의 열여덟 번째 아들 수
왕의 아내를 가로챈 거예요. 일단 아들 부부를 이혼시킨 뒤 양귀비를 도
교의 승려로 만들죠. 그리고 세인의 관심이 사라질 무렵 궁중으로 불러
들여 희대의 사랑을 나눴어요. 아버지가 아들의 여자를 가로챈 양귀비
사건과 달리, 원래 동양의 유목 민족'은 아버지가 세상을 뜨면 자신을 낳
아준 생모를 제외한 나머지 여인들을 아들이 차지하곤 했답니다.

　백제와 고구려를 멸망시킨 왕, 당나라 고종이 대표적인 사례죠. 양귀
비 사건을 일으킨 현종의 할아버지랍니다. 이 고종의 아버지가 당나라
역사상 가장 위대한 업적을 남겨 '정관의 치'라는 평가를 얻은 태종 이세
민입니다. 태종은 아버지 이연을 도와 당나라를 건국한 일등 공신이죠.
자, 아버지인 태종 이세민과 아들 고종 그리고 측천무후라는 여인 한 명
을 더해 삼각관계의 함수를 풀어보죠. 태종 이세민은 무씨 성을 가진 미

모의 여인을 후궁으로 삼아 총애합니다. 그러다 태종이 백제가 멸망하기 11년 전이자 신라에서 진덕여왕이 왕위에 있던 649년 죽어요. 관례에 따라 무씨 여인은 절간의 비구니가 되죠. 그런데 태종의 뒤를 이은 아들 고종이 그 여인을 불러들여 후궁으로 삼아요. 여기까지는 로맨스이지만, 그 뒤는 위대한 여인의 전무후무한 족적이 그려집니다. 고종의 총애를 바탕으로 고종을 휘어잡더니, 후궁에서 황후가 되고……. 그런 다음엔 스스로 황제가 돼 국호를 주나라로 바꾸잖아요. 그 여인이 바로 측천무후예요.

남의 나라 얘기할 때가 아니에요. 유목 민족인 몽골 족이 세운 원나라의 속국이었던 고려 시대로 말머리를 돌립니다. 몽골에 충성하겠다는 의미로 이름에 '충' 자를 넣은 첫 번째 왕 충렬왕과 그의 아들 충선왕, 이 두 남자가 한 여인을 놓고 로맨스를 벌였다면 이해되시겠어요? 충렬왕은 칭기즈 칸의 손자로 원나라를 세운 쿠빌라이의 딸 제국대장공주와 결혼해 아들 충선왕을 낳습니다. 그런데 아버지 충렬왕이 궁녀 무비를 총애하자, 아들 충선왕은 효심에 무비를 죽이고 미모의 과부 숙창원비 김씨를 아버지에게 바칩니다. 충렬왕은 김씨를 무척 아꼈지요. 그러다 충렬왕이 1308년 죽습니다. 대를 이은 아들 충선왕은 자기가 아버지에게 바친 여인 김씨와 그만 눈이 맞습니다. 충선왕은 곧 김씨를 자신의 비로 삼아 숙비라는 이름을 내리고, 정사도 폐한 채 그녀와 노는 일에 열중했다고 『고려사』는 적고 있습니다.

무척 조심스럽지만 하나 더. 열두 살에 왕위에 오르지만 작은아버지 세조에게 왕위를 빼앗기고 죽은 단종. 단종의 모후가 산후열로 죽어 단종은 혜빈 양씨의 젖을 먹고 크는데요, 혜빈 양씨가 당시 세종의 아들을 낳아 가능했죠. 혜빈 양씨는 단종의 아버지 문종의 거처에서 시중들던 여인인데요, 아들 처소를 방문한 세종의 눈에 들어 후궁이 되어서 3명의 아들을 낳습니다.

로맨스 2 : 파시파에

비극의 여인 파이드라의 어머니 파시파에 역시 나라를 뒤흔들 만큼 빼어난 미모를 자랑했죠. 파시파에의 남편은 크레타 왕 미노스인데요, 미노스는 포세이돈 신에게 받은 황소를 제물로 바치겠다고 해놓고 약속을 지키지 않았어요. 화가 난 포세이돈이 미노스의 아내 파시파에를 통해 복수를 하는데요, 그 과정이 좀 점잖지 못했죠. 파시파에가 문제의 황소를 미치도록 그리워하게 만든 겁니다. 이게 가능한 일인지 따지는 것은 현명하지 못해요. 천하의 목공 명장, 다이달로스가 불가능을 현실로 만들어주었거든요. 살아 있는 암소와 똑같은 농염한 자태의 나무 소를 만들어 파시파에를 그 속으로 들어가도록 해요. 그리고 그 나무 소를 보고 발정 난 황소가 달려들어 일을 치르지요.

그로부터 열 달 뒤 파시파에가 해산을 했는데요, 이종교배의 결과 머리는 소요, 몸뚱이는 사람인 반인반우半人半牛 미노타우로스가 태어났어요. 다이달로스는 미노스 왕의 지시로 누구라도 한번 들어가면 나오지 못하는 미궁迷宮을 만들었죠. 이 미궁에 미노타우로스를 가둬두고 양식으로 아테네에서 바쳐온 꽃다운 처녀, 총각을 넣어줬어요. 아테네의 왕자 테세우스는 조국의 불행을 중단시키기 위해 공물을 자처해 크레타로

파시파에와 아리아드네. 2세기 작품. 가지안테프 박물관.

온 뒤 미노타우로스를 처치하는 데 성공합니다. 이 과정에서 파시파에의 큰딸 아리아드네와 사랑에 빠지지만, 결국 둘째 딸 파이드라와 결혼하지요. 파이드라가 의붓아들과의 연정으로 파경을 맞았으니 금지된 장난의 업보가 대를 잇는 비극적 집안사가 안쓰럽네요.

　　파시파에가 황소를 사랑하게 된 이야기에는 다른 설도 있어요. 파시파에는 태양신 헬리오스의 딸인데요, 미의 여신 아프로디테가 전쟁의 신 아레스와 밀회를 즐기는 사실을 헬리오스가 아프로디테의 남편에게 귀띔해준 거예요. 금지된 장난이 들통 나 가정불화를 겪게 된 아프로디테가 헬리오스에게 복수하기 위해 그의 딸 파시파에를 황소와 사랑하도록 만들었다는군요. 그리스·로마의 신들이 이래요. 질투도 많고 인간보다 더 인간적인 희로애락의 감정에 휘둘리지요.

　　의붓아들을 사랑하거나 짐승을 사랑하는 여인. 이런 아내를 팔아버리는 풍습도 있었어요. 이거야말로 정말 금지된 장난인데요, 화가 난 남편이 아내의 목에 밧줄을 매 가축 시장으로 끌고 가서 소를 팔 듯 가장 높은 값을 부르는 남자에게 팔았답니다. 아이가 딸려 있으면 함께요. 이런 못된 부정父情이 있나요. 어느 나라에서 자행됐을까요? 놀라지 마세요. 현대 민주주의의 남상濫觴, 영국이랍니다. 언제 적 이야기일까요? 17세기에 시작됐는데요, 역사학자 제임스 브라이스는 1901년에 쓴 글에서 '아내 팔기'가 사라지지 않는 것을 개탄해요. 영국 중부의 대도시 리즈 경찰서는 1913년까지 아내 판매 기록을 남겼어요. 이 금지된 장난은 원래 불행해진 결혼 생활을 끝내는 한 방법이었다고 하네요. 아내가 부정을 저지른 경우거나 남편이 자신의 부정을 감추기 위한 음모였다는 것이에요. 영국의 유명 작가 토머스 하디가 소설 「캐스터브리지의 시장市長」에서 묘사한 '아내 팔기'를 마냥 탓할 수만은 없어요. 우리 문학사에도 등장하거든요. 김동인의 소설 「감자」에서 복녀는 송충이잡이 감독관에 이어 왕 서방에게 남편의 묵인 아래 몸을 맡기죠. 김유정의 「소낙비」에서 이 주사에게 붙은 쇠돌 엄마와 춘호의 열아홉 꽃다운 아내도 마찬가지 경우고요.

파시파에와 황소처럼 인간과 짐승의 사랑獸姦도 허용되지 않는 금지된 장난이죠. 영어로 '소도미sodomy'라고 하는데요, 『구약성경』에 나오는 타락의 도시 '소돔'에서나 가능한 일이라 하여 붙은 이름이에요. 경우는 다르지만, 우리의 옛날이야기 가운데에도 뱀이나 여우가 아름다운 여인으로 변신해 남정네 혼을 쏙 빼놓는 그런 경우 여럿 보죠. 『삼국유사』의 신라 경문왕조에는 경문왕이 뱀과 잤다는 기록이 있습니다.

로맨스 3 : 가니메데스

지구 상에서 가장 아름다운 몸매를 가진 남자는 누구일까요? 미켈란젤로가 조각하고 레오나르도 다빈치와 보티첼리가 설치 장소를 정한 피렌체의 다비드상인가요? 아니면 월드 스타라는 가수 비, 최고의 발 재간둥이라는 포르투갈의 축구 스타 호나우두, 동서의 이미지가 조화로운 다니엘 헤니…… 아, 미스터 월드 챔피언도 있군요. 근육질의 보디빌더에

가니메데스와 독수리. 3세기. 안타키아 박물관.

서 캘리포니아 주지사가 돼 재정 거덜 낸 장본인, 아널드 슈워제네거. 각자 자기 마음속에 꼽는 사람이 있을 텐데요. 고대 그리스 신화에서는 딱 한 명이면 족하답니다. 미남자가 많기로 소문난 프리기아 지방 이다 산의 양치기, 가니메데스. 그의 환상적인 몸매를 훔쳐보던 올림포스 산정의 최고신 제우스는 침을 꿀꺽 삼켜요. 제우스는 남녀를 가리지 않고 자신의 욕망을 충족하는 양성애자였거든요. 제우스가 보낸 독수리에게 납치된 가니메데스는 제우스의 시종이 돼 밤낮으로 시중을 들었죠. 플라톤이 엮은 소크라테스와의 대화록 『향연』에는 남녀 간의 육체적 사랑보다 남성 간의 정신적 동성애가 훨씬 더 고상한 사랑으로 예찬돼요. 제자가 스승에게, 후배가 멘토 역할을 맡은 선배에게 사랑을 바치는 일이 가능했던 게 고대 그리스 사회입니다. 이런 사회적 배경 아래 제우스의 동성애도 창작됐을 것이고요.

　두 유명인을 통해 동성애에 대한 인식의 변화를 살펴볼까요? 『행복한 왕자The Happy Prince』로 널리 알려진 아일랜드 출신의 영국 소설가, 오스카 와일드. 1895년 동성애 혐의로 기소돼 재판 결과 2년 형을 선고받고 감옥 생활을 하지요. 1897년 출옥하자 국외 추방까지 당해 파리에서 빈궁하게 살다가 죽어요. 남자가 남자를 사랑한 죗값치고는 너무 가혹했나요. 그가 100년만 늦게 태어났다면 어찌 되었을까요? 주옥 같은 발라드곡이죠. 「굿바이 옐로 브릭 로드Goodbye Yellow Brick Road」의 가수 엘턴 존. 기사 작위까지 받은 엘턴 존이 남자랑 결혼해 사는 것, 그것이 오늘의 영국 사회랍니다. 『좁은 문』의 앙드레 지드, 「백조의 호수」의 차이콥스키, 「천지창조」의 미켈란젤로, 그리고 여성으로는 영화배우 조디 포스터가 널리 알려진 동성애자이죠. "나는 동성애자입니다."라고 밝히는 일을 '커밍아웃'이라고 해요. 최근 동성애에 대한 사회적 관용의 폭이 넓어지고, 자아와 주체성을 강조하는 시대가 되면서 커밍아웃도 더 이상 특별한 이벤트가 아니죠. 미국은 이미 1973년 정신 질환 목록에서 동성애를 삭제했고요. 네덜란드 같은 북유럽 국가들과 미국 매사추세츠 주 등은 동성 결혼을 합법화했어요. 우리나라도 동성애자 차별을 금지하고 있답니다.

고대 그리스 신화는 불륜의 경연장, 좋게는 로맨스의 결과물이라고 중간 결론을 내려도 큰 흠결은 없겠죠. 엄숙하기만 할 것 같은 최고신 제우스. 그는 스페인계 베네치아 출생으로 18세기에 파란만장한 엽색 행각을 벌인 뒤 프랑스 어로『회상록』을 남긴 호색한 카사노바와 다르지 않잖아요. 전설이자 문학, 예술 작품 속의 가공인물인 스페인의 돈 후안에 필적할 천하의 바람둥이랍니다. 어찌 보면 인간적이기도 하죠. 최고의 신이 결점투성이 인간보다 더 많은 결점을 갖고 있다는 것이요. 제우스를 비롯해 파이드라의 불륜, 파시파에의 수간, 가니메데스의 동성애……. 고대의 금지된 장난은 우리가 탐방하는 그리스 · 로마 모자이크 속에 고스란히 담겨 있답니다. 믿기지 않을 만큼 오색영롱한 색채로 2000년의 세월을 뛰어넘어 현대인에게 전해지죠.

1 노심초사하는 표정의 절세가인, 파시파에. 2~3세기. 가지안테프 박물관. 2 사티로스로 변신한 제우스의 금지된 장난. 2~3세기. 가지안테프 박물관. 3 왕관을 쓰는 아프로디테. 2~3세기. 가지안테프 박물관. 4 집시 여인. 2~3세기. 가지안테프 박물관. 5 트로이 전쟁에 나가는 아킬레우스. 2~3세기. 가지안테프 박물관. 6 마에나드. 3세기. 쾰른 로마-게르만 박물관. 7 마에나드. 베를린 페르가몬 박물관. 8 거대 남근 팔루스. 2세기. 안타키아 박물관.

다양한 역사 사건의 주 무대였고, 그래서 이질적인 문화유산이 많이 남아 있는 터키의 내륙 깊숙한 곳, 가지안테프. 이곳의 모자이크 박물관에서 파시파에가 황소와 사랑을 나눌 기회를 얻기 위해 노심초사하는 장면을 접해요. 절세가인 파시파에의 표정에 측은지심이 절로 일죠. 가지안테프에서 시리아 국경을 향해 더 남쪽으로 내려가면 겨울에도 춥지 않은 비옥한 토양의 안타키아가 나오는데요, 이곳의 박물관에서는 파이드라가 기다려요. 히폴리토스가 사랑을 받아들이지 않자 이루어질 수 없는 사랑에 절망하는 파이드라의 애절한 눈빛에 가슴이 저며옵니다. 남자로서 제우스의 사랑을 받아들여야 하는 가니메데스의 황당한 표정도 희화적으로 다가와요. 힘과 풍요를 상징해 부적으로 쓰이던 거대 남근 팔루스도 안타키아 박물관에서 만나죠. 왕비의 유혹을 단호하게 거부하는 벨레로폰은 영국 켄트의 룰링스톤 야외 박물관에서 볼 수 있고요. 로마에서 법으로 여러 번 금지했던 광란의 디오니소스 의식, 디오니시아에서 무희 마에나드(마이나데스)가 선보이는 뇌쇄적인 춤사위는 왠지 근엄해 보이는 독일 베를린 박물관에서도 만날 수 있답니다.

진정 '금지된 장난'은 '불편한 진실을 밝히는 것'

자꾸 '금지된 사랑'을 얘기하다 보니 이러다 불온서적이 되는 건 아닌지 모르겠네요. 2008년 이후 워낙 표현의 자유가 제한되니 말입니다. 1970년대에는 치마를 짧게 입는 것도 법이라는 잣대로 처벌받았잖아요. 1980년대 초반 미 수교국 헝가리의 노래라고 해서, 그리고 역시 미 수교국 몽골의 칭기즈 칸을 찬양한 노래라고 해서 헝가리 그룹 뉴턴 패밀리의 「스마일 어게인Smile Again」과 독일 그룹 칭기즈 칸의 「칭기즈 칸Chingiz Khan」을 금지곡으로 정했던 게 불과 20~30년 전의 대한민국이었어요. 절대 권위가 존재한다면 진정으로 '금지된 장난'은 사랑놀이가 아니죠. 권위나 권력에 도전하는 행위, 권력자나 권력 집단에 불편한 진실이나 내용을 말하는 행위, 나아가 용기와 신념이 바로 금지된 장난이랍니다. 바로 이런 금지된 장난에 평생을 던진 20세기 대한민국의 진정한 지성으로 참 언론인 고故 리영희 선생을 꼽아도 크게 틀리지는 않을 겁니다. "내가 글을 쓰는 유일한 목적은 진실을 추구하는 것, 오직 그것에서 시작하고 그것에서 끝난다. 진실은 한 사람의 소유물일 수 없고, 이웃과 나눠 가져야 할 생명인 까닭에 그것을 알리기 위해서는 글을 써야 했다. 그것은 우상에 도전하는 이성의 행위다. 그것은 언제나, 어디서나 고통을 무릅써야 했다. 지금까지 그러했고, 앞으로도 영원히 그러리라고 생각한다. 그렇지만 그 괴로움 없이는 인간의 발전과 해방, 사회적 진보는 있을 수 없다." 『우상과 이성』의 머리글에 나오는 리영희의 고백입니다. 리영희는 진실 유포라는 혐의로 1964년 구속 기소된 것을 시작으로 1980년대 중반까지 모두 아홉 번 체포되고, 다섯 번 감옥 가고, 언론과 교수직에서 각각 두 번씩 모두 네 번 해직됩니다. '금지된 장난'에 매달렸던 진실 추구의 대가는 이렇게 혹독한 것이었습니다.

구한말의 유학자 최익현이 상소를 올릴 때 도끼를 머리맡에 두고, 다시 말해 죽을 각오로 진실을 알린 것과 비견되죠. 2009년을 달군 미네르바 사건을 겪으면서 아직도 우리 사회에 '금지된 장난'이 존재한다는 사실에 절망적 탄식을 내뱉게 됩니다. 2010년 11월 G20 정상회담을 앞두고 설치한 현수막에 쥐 그림을 그려 넣은 미술가에게 구속영장을 발부한 사건은 이를 확증해주고요. 민주주의 국가에서는 누구든지 폭력을 수반하지만 않는다면 자신의 의사 표시를 자유롭게 할 수 있다는 '표현의 자유'가 여전히 '금지된 장난'으로 우리 사회에 남아 있는 것은 아닌지, 겉치레 국제 행사에 앞서 우리 사회 내면의 성숙도를 성찰하는 계기가 됐으면 좋겠네요.

그리스의 칠현(七賢) 모자이크. 3세기. 로마-게르만 박물관. 쾰른.

정의를 위해 진실을 얘기하고 벌을 받은 시기는 인류 역사로 볼 때 그렇지 않은 시기보다 훨씬 길답니다. "그래도 지구는 돈다."라고 말한 17세기의 갈릴레이를 떠올려보죠. 그는 1609년 네덜란드에서 망원경이 발명됐다는 소식을 듣고 직접 망원경을 만들어 목성을 비롯한 여러 천체를 관측한 뒤 코페르니쿠스의 지동설을 확신하게 되는데요, 이 때문에 두 차례 재판까지 받아요. 1632년 발간한 그의 역작 『프톨레마이오스와 코페르니쿠스의 2대 세계 체계에 관한 대화』는 금서가 됩니다. 마침내 1633년 교황청 이단 심문소는 70세의 고령인 그에게 평생 금고형을 내려요. 그나마도 교황청에 영향력을 행사하던 피렌체 메디치 가문의 도움 덕분이었지요. 평생 엄중 감시하의 가택연금을 당했고, 1642년 죽었을 때도 공식 장례도 치르지 못하고 묘비도 세우지 못했죠. 인간 파산선고인 셈인데요, 교황청은 359년 만인 1992년에 오류를 인정하고 갈릴레이에 대한 완전 복권을 선언했어요. 갈릴레이가 '진실 유포'라는 금지된 장난을 벌이다 죽던 해에 만유인력의 뉴턴이 태어나 새 역사를 일구지요.

서양의학의 비조로 불리는 히포크라테스의 말을 실감할 수 있어요. "기술(예술)은 길고, 인생은 짧다."『금언집』 첫 항목에 나오는 말이죠. 인간의 삶은 풀잎 위 아침 이슬처럼 덧없이 사라지고 말지만, 노력으로 일궈낸 성과물은 풍상을 겪으며 오랜 세월 남아 삶의 실상을 전하잖아요. 고대 예술, 설치미술의 대표작이라 할 수 있는 모자이크 기술이 바로 그렇지요. 모자이크가 없었다면 금지된 장난을 비롯해 그리스의 학문과 민주주의, '팍스 로마나'를 구가하며 절대 멸망하지 않을 불멸의 로마(로마 인빅타)를 꿈꾸던 로마 제국, 그리스·로마 신화, 다양한 일상사가 녹아든 풍경화첩 속 생활문화를 들여다보기가 쉽지 않았을 겁니다. 여기에 우리의 전통과 문화까지 한꺼번에 오버랩해서 인류 역사 전체를 하나로 보는 짜릿하고 흥분되는 모자이크 탐방 여행, 1권의 그리스·이탈리아·프랑스에 이어 2권에서는 터키·영국·독일로 갑니다.

로맨스를 찾아 다시 유럽으로······ 그리스·로마 모자이크 2탄

2009년 11월 영국행 비행기에 몸을 실었습니다. 영국에서 공부와 취재 활동을 하다 귀국한 지 3년 가까이 되었나요.

귀국해서 『영국 언론』이란 책을 공들여 출간하고, 회한을 뒤로한 채 20년 기자 생활을 정리했습니다. 인생의 항로를 바꾼 것이지요. 박제화

•빅벤. 현대 의회 민주주의의 상징인 영국 국회의사당이다. 런던. ••트라팔가 광장과 넬슨 제독 동상. 멀리 빅벤이 보인다. 런던.

된 생각에 목매야 하는 방송 언론의 현실에 절망하고 2007년 8월 기자 생활을 청산했지만, 정작 그 뒤에 부닥친 세상사는 더 큰 고통과 인내를 요구하더군요. 로마 철학자 세네카의 『서한집』 한 구절이 가슴에 매일 새롭게 새겨집니다. "비베레 에스트 밀리타레Vivere Est Militare, 산다는 것은 전투."라는 말을 곰곰 되씹게 돼요. 지금의 무대에서 크게 세 가지 문제가 저를 괴롭힙니다.

먼저, 참 고달프답니다. 기자 초년기에 휴일도 제대로 못 챙기며 뛰어다니던 때와 달리 방송국을 그만둘 무렵에는 주 5일제 근무에 상대적으로 여유 있는 부서에서 일했죠. 그런데 지금은 1년 365일 휴일이란 게 없어요. 오라는 곳은 없지만 갈 곳이 너무 많다는 말, 지친 마음이 '이젠 그만' 하고 축 처진 몸에 신호를 보낼 때 절감합니다. 그냥 놀아도 누구 하나 뭐라 하지 않지만 놀 수 없는 스트레스란……

로마 시대 켈수스 도서관. 에페수스.

둘째, 육체적 고달픔보다 정신적 시련입니다. 이 무대에는 공직을 사사로운 이권 추구나 명예의 수단으로 삼으려는 시도가 적지 않아요. 정의를 바로 세우자는 서언은 저항에 부딪치게 되더군요. 토착 기득권이라고 하나요. 일부 지방 관료와 지방 정치인, 이들에 기생하는 경제 세력과 일부 지방 언론, 그 과정에 길목 지키며 떡고물 챙기는 구악 수준의 일부 정당 관료와 이에 아부하며 생존을 보장받는 지역 브로커 정당인. 이들이 협연하는 제멋대로의 광시곡은 퇴행적 정치 문화를 고착화하며 맨주먹의 정의를 파산시키는 세이레네스의 연주라고 할까요. 16세기 영국의 금융가 토머스 그레샴의 "악화惡貨가 양화良貨를 구축驅逐한다."라는 말을 절감합니다. 고품질은 쫓겨나고 그 반대만 살아 뺏고 빼앗기는 아사리판을 연출하기 십상이에요.

셋째, 방송기자 시절에는 그래도 눈치 보며 생존을 구걸한 탓에 월급은 제때 나왔어요. 학교 졸업 후 만 20년간 배운 일이 취재해서 글 쓰는 것이잖아요. 그러니 글쓰기나 강의로 먹고살 방도를 찾아야 하는데요. 대한민국에서 글로 먹고살 수 있을 만큼 잘 팔리는 책을 내는 사람이 몇이나 될까요. 제가 존경하는 언론계 선배 고종석. 학창 시절 프랑스 어 동아리에서 우연히 만난 그분의 영향이 커 프랑스 어도 열심히 배우고, 프랑스 유학도 가고, 책도 열심히 따라 썼는데요, 그분만큼 제가 필력이

나 식견이 안 돼요. 그러니, 그분도 책 팔아먹고 사느라 허덕이시는데 저야 오죽하겠습니까. 이 자리를 빌려 프랑스 철학자 데카르트의 '코지토 에르고 숨Cogito Ergo Sum, 나는 생각한다. 고로 존재한다'을 넘어 '스크리보 에르고 숨Scribo Ergo Sum, 나는 글을 쓴다. 고로 존재한다'의 신념으로 우리 사회에 빛

포도주 만들기. 3세기. 생제르맹 앙 레 박물관. 프랑스.

을 던져주는 고종석 선배(한국일보 기자 출신이라 그런지 한국일보에 글을 연재하시던 데요)의 책이 잘 팔리길 진심으로 기원해봅니다.

천만다행인 게 저는 특기가 하나 있어요. 힘든 줄 모르고 서양 고대 역사 유적지와 유물을 찾아다닌 것이죠. 많은 노력과 자금을 쏟아부으며 지중해 주변을 돌았어요. 고생 감내하며 얻은 이 자산. 알량한 것이지만, 그래도 이것 부풀려서, 아니 잘 가다듬어서 저랑 여건이 달라 미처 지중해 주변에 다녀오지 못했거나, 또 다녀왔더라도 미처 꼼꼼히 재미난 현지 얘기를 담아오지 못한 분들에게 작은 봉사를 할 수 있거든요. 그 기쁨이 크답니다. 『비키니 입은 그리스 로마』가 2009년 문화체육관광부로부터 우수 교양 도서로 선정됐다는 사실은 속편을 내도록 저를 꾀었죠. 무엇보다 1권을 읽고 독자님들이 보내주신 서평은 자못 어깨마저 무겁게 만들며 2권을 쓰자는 막무가내식 만용을 부추겼답니다.

제가 역사에 관심을 갖기 시작한 것은 1973년 초등학교 2학년 가을에 산 일기장의 표지를 보면서부터랍니다. 낙타와 베두인 족이 등장하는

스핑크스 뒤편으로 보이는 피라미드. 기자.

피라미드 사진이었는데, 그 장면에 호기심을 갖기 시작해 학창 시절 역사를 가장 좋아했고, 시골 환경에 어울리지 않게 반드시 역사 탐방을 하고 말겠다는 야무진 꿈을 키웠죠. 마침내 기자 생활 10여 년을 넘기면서 프랑스 1년 유학의 기회를 얻었고, 격려를 주신 독자 '주니' 님처럼 곱게 접어두었던 꿈의 한 자락을 펴며 또 다른 독자 '바닷바람' 님처럼 눈에 들어오는 것들이 훨씬 풍성해지는 것을 느낄 수 있었답니다. 저의 활짝 펴진 꿈이 누군가에게 희망을 안겨줄 수 있도록 지난날 취재해놓았지만 미진한 부분을 보충하고자 2009년 11월 영국행 비행기에 몸을 실은 겁니다.

언론의 자유와 정의로운 대동사회(大同社會)를 찾아서

하지만 전편만 한 속편이 없다고 하죠. 스티븐 스필버그의 영화 「인디애나 존스Indiana Jones」 시리즈 같은 특수한 경우를 제외하면요. 더욱이 단순 여행기가 아니라 아직 국내에 전문적으로 소개된 적이 없는 예술 장르를 통해 역사와 문화상을 들여다보는 것이니만큼, 의욕은 넘쳐도 멋진 결과물을 속편으로 계속 쓰기가 쉽지는 않지요.

그래서 피로가 누그러질 무렵 잠시 생각에 젖어봅니다. 왜 유럽 역사에 매달리나? 무엇을 배우려고 유럽을 떠도는가? 제가 본 유럽은 일

등부터 꼴찌의 간격이 그리 크지 않은 사회, 치열한 경쟁을 통해 성공한 삶이 일상적 노력으로 얻는 평범한 삶의 행복보다 결코 많이 앞서지 않는 사회라고 할까요. 크게 하나 되는 대동大同의 모습이 제 가슴에 와 닿습니다.

토머스 모어의 생가와 동상. 토머스 모어는 대동사회, 즉 유토피아를 꿈꾸었다. 런던.

　이익을 위해 수단과 방법을 가리지 않는 모리배들이 판을 치며, 인재를 뒤로한 채 제 패거리 챙기기에만 급급하고, 노인과 서민의 삶이 피폐해지며, 청년 실업에 젊은이들의 미래가 캄캄해지고, 어린 학생들의 맛난 점심 밥상이 버림받는 풍조가 만연하는데요, 이와 정반대의 사회가 2500여 년 전 중국 유학자들이 꿈꾸던 대동사회大同社會죠. 『예기禮記』 「예운편禮運篇」. "어진 사람과 능력 있는 사람이 버려지지 않으며, 가족주의에 얽매이지 않고, 노인은 자기의 생을 편히 마치고, 젊은이는 모두 일할 수 있고, 노약자와 불쌍한 사람들이 부양되고, 길에 재물이 떨어져도 줍지 않는 세상이 바로 대동大同의 세계다."

　화무십일홍花無十日紅이라 했던가요. 영원히 변하지 않는 것이란 없죠. 꼭 『반야심경』을 들먹이지 않아도 마음을 비워 '색즉시공 공즉시색色即是空 空即是色'의 지혜를 우리가 잊지 않고 살아갈 수 있다면 함께 더 나눌 수 있을 텐데요, 16세기 초 영국의 토머스 모어가 꿈꾼 '유토피아'도 결국 대동사회와 같은 맥락이죠. 2010년 영국 총선에서 노동당의 구호

1 루브르 박물관과 유리 피라미드. 파리. **2** 프랑스 의회 건물. 파리. **3** 성 소피아 성당. 이스탄불. **4** 베를린 돔. 베를린. **5** 괴테 동상과 현대식 건물. 프랑크푸르트. **6** 하노버 시 청사. 하노버.

1	2
3	4
5	6

'모두에게 공정한 미래'는 대동사회의 또 다른 표현으로 손색없습니다. 그렇다면 제가 고대 역사를 빙자해 현대 유럽 사회를 떠도는 탐방 벽癖에 면죄부를 줘도 괜찮겠죠. 언론 장악, 독재 회귀, 불평등 심화로부터 해방되어 진실과 정의를 말할 줄 아는 용기 있는 민주사회, 따뜻한 인류 사회를 그려보려는 작은 시도요.

누군가 가지 않은 길을 처음 걷는다는 짜릿함과 책임감. 프랑스의 아름다운 지중해안 도시 니스 출신의 기타리스트죠. 클로드 차리의 「첫 발자국Le Premier Pas」이 감미로운 선율로 마음을 가볍게 만들어주네요. 그리스 · 로마의 모자이크 예술을 통해 그리스 · 로마 문명을 되짚으며 우리 역사와 삶, 나아가 희망의 조각을 짜 맞추는 첫발자국의 글쓰기. 10여 년째 내가 누구인가를 확인시켜주는 소중한 작업이 있기에 고향에서 새로운 정치 문화의 이정표를 세우자는 첫발자국의 고된 여정에도 매일 아침 다시 뜨는 해가 한없는 기쁨이랍니다. 마음 함께해주시는 여주 · 이천의 선후배 벗님들에게 한없는 감사를 보냅니다.

"역사는 삶의 스승."이라는 키케로의 말을 '사즉사史卽師'로 번역한 서예가 사농 전기중의 표현처럼 역사 공부에서 미래의 희망을 일굽니다.

2011년 11월

4대강 사업으로 제 모습을 잃어버린 슬픈 남한강가 여주 · 이천에서

김문환

차례

1장 **터키**

로맨스와 불륜의 경계를 넘어 진정한 사랑을 찾는 영웅들

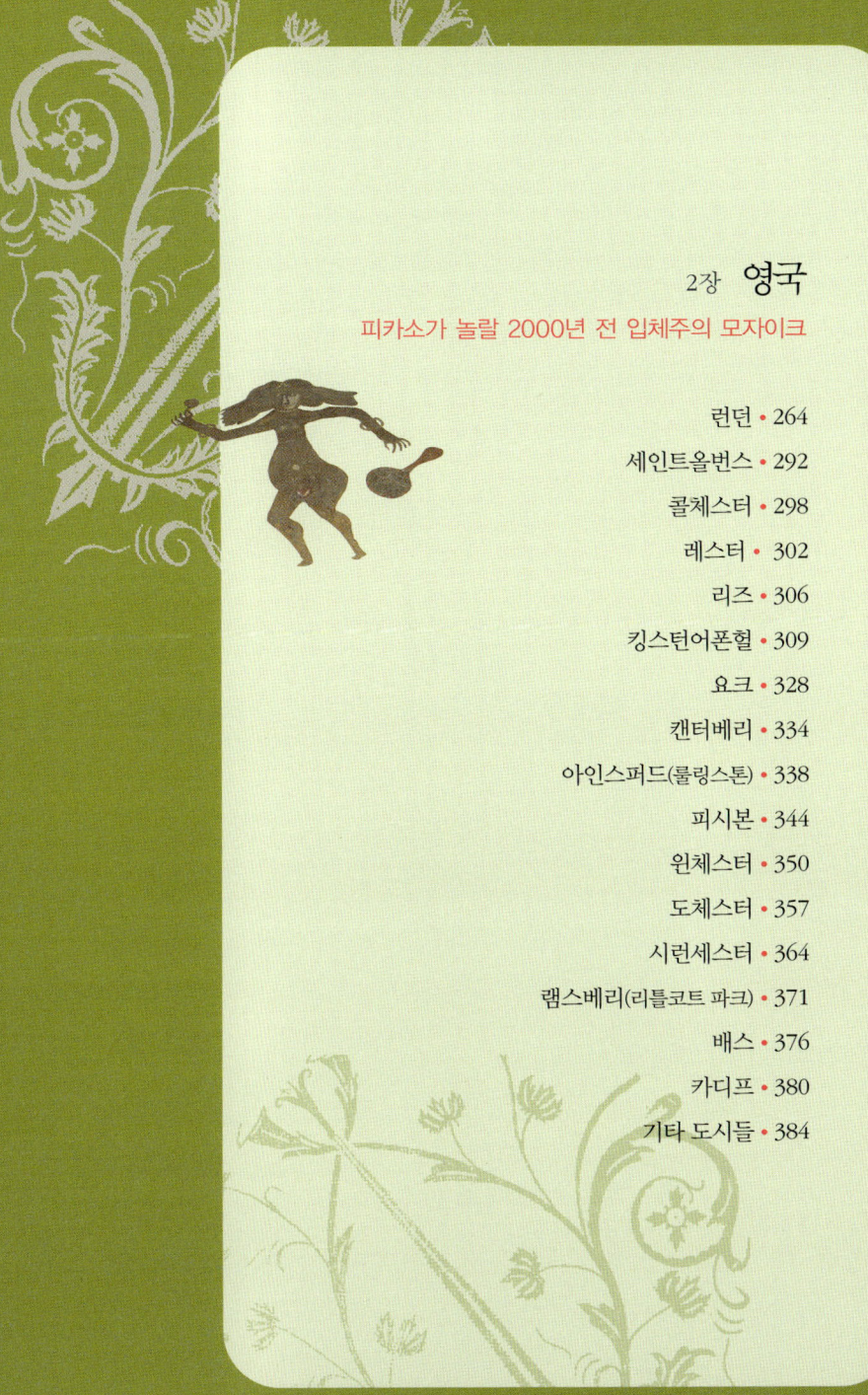

2장 **영국**

피카소가 놀랄 2000년 전 입체주의 모자이크

3장 **독일**

농염한 마에나드의 육신에 어린 소크라테스의 학문

1장

터키
TURKEY

로맨스와 불륜의 경계를 넘어
진정한 사랑을 찾는 영웅들

이스탄불
가지안테프
안타키아
에페수스
아프로디시아스
밀레투스

터키 땅은 사실 그리스 · 로마 인들의 터전이었어요. 트로이 왕자 파리스가 세계 최고의 미인이라는 스파르타 왕비 헬레네를 유혹해 함께 살았던 서양 세계 최초이자 최대의 스캔들, 로맨스의 무대가 터키 땅 트로이잖아요. 그뿐인가요. 서양 세계 최초의 절도 사건도 터키 땅과 관련 있어요. 신들만 사용하던 불을 훔쳐 인간에게 전달한 프로메테우스, 그가 제우스에게 무슨 벌을 받았죠? 바위에 묶여 독수리에게 간을 쪼아 먹히고 밤새 간이 돋아나면 낮에 다시 쪼아 먹혀요. 이 끔찍한 형벌의 무대가 터키 땅 동부에 있는 캅카스 산맥이죠. 미의 여신 아프로디테가 지구 상 최고 미남인 안키세스에게 반해 로맨스를 뿌리며 살림을 차려 아이네이아스를 낳은 곳도 터키 북부 프리기아 지방 이다산이고요.

BC 8세기를 전후해 그리스 이오니아 인이 터키 서부 해안으로 이주하면서 이 지역은 이오니아가 돼요. 여러 도시국가가 수립됐고요. 서양 역사문학, 서사시의 효시라는 트로이 전쟁 이야기 『일리아드』의 저자 호메로스는 BC 8세기 이오니아 지방의 그리스 도시 가운데 하나인 이즈미르(옛 이름은 스미르나)에서 태어났어요. "만물의 근원은 물."이라고 말한 탈레스도 BC 7세기 이오니아 밀레투스에서 태어났죠. 밀레투스를 중심으로 탈레스와 그의 제자 아낙시만드로스 등이 모여 밀레투스학파를 창시합니다. 세계 최초의 학파지요. 알렉산더가 BC 333년 페르시아 제국의 다리우스 대왕을 패퇴시킨 전투 현장 이수스는 터키 남부 지방이랍니다. 로마 시대 지리학의 아버지 스트라본은 BC 1세기 흑해 연안 아마시아(카이사르가 "왔노라, 보았노라, 이겼노라."라는 명언을 남기고 정복한 폰토스 왕국의 수도) 출신이고요. 로마 황제 콘스탄티누스는 330년 비잔티움의 이름을 콘스탄

1 에페수스 극장. 이오니아 지방 최대 규모다. 에페수스. 2 디디마 아폴론 신전. 디디마. 3 바닷가에 자리한 신전. 시데. 4 극장. 지금도 완벽한 보존 상태를 자랑하며 각종 공연이 펼쳐진다. 아스펜도스.

1	2
3	4

티노플로 바꾸고 로마 제국의 수도로 삼습니다. 터키 땅이 마침내 그리스·로마 문명의 중심지가 된 것이죠. 476년 서로마 제국이 무너진 뒤에도 콘스탄티노플과 터키 땅은 동로마 비잔틴 제국의 중심으로 1000년을 더 군림해요.

●반. BC 8세기 후기 히타이트 우라르투 왕국의 수도. ●●네므루트. 콤마게네 왕국의 신전으로 바위산 꼭대기의 거대 신전이 신비감을 자아낸다.

면적이 78만 제곱킬로미터이니 한반도(22만 제곱킬로미터)의 3.5배, 남한(9만 8000제곱킬로미터)의 8배나 되는 광대한 영토 곳곳이 야외 박물관이에요. 이스탄불에서 야간 버스를 타고 밤새 달려가 닿은 어느 도시라도 역사 유적이 지천에 널려 손짓한답니다. 철기 문명의 시조 히타이트 인의 역사 유적이 고스란히 보존된 하투샤, 후기 히타이트의 잔영이 남은 반, 7대 불가사의의 하나로 페르시아 총독 마우솔로스의 무덤 마우솔레움이 있는 보드룸, 세계 최초의 바둑판형 계획도시로 그리스 · 로마 민주주의의 의사당 건물 불레우테리온이 남아 있는 프리에네, 거대한 석조 건축 예술의 금자탑인 아폴론 신전의 디디마, 지중해 연안에서 가장 완벽한 형태의 로마 극장이 버티고 선 아스펜도스, 바위산 꼭대기의 거대 석상이 신비감을 자아내는 콤마게네 왕국의 신전 네므루트, 그리스 · 로마 도시 생활의 살아 있는 교과서 에페수스나 아프로디시아

●유럽과 아시아를 연결하는 보스포루스 대교와 루멜리아 요새. 이스탄불. ●●기암괴석. 자연이 빚어낸 신비의 예술이다. 카파도키아.

스……. 유적이 끝이 없어요. 우주의 행성을 연상시키는 암석 지대 카파도키아, 순백색의 석회암 세상인 파묵칼레는 자연이 덤으로 빚어낸 선물이죠.

성경 이야기를 하면 더 흥미롭고 설레요. 노아가 방주를 타고 물 세상을 떠돌다 도착한 곳이 캅카스 산맥 아라라트 산이라고 하죠. 아브라함이 태어난 샨리우르파, 아브라함이 자란 하란, 요한이 성경을 쓴 곳이자 성모 마리아가 말년을 보낸 에페수스, 베드로가 태어나 초기 교회를 세운 안타키아, 바울이 태어났으며 안토니우스와 클레오파트라가 처음 만나 사랑을 불태웠던 타르수스, 유스티니아누스 황제가 세운 성 소피아 성당, 흑해 연안 도시 트라브존의 300미터 수직 절벽에 지은 기독교 도량 쉬멜라 수도원, 아직도 기독교 성당과 수도원을 운영하는 시리아 국경 도시 마르딘……. 거기다 15세기 이후 쌓아 올린 이슬람의 혼이 동시

1 아브라함 동굴. 아브라함이 태어났다는 동굴이다. 샨리우르파. 2 아브라함이 자란 곳이다. 하란. 3 클레오파트라의 문. 이곳에서 클레오파트라와 안토니우스가 처음 만났다. 타르수스. 4. 기독교 수도원. 5세기에 건립한 기독교 교회와 수도원을 아직도 운영한다. 마르딘. 5 쉬멜라 수도원. 4세기에 처음 건축해 14세기에 중건했다. 트라브존.

에 묻어난답니다.

열거하기에도 숨찬 역사 관광 대국 터키와 유목 민족 돌궐이 같은 말이라는 것 아시죠? 모차르트의 「터키 행진곡」을 떠올리는 경쾌한 발놀림으로 2002년 월드컵에서 활약한 '튀르크Turk 전사'의 '튀르크'를 영어로 읽으면 '터키'예요. '튀르크'를 소리 나는 대로 적은 한자 가차假借의 한글 발음이 '돌궐突厥'이랍니다. 돌궐은 고구려와 국경을 맞대고 있다가 고구려에 11년 앞서 657년 당나라에 망한 나라로, 유럽 역사에서 무시무시한 정복 국가였어요. 1071년 비잔틴군을 물리치고 터키 땅에 정착한 셀주크튀르크에 이어 1453년 동로마(비잔틴) 제국을 멸망시킨 오스만튀르크는 제1차 세계대전 전까지 중동, 북아프리카, 동유럽을 장악한 대제국이었거든요.

시대와 이념을 초월한 유적과 유물 사이에서 색채 예술의 진수인 모자이크가 황홀하게 빛나죠. 잘 익힌 케밥 하나 사 먹고 전통 홍차 차이 한잔 마시며 숨을 고른 뒤 터키 모자이크가 보내는 유혹의 향연에 한번 푹 빠져보세요.

■ 이스탄불

유럽과 아시아를 가르는 암소 나루터, 보스포루스 해협

차창 너머로 보이는 보스포루스 해협. 유럽과 아시아 대륙을 구분 짓는 지리학적 의미나 숱한 역사 현장의 무대였다는 정치적 의미를 넘어 아름다운 풍광이 마음을 사로잡습니다. 구름 한 점 없이 푸른 하늘과 넘실대는 바닷물, 갯벌 냄새 없이 담백하게 불어와 몸에 휘감기는 싱그러운 바람, 푸른 숲 속에 자리한 오렌지색 지붕의 흰 저택들은 지중해에 와 있음을 느끼게 만들죠. 우리와 달리 눈이 크고 코가 높지만 금발의 백인도 아닌 독특한 생김새. 낯설면서도 왠지 익숙한 분위기예요. 예상을 뛰어넘는 엄청난 규모의 모스크는 이국적인 문화를 한눈에 확인시켜주는 보배죠. 하늘을 찌를 듯 높이 솟은 모스크 첨탑의 직선미에 지상의 모든 것을 부드럽게 감싸 안고 덮어주는 듯한 모스크 돔의 둥근 곡선미. 직선과 곡선이 빚어내는 절묘한 스카이라인은 이질적인 문화가 뒤섞여 더 큰 아름다움을 수놓을 수 있다는 상생의 정신을 말해주는 듯합니다.

사실 이스탄불은 서울과 닮은꼴이에요. 면적은 1830제곱킬로미터로 서울(605제곱킬로미터)보다 3배 넓지만 인구는 1100만 명으로 서울보다 약간 많죠. 그래서 서울보다 덜 북적대요. 또 한강이 서울을 남북으로 가르

토프카프 궁선에서 바라본 보스포루스 해협. 해협을 건너면 아시아다. 이스탄불.

듯 보스포루스 해협이 이스탄불 시가지를 동서로 나눕니다. 아시아와 유럽을 가르는 이 해협은 길이가 32킬로미터, 폭은 550미터에서 3킬로미터예요. 아시아와 유럽이 손에 잡힐 듯 바로 건너에 있지요. '보스포루스' 라는 말은 그리스 신화에서 비롯됐어요. 제우스가 사랑한 여인 이오가 암소로 변해 떠돌다 이곳을 지나자 '암소 나루터' 라는 뜻의 '보스포루스' 라는 이름이 붙었어요.

　　2009년 11월 이스탄불을 다시 찾았을 때는 전철이 완공됐더군요. 공항에서 역사 관광의 중심지 술탄 아흐메트 광장으로 가려면 제톤(표로 쓰는 토큰)을 2개 사세요. 열차를 타고 여섯 번째 역인 ZB 역에서 내려 제톤 하나를 더 내고 전차로 갈아탄 뒤 열 여섯 번째 역이 술탄 아흐메트 광장

콘스탄티노플 성벽. 비잔틴 제국을 지켜주던 난공불락의 수호 신이었다. 이스탄불.

역입니다. 여기서 내리면 만사 해결. 호텔부터 값싼 숙소, 음식점, 각지의 단체 관광을 알선하는 여행사가 24시간 문을 열어요. 지방으로 갈 관람객은 전차 역 바로 앞에 있는 버스 회사에서 야간 버스표를 사면 준비 끝. 신시가지의 탁심 광장으로 가려면 술탄 아흐메트 광장 역에서 전차를 타고 골든 혼이라는 작은 해협을 가로질러 갈라타 다리를 건너가면 돼요.

ZB 역에서 전차로 갈아타고 술탄 아흐메트 광장 방면으로 가다 보면 여섯 번째 역인 토프카프 역 앞에서 육중하다는 표현이 무색할 만큼 거대한 성벽을 만날 수 있어요. 수도 콘스탄티노플을 방어하기 위해 테오도시우스 황제 때 처음 쌓은 콘스탄티노플 성벽이랍니다. 난공불락 1000년 콘스탄티노플의 비결이었죠. 7킬로미터나 되는 성벽은 유네스코가 지정한 세계문화유산인데요, 콘스탄티노플이 함락될 당시 이곳에서 비잔틴군과 튀르크군의 공성전攻城戰이 치열하게 펼쳐졌죠. 빼앗아야 살고 뺏기지 말아야 사는 엇갈린 운명의 두 주인공, 기독교 비잔틴과 이슬람 튀르크의 콘스탄티노플 전투 장면이 머릿속에 펼쳐지네요.

기독교 콘스탄티노플 함락, 이슬람교 이스탄불 부활

1453년 5월 29일 아침, 싱그럽고 상쾌한 아침 공기가 바다 냄새를 싣고 와 주민들 코끝을 간질였을 겁니다. 아! 풀 냄새, 꽃향기만이 아니

●성 소피아 성당. 동로마 제국 유스티니아누스 황제 시대인 537년에 재건축했다. 이스탄불. ●●블루 모스크. 이슬람 세력이 성 소피아 성당 맞은편에 1616년 완공했다. 이스탄불.

었겠죠. 끔찍하게도 피비린내가 진동했습니다. 밤새 죽이고 죽는 살육전이 벌어졌으니까요. 성벽을 기어오르고, 오르지 못하도록 떼밀고, 칼로 찌르고, 활로 쏘고……. 실수인지, 배반인지 작은 성문 하나가 열리면서 튀르크 병사들이 물밀듯이 밀려오죠. 견고하던 콘스탄티노플 성벽은 무용지물이 됩니다. 황제를 중심으로 50일간 최후 항전하던 비잔틴 제국 병사들이 오스만튀르크 병사들에게 무릎을 꿇고 말아요. 2000년 넘게 이어져온 로마 제국, 1000년 넘게 지속되던 동로마 제국이 역사의 뒤안길로 사라지는 순간입니다.

　5월 29일 아침, 많은 비잔틴 시민들이 제국의 상징이던 성 소피아(하기아 소피아) 성당 안으로 피신했어요. 콘스탄티누스 황제가 325년에 처음 짓고 유스티니아누스 황제가 537년 재건축한 이 성당은 특별한 의미가 있지요. 그 당시 세상에 존재하던 건물 가운데 가장 컸고, 지금까지 남아 있는 고대 건물 가운데 가장 크지요. 바닥에서 55미터 높이에 지름 32미터의 거대한 돔을 설치해 경이로움 그 자체랍니다. 웅장한 건축술에 탄복한 유스티니아누스 황제가 "오, 솔로몬(예루살렘에 성전을 만든 이스라엘 왕)이여! 내가 당신을 이겼습니다."라고 외쳤을 만큼 기독교 세계의 자부심이었죠. 그래서 시민들은 콘스탄티노플이 함락될 경우 천사장 미카엘이 돔 천장을 통해 하늘에서 내려와 적을 물리칠 것이라고 믿었지요. 그러나 아뿔싸! 콘스탄티노플 시민들이 울부짖으며 올린 기도를 듣고 나타난 이는 천사가 아니라 피와 약탈에 굶주린 튀르크 병사들이었어요. 아비규환의 생지옥이 따로 있을까요. 승자인 오스만튀르크의 스물두 살짜리 술탄 메메드 2세는 특별히 3일간 약탈과 파괴, 살인, 그리고 여인 강탈을 허용합니다. 이미 대부분의 주민이 빠져나가고 4만여 명이 살던 콘스탄티노플에서 4000명 정도가 학살됐을 것으로 추정합니다. 반항하지 않은 자는 살아남아 노예가 되지요.

콘스탄티노플을 함락시킬 때 오스만튀르크 병사들이 주민들에게 콘스탄티노플이 어디냐고 물었답니다. 그러자 주민들이 손으로 콘스탄티노플 쪽을 가리키며 "이스 틴 폴린Is Tin Polin, 도시로."이라고 알려줬대요. 중세 1000년간 동로마 비잔틴 제국 사람들의 가슴속엔 도시가 오직 콘스탄티노플 하나였던 겁니다. '이스 틴 폴린'이 '이스탄불'이 된 거예요. 이스탄불은 이후 동유럽과 오리엔트, 북아프리카를 묶은 광대한 오스만튀르크 제국의 수도이자 이슬람 세계의 구심점으로 영화를 잃지 않았어요. 하지만 제1차 세계대전에서 패한 뒤 오스만튀르크 제국이 붕괴되면서 이스탄불은 서양 문명 세계의 한 축으로서의 역할에 종지부를 찍습니다.

문명의 용광로, 앗 살라무(평화)의 전제 조건

전쟁의 참상과 이스탄불의 영욕을 그려보다 문득 눈을 뜨니 술탄 아흐메트 광장 역입니다. 마침내 비잔틴 제국의 심장부, 이스탄불의 심장부에 도착한 거예요. 이제 술탄 아흐메트 광장의 역사 유적 세계로 들어가볼까요? 2개의 거대한 성전이 눈앞에 장엄하게 펼쳐집니다. 기독교 비잔틴 제국 전성기인 6세기에 지은 성 소피아 성당이 왼쪽에 자리하고, 그 뒤쪽으로 돌아가면 콘스탄티노플 함락의 슬픈 역사를 딛고 등장한 오스만튀르크의 토프카프 궁전이 나와요.

오스만튀르크 술탄의 거처, 즉 궁전이지요. 지금은 박물관인데요, 이집트 맘루크 왕조를 제압하고 빼앗아온 예언자 마호메트의 수염을 비롯해 진귀한 보물을 전시해요. 궁궐 깊숙한 곳, 그러니까 술탄의 여인들이 거처하던 하렘도 볼 수 있고요. 토프카프 궁전 옆에는 이스탄불 고고학 박물관이 자리합니다. 그 유명한 알렉산더 석관이 이곳에 있지요. 알렉산더의 관이 아니라 알렉산더의 전투 장면을 조각한 관을 그렇게 불러요. 현란한 조각술에 탄복을 금할 수 없어요. 박물관에서 나와 성 소피아 성당으로 가죠.

토프카프 궁전 정문. 비잔틴 제국을 멸망시킨 오스만튀르크 술탄의 궁전 입구다. 이스탄불.

알렉산더 석관. 고고학 박물관. 이스탄불.

'하기아 소피아Hagia Sophia'에서 '하기아'는 '성스러운', '소피아'는 '지혜'를 뜻하는 그리스 어죠. 그러니 '신성한 지혜'라는 뜻입니다. 성당은 오스만튀르크에게 점령당한 뒤 이슬람 모스크로 개조돼요. 지금은 박물관으로 문패를 바꿔 달았고요. 성당에서 나와 오른쪽에 있는 로마 시대의 지하 저수장 예레바탄에 들러 로마의 상수도 문화를 살펴볼 수 있어요. 이곳에 물을 대주던 수도교는 술탄 아흐메트 광장 역에서 공항 쪽으로 네 번째 전차 역인 랄레리 역 근처에 있어요. 발렌스 황제 시절에 만든 발렌스 수도교가 2000년 가까이 웅장하게 서 있죠.

예레바탄에서 나와 전차 경주장으로 갑니다. 지금은 드넓은 터만 남아 공원이 됐어요. 이집트에서 가져와 세워놓은 오벨리스크만이 이곳이 전차 경주장이었다는 사실을 말해주는데요, BC 15세기 이집트 투트모세 3세 때 룩소르의 카르나크 신전에 설치한 것을 390년 테오도시우스 황제가 실어 왔죠. 요즘 말로 문화재 약탈이지요. 오벨리스크를 세워놓은 기단석에는 테오도시우스 황제 가족이 세월의 덧없음을 증언하듯 담담하게 무표정으로 서 있어요. 왜 그럴까요? 테오도시우스 황제 양옆으로 동로마를 물려받은 큰아들 아르카디우스, 서로마를 물려받은 작은아들 호노리우스가 자리하지만 그 당당하던 테오도시우스 황제 가문의 기세는 반세기도 못 돼 모두 시들어버리잖아요.

오벨리스크를 뒤로하고 블루 모스크로 갑니다. 내부를 2만 개의 푸른 타일로 장식해 블루 모스크라 불러요. 이슬람 건축 예술의 금자탑이지요. 비잔틴 황제들의 궁전 자리에 건축했으니 비잔틴에 대한 이슬람의 승리를 의미하죠. 일본 제국주의가 조선의 궁궐 경복궁에 총독부 청사를

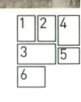

1	2	4
3	5	
6		

1 성 소피아 성당. 이스탄불. 2 예레바탄. 로마 시대의 지하 저수장. 메두사의 얼굴이 받치고 있는 기둥머리가 기괴하다. 이스탄불. 3 발렌스 수도교. 이스탄불 시가지에 남아 있는 로마 수도교다. 이스탄불. 4 전차 경주장의 오벨리스크. 이스탄불. 5 테오도시우스 황제와 가족. 오벨리스크를 떠받치는 기단석에 조각돼 있다. 이스탄불. 6 블루 모스크. 다른 명소와 달리 입장료가 없다. 이스탄불.

•그랜드 바자르의 상가. ••대궁전 모자이크 박물관으로 가는 길에 있는 **토산품 시장 거리**. 모두 이스탄불.

지은 것과 같은 맥락입니다. 다른 명소와 달리 요금을 받지 않으니 주저하지 말고 내부로 들어가 그 웅장한 규모에 취해보세요. 성 소피아 성당과 블루 모스크라는 두 종교의 상징물이 사이좋게 바라보고 있는데요, 문명의 용광로 이스탄불은 이념과 가치관의 차이로 치고받는 사바세계에서 인류의 공존을 노래해요. 앗 살라무(평화)의 전제 조건이죠.

나훈아, 나도향, 메밀꽃 필 무렵, 물레방아의 로맨스

블루 모스크에서 나와 아래쪽으로 내려가면 음식점과 함께 토산품 가게가 즐비한 시장 거리가 나와요. 사실 사람 냄새 물씬 풍기는 시장 거리라면 술탄 아흐메트 광장 역에서 공항 방향으로 두 번째 역인 베아짓 BYZ 역의 그랜드 바자르죠. 무려 4000개가 넘는 점포가 미로 같은 터널식 시장 거리에 빼곡히 들어차 손님을 맞이하는데요, 현지인과 관광객이 뒤엉켜 교역 도시 이스탄불의 번영상을 떠올리게 할 정도지요. 이스탄불 시민의 생동감 넘치는 표정을 묘사한 작품이 있어요. 추리소설의 대가 애

●대궁전 모자이크 박물관 외경. ●●대궁전 모자이크 박물관 실내 전경. 모두 이스탄불.

거사 크리스티가 1934년 소설로 쓰고 40년 뒤인 1974년 숀 코네리, 잉그리드 버그먼, 앤서니 퍼킨스가 열연한 영화「오리엔트 특급 살인Murder on the Orient Express」이죠.

　토산품 시장 거리 한복판에 있는 대궁전 모자이크 박물관이 로마의 생활 풍습과 신화 세계를 드넓게 펼쳐 보여줘요. 이 박물관은 월요일에 휴관하니 주의하셔야 해요. 박물관 이름에 '궁전'이 붙은 이유는 비잔틴 황제들이 사용했던 궁궐 터에 만들었기 때문이에요. 4~6세기에 지은 궁궐은 폐허가 되어 매몰됐죠. 그러다 1930년대에 우연히 바닥이 드러났어요. 그때 모자이크가 햇빛을 보게 되죠. 이후 바닥 모자이크에 지붕을 씌워 자연스럽게 현장 박물관으로 개조했는데요, 바로 '인 시투in situ, 현장' 박물관이죠. 전시 공간은 크게 3개의 방으로 나뉘는데요, 눈 아래로 1층 바닥 모자이크가 내려다보이죠. 사진 촬영은 허용하지만 플래시는 금지예요. 그러나 박물관 내부가 너무 어두워 플래시 없이는 양질의 화질을 확보하기 어렵죠. 늘 그렇듯 눈치껏 시도해서 '인샬라(신의 뜻대로)', 성

장작 싣고 달리는 말. 4~6세기. 대궁전 모자이크 박물관. 이스탄불.

공하면 다행이고 실패하면 어쩔 수 없고요. 이제 '알 함두일라(신의 은총으로)' 촬영에 성공한 사진을 한 장씩 살펴보겠습니다.

왼쪽으로 돌면 말이 장작을 실어 나르는 장면부터 나와요. 말 눈동자에 힘에 겨워 지친 표정이 역력해요. 불쌍해 보이기까지 합니다. 지붕을 만들어 덮은 우물의 모습이 잘 그려져 있어요. 현대식 건물 같죠. 계속 돌면 토끼를 물어 죽이는 개가 나오고요. 좀 끔찍한 이 장면을 지나면 입구 오른쪽 벽면에서 갑자기 국민 가수 나훈아의 목소리가 들려오는 듯해요. 나훈아의 애절한 음색이 짙게 밴 「물레방아 도는데」를 들으며 얼마나 많은 사람들이 남모르게 눈물로 베갯잇을 적셨을까요. 고향 생각에, 부모·형제 생각에, 첫사랑 생각에……. 백의민족의 가슴을 울리던 지난날 시골 문화의 상징 물레방아가 박물관 벽에 걸려 삐걱삐걱 돌아간답니다. 너무나 정겹게 느껴져요. 뿔 달린 수사슴 아래《물레방아》모자이크는 보존 상태도 좋아요.

물레방아는 단순히 벼나 밀을 찧는 도구나 식생활 공간의 차원을 넘죠. 전통과 문화의 상징물이라고 감히 말할 수 있어요. 마을 사람들의 모임 장소도 되고, 여기서 한 술 더 뜨면 어스름한 달밤에 가슴 설레는 남녀가 만나 데이트를 즐기는 낭만적인 장소죠. 로맨스! 달과 물레방앗간! 아, 장돌뱅이 허 생원이 성 서방네 다 큰 처녀를 만나 하룻저녁 구름이

• 우물 지붕. 4~6세기. 대궁전 모자이크 박물관. •• 물레방아. 4~6세기. 대궁전 모자이크 박물관. 모두 이스탄불.

비를 쏟아붓는 정雲雨之情으로 만리장성을 쌓은 것도 달 밝은 밤 물레방 앗간이었잖아요. 소금을 뿌린 듯 온 세상이 하얗게 변해버린 이효석의 「메밀꽃 필 무렵」처럼 물레방앗간이 서정성 깊은 추억의 장소만은 아니 랍니다. 나도향의 「물레방아」는 육욕肉慾의 노예가 된 신치규와 물욕物慾 에 찌든 이방원의 처가 잘못된 만남을 벌이다 끝내 살인과 자살이라는 비극적인 결말로 막을 내리잖아요. 나훈아, 나도향. 그러고 보니 우연인 지 두 분 모두 나씨 성을 가졌군요. 물레방아가 죄가 있나요. 사용하는 사람의 마음이 문제죠.

브람스와 김대현의 「자장가」, 로마 엄마 아기 젖 주기

철제 계단을 타고 1층으로 내려가보죠. 1500년 전 궁궐 바닥을 장식한 일상 모자이크가 콘스탄티노플의 생활상을 고스란히 간직하고 있답니다. 먼저 엄마가 아기에게 젖을 먹이는 장면이 있어요. 큰 야자수 밑 그늘에 개를 옆에 두고 한가롭게 앉아 젖을 물린 엄마. 그 품에 안겨 무럭무럭 생명력을 키워가는 아기의 편안한 표정. 행복과 평화라는 서정이 잘 묻어납니다. 30여 년 전까지 우리 주변에서 쉽게 볼 수 있었던 풍경이죠. 한동안 젖 먹이는 엄마의 모습이 거의 자취를 감췄다가 최근 모유 수유의 중요성이 부각되면서 다시 젖을 먹이는 엄마가 늘고 있는 점은 천만다행이랍니다. 나무 의자에 앉은 엄마의 차림을 볼까요? 로마 시대 여인들이 입던 긴 튜니카(초기 그리스에서는 키톤)를 걸쳤죠. 한쪽은 넓적다리 깊숙한 곳까지 흰 속살을 시원스레 드러내고 있어요. 청나라 여진족의 원피스로 한족들도 널리 입게 된 중국 여인들의 옷 치파오旗袍를 닮았어요. 치파오는 20세기 들어 허벅지까지 옆이 탁 트이죠. 금발 밑으로 엄마의 큰 눈이 인상적이에요.

아기는 엄마 무릎 위에 앉아 열심히 젖을 빨며 잠들어 있고요. 새록새록 자면서도 입을 오물거리며 젖을 빠는 행위는 본능적이죠. 이 귀여운 모습에 아기를 낳고 기르는 힘겨움이 다 잊히죠. 아기가 편안히 잠 잘 자라고 부르는 노래, 동서고금 어느 사회에나 있죠. 자장가. 세계 3대 자장가라고 하나요? 모차르트, 슈베르트, 브람스의 자장가. 하지만 자장가만큼은 김영일이 시를 쓰고 김대현이 곡을 붙인 우리의 토종 자장가를 빼놓을 수 없을 거예요. 무엇보다 한글이, 우리말이 정말 곱고 아름답다는 사실에 자부심을 느낄 수 있는 노랫말이죠.

●젖 먹이는 엄마. 4~6세기. 대궁전 모자이크 박물관. ●●굴렁쇠 굴리기. 4~6세기. 대궁전 모자이크 박물관. 모두
이스탄불.

우리 아기 착한 아기 소록소록 잠들라/ 하늘나라 아기별도 엄마 품에 잠든다/
눙눙 아기 잠자거라 예쁜 아기 자장/ 우리 아기 금동 아기 고요고요 잠잔다/
바둑이도 짖지 마라 곱실 아기 잠 깰라/ 오색 꿈을 담뿍 안고 아침까지 자장

　아기가 자장가 들으면서 잘 자고 잘 컸나 봅니다. 굴렁쇠를 굴리는
개구쟁이 아이들의 장면이 이어지거든요. 1980년대까지 우리나라 아이
들도 많이 하던 놀이죠. 타이어를 제거한 바퀴를 나무 막대로 굴리던 모
습과 그대로 닮았어요. 동서고금의 공통 놀이라고 할까요? 벌써 20년도
넘었네요. 1988년 서울 올림픽 개막식 때, 1981년 올림픽 개최 결정 당
시 태어난 어린이가 백의민족을 상징하는 흰옷을 입고 굴렁쇠를 굴리며
등장했죠. 당시 신출내기 기자로 올림픽 현장을 취재하던 추억이 새롭습
니다.
　오리를 몰고 가는 아이 모습이 보여요. 회초리에 풀잎을 들고 선 모

습으로 보아 먹이를 주러 가는 모양이죠. 아이들은 들일도 하지만 소나 돼지, 닭, 토끼 같은 가축을 돌보는 일도 주로 맡아 해요. 길들여진 가축은 어른의 노동력이 필요치 않거든요. 30~40년 전 시골집 안마당 풍경 기억나시죠? 좁쌀이나 싸라기 한 움큼 쥐고 마당에 뿌려주면서 "고, 고." 소리를 내면 닭들이 "꼬꼬댁, 꼬꼬." 울며 몰려들어 부리로 연방 땅바닥을 쪼아대죠. 오리 옆으로는 한 소년이 바위산에서 개를 데리고 토끼를 사냥하는 중입니다. 개는 피를 흘리는 토끼를 물고 있어요. 몸집은 작지만 사냥개라서 그런지 눈매가 매섭네요. 망태기에 풀을 담아 말에게 먹이를 주는 장면도 보여요. 어릴 적 시골에서 소 꼴 먹이던 풍경이 떠오르네요. 무더운 여름날 소를 몰고 물가로 나가 풀어놓으면 하루 종일 꼴을 뜯어 먹습니다. 아이는 자맥질하거나 모래사장에서 놀다가 저녁 무렵 새까맣게 그을린 얼굴로 꼴 망태기 짊어지고 고삐를 손에 쥔 뒤 "이랴, 이랴." 내뱉습니다. 그러면 소는 어김없이 '떨렁, 떨렁' 방울 소리 울리며 스스로 앞장서 집으로 길 찾아 들어가죠.

굴렁쇠 굴리는 아이 옆에는 대추야자 한 그루가 높다랗게 서 있네요. 먹음직스럽게 잘 익은 누런 대추야자 열매 두 송이가 좌우에 매달려 있어요. 정말 꿀처럼 단맛이 나는 작은 열매가 송이마다 가득하죠. 대추야자는 영어로 '데이트 팜date palm'이라고 해요. 남녀 간의 달콤한 만남 같은 열매라고 할까요? 대추야자는 실크로드를 통한 동서의 주요 교역 상품 가운데 하나였죠. 대

오리 모는 아이. 4~6세기. 대궁전 모자이크 박물관. 이스탄불.

1 토끼 사냥하는 아이. 4~6세기. 대궁전 모자이크 박물관. 2 말에게 먹이 주는 장면. 4~6세기. 대궁전 모자이크 박물관. 3 대추야자 따는 노인. 4~6세기. 대궁전 모자이크 박물관. 4 대추야자 나무. 4~6세기. 대궁전 모자이크 박물관. 5 양젖 짜는 남자. 4~6세기. 대궁전 모자이크 박물관. 6 양젖 보관 통을 들고 가는 남자. 4~6세기. 대궁전 모자이크 박물관. 모두 이스탄불.

추야자 나무 위쪽으로는 바구니를 들고 일하는 남자가 보여요. 허리 굽혀 부지런히 일하는 모습입니다. 옆방으로 가면 노인이 장대로 대추야자를 따요. 어찌 보면 흑인 노예 같기도 하고요. 바구니 위에 새가 앉아 대추야자 따는 장면을 감독관처럼 지켜보고 있네요.

농부가 양젖을 짜는 모습이 목가적이죠. 알프스 소녀 '하이디'가 연상돼요. 신선한 흰 양젖을 한 모금 들이켜고 싶은 생각이 들 만큼 사실적인 묘사가 돋보여요. 그 옆에는 양젖 보관 통을 들고 가는 농부예요. 양을 기르는 목축은 그리스·로마 시대의 주요 산업이었죠. 우리의 벼농사 같다고 할까요? 우리가 쌀밥을 먹듯 이들은 고기를 먹고 우유를 마셨기 때문인데요, 우리에게는 없던 음식 문화죠.

물동이 인 여인과 호색한 판, 참새구이 포장마차

목축을 관장하는 신은 판Pan입니다. 염소 뿔에 염소 다리를 가진 신 판이 노해서 목축에 문제가 생기면 생계에 지장을 받는 탓에 그리스·로마 인들은 판을 두려워하고 숭상했답니다. 두려움에 떨며 공황에 빠진 상태를 영어로 패닉panic이라고 하는데, 판에서 나온 말이에요. 판의 모습을 자세히 들여다보면 뭔가 심상치 않아요. 여색을 무척 밝히는 판의 머리 위에서 아프로디테의 아들 에로스가 뿔을 잡아당기고 있거든요. 해학적인 이 장면은 무엇을 의미할까요? 판 앞을 보면 답을 끌어낼 수 있어요. 물동이를 이고 가는 아리따운 여인이 보이네요. 그렇습니다. 호색한 판이 여인에게 달려들자 에로스가 이를 뜯어말리는 중이죠. 이런 모티브는 다른 장르의 예술 작품에도 등장하는데요, 에로티시즘의 화신인 판이

●목축의 신 판과 에로스. 4~6세기. 대궁전 모자이크 박물관. ●●물동이 이고 가는 미인. 4~6세기. 대궁전 모자이크 박물관. 모두 이스탄불.

욕정을 참지 못하고 아프로디테에게 달려들자 아들 에로스가 방해하는 대리석 조각은 그리스 아테네 박물관에서 관람객의 웃음을 자아내죠.

여인의 모습도 살펴보고 넘어가죠. 단아하게 빗어 넘긴 금발에 우아한 아름다움이 넘쳐흘러요. 풍만한 몸매에 귀고리로 예쁘게 장식한 얼굴. 통통하게 살집이 오른 흰 피부가 장밋빛으로 발그레 달아올랐네요. 영락없이 눈처럼 흰 피부에 꽃처럼 아름다운 얼굴, 설부화용雪膚花容이에요. 물병 암포라를 어깨에 메고 있어요. 왼손을 올려 손잡이를 잡고요. 깨지는 것을 막으려고 나무로 짠 보호 통에 넣고 다니네요. 이 여인을 보니 동네 우물가 아낙들이 떠오르네요. 두레박으로 물을 길어 올려 동이에 담은 뒤 번쩍 들어 머리에 이고 사뿐사뿐 걸어가던 여인네의 뒷모습. 허리띠 질끈 동여맨 여인네의 뒷맵시에 남정네 마음이 설레곤 했는데요,

1 호랑이 사냥하는 두 남자. 4~6세기. 대궁전 모자이크 박물관. 2 방패와 창을 든 사냥꾼. 4~6세기. 대궁전 모자이크 박물관. 3 표범 사냥. 4~6세기. 대궁전 모자이크 박물관. 4 활 쏘는 남자. 4~6세기. 대궁전 모자이크 박물관. 5 아칸투스 잎을 두른 오케아노스. 4~6세기. 대궁전 모자이크 박물관. 모두 이스탄불.

1	2
3	
4	5

1 사자의 코끼리 사냥. 4~6세기. 대궁전 모자이크 박물관. **2** 사자의 사슴 사냥. 4~6세기. 대궁전 모자이크 박물관. **3** 뱀을 잡는 독수리. 4~6세기. 대궁전 모자이크 박물관. **4** 표범의 사슴 사냥. 4~6세기. 대궁전 모자이크 박물관. 모두 이스탄불.

30~40여 년 전까지 시골에서 보던 일상 풍경 가운데 하나였지요. 비잔 틴 사람들은 어떻게 생겼을까요? 모자이크에 등장한 4세기 콘스탄티노 플 사람들의 얼굴을 한번 들여다보시죠. 요즘 그리스나 터키에서 만나는 사람들처럼 생겼을까요? 좀 다릅니다. 지금 사람들은 왠지 동양적 분 위기가 묻어나지만 발굴한 모자이크 속 인물은 대부분 금발이지요.

사냥꾼들의 복장을 눈여겨보죠. 숲 속에서 거치적거리지 않고 덤불 사이를 기민하게 움직일 수 있도록 끈으로 단단히 조여 맨 타이츠가 인 상적이에요. 웃옷의 가슴과 등 부분의 네모난 장식에는 아마 메두사의

얼굴이 묘사돼 있었을 겁니다. 숲 속에서 동물들이 펼치는 싸움은 잡아먹으려는 욕망과 잡아먹히지 않으려는 생존 본능이 적나라하게 묘사돼 있어요.

새를 잡아 나무에 매단 모습이 예전 시골에서 참새를 잡아 엮어놓은 모습이랑 닮았어요. 참새구이를 연상시키네요. 아! 1970년대 거리 문화를 상징하던 포장마차의 친숙한 메뉴가 참새구이였어요. 그때는 참새가 지천이었거든요. 가을걷이가 끝난 겨울철 논밭 근처 나무숲에 그물을 쳐놓으면 수십 마리씩 떼 지어 먹이를 찾아 날던 참새들이 우르르 걸려들었어요. 흰 눈이 수북이 쌓일 무렵이면 더 그랬죠. 그걸 직접 구워 먹기도 하고 내다 팔기도 했어요. 자연산 참새는 가슴이 울컥 치민 서민들의 애환을 달래주는 소주 안주로 일품이었죠.

이제 대궁전 모자이크 박물관에서 나와 비잔틴 모자이크를 잠시 살펴보겠습니다. 나중에 별도의 기회가 주어지면 집중 소개하기로 하고 여기서는 성 소피아 성당의 비잔틴 모자이크만 맛보기로 훑고 지나갑니다.

비잔틴의 로맨스, 50세 황후와 18세 애송이 시종

이슬람 세력이 모자이크를 긁어내지 않고 벽에 회칠을 해 가린 뒤 이슬람 성전으로 사용한 덕에 살아남은 성 소피아 성당의 비잔틴 모자이크 가운데 3점을 들여다봅니다. 첫 작품 《예수, 콘스탄티누스 9세, 조에》.

가운데 앉은 분이 예수님이란 것, 바로 아시겠죠? 코발트빛 겉옷에 성경을 손에 들고 선 예수님은 금발에 턱수염이 더부룩하네요. 머리 뒤로는 십자가를 그린 후광이 성스러운 분위기를 연출하고요. 양옆 인물은 누구일까요? 왼쪽은 비잔틴 황제 콘스탄티누스 9세(1042~1055년), 오른쪽은 황후이자 공동 황제 조에랍니다. 권력의 희생양이었던 황후가 희대의 금지된 장난에 빠져 사랑과 배신의 애정 소설을 흥미진진하게 엮어내는 비잔틴의 로맨스 속으로 들어가보시죠.

　황후 조에는 978년에 태어났어요. 아버지 비잔틴 황제 콘스탄티누스 8세는 큰딸 조에와 작은딸 테오도라를 시집보내지 않고 노처녀로 늙

혀요. 그러다 자신의 죽음을 눈앞에 두고 어쩔 수 없이 1028년 조에를 시집보내는데요, 그때 신부는 50세, 신랑은 60세의 로마누스 3세였습니다. 콘스탄티누스 8세는 사위와 딸을 공동 황제로 만들어주죠. 하지만 로마누스 3세는 아기를 낳을 수 없는 할머니급 조에를 멀리하죠. 외로운 조에는 시종 미카엘과 정분이 나고 맙니다. 아, 이게 웬일인가요! 정부 미카엘의 나이가 글쎄 18세, 솜털 뽀송한 애송이였답니다. 결혼 6년 만인 1034년 로마누스 3세는 그만 목욕탕에서 싸늘한 시체로 발견돼요. 조에와 미카엘이 범인이라는 의혹이 일었지만 대개 최고 권력자가 개입된 의혹 사건은 진상이 제대로 밝혀지기 어렵죠. 56세의 조에는 로마누스 3세가 죽은 바로 그날 24세의 미카엘과 결혼식을 치르고 공동 황제가 돼요.

손자뻘 남편 미카엘 4세는 할머니뻘 아내에게 헌신적이었지만 정치 권력은 미카엘 4세 형의 손으로 넘어갔어요. 그러다 뜻밖에 미카엘 4세가 1041년 31세의 나이로 요절하고 맙니다. 죽기 직전 미카엘 4세는 누나의 아들을 양자로 들여 황위를 넘겨줍니다. 그런데 이 양자인 26세의 미카엘 5세는 철부지였어요. 황제에 오른 뒤 양어머니 조에를 콘스탄티노플 주변 섬으로 유배를 보낸 겁니다. 충성스러운 콘스탄티노플 시민들은 미카엘 5세를 압박해 조에를 다시 불러들이고, 조에와 여동생 테오도라는 힘을 합쳐 불효막심한 미카엘 5세를 장님으로 만들어 수도원으로 추방해버리죠. 미카엘 5세는 유배지에서 몇 달 뒤 죽고 말아요. 권력이 뭔지…….

조에는 1042년 세 번째이자 그리스정교에서 허용하는 마지막 결혼을 치릅니다. 당시 조에의 나이 64세. 상대는 42세의 콘스탄티누스 9세로 모자이크에 등장하는 인물이에요. 64세의 조에를 모자이크에서 보세요. 아리따운 꽃띠 여인으로 등장하죠. 왜 그럴까요? 비결이 있었어요. 비잔틴 제국의 전통 비법인데요, 조에는 거처에 수많은 방과 연구실을 두고 특수 비방의 연고를 만들어 발라 60세 때까지 얼굴에 주름이 없었다고 합니다. 실제 모자이크와 같은 젊은 미모로 연하의 새 남편을 자꾸 맞아들일 수 있었지요. 재미있는 사실은 조에가 지속적으로 황제 자리에 있으면서 새 남편을 공동 황제로 삼은 거예요. 여성 상속자의 발언권을 인정하던 비잔틴 제국의 분위기를 잘 전해주지요. 7~9세기 신라 시대 여왕과 비교해볼 수 있겠네요.

사실 콘스탄티누스 9세는 이미 일찍부터 조에의 관심을 끌던 매력남이었어요. 조에의 부친인 콘스탄티누스 8세 때 고위 관료의 아들이었던 콘스탄티누스 9세는 조에의 첫 남편 로마누스 3세의 조카딸과 재혼하면서 궁정에 얼굴을 내밀어요. 이때 조에의 눈에 띈 거예요. 일이 터질 무렵 질투가 난 조에의 애송이 남편 미카엘 4세가 그를 레스보스 섬으로 유배 보낸 것은 당연한 결과. 간신히 유배에서 풀려 그리스의 재판관으로 가려 할 때 콘스탄티노플로부터 소환장이 떨어집니다. 어서 와서 조에의 세 번째 남편이 되라는 전갈이었지요. 아직 한창 나이인 42세에 64세 할머니와의 결혼, 이거 기쁜 일인가요, 슬픈 일인가요? 돈 많은 과부를 원하는 분이라면 쾌재를 부를 일이지요. 콘스탄티누스 9세는 이미 두 번 결혼한 경험이 있는 사람이었고요, 두 번째 부인의 동생인 마리아 스클레리나와 로맨스에 푹 빠져 있던 참이었어요. 조에는 세 번째 결혼 뒤 8년을 더 살다 1050년 72세에 파란만장한 삶을 마감하고, 콘스탄티누스 9세는 5년을 더 통치하다 1055년에 죽습니다.

연애소설의 주인공 같은 콘스탄티누스 9세는 비잔틴, 나아가 터키 역사에서 전환점이 된 인물이에요. 돌궐과 연결되는데, 사연이 이래요. 콘스탄티누스 9세가 1045년 아르메니아 왕국을 병합한 뒤 동쪽에 와 있던 돌궐, 즉 셀주크튀르크와 처음 맞닥뜨려요. 1046년이지요. 1048년에는 아르메니아에서 첫 전투를 치르고 휴전 협정을 맺는데 콘스탄티누스 9세가 치명적인 전략적 실수를 저질러요. 아르메니아 군대를 무장해제한 거예요. 동방에서 강력한 정복자가 나타났는데 변방의 군사력을 약화시킨 것이지요. 1055년 콘스탄티누스 9세가 죽고, 비잔틴 제국은 1071년 마침내 만지케르트 전투에서 셀주크튀르크에게 대패해 오늘날 터키 땅 대부분을 내주고 맙니다. 가깝게는 1096년 십자군 운동의 빌미가 됐고, 멀게는 1453년 동로마 비잔틴 제국 멸망의 원인을 제공한 것이지요.

콘스탄티누스 9세 때 일어난 또 하나의 중대한 사건은 기독교의 동서東西 분리입니다. 로마 교황청 중심의 가톨릭과 콘스탄티노플 중심의 그리스정교가 오랫동안 예식 차이로 갈등을 빚어오다가 1054년 결정적으로 갈라서요. 교황 레오 9세의 특사가 콘스탄티노플 대주교 미카엘 케룰라리오스를 로마 교황청의 예식을 따르지 않는다는 이유로 파문한 거예요. 케룰라리오스는 거꾸로 로마 교황 특사를 파문해요. 교회가 갈라서며 정치적으로 중대한 변화를 맞아요. 콘스탄티누스 9세가 바이킹의 침략에 공동 대응하기 위해 로마 교황청과 맺으려던 동맹이 좌절된 거예요. 바이킹이 함부로 날뛰는 것을 막을 기회를 놓친 거죠. 문학과 예술의 수호자를 자처했던 콘스탄티누스 9세는 예루살렘의 성 분묘 교회를 재건한 황제로도 이름이 남습니다.

못생겨서 죄송합니다, 이주일과 비잔틴 최고의 명군 존 2세

이제《예수, 콘스탄티누스 9세, 조에》와 나란히 붙어 있는《마리아와 아기 예수, 존 2세, 이레네》를 보죠. 가운데의 아기 예수와 마리아 양옆에 있는 인물들은 누구일까요? 왼쪽 남자는 비잔틴 제국 콤네노스 왕조의 존 2세이고, 오른쪽 여인은 황후 이레네랍니다. 존 2세는 비잔틴 제국이 셀주크튀르크에게 소아시아 영토를 잃고 난 직후인 1087년에 태어나 31세이던 1118년 황제 자리에 올랐어요. 이때를 쇠퇴기라고 할까요? 이를 한스러워하던 존 2세는 발칸 지방은 물론 소아시아에서 튀르크에게 빼앗긴 영토 수복 전쟁을 벌였고, 기독교 세계 수호자로서 역할을 다하고자 성지 예루살렘에도 다녀오는 등 의욕에 불탔던 황제였어요.

그는 경건한 신심과 도덕성에서도 좋은 평가를 얻어요. 심지어 도덕

마리아와 아기 예수, 존 2세, 이레네. 12세기. 성 소피아 성당. 이스탄불.

적 견인주의자로 『명상록』을 쓴 3세기 로마 황제 마르쿠스 아우렐리우스와 견주어 '비잔틴의 마르쿠스 아우렐리우스'로 불릴 만큼 경건하며 순수하고 온화한 황제였답니다. 누구도 사형에 처하는 경우가 없었다고 해요. 절제와 용기 또한 뛰어나고 전략가로도 탁월해 기울어진 제국에 힘을 불어넣는 데 크게 기여했어요. 잔인하고 독선적이며 변덕스러운 품성의 황제가 주를 이루던 당시에 존 2세는 분명 예외적인 명군이었죠. 세종대왕과 닮은 점이 많답니다.

하지만 신언서판身言書判에서 첫째인 '신身'이 영 아니었던 모양이에요. 역사학자들의 기록에 따르면 존 2세는 키가 작고, 얼굴은 못생겼으며, 안색이 거무스름하고, 눈동자와 머리카락이 칠흑처럼 검었다고 해요. 그래서 비잔틴 사람들은 그를 '무어 족'이라고 불렀다네요. 무어 족이란 북아프리카 지중해 연안이나 사하라 사막 이북에 살던 베르베르 족을 가리키죠. '무어'의 원래 뜻은 아랍 인이 아니면서 아랍의 이슬람교를 믿는 사람이란 뜻이지요. 아랍 인들이 북아프리카를 거쳐 스페인까지 정복할 때 베르베르 족 대부분이 이슬람화됐어요. 베르베르 족은 이목구비가 서구형인 캅카스 인종이지만 피부와 머리카락은 검었어요. 기독교인이 무어 인이라고 부르면 경멸적인 의미가 담겨 있죠. 하지만 존 2세는 정반대로 '칼로이오네스' 라는 호칭을 얻었어요. '잘생긴', '아름다운' 이란 뜻인데요, 앞서 얘기한 정신적인 측면 때문이지요.

존 2세는 헝가리 공주 피로스카와 결혼해 8명의 자녀를 두었지요. 피로스카는 시어머니 이레네와 달리 황실 정치에 관여하지 않고 가정에만 충실했어요. 피로스카는 훗날 이름을 이레네로 바꿉니다. 모자이크에 보이는 이레네죠. 동유럽 슬라브 족 특유의 금발 미녀예요.

못생기지도 않았지만 "못생겨서 죄송합니다."라는 조크로 국민 희극 배우가 됐던 이주일 씨가 생각납니다. 당대의 미녀 배우 원미경과 호흡을 맞춘 1983년 작 「얼굴이 아니고 마음입니다」라는 영화가 떠오르네요. 존 2세가 그랬죠. 얼굴이 아니라 인성. 이주일 씨가 더 오래 살아 정말 웃지 못할 정치 코미디에 신물 난 국민들의 헤진 가슴에 웃음 치료를 해주면 좋았을 것을……

기적을 일으켜 지지세를 넓힌 예수님

성 소피아 성당의 모자이크 가운데 세 번째 작품《예수, 마리아, 세례 요한》을 보죠. '예수' 는 고대 그리스 어 '이에수스' 의 라틴 어 표기인데, 히브리 어 '여호수아' 에서 온 말입니다. '여호수아' 는 '야훼가 구원한다' 는 뜻이지요. '야훼' 는 히브리 어로 하느님을 뜻해요. 예수 앞에 붙는

'그리스도(기독)'는 무슨 뜻일까요? '기름을 부은'이라는 뜻의 고대 그리스 어 '크리스토스'에서 파생했는데, 기름을 부어 축복받은 사람은 지체 높은 왕이나 제사장, 구세주를 상징해요. 그러니 예수 그리스도는 '하느님이 구원하는 구세주'라고 할까요?

아기 예수가 태어난 시기를 0년으로 삼아 올해 2011년이 됐지만, 사실 정확한 예수 탄생 연도는 알기 어렵다고 하죠. BC 4년에서 AD 6년까지 다양한 해석이 있어요. 속세의 아버지 요셉의 고향인 베들레헴 마구간에서 태어났고, 헤롯 대왕의 유아 살해 박해를 피해 이집트로 갔다가 어머니 마리아의 고향 나사렛으로 돌아왔다는 것이 널리 알려진 초기 예수님의 행적이죠. 예수님은 마리아, 요셉과 함께 나사렛에서 30세 무렵까지 살다 세상을 구하러 나와요. 그 뒤 여러 기적을 일으키는데 죽은 라자로를 살려냈다는 말이 퍼지면서 유대 인들이 예수를 믿기 시작해요.

이를 지배 계층의 유대 인들이 곱게 볼 리 없죠. 당시 유대교의 양대 계파인 바리새파와 사두개파 사람들 모두 그랬어요. 신분이 낮은 목수 출신의 예수를 혹세무민의 선동자로 규정한 겁니다.

사두개파는 바리새파보다 예수님에 대해 더 부정적이었어요. 천사도 믿지 않는 사람들이 영혼불멸이나 부활, 구원이라는 말을 받아들이기는 어렵지요. 신성모독으로 본 거예요. 로마 관리 본디오 빌라도(폰티우스 필라투스, 총독이 아니라 그보다 낮은 행정관) 앞에서 십자가 처형의 판결을 받은 데에는 다 이렇게 동족 유대 인의 고변이 있었기 때문이랍니다. 예수님은 제자들과 최후의 만찬을 들고 겟세마네 동산에서 기도한 뒤 붙잡혀 이튿날 십자가를 지고 골고다 언덕에 올라가 일반 잡범과 함께 처형당하지요. 이후 무덤이 빈 재로 발견되고, 예수님이 올리브 산(감람산)에서 승천했다는 말이 널리 퍼집니다. '기독그리스도, Christ을 따르는 사람들' 이란 뜻의 그리스 어 '크리스티아노스Christianos' 에서 유래한 '기독교Christianism' 는 이렇게 해서 생겨납니다.

가운데에 계신 예수님 왼쪽의 성모 마리아는 갈릴리 지방 나사렛에서 태어난 것으로 알려져 있어요. 마리아는 7세 때부터 12세까지 성전에서 생활하다 목수 요셉과 약혼을 하는데요, 글쎄 요셉과 합방하기 전 처녀 상태童貞女에서 임신을 해요. 마리아는 기가 막혔겠지요. 아무 일 없이 임신이 됐으니까요. 대천사 가브리엘이 마리아에게 성령으로 잉태했음을 알려 마리아를 안심시킵니다. 이렇게 육체의 접촉 없이 하늘의 뜻으로 임신했음을 알리는 행위를 수태고지受胎告知, Annunciation 또는 성모영보聖母領報라고 해요. 유럽의 박물관에서 중세 시대 기독교화 「수태고

지」를 숱하게 보죠.

　두 번째로 기가 막혔던 사람은 요셉이지요. 약혼녀가 자신이랑 아무런 관계 없이 아기를 가졌으니 온갖 억측을 했을 만하지요. 인지상정입니다. 파혼을 떠올리며 괴로워하다 잠 못 들던 밤, 요셉의 꿈에 대천사가 나타나 역시 성령 잉태를 알려주죠. 요셉은 이를 운명으로 받아들이고 마리아와 결혼합니다. 마리아는 예수님이 십자가에 못 박혀 처형당할 때 먼발치에서 이를 지켜보는 아픔도 겪지요. 가톨릭 공식 교리는 성모 마리아가 '평생 동안 숫처녀'로 살았다고 정의합니다. 실제 그랬다면 요셉의 희생이 컸겠지요. 예수님이 부활하신 뒤에는 터키 에페수스로 이주해 그곳 산중에서 살다 죽은 것으로 알려졌지요. 물론 부활해 하늘로 올라갔다고 믿고요.

　예수님 오른쪽은 세례 요한입니다. 요한은 성모 마리아 언니의 아들이니 속세 개념으로는 예수님 외사촌 형이라고 할 수 있어요. 요르단 계곡에 살며 예언을 일삼았는데, 요르단 강물로 사람들을 씻겨주는 세례 운동을 통해 새로운 깨달음을 얻도록 해주었어요. 예수님도 그에게서 세례를 받았지요. 그러니 기독교에서 차지하는 비중도 크답니다. 그의 이름 요한은 영어 존John, 프랑스 어 장Jean, 스페인 어 후안Juan, 독일어 요하네스Johannes, 이탈리아 어 조반니Giovanni로 다양해요. 요즘도 이들 나라에서 가장 흔한 이름이죠.

■ 가지안테프

실크로드 교역 도시, 셀레우코스 장군의 페르시아 아내 사랑

이스탄불 구도심은 트라키아 지방, 그러니까 유럽에 속해요. 터키의 서북쪽 맨 끝이지요. 남동 지방 가지안테프까지 가려면 비행기를 타는 게 쉽지만 야간 버스를 이용하면 비용이 절약됩니다. 이스탄불 오토가르(시외버스 정류장)는 전차와 지하철로 쉽게 갈 수 있어요. 술탄 아흐메트 광장 역에서 전차를 타고 공항 방면으로 다섯 번째 역에서 열차로 갈아탄 뒤 여섯 번째 역이 오토가르지요. 서울로 치면 강남 고속버스 터미널 같은 거예요. 터키는 장거리 버스가 잘 발달한지라 오토가르 규모가 대단해요. 주의할 점은 터키의 장거리 버스는 우리나라와 달리 버스 회사별로 마련된 정차장에서만 버스가 출발한다는 거예요. 그러니 술탄 아흐메트 광장 역 바로 앞에 있는 버스 회사 '메트로Metro' 사무소에서 표를 샀다면 오토가르의 '메트로' 정차장에서 버스를 타야 하는 거죠.

이스탄불 오토가르. 버스 회사 이름이 메트로다. 가지안테프까지 17시간 걸린다.

이스탄불에서 오후 2시 30분에 버스에 올라 밤새 달려서 다음 날 아침 7시 30분에 가지안테프에 도착했어요. 17시간 걸리더라고요. 버스에는 기사 외에 조수도 탑니다. 조수가 수시로 물도 주고 특히 손에 화장수를 뿌려줘 코끝을 상큼하게 만들어주곤 하죠. 밤새 달리다 보면 숙면을 취하기도 어렵고 자주 쉬는 탓에 자꾸 잠이 깨서 여간 불편한 게 아니에요. 전에는 힘든 줄 몰랐는데……. 휑하니 먼지 날리는 가지안테프 시가지 외곽 버스 정류장에 내리는 순간 갑갑해져요. 영어가 전혀 안 통하거든요. 우리네 마을버스 같은 시내버스를 무작정 타고 손가락으로 손바닥 가운데를 찍으며 시 중심가로 가느냐고 보디랭귀지를 했지요. 이해했는지 고개를 끄덕이더군요. 언덕 넘고 고개 넘고 우리네 달동네 비슷한 지역을 여러 번 지나자 마침내 탁 트인 큰길이 나왔어요. 기사가 내리라는 손짓을 해서 보니 중심가 같아요. 터키 어딜 가도 있는 아타튀르크 동상이 광장 한가운데에 서 있었거든요.

박물관을 찾은 관람객을 흥분시키기에 충분할 만큼 빼어나게 아름다운 모자이크들은 작품성은 물론 소재의 다양성 면에서 어디 내놔도 뒤지지 않을 만큼 흥미 만점이에요. 유적지 제우그마Zeugma에서 발굴한 작품들인데, 제우그마는 BC 300년 알렉산더 휘하의 장군 셀레우코스가 유프라테스 강가에 세운 도시죠. 처음에는 '셀레우코스-유프라테스'라고 불렸어요.

새로 지은 제우그마 모자이크 박물관 조감도. 가지안테프.

● 가지안테프 중심가에 있는 아타튀르크 얼굴 조각. ●●박물관 입구. 로마 시대 방아 유물. 모두 가지안테프.

강 건너편에는 자매 도시를 짓고 이름을 '아파미아' 라고 했고요. 셀레우코스 장군의 아내 이름이죠. 셀레우코스 장군이 알렉산더의 동서 결혼 정책에 따라 짝으로 맞은 페르시아 박트리아 출신 공주랍니다. 알렉산더 사후에 페르시아 여성과 결혼한 많은 장군들이 이혼했는데 셀레우코스 는 끝까지 해로할 만큼 금슬이 좋았어요. 애정이 도탑던 부부만큼이나 두 도시도 다리로 연결돼 하나처럼 발전하죠.

하지만 제우그마는 파르티아 제국을 무너뜨리고 등장한 사산조 페르 시아가 256년 침공했을 때 불탄 뒤 3미터 깊이의 흙더미 속에 묻히고 말 아요. 1995년 댐을 만들면서 수몰 직전의 빌라 2채를 프랑스 고고학 팀 이 발굴했는데, 여기서 출토된 헬레니즘풍 모자이크를 1999년까지 발굴 해 가지안테프 박물관으로 가져온 거예요. 2010년 봄, 근처에 아예 '제 우그마 모자이크 박물관' 을 새로 지어 모자이크를 옮겼답니다.

여장으로 병역 기피한 아킬레우스, 발각돼 끝내 전쟁터로

박물관을 수놓은 인상적인 작품들 가운데 먼저 '포세이돈의 집' 임플루비움(빗물 저수조) 바닥을 장식했던 흥미로운 작품《발각되는 아킬레우스(아킬레스)》를 보죠. 무슨 발각일까요? 트로이 전쟁 기억나시죠. 전편 『비키니 입은 그리스 로마』에서 파리 루브르 박물관의 명작《파리스의 심판》을 보셨는데요, 예언자 칼카스는 승리하려면 아킬레우스가 반드시 참전해야 한다는 점괘를 내놓습니다. 아킬레우스의 아버지 펠레우스는 아들이 트로이 전쟁에 참가해 공을 세우고 돌아오면 아들의 머리털을 자신의 왕국에 흐르는 스페르케이오스 강에 뿌리겠다고 맹세해요. 트로이 전쟁에서 아들이 죽을 것이란 운명에 대해 모르고요. 하지만 아킬레우스의 어머니인 요정 테티스는 아들의 운명을 알고 있었어요. 비록 남편 펠레우스와는 성격 차로 별거하고 있었지만 제 속으로 배앓이해 낳은 아들마저 미워할 모정이 어디 있겠어요.

아들의 죽음을 걱정하던 테티스는 묘책을 내어 아킬레우스를 스키로스 왕 리코메데스에게 보냅니다. 리코메데스 궁정에서 아킬레우스를 여자로 변장시키죠. 리코메데스의 딸들과 함께 살도록 숨긴 거예요. 멀리 떨어진 다른 나라에서 공주들과 뒤섞여 지내면 그리스 연합군이 아킬레우스를 찾아내지 못할 것이고, 결국 트로이 전쟁에 나가지 않게 돼 목숨을 보전할 것이라는 계책이에요. 아킬레우스가 병역을 피해 스키로스 궁정에서 리코메데스의 딸들과 보낸 기간은 무려 9년이에요. 청년 시절을 전쟁 연습이 아닌 여자들과의 소꿉장난으로 보낸 거죠. 어머니의 의지로 병역을 기피한 아킬레우스는 현대판 한국의 병역 기피와 닮았죠.

발각되는 아킬레우스. 가운데의 창을 든 이가 아킬레우스, 왼쪽의 수염 난 이가 오디세우스다. 2~3세기. 가지안테프 박물관.

아킬레우스의 병역 기피 사실이 들통 난 사연은 무엇일까요? 아킬레우스를 찾기 위해 혈안이 돼 있던 그리스 연합군의 오디세우스 일행은 테티스가 스키로스 왕국에 다녀왔다는 소문을 확인하고 한걸음에 스키로스로 내달립니다. 신의 아들이니 저잣거리에 있을 리 만무하고 왕궁에 숨어 있을 게 분명했죠. 오디세우스 일행은 리코메데스 왕을 다그치며 아킬레우스의 행방을 대라고 요구했습니다. 그러나 리코메데스가 뚝 잡아떼는 바람에 난감해지죠. 명탐정의 자질이 흘러넘치던 꾀 많은 오디세우스의 머리에 뭔가 스칩니다.

방물장수로 둔갑한 오디세우스는 여자들이 좋아할 물건을 후궁에 잔뜩 풀어놓지요. 공주들이 입을 벌리고 물건을 탐하느라 정신이 없어요. 그런데 유독 한 여자만 시큰둥한 거예요. 여자가 좋아할 물건을 보고도 신경 쓰지 않는다면 남자란 얘기잖아요. 오디세우스는 이번에는 슬그머니 멋진 창과 방패를 내놓습니다. 아킬레우스는 본능적으로 불쑥 손을 내밀어 방패에 손을 대요. 여장 남자 아킬레우스의 진실은 그렇게 탄로 나고 말았어요. 모자이크는 바로 이 순간을 그린 겁니다. 일설에는 오디세우스가 리코메데스 왕궁 내실에서 전쟁을 알리는 뿔 나팔을 불었다고 합니다. 공주들이 혼비백산해 사방으로 날뛰는데 여자 옷을 입은 아킬레우스만이 무기고로 달려갔다가 탄로 났다고도 해요. 참, 2004년 국내 개봉한 영화 「트로이」를 기억하실 텐데요, 영화 속 아킬레우스(브래드 피트 분)가 신화의 아킬레우스 이미지와 어울려 보이나요?

테티스는 전쟁에 나서는 아들에게 이렇게 말하죠. "참전하면 일찍 죽는 대신 큰 명성을 얻고, 참전하지 않으면 평범하게 천수를 누릴 것이다." 굵고 짧게 살 것인가, 가늘고 길게 살 것인가. 이 말을 들은 아킬레우스는 명예를 택해 50척의 배를 이끌고 죽음을 무릅쓰며 부하들과 전장에 나서요. 이런 아킬레우스의 영웅 정신은 훗날 아주 오래도록 그리스 청년들의 가슴을 뜨겁게 만들죠. 어쩌면 아킬레우스 신화는 전쟁이 잦았던 고대 그리스에서 청년들의 참전 의식을 고취시키기 위해 만든 산물인지도 몰라요. 1939년 제2차 세계대전이 발발할 때 만들어진 런던을 배경으로 한 비비안 리 주연의 영화 「애수哀愁」처럼요. 애인이 전사한 줄 잘못 알고 화류계 생활로 들어섰다가 애인 로이 대위(로버트 테일러 분)가 살아 돌아오자 사랑의 맹세를 지키지 못한 자책감에 목숨을 끊는 비련의 주인공 마이라(비비안 리 분). 그녀처럼 되지 말고, 혹시 남편이나 애인이 전장에 나가도 너무 걱정 말고, 혹 전사 통지서가 와도 기다리라는 기막힌 참전 메시지를 담은 영화치고는 감동이 흘러넘쳤죠.

전쟁의 참상을 고발하는 영화는 더 있죠. 아킬레우스와 그의 아내가 생이별하듯이 제2차 세계대전으로 생이별하는 부부의 이야기를 담은 소피아 로렌 주연의 1970년 작 「해바라기」요. 냉전 시대 소련의 풍요로운 모습을 담았다고 해서 상영 금지되기도 했는데, 갓 결혼한 새신랑이 징집돼 나가며 시작되는 비극은 정말 가슴을 적시지 않을 수 없었죠. 우크라이나 지방의 드넓은 해바라기밭을 배경으로 한 주제 음악은 더욱 애상적인 명장면으로 영화를 기억하게 만드는 구실을 톡톡히 해냈죠. 루마니아 작가 콘스탄트 게오르규 원작으로 앤서니 퀸 주연의 1967년 작 「25시」 역시 전쟁이 남긴 상처를 전해줍니다. 일제강점기에 일본이 저지른 만행 가운데 가장 참을 수 없는 정신대 문제를 심도 있게 다룬 영화를 누군가 만들어 인류사 최대의 인권 유린 역사를 세계에 알려야 할 텐데…….

황소를 사랑한 로맨스, 청아한 눈빛의 경국지색

《파시파에와 다이달로스》는 지금까지 그리스·로마 문명권에서 발굴한 모자이크 가운데 파시파에와 미노타우로스 관련 소재를 다룬 유일한 작품이니 꼼꼼하게 살펴보죠. 소재도 귀하고 사건 전개 자체가 흥미롭지만, 무엇보다 모자이크의 구도나 색상이 탄성을 자아낼 만큼 훌륭하답니다. 제우그마 '포세이돈의 집' 식당 바닥을 장식했던 이 모자이크에는 레이스 달린 커튼 아래로 모두 5명의 인물이 등장해요. 이 가운데 4명의 신원을 알 수 있어요. 그리스 어 이름을 적어놨기 때문이죠. 왼쪽부터 보실까요?

등받이와 팔걸이가 한쪽에만 달린 낮은 의자 위의 여인을 보세요. 자줏빛 튜니카를 입었죠. 오른쪽 어깨끈이 흘러내려 자연스럽게 오른쪽 상반신이 드러났어요. 튜니카 위로는 노란색 히마티온(스톨라)을 하반신까지 내려 걸쳤어요. 흰 속살이 유난히 눈부신데요, 반듯한 이목구비에 꽃 같은 얼굴, 달덩이같이 우아한 화용월태花容月態 그 자체랍니다. 두 눈과 마주쳐보세요. 깊은 산속 맑은 샘물에 하늘 일부가 빠져 물든 것처럼 푸른색의 명징함을 머금었어요. 티 하나 없는 아침 이슬의 순도 100퍼센트짜리 청아함으로 반짝이죠. 흠잡을 데 없이 깔끔하게 오똑 선 콧날, 위아래 대칭으로 야무지게 다문 채 붉은빛이 감도는 앵두 같은 입술, 달걀형의 매끄러운 얼굴 윤곽, 백옥 같은 얼굴 위로 가지런히 빗어 올린 금발은 비단 위에 꽃을 수놓은 모습이죠. 다이아몬드 형태의 귀고리와 목걸이가

없어도 이미 인간세계 아름다움의 경지를 넘어선 느낌입니다. 머리에서 허리까지 길게 늘어뜨린 투명한 스카프는 첫눈이 온 세상을 하얗게 수놓 듯 꾸밈없이 소박하고 순수한 아름다움의 이미지를 더해주죠.

이렇게 눈부신 아름다움을 간직한 여인은 누구일까요? 중년이면서도 전혀 중년 티가 안 나는 이 여인은 크레타 섬 미노스 왕의 왕비 파시파에 입니다. 그리스 어로 '파시파에'라고 적혀 있죠. 나라를 쓰러뜨리기에도 모자람이 없을 만큼 온 남정네들 혼을 쏙 빼놓는 미모, 경국지색傾國之色 이라 할 만한 파시파에의 아름다운 얼굴에 왠지 웃음이 없어요. 아름다움

파시파에. 수심 가득한 얼굴 표정이 잘 묘사됐다. 2세기. 가지안테프 박물관.

뒤에 가려져 보지 못했던 수심 가득한 표정이 이제 눈에 들어오네요. 뭔가 간절히 바라지만 안타깝게도 이룰 수 없을지 모른다는, 희망이 사라진 상태의 그런 슬픔. 저 깊은 어둠의 나락으로 떨어져 헤어나기 어려운 고민에 빠져 있는 파시파에의 얼굴을 새로 느끼게 됩니다. 새싹이 돋고 예쁜 꽃이 피지만, 그런 생동하는 봄의 기쁨을 찬미할 수 없는 애상 어린 곡조의 노래가 있죠. 크리스 디 버그의 1970년대 말 팝송 「눈동자에 4월을 간직한 여인The girl with april in her eyes」이란 곡이에요. 음악은 사람의 마음을 다스리는 묘약이지요. 가슴 적시는 음색으로 읊조리듯, 절규하듯 애절한 사연을 풀어가는 이 애조 띤 곡을 인터넷에서 찾아 들으며 파시파에의 절망에서 카타르시스를 경험해보시기를 권유합니다.

사연은 남편 미노스 왕이 크레타 왕으로 등극하던 시절로 거슬러 올라갑니다. 미노스는 자신이 왕이 돼야 한다는 주장과 함께 신들에게 증거를 보내달라고 부탁하죠. 이때 바다의 신이자 제우스의 형인 포세이돈이 조카 미노스(에우로파와 제우스 사이에서 태어남)를 위해 흰 황소를 보내줍니다. 미노스는 왕이 되면 흰 황소를 다시 포세이돈에게 바치겠다고 맹세했지요. 그런데 뒷간 다녀오면 마음 변하는 인간사, 다반사죠. 미노스도 그랬어요. 포세이돈에게 받은 황소가 탐나 제물로 바치지 않았어요. 화가 난 포세이돈이 미노스의 아내 파시파에를 통해 복수하는데, 파시파에가 문

제의 황소를 사랑하게 만든 겁니다. 그것
도 미치도록 그리워하게요.

　　모자이크에서 파시파에의 왼쪽 발치
아래에 황소 머리가 보이죠. 포세이돈에게
바치겠다고 맹세한 뒤 미노스가 그대로 소
유한 황소입니다. 파시파에 곁에 배치해
그녀가 황소를 사랑하고 있음을 유추할 수

황소와 에로스의 화살. 2세기. 가지안테프 박물관.

있도록 해줍니다. 그다음 인물이 중요해요. 황소 머리 옆으로 에로스가
있죠. 고추 달린 어린이 모습의 에로스가 사랑의 화살을 쏘고 있는 중입
니다.

다이달로스, 파시파에와 황소 맺어줘…… 미노타우로스 출생

　　이 황당한 시추에이션이 가능하도록 해준 이는 천하의 목공 명장 다
이달로스입니다. 다이달로스에게 황소를 향한 파시파에의 열정을 귀뜸한
일종의 매파, 좋은 말로 월하빙인月下氷人은 보모 트로포스지요. 모자이크
에서 가운데 인물 트로포스는 눈코를 비롯한 이목구비가 커서 남자처럼
묘사됐지만, 주름진 얼굴과 머리에 쓴 스카프에서 알 수 있듯이 노파랍니
다. 머리 오른쪽에 적힌 '트로포스' 라는 단어가 '보모' 라는 뜻이고요. 파
시파에를 어려서부터 길러온, 그래서 파시파에가 무엇이든 말할 수 있는
상대였죠. 트로포스의 얼굴에는 '조심스러움' 이라는 단어가 딱 어울릴
만큼 무척 신중을 기하는 표정이 역력해요. 누가 들을세라 손가락을 들어
쉬쉬하며 속삭이듯 살살 얘기하는 정황이 모자이크에 잘 표현돼 있어요.

•파시파에의 보모 트로포스가 다이달로스에게 불륜을 말하고 있다. 2세기. 가지안테프 박물관. ••암소 제작 광경. 트로포스, 다이달로스, 이카로스가 등장한다. 이카로스 위로는 미궁. 2세기. 가지안테프 박물관.

왕비의 부정한 마음을 남에게 전달해야 하니 오죽했겠습니까.

다이달로스의 얼굴에도 신중함이 묻어나죠. 듣지 말았어야 할 금지된 장난의 사연을 들었으니 말입니다. 하지만 이미 벌어진 일. 다이달로스는 트로포스의 말을 전해 듣고 아들 이카로스와 함께 작업에 들어갑니다. 모자이크에는 맨발의 다이달로스가 톱과 목재를 들고 서 있죠. 밑에는 끌과 대패가 놓여 있고, 아직 가다듬지 않은 원목도 볼 수 있어요. 다이달로스의 아들 이카로스는 의자에 앉아 아버지의 지시대로 부지런히 손도끼를 들고 나무를 깎고 있고요. 이카로스 발밑으로는 아마존의 여전사들이 즐겨 썼다는 양날 도끼 라브리스가 놓여 있네요. 다이달로스 부자는 살아 있는 암소와 똑같은 농염한 자태의 나무 소를 만들어내요. 그러고는 파시파에를 그 속으로 들어가도록 합니다. 나무 소를 보고 발정한 황소가 달려들어 일을 치르도록요. 아, 인간과 짐승의 결합! 열 달 뒤 파시파에는 머리는 소요, 몸뚱이는 사람인 반인반우半人半牛 미노타우로스를 낳습니다. '미노스의 소'라는 뜻이지요.

분노한 미노스 왕은 다이달로스에게 다시 명합니다. 문제의 단초를 제공한 사람이 해결 방법도 내라는 결자해지結者解之. 누구라도 한번 들어가면 나오지 못하는 미궁迷宮, 미로을 만들라고 지시해요. 미노타우로스를 가둬둘 요량이었지요. 어떤 문제에서 도저히 헤어나지 못하고 풀 수 없는 상황에 봉착했을 때 '미궁에 빠졌다', '미로에 빠졌다'고 하지요. 이 미궁은 모자이크에서 이카로스 위에 화려한 건물로 표현해놨습니다. 이렇게 빼어난 실력의 다이달로스는 아테네 출신이죠. 뛰어난 조각가, 건축가로 활동하지만 조카 탈로스가 톱을 발명하면서 자신보다 명성이 더 높아지자 질투심에 탈로스를 죽입니다. 아테네 추방 판결을 받은 다이달로스는 당시 아테네의 종주국인 크레타로 망명해 살던 중이었어요. 미노스의 종애를 받은 다이달로스는 미노스의 시녀 나우크라테와 정을 통해 이카로스라는 아들까지 낳았던 겁니다.

미노스는 미노타우로스를 미궁에 가둬둔 뒤 아테네에서 공물로 바친 꽃다운 처녀, 총각을 양식으로 넣어주죠. 아테네의 왕자 테세우스는 조국의 불행을 끊기 위해 공물을 자처해 크레타로 와서 미노타우로스를 처치하는 데 성공하고요. 이 사건은 1권『비키니 입은 그리스 로마』의 이탈리아 나폴리 편에서 자세히 설명했죠. 테세우스가 훗날 아리아드네의 여동생 파이드라와 결혼해 잉태하는 또 다른 비극은 안타키아 편에서 살펴보겠습니다. 다이달로스와 이카로스 부자는 어떻게 됐을까요? 미노스는 이들을 미궁에 가둡니다. 그러자 천하의 발명가 다이달로스는 다시 꾀를 내요. 날개를 만들어 어깨에 달고 하늘로 날아올라 미궁을 탈출하지요. 다이달로스는 시칠리아의 카미코스라는 나라로 날아가는 데 성공하지만

이 나라 사람들에게 죽임을 당해요. 이카로스는 하늘로 너무 높이 날지 말라는 아버지 다이달로스의 말을 무시했다가 그만 날개에 붙인 밀랍이 뜨거운 햇볕에 녹으면서 날개가 떨어져 에게 해 사모스 섬 근해로 추락해 죽습니다. 사모스 섬 옆 바다를 지금도 이카로스 해라 부르지요.

로맨스의 희생양 안티오페, 나폴리 박물관의 '파르네스 황소'

제우스의 로맨스가 초래한 가여운 여인의 운명을 들여다보죠. 《안티오페와 사티로스》에는 잘생긴 젊은 남자가 아리따운 여인의 손을 잡아끌고 있어요. 표정으로 봐서 남자가 여인을 유혹하는데 여인이 거부하는 상황이죠. 잘생긴 남자의 오른쪽 어깨 위로 '사티로스'라는 그리스 어 이름이 보여요. 근육질의 사티로스는 갈댓잎을 머리에 꽂고 있어요. 짐승 가죽 옷을 등에 걸치고 하반신도 가렸네요. 귀는 당나귀 귀처럼 크고요. 눈빛이 강렬한 것으로 보아 잔뜩 달아오른 표정입니다. 여인의 오른쪽 어깨 위에는 '안티오페'라는 이름이 적혀 있어요. 안티오페는 튜니카를 입었지만 주요 부위를 다 드러낸 모습이에요. 귀고리와 목걸이, 팔찌를 차고 머리띠로 머리를 단정히 묶었어요. 눈빛을 보세요. 뭔가 두려움에 떨고 있는 표정이죠. 사티로스는 잡아끌고 안티오페는 달아나려 하는 장면, 무슨 사연일까요?

안티오페는 강의 신 아소포스의 딸이라고도 합니다. 한번 보기만 해도 사랑에 빠지도록 만드는 치명적인 아름다움을 지닌 팜 파탈이었죠. 제우스는 사티로스로 변장해 안티오페를 범해요. 결혼도 안 한 처녀 안티오페, 배가 불러오자 아버지에게 혼날 것이 두려워 그만 집을 나가고

안티오페와 사티로스. 제우스가 사티로스로 변장해 안티오페를 범하려 하고 있다. 2~3세기. 가지안테프 박물관.

말아요. 미혼모의 길이 시작된 거죠. 안티오페는 시키온으로 가서 에포페우스 왕에게 의탁합니다. 마치 강의 신 하백의 딸로 태양신의 아들 해모수와 관계한 고주몽의 어머니 유화부인이 동부여 금와왕에게 의탁한 것과 같아요. 딸이 가출하자 아버지는 낙심하여 스스로 목숨을 끊으면서 동생에게 원수를 갚아달라고 부탁합니다. 동생 리코스는 에포페우스를 죽이고 안티오페를 테베로 데려오죠. 돌아오던 중에 안티오페는 쌍둥이 아들 암피온과 제토스를 낳는데, 리코스는 두 아들을 산에 버리고 안티오페만 데리고 와 학대하죠. 다 자란 두 아들이 찾아와 리코스와 부인 디르케를 죽이고 어머니 안티오페를 구해줍니다.

디르케가 쇠뿔에 매달려 죽는 장면은 로마 시대에 거대한 조각으로 만들어졌어요. 「파르네스 황소」라고 하는 작품이지요. 거대한 대리석 한 덩어리를 깎아 만든 이 웅대한 조각은 BC 2세기 헬레니즘 시대 로도스에서 아폴로니우스 형제가 만들었고요, 이후 1세기 로마에서 다시 만든 복제품입니다. 지금까지 발굴한 조각 가운데 단일 작품으로는 가장 큽니다. 로마의 카라칼라 황제 목욕탕 잔해에 묻혀 있다가 1546년 발굴됐어요. 교황 바오로 3세가 고대 로마의 조각품을 찾아내기 위해 발굴을 지시하면서 이룩한 업적입니다. 지금은 나폴리 국립 박물관에 웅장한 모습으로 서 있죠.

《안티오페와 사티로스》를 다룬 또 한 점의 모자이크가 있어요. 제우그마 '포세이돈의 집'에서 발굴한 3세기 초 작품인데, 발굴 당시 모습 그대로 방을 뜯어다 전시해놨어요. 벽은 프레스코로 장식했고, 바닥 모자이크는 위아래 칸을 나눠 2개의 소재를 사용했어요. 사티로스(제우스)가 안티오페를 잡아당기는 장면인데 안티오페는 금발에 나뭇잎 관을 썼고요, 튜니카는 상반신에서 흘러내려 엉덩이에 걸쳐져 있네요. 오른손에는 탬버린을 들었어요. 춤추던 도중 한쪽

파르네스 황소. 1세기. 나폴리 박물관.

손을 잡힌 채 마지못해 끌려가는 표정이죠. 얼굴색이 어둡잖아요. 사티로스는 나뭇잎 관을 머리에 쓰고, 알몸으로 표범 가죽 옷을 입고 지팡이를 왼손에 들었어요. 양다리를 벌려 강하게 힘을 준 채 왼손으로 안티오페의 왼손을 잡고 오른손은 안티오페의 팔을 잡아끄는 중이에요. 안티오

안티오페와 사티로스. 3세기 초. 가지안테프 박물관.

페를 바라보는 강렬한 눈빛에서 활활 타오르는 욕정을 느낄 수 있어요.

3대 비항 나쏠리와 '앵' 하는 사이렌이 생겨난 전설

《메티오코스와 파르테노페》. 소파에 앉아 대화를 나누고 있는 두 연인. 이미 오래전부터 사랑에 빠진 그런 사이 같죠. 파르테노페는 희고 아름다운 왼쪽 어깨를 시원스레 드러낸 튜니카를 입고 있네요. 팔 부위를 매듭으로 조여 맸고요. 흰색 히마티온이 그녀의 무릎을 덮고 있어요. 금발 머리는 스카프로 묶었고요. 귀에는 하얗게 빛나는 진주 귀고리를 달았죠. 메티오코스는 흰색 튜니카에 갈색 망토를 걸쳐 멋을 냈어요. 가죽 샌들을 신었고요. 자세가 재미있어요. 하체는 다른 방향으로 약간 틀어 앉아 있지만, 상체는 정반대로 서로를 향해 살짝 튼 모습이지요. 이런 장면을 연상해보세요. 사랑하는 남녀가 나란히 같은 의자에 앉았으면서도 부끄러움과 수줍음에 등을 돌리고 앉은 풍경. 그러나 서로 보고 싶은 마음을 어찌할 수 없어 상체를 돌리는 순간의 모습 말이에요.

눈동자를 보시죠. 사랑하는 이를 정면으로 바라보기가 부담스러운 상황. 그러나 바라보고 싶은 마음에 눈길을 살짝 돌렸는데 그때 둘의 눈동자가 딱 마주치는 그런 순간을 그렸어요. 사랑하는 남녀의 조심스러우면서도 다정한 면모가 엿보이지요. 이때는 눈만 마주쳐도 가슴이 두근거리고, 슬쩍 옷깃이라도 스치면 마치 온몸이 전기에 감전된 듯, 무슨 죄를 지은 듯 화들짝 놀라게 되죠. 이런 사랑 경험 있으신가요? 이 둘의 사랑 이야기는 훗날 여러 소설이나 희곡의 모티브가 됐어요. 이 작품은 1993년 발굴했을 당시 인물의 주요 부분이 이미 도굴당한 상태였어요. 그러다 2000년 미국 텍사스 주 휴스턴에서 발견됐지요. 그 후 가지안테프로 돌아와 복원된 겁니다.

메티오코스는 마라톤 전투의 영웅 밀티아데스 장군의 아들이고, 파르테노페는 사모스 섬의 독재자 폴리크라테스의 여동생이라고 합니다. 역사적으로 존재했던 인물이죠. 하지만 둘이 사랑했다는 기록은 전혀 없어요. 역사적 고증이 없는 허구지요. 실재와 가상이 공존하는 둘의 사랑 이야기, 흥미롭죠. 문학이라는 게 원래 픽션이잖아요. 전혀 만난 적도 없는 두 사람을 사랑하는 연인 사이로 설정해 독자가 마음껏 상상의 나래를 펼 수 있도록 해주는 매력요. 실제 역사에 등장하는 밀티아데스 장군의 아들 메티오코스는 BC 494년 페르시아와의 전쟁에서 포로로 잡혀 마라톤 해전에는 가보지도 못하고 페르시아로 압송됩니다. 하지만 다리우스 1세의 보호 아래 페르시아 공주와 결혼하고 자식도 낳지요. 페르시아 귀족으로 영화를 누립니다.

반면 그리스 신화에서 전하는 파르테노페의 전설은 가슴 아파요. 프

메티오코스와 **파르테노페**. 2~3세기. 가지안테프 박물관.

리기아 출신의 파르테노페는 메티오코스를 사랑하게 되지요. 그녀는 자신의 순결을 반드시 지키겠다고 맹세한 터였습니다. 그런데 메티오코스를 향한 열정은 점점 더 뜨겁게 타오릅니다. 사랑하고 싶은 열정을 주체하지 못하던 그녀는 마침내 머리를 깎고 이탈리아 반도 남부 캄파니아 지방으로 유배 보내줄 것을 간청합니다. 거기서 디오니소스에게 자신을 바쳤다고 해요. 이 무슨 이율배반인가요. 사랑하는 남자와의 욕정을 참고 멀리 떠나온 여인이 디오니소스에게 자신을 맡기다니…….

이 점을 못마땅하게 여긴 사랑의 여신 아프로디테가 그녀를 세이렌 (영어명 사이렌)으로 만들어버렸다는 거예요. 아름답지만, 새의 날개를 달고 다리 역시 새 다리로 변한 세이렌이요. 세이렌은 처음 「오디세이」에 등장할 때는 2명이지만 점차 3명으로 굳어집니다. 세이렌 3명을 복수형으로 세이레네스라고 하는데요, 이 가운데 파르테노페가 아름다운 노래를 불러 트로이 전쟁 뒤 고국으로 돌아가기 위해 항해하던 오디세우스(율리시스)를 유혹하다 실패해요. 파르테노페는 수치심에 바닷물에 몸을 던져 목숨을 끊습니다. 그리스 사람들이 그 옆에 도시를 만드니 바로 나폴리입니다. 브라질의 리우데자이네이루, 호주의 시드니와 함께 3대 미항으로 불리는 이탈리아의 나폴리요. 화재 발생이나 응급 환자 이송 등 위기 상황에서 '앵' 하고 울리는 사이렌은 죽음을 부르는 세이렌의 노랫소리가 위기를 알리는 경고의 소리로 부활한 거예요.

보티첼리의 「비너스의 탄생」, 조개 속 아프로디테

헬레니즘을 거쳐 로마 시대 부유층이 집 안을 얼마나 화려하게 장식하고 살았는지 쉽게 연상할 수 있는 장소로 갑니다. 대저택의 방을 그대로 복원해놓았는데요, 접근을 막기 위해 관람대를 별도로 만들어놓은 것에서부터 예사롭지 않은 귀한 작품임을 직감하게 되죠. 벽은 화려한 색상의 프레스코로 가득한데, 단정하고 우아한 차림의 요정들이 부드러운 모습으로 들러리 역을 맡아요. 누구를 호위하기 위함인가요? 살며시 시선을 바닥으로 옮기지 않을 수 없죠. 금세 휘황한 빛을 발산하는 모자이크에 눈이 부시고, 가슴이 설레며, 어질어질 현기증까지 일어요. 단순히 아름다운 색상에서 받는 강렬한 느낌이 아닙니다. 무엇인가 뜨거운 기운이 꿈틀대며 엄습해오기 때문이에요. 육체적인 열기가 마음마저 후끈거

아프로디테의 탄생. 2~3세기. 가지안테프 박물관.

리게 만드는 아찔한 바닥 모자이크의 주인공은 누구일까요?

　몸에 그리스 여성들이 입던 튜니카(속옷)나 히마티온(겉옷)은커녕 로마 여인들이 기본적인 몸 가리개로 활용하던 스트로피움(브래지어)이나 수블리가쿨룸(팬티)조차 걸치지 않았어요. 하지만 수줍음이나 부끄러움은 전혀 느껴지지 않아요. 이브가 태초에 이런 모습이었을까요? 나부裸婦는 뒷모습도 아니고 정면으로 주요 신체 부위를 다 드러낸 채 요염한 자태로 앉아 있어요. 흰 피부에 적당한 크기의 젖가슴, 잘록한 허리에 풍만하면서도 매끄러운 라인의 엉덩이와 허벅지. 흠잡을 곳 없는 팔등신 미녀는 팔찌, 발찌 등 각종 장신구로 한껏 멋 부려 치장했고요. 비록 얼굴 부분이 훼손됐지만 관람객들의 가슴을 달아오르게 만드는 데는 부족함이 없답니다.

　미의 여신《아프로디테의 탄생》모자이크랍니다. 아프로디테는 단순히 여성의 아름다움을 상징하는 차원을 넘어 때로는 육체적 성애性愛의 여신이자 수호신이기도 하지요.

　르네상스 시기 이탈리아 화단은 물론 서양 화단을 대표하는 작가 산드로 보티첼리가 그린 작품이 떠올라요. 1486년 작품 「비너스의 탄생」. 조선조 전반기 안견이 「몽유도원도」를 그려 조선 미술의 새 역사를 쓸 무렵이죠. 보티첼리가 당시 최고의 번영을 구가하던 피렌체에서 활동하며 그린 이 작품은 현재 피렌체 우피치 미술관에 소장돼 있는데, 신화 내용 그대로입니다.

미의 여신의 아들이 똥배 나온 배둘레햄?

　《에로스와 프시케》. 제우그마 '포세이돈의 집' 거실 바닥을 장식하

에로스와 프시케. 2~3세기. 가지안테프 박물관.

던 모자이크랍니다. 상반신을 벗은 에로스의 등에 날개가 달려 있지요. 에로스는 왼손을 자연스럽게 프시케의 어깨에 얹고 있어요. 둘은 호화스러운 소파에 나란히 앉아 있지요.

　그런데 문제가 있어요. 그리스 신화에서 에로스는 빼어난 용모의 미남자로 그려지죠. 하지만 이 모자이크에서는 아주 실망스러운 모습이에요. 얼굴은 앳되고 포동포동 귀여운데 몸매를 한번 보세요. 몸매라고 할 것도 없지요. 살이 피둥피둥 찌고 똥배가 툭 튀어나온 중년 아저씨 몸이잖아요. 아, 이게 어찌 된 일입니까? 배꼽 주변의 '배둘레햄'은 코미디언 이영자의 조크를 생각나게 만들죠. 모자이크 작가의 의도를 의심하게 만드네요. 아름다운 프시케와 사는 것에 대한 질투인가요? 물려받은 재산으로 세 받아 먹으며 일이라곤 하인 부리는 것밖에 없는 배부른 지주 같은 인상을 풍겨요.

현대사회. 과학의 발달이 가져다준 문명의 이기는 육체노동 시간을 파격적으로 줄여줬죠. 육체노동의 대명사 격인 농사조차도 요즘은 주로 기계를 이용하니까요. 노동자도 법으로 엄격하게 노동시간을 통제하니 중노동에 시달리는 경우가 점차 줄고 있죠. 그런데 정신적 스트레스는 늘어요. 과잉 생산으로 먹을 것은 지천이고요. 여기서 나오는 필연적인 현상. 지주가 아니어도 그냥 먹고 살찌는 겁니다. 운동하지 않는 사람은 너무나도 쉽게 모자이크 속 에로스가 돼요. 저도 많이 공감해요. 글을 가다듬는 이 순간 다시 제 아랫배를 바라보며 예전 모습으로 되돌려놓겠다고 다짐해봅니다. 그러니 에로스의 똥배, 너무 흉볼 일이 아닌 것 같아요.

로마 신화에서 큐피드라고도 불리는 에로스는 헤르메스와 아프로디테 사이에서 태어나 널리 사랑을 전파하는 신으로 알려져 있죠. 사랑을 어떻게 전할까요? 화살이죠. 에로스가 쏜 금 화살에 맞으면 누구든 깊은 사랑에 빠지고, 에로스가 쏜 납 화살에 맞으면 거꾸로 사랑하던 마음이 납덩이처럼 차갑게 식어버린다는 거예요.

물랭 루주의 무희와 니콜 키드먼, 툴루즈 로트레크

앞서 《파시파에와 다이달로스》와 붙어 있던 작품이 여기서 살펴볼 《디오니소스의 승리》입니다. 1999년 발굴했죠. 모자이크에 등장하는 인물은 3명이에요. 맨 왼쪽의 디오니소스는 곱슬머리 금발로 숱이 많아요. 머리에 쓴 월계수 관이 승리를 상징하죠. 반짝이는 이마는 반듯하게 넓어요. 둥글게 균형 잡힌 눈, 알맞게 솟아오른 콧날, 야문 입술. 요모조모

뜯어보면 꽃미남의 이목구비 그대로입니다. 방울과 리본 달린 긴 지팡이 티르소스를 오른손에 들고 위엄 있게 서 있네요.

사실 이 모자이크를 가장 화려하게 수놓은 인물은 따로 있어요. 시선을 확 잡아 끄는 미모의 이 여인은 디오니소스의 추종자인 바카이, 즉 마에나드랍니다.

디오니소스 축전인 디오니시아에서 열정적으로 춤을 추는 여인이죠. 마에나드의 빼어난 미모가 예사롭지 않아요. 훤칠한 키에 팔등신 몸매지요. 자줏빛 튜니카를 입었어요. 고귀함을 상징하는 색이지요. 황금빛 숄을 오른팔과 목 뒤, 왼쪽 어깨에 걸쳐 둘렀고요. 민소매로 흰 피부를 드러

마에나드(바카이). 2세기. 가지안테프 박물관.

낸 두 팔은 심벌즈를 든 포즈입니다. 심벌즈를 치며 발뒤꿈치를 들고 역동적으로 숄을 휘날리며 회전하는 춤사위를 선보여요. 가죽신을 신은 발을 보세요.

발레하듯 발가락으로 서 있는 동작이에요. 발레의 에샤페 동작이랑 닮았죠. 발레의 상징적인 동작으로 널리 알려진 아라베스크 회전에 이어 주테 앙 투르낭으로 돌고 에샤페로 이어진 게 아닌가 싶은 그런 동작입니다. 의상 디자인 좀 보세요. 가슴에서 시작해 허리를 지나며 점점 넓어지더니 엉덩이 부분에 주름이 잡혀 풍성하게 강조돼 있지요. 그러고는 다시 허벅지로 내려가면서 좁아지고요. 무릎에서 종아리로 내려가면서 다시 주름져 확 퍼져요. 볼륨 있는 몸매를 강조해 매력을 더해줌으로써 춤사위에 더욱 빠져들도록 만드는 디자인이에요. 얼굴을 자세히 들여다볼까요? 반듯하게 균형 잡힌 아름다운 얼굴이죠. 금발은 가지런히 빗어 넘겼고요. 리본 달린 모자를 써 한껏 멋을 냈어요.

마에나드의 춤사위를 보고 있자니 이 사람이 생각나요. 앙리 드 툴루즈 로트레크. 1864년 태어나 19세기 말 프랑스 화단을 풍미한 단신의 후기 인상파 화가예요. 파리의 환락가 하면 몽마르트르죠. 대평지인 파리에서 유일한 언덕 몽마르트르요. 이곳에 술집이 밀집해 있는데 변두리여서 집세가 싸다 보니 밑바닥 인생들이 많이 모였어요. 벌이가 시원치 않은 미술가들도 이곳에 화실을 냈지요. 로트레크 역시 마찬가지고요. 그는 죽기 전까지 1899년 문을 연 세계 최초의 댄스 클럽, 물랭 루주(빨간 풍차)에서 춤추는 무희들을 주로 그렸어요. 단순한 춤이 아니라 삶에 대한 회의, 우수, 통찰을 담았다고 할까요? 미술 기법으로 보자면 명암의 극명한 대조, 소묘와 채색화를 적절히 뒤섞은 화법, 기존 틀을 벗어나는 창조적인 인물 포즈와 구성으로 독보적인 영역을 개척했어요. 춤판을 예술 영역으로 승화시킨 거죠. 그의 고향인 프랑스 남부 알비를 방문해보니 도시가 온통 붉은색이에요. 붉은 벽돌 건물, 붉은색 지붕……. 이런 강렬한 색채감이 그를 분명한 색깔을 지닌 인상파 예술가로 만들어준 배경이 아닌가 싶더군요.

로트레크는 물랭 루주에서 매일 밤 춤추는 한 여인을 발견하고 호기심이 발동해요. 그녀를 위한 몇 작품을 남기고 포스터까지 제작해주지요. 물랭 루주 포스터로 유명해진 무희의 이름은 잔 아브릴. '4월의 잔'이라는 뜻이에요. 1891년 로트레크가 그린 「잔 아브릴」은 모자이크 속 마에나드를 빼닮았어요. 그런데 저작권상 이 그림을 책에 사용할 수 없으니, 그녀를 주인공으로 한 2001년 니콜 키드먼 주연의 로맨틱 뮤지컬 영화 한 편을 떠올려보는 게 좋겠네요. 영화 「물랭 루주(한국 영화 포스터 제목은 「물랑루즈」)」에서 니콜 키드먼이 맡은 '샤틴'이라는 역은 실존 무희 잔 아브릴을 모티브로 한 거예요. 샤틴의 상대역인 영국 작가 크리스천(이완 맥그리거 분)은 실제 아브릴과 사랑에 빠졌던 프랑스 작가 르네를 모티브로 한 것이고요. 로트레크도 영화에 등장해요. 콜롬비아 출신의 미국 코미디언 겸 배우 존 레귀자모가 로트레크 역을 맡았지요. 로트레크의 그림 속 무희 아브릴이 어떤 모습인지는 니콜 키드먼을 떠올려보는 것으로 대신해도 되겠죠.

로트레크의 인생을 잠깐 더 살펴보죠. 이 사람은 백작 가문 출신이죠. 유복한 환경에서 자랐는데 부모가 일찍 이혼하는 바람에 파리로 옮겨가 어머니 품에서 컸어요. 8세 때부터 미술에 탁월한 재능을 보여 그림 공부에 전념합니다. 하지만 건강이 좋지 않아 고향 알비로 내려와 사는 등 많은 어려움을 겪어요. 특히 13세에 오른쪽 넓적다리뼈, 14세에 왼쪽 넓적다리뼈가 부러져 이후 키가 자라지 않았어요. 152센티미터의 단신에서 멈춘 것이지요. 이는 유전적인 결함이라는 분석이 있어요. 아버지와 어머니가 외사촌 간, 그러니까 로트레크의 할머니와 외할머니가 자매 간이었어요. 로트레크는 근친결혼에 따른 태생적인 신체 질환에 시달렸고, 여기서 오는 좌절감 때문인지 알코올 중독에 빠졌지요. 결국 알코올 중독 후유증으로 우리 나이 37세에 요절해요.

여동생을 사랑한 테오노에의 어이없는 로맨스

이런 로맨스도 다 있답니다. 친여동생을 사랑한 여인의 사연. '테오노에'인데요, 좀 들어볼까요? 아폴론의 후손 중에 테스토르라는 사람이 있었어요. 그의 아들은 점쟁이 칼카스고요. 칼카스는 트로이 전쟁에 종군하면서 그리스 연합군이 이길 수 있도록 여러 예언, 즉 점을 친 인물인데요, 트로이 목마도 사실 칼카스의 제안으로 만든 겁니다. 테스토르는 칼카스 말고도 딸 자매를 뒀어요. 테오노에와 레우키페예요. 기구한 사연이 시작됩니다. 테오노에가 바닷가에서 놀다 해적에게 납치당한 거예요. 그녀는 카리아의 왕 이카로스에게 팔려가지요. 태양을 향해 날아가다 날개를 붙인 밀랍이 녹아 떨어져 죽은 이카로스와 동명이인입니다.

테오노에와 레우키페의 만남. 가지안테프 박물관.

이카로스는 테오노에의 미모에 반해 그녀를 왕비로 삼습니다. 딸을 잃은 테스토르는 딸을 찾아 헤매다 풍랑을 만나 우연히 카리아에 표류해 노예가 됩니다. 물론 딸이 왕비가 된 줄은 꿈에도 모르지요. 아버지와 언니를 잃은 레우키페, 고민 끝에 델피의 신탁소에서 신탁을 들어요. 머리를 깎고 남자 사제로 변장한 뒤 언니와 아버지를 찾아 나서라는 계시를 받죠.

이리저리 헤매다 카리아에 도착한 레우키페는 카리아의 이시스 신전에서 제례를 집행하게 됩니다. 그런데 이게 웬일입니까. 레우키페를 보고 왕비 테오노에가 한눈에 반해버린 거예요. 자신의 여동생인 줄도 모르고요. 모자이크는 이 순간을 그렸어요. 테오노에는 분홍색 튜니카를 입고 왼손을 가슴에 얹은 채 서 있지요. "아니, 이렇게 잘생긴 남자가……." 변장한 자신의 여동생인 줄도 모르고 꽃미남 스타일의 레우키페에게 반한 테오노에의 두 눈을 보세요. 동그랗게 뜬 눈망울에는 기쁨과 호기심이 어린, 그리고 무엇인가 갈구하는 감정이 잘 담겨 있죠. 표정 묘사가 뛰어나요.

흰옷을 입은 사제 레우키페는 월계수 가지를 들고 서 있지요. 레우키페의 얼굴은 훼손됐어요. 도굴당한 거지요. 원통형 제단 위에 보물을 놓고 있는 오른손과 월계수 가지를 든 왼손의 곱고 가녀린 자태는 사제가 여성임을 짐작할 수 있게 해줍니다.

남장한 레우키페의 고운 용모에 마음을 빼앗긴 테오노에는 상사병을 앓다가 여종들을 시켜 자신의 마음을 사제에게 전달하도록 하죠. 그 시절에는 왕비들이 또 다른 로맨스를 꿈꾸며 이렇게 딴생각을 자주 품었나 봐요. 레우키페는 여자인 자신에게 구애를 해오는 테오노에 때문에 당황합니다. 남장한 것을 밝힐 수 없었던 레우키페는 고민을 하다 점잖게 테오노에의 사랑 고백을 거부합니다. 자존심이 상한 테오노에는 하인을 시켜 레우키페를 감옥에 가둡니다. 그것도 모자라 레우키페를 죽이라고 명령해요. 사랑의 열정이 식으면 사람이 이렇게 무서워져요.

여기서 더 기막힌 운명이 기다리죠. 레우키페를 죽이라는 명을 받은 하인은 다름 아닌 아버지 테스토르예요. 그는 감옥으로 가 칼을 꺼내 레우키페를 죽이기에 앞서 자신의 신세를 한탄합니다. 두 딸을 잃고 헤매는 아버지의 이야기를 듣던 레우키페, 변장을 풀고 자신이 딸임을 말하지요. 부녀 상봉. 둘은 자칫 친딸을 죽일 뻔하게 만든 왕비를 죽이자고 모의합니다. 그래서 왕궁으로 들어가 테오노에에게 칼을 겨눕니다. 다급해진 왕비 테오노에가 위기의 순간 자신도 모르게 아버지 이름을 불러

도움을 청하죠. 칼을 내리치려다 자신의 이름을 들은 테스토르. 사연을 따져보니 잃어버린 큰딸 테오노에인 겁니다. 세 부녀가 부둥켜안고 눈물의 재회를 하고……. 이를 가엾게 여긴 이카로스 왕이 많은 선물을 주고 고향으로 돌려보내는 해피엔딩입니다.

안드로메다가 묶여 있던 절벽은…… 이스라엘 야파

그리스 신화의 멋쟁이 영웅 페르세우스는 메두사의 목을 베고 돌아오는 길에 에티오피아를 지나죠. 여기서 바닷가 절벽에 묶여 바다 괴물의 밥이 될 운명에 처한 에티오피아 공주 안드로메다와 마주쳐요. 에티오피아 왕 케페우스와 왕비 카시오페이아 사이에 난 딸인데 어머니 카시오페이아의 입이 화를 불렀어요. 자신과 딸 안드로메다가 바다의 요정 네레이드 자매보다 더 예쁘다고 자랑한 거예요. 화가 난 네레이드는 포세이돈에게 카시오페이아 모녀를 벌해달라고 청합니다. 포세이돈은 신을 능멸한 카시오페이아 모녀에게 본때를 보여주기로 하죠. 에티오피아에 갑자기 기근이 들고 괴물이 나타나 나라를 황폐화시켜요.

이럴 때 고대인들은 신의 뜻이 무엇인지 알기 위해 신탁을 구합니다. 그리스 인들이라면 델피 신탁소로 가겠지만 에티오피아는 아프리카이니 아몬 신탁소로 갑니다. 신탁의 결과는 끔찍했어요. "딸 안드로메다를 바쳐라." 전 국토를 유린하는 바다 괴물의 밥이 돼야 포세이돈의 노여움을 달랠 수 있다는 거예요. 나라를 위해 딸을 희생시키기로 결정한 케페우스 왕. 바닷가 절벽 위에 안드로메다를 사슬로 묶어 바다 괴물의 먹이가 되도록 했지요. 바로 그때 메두사의 목을 치고 고향으로 돌아가던 페르세우스가 절벽 위의 빛나는 여인, 붉은 입술에 하얀 이를 가진 단순호치丹脣皓齒의 아름다운 여인 안드로메다를 보고 한눈에 반합니다. 안드로메다를 구해내면 결혼을 허락할 것이라는 약속을 케페우스 왕으로부터 받은 페르세우스는 메두사의 머리를 이용해 바다 괴물을 처치하죠. 내친김에 안드로메다와 약혼한 사이인 안드로메다의 숙부까지 처치한 뒤 안드로메다를 데리고 고향으로 돌아갑니다.

모자이크 구성을 보시죠. 먼저 '안드로메다'라는 그리스 문자 아래에 어여쁜 여인이 안도하는 표정으로 손을 내밀어 페르세우스의 팔을 잡고 절벽에서 내려오고 있죠. 안드로메다 뒤로 그녀를 묶었던 쇠사슬이 끊어진 채 양쪽 절벽에 하나씩 매달려 있어요. 방금 구해냈음을 말해주죠. 죽음의 문턱에서 되살아난 안드로메다가 안도의 한숨을 내쉬며 동그란 눈을 귀엽게 뜨고 호기심 반, 호감 반의 설레는 표정으로 페르세우스를 쳐다보는 정경이 잘 그려져 있어요. 안드로메다는 소매가 없어 어깨부터 흰 속살이 다 드러나는 회색 튜니카를 입고 그 위에 황금색 히마티온을 왼쪽 어깨부터 허리 아래로 둘렀습니다. 오른쪽의 큼직한 조개껍질은 바다를 상징하죠.

오른손을 내밀어 안드로메다의 오른손을 잡은 페르세우스. 안면 가득 득의양양, 사내의 자부심이 한껏 묻어나죠. "내가 널 구해준 거야. 나와 결혼해 우리 고향으로 가자." 뭐 이런 말을 하지 않았겠어요? 두 눈을 더 크게 뜨고 아름다운 연인을 흐뭇하게 바라보는 페르세우스는 금발에 프리기아 스타일의 모자를 썼어요. 의상이 아주 독특해요. 간편한 회색 망토를 오른쪽 어깨에서 왼쪽 가슴을 감싸며 뒤로 둘렀어요. 옷을 입었

안드로메다와 페르세우스. 2~3세기. 가지안테프 박물관.

지만 중요한 부위는 다 드러나 있죠. 특히 남성의 상징이 허리 아래로 잘 표현돼 있어요. 발에는 님프가 준 날개 달린 신을 신고 있어요. 왼손에는 헤르메스가 준 무기를 들고 있고요. 또 하나, 고르곤 메두사의 얼굴도 들고 있죠. 귀국하면 아테나에게 바칠 제물이지요. 칼끝 부분에 '페르세우스', 칼 아래 부분에 '케토스'라는 그리스 문자도 보여요. 케토스는 죽어서 축 처진 채 쓰러진 바다 괴물의 이름이랍니다.

퀸의 「보헤미안 랩소디」, 사라사테의 「치고이너바이젠」

안드로메다 같은 고대 미인은 어떤 얼굴이었을까요? 이 여인을 보세요. 신비로운 마법과도 같은 아름다움이라고 할까요? 헝클어진 듯 자연스럽게 흘러내린 머리카락. 가지런히 빗지도 않고, 아무 장식도 하지 않은 무공해의 순수함이 넘쳐흘러요. 바람을 가르며 초원을 달리는 야생마의 갈기처럼 흩날리는 머릿결. 맑게 갠 푸른 날 산들바람 부는 들판에서 한없이 풀려나가는 연실처럼 거리낌 없이 마음껏 풀도 뜯고 꽃도 따며 이리저리 뛰어다니는 여인. 그러다 무엇인가에 화들짝 놀라 눈을 크게 뜨고 뒤돌아보는 이미지를 연상시켜요. 내버려둬 아무렇게나 흘러내린 머리카락을 살포시 누르듯 머리 위에 쓴 녹색 모자만이 유일한 장식이랍니다.

리본도 매지 않았고요. 전혀 화장기 없는 민낯이에요. 누구더러 나 좀 예쁘게 봐달라고 말하지도 않고, 또 그럴 생각도 없는, 그냥 나 홀로 꾸밈없이 사는 여인. 전혀 고귀함, 우아함이 스며들 여지가 없어 보이는, 그래서 왠지 곱고 아름답다는 생각보다 우수에 젖은 슬픈 표정에 연민의 정을 느끼게 되는 여인이죠. 고독이 물씬 배어나는 크고 맑은 갈색 눈동자에 남자들이 풍덩 빠져들지 않을 수 없어요. 누구든 포로로 만들어버릴 마력의 눈빛은 지난 2000년의 세월 동안 그랬고 앞으로도 언제까지나 눈부실 겁니다.

1998년 발굴한 이 여인 모자이크는 소개 책자마다 이름이 달라요. 고고학자 메흐메트 오날이 쓴 『제우그마 모자이크』라는 책에는 '마에나드?'라고 소개합니다. 물론 확신을 못 하니 물음표를 달았겠지요. 하지만 이 모자이크를 대표 작품으로 떠받들고 소개 책자의 표지마다 실어 우대하는 가지안테프 박물관 측은 《집시 소녀》라는 이름을 붙여놓았어요. 메흐메트 오날과 네지 바스겔렌이 공저한 『마지막으로 엿보는 역사』라는 책에서도 역시 《집시 소녀》라고 소개합니다.

집시 소녀설을 따른다면 글쎄요, 가다듬지 않은 순수한 자연미를 지

집시 소녀. 2세기. 제우그마 모자이크 박물관. 가지안테프.

닌 소녀라는 판단 아래, 또 모자이크 소재로 너무 많이 사용한 마에나드 대신 극적 효과를 보기 위해 붙여준 다소 감성적인 작명이겠죠. 집시는 누구를 말하는 것인가요? 혈통은 백인종인데 피부가 황갈색이거나 검은 색을 띱니다. 말은 산스크리트 어 계통이고요. 그러니까 인도가 원래 고향이라는 것을 알 수 있죠. 한 가족이나 몇 가족이 공동체를 이뤄 떠돌아 다니며 사는데, 9세기에 인도를 떠나 터키 땅을 거쳐 유럽으로 들어간 뒤 동유럽 도나우 강을 건너 유럽 전역으로 퍼진 것으로 추정돼요. 그러니 고대 그리스·로마 시대에 집시가 있었다는 것은 사실과 다르겠죠.

'집시'라는 단어가 생긴 과정도 흥미로워요. 영국에서는 집시가 이집트에서 온 것으로 알고 '이집트 사람'이라는 뜻의 '이집션Egyptian'으로 불렀고, 여기서 'e'자가 탈락해 '집시Gypsy'가 돼요. 아메리카를 인도로 착각해 원주민을 인디언이라 부른 것과 같지요. 독일에서는 집시를 '치고이너Zigeuner'라고 불러요. 방랑하며 살아가는 집시 민족의 애환은 많은 예술 작품의 모티브가 되죠. 19세기 스페인의 천재적 연주자 사라사테가 작곡하고 연주한 「치고이너바이젠」은 독일어로 '집시 아리아(선율)'라고 부르는데 슬픔, 울분, 분노가 애절한 곡조에 담긴 명곡이죠. 감정이 폭발하면서 형언할 수 없는 기쁨과 환희로 승화한 듯한 느낌이 드는 곡이에요. 과거에는 정경화, 요즘은 사라 장(장영주)이 비브라토(떨려 울리는 음) 기법으로 열정을 다해 연주할 때 가슴 뭉클하지 않을 목석은 없겠지요. 맨 밑바닥에서 다시 희망을 쓰는 카타르시스에 이보다 더 좋은 곡은 없을 겁니다.

집시가 체크 보헤미아 지방에 많이 모여 산다고 해서 프랑스 어로

'보에미앙Bohémien'이라는 말도 생겼어요. 영어로는 '보헤미안'이라고 하죠. 영국의 전설적인 록 그룹 퀸의 리드 보컬 프레디 머큐리가 작사 · 작곡한 노래 「보헤미안 랩소디(집시 광시곡)」가 있습니다. 「치고이너바이젠」이 바이올린 연주곡의 백미라면 「보헤미안 랩소디」는 록 음악의 대명사지요. 프레디 머큐리는 당대 최고의 로커로 음악계를 주름잡았지만 에이즈에 걸려 1991년 45세의 나이에 너무 일찍 팬들을 등지고 말았지요. 1971년 데뷔한 퀸의 1975년 곡 「보헤미안 랩소디」 역시 가사 내용에서 한 소년의 읊조림을 통해 인생의 슬픔과 절망을 노래할 뿐 아니라 선율에서도 애상 어린 서정성과 광적인 열정을 오간답니다. 「치고이너바이젠」과 닮은꼴이라 할 수 있어요.

포도주를 마시는 속옷 차림의 요정

미의 세 여신을 '카리테스'라고 하지요. 라틴 어로는 그라티아이. 제우스와 에우리노메 사이에서 태어난 이 3명의 여신은 신은 물론 인간 사회에 기쁨을 주는 존재랍니다. 음악을 수호하는 아폴론을 수행하며 음악을 연주하죠. 음악과 예술의 요정인 뮤즈들과 공연하기도 해요. 세 여신은 에우프로시네, 탈리아, 아글라이아입니다. 《에우프로시네와 아크라토스》 모자이크에는 이 세 여신 가운데 에우프로시네가 등장해요. 전체 모자이크 구성을 볼까요? 맨 밑에 2개의 커다란 소파가 자리합니다. 왼쪽의 큰 것은 녹색, 오른쪽의 작은 것은 분홍색이에요. 녹색 소파 옆 받침대 위에는 커다란 포도주 혼합 단지인 칸타로스가 놓여 있어요. 오른쪽 끝에는 잎이 무성한 나무 한 그루가 심어져 있고요. 칸타로스와 나무 사

●아크라토스, 2~3세기. 가지안테프 박물관. ● ●에우프로시네. 미의 세 여신 카리테스 자매 중 한 명. 2~3세기. 가지안테프 박물관.

이의 소파 위에 남녀가 있죠. 왼쪽 녹색 소파 쪽은 남성, 오른쪽 분홍색 소파 쪽은 여성이랍니다. 둘 다 포즈는 같아요. 왼팔을 소파 팔걸이에 대고 옆으로 비스듬히 누워 있어요.

　두 사람의 구체적인 인물 묘사와 동작을 보죠. 남성은 상반신이 나체인데 단단한 근육질 몸매예요. 노란색 튜니카를 양팔과 하반신에만 두른 상태입니다. 머리에 노란색 모자를 쓰고요. 왼손에 큰 포도주 잔을 들었어요. 높이 쳐든 오른손에 뿔로 만든 커다란 술잔을 들었고요. 뿔잔을 기울여 옆에 있는 여성에게 포도주를 따라줍니다. 이 남성의 이름은 '아크라토스'예요. 물을 섞지 않은 오리지널 원액 포도주를 나타내는 그리스어죠. 그러니까 헬레니즘 모자이크 특유의 기법, 무생물이나 추상명사를 사람으로 표현한 것이지요. 그리스 인들은 아침에 아크라토스에 빵을 적셔 먹는 것이 일반적인 습관이었습니다. 이런 아침 식사를 '아크라티스모스'라고 불렀지요. 우리가 숭늉에 밥 말아 먹듯 포도주에 밀가루 빵을 적셔 먹은 거예요.

에우프로시네의 옷차림을 가만히 들여다보세요. 속옷 말입니다. 투명한 망사 차림의 '슬립'이라고 하나요? 어깨끈이 달려 허벅지나 무릎 위까지 내려오는 가벼운 상의 속옷요. 에우프로시네가 입은 슬립의 왼쪽 어깨끈이 자연스럽게 흘러내려 왼쪽 어깨가 뽀얗게 드러나는 좀 야한 포즈죠. 에우프로시네의 속옷에서 여성 의복의 유행을 다시 생각해보게 되네요. 아, 그리스 · 로마 시대 저녁에는 이런 분위기로 질펀하게 향연을 펼쳤을 겁니다.

지성과 야성, 뮤즈와 헤라클레스

가상 남성다운 남자와 가장 여성스러운 여자의 만남은 어떤 모습일까요? 남성의 상징이라면 넘치는 힘과 에너지죠. 고대 그리스 · 로마 신화에서 누가 적격일까요? 헤라클레스겠지요. 제우스의 아들 말이에요. 여성의 상징을 여신에게서 찾는다면 바로 뮤즈지요. 제우스의 딸들로 모두 9명이에요.

《헤라클레스와 뮤즈》 모자이크에는 9명의 뮤즈 가운데 클레이오, 에우테르페, 우라니아, 이렇게 3명만 등장해요. 모자이크 오른쪽 부분이 많이 훼손된 상태인데 잘 보존된 왼쪽부터 보실까요? 맨 가장자리에 앉은 여인, 그리스 어로 머리 위에 '클레이오'라고 쓰여 있네요. 보통 클레이오는 스크롤을 들고 있는 데 비해 여기서는 칼리오페의 전유물인 목책 서판을 들고 있어요. 만약 '클레이오'라는 그리스 문자가 없었다면 칼리오페로 오해할 수도 있지요. 머리에는 하늘색 나뭇잎을 꽂고, 금발 머리

클레이오와 에우테르페. 2세기. 가지안테프 박물관.

는 가운데서 반듯하게 가르마를 탔어요. 소매가 없는 튜니카를 입고 앉았고요. 가슴의 볼륨이 잘 드러나는 옷이에요. 황금색 겉옷을 허리 아래로 둘렀는데 가랑이 사이로 주름이 많이 져 있죠.

가운데에 서 있는 여인은 '에우테르페'라는 그리스 어 이름이 표기돼 있어요. 양손에 모두 피리를 들었고요. 머리 장식은 클레이오와 같은데 복장이 달라요. 소매가 긴 튜니카의 팔과 가슴 부분을 황금색 밴드로 묶었지요. 엉덩이에는 황금색 밴드 사이에 자주색 천 장식을 더했어요. 더 고귀한 분위기를 자아내죠. 에우테르페 오른쪽에는 아무런 장식이 없는 튜니카를 길게 늘어뜨려 입은 여인이 서 있네요. 왼손에 지팡이를 들고 베일을 걸친 것으로 미뤄 연구자들은 천문의 여신 우라니아로 추정합니다.

꼼꼼하게 모자이크를 들여다보면 한 명이 더 있다는 추측이 가능해요. 누구일까요? 훼손된 부분에 헤라클레스가 있었다는 증거가 있어요. 흔히 나체로 등장하는 헤라클레스는 올리브 나무로 만든 단단한 몽둥이를 들고 다녀요. 또 머리 달린 사자 가죽 외투를 걸치고요. 사자 가죽에는 사연이 있지요. 헤라클레스가 자신의 죄를 씻기 위한 열두 가지 과업 가운데 네메아의 사자를 죽이는 일이 있었어요. 사자를 죽인 뒤 그 가죽을 벗겨 자신의 용맹을 과시하기 위해 트레이드마크처럼 걸치고 다녔죠. 그 거들먹거림이 어땠을까요? 우라니아 옆으로 바닥에 닿은 방망이가 보이죠. 야구 방망이처럼 아래로 가면서 더 굵어져요. 사자 가죽 외투는 안 보이지만 헤라클레스의 방망이가 틀림없습니다. 역사와 음악, 천문의 여신이 천하장사 헤라클레스에게 예술과 학문에 대해 알려주는 장면으로 전체 모자이크를 이해하면 좋겠네요.

풍자와 비판 없는 소시민의 일상사, 메난드로스의 희곡

아칸투스 잎으로 사각형의 테두리를 친 이 모자이크의 제목은 《시나리스토사스(아침 식사 하는 여인들)》랍니다. 네 귀퉁이에 남자 얼굴과 여자 얼굴을 배치하고, 남녀 얼굴 사이로 맹수를 사냥하는 날개 달린 에로스를 넣었어요. 그 안쪽으로 매듭 무늬를 두른 연극의 한 장면이 묘사돼 있어요. 여성의 탈을 쓴 인물들 뒤로 건물과 건물 지붕 아래 3개의 네모난 홈이 보이죠. 각 홈 위에 띄엄띄엄 떨어져 적힌 그리스 어가 바로 '시나리스토사스'랍니다. BC 4세기의 극작가 메난드로스의 희곡이죠. 지금 그 내용은 전하지 않는답니다.

녹색 소파에 앉은 두 여성과 맨 오른쪽 등받이 의자에 앉은 한 여성. 이들은 한결같이 튜니카와 히마티온을 입고 있어요. 소파 위 여성은 분홍색, 의자 위 여성은 녹색입니다. 튜니카나 히마티온은 아래위가 붙은 옷으로, 재단하지 않고 하나의 옷감을 길게 잘라 몸에 두르는 형태지요. 의자 위 여성은 제일 나이가 들어 보이는 탈을 썼어요. 머리에는 흰색 스카프를 둘렀고요. 세 여인 모두 슬리퍼를 신었네요. 작게 묘사한 시중드는 어린 여자 2명은 노란색 히마티온을 입었습니다.

소파 앞 분홍색 히마티온을 입은 2명의 여인 사이로 세 발 달린 둥근

시나리스토사스(아침 식사 하는 여인들). 2~3세기. 가지안테프 박물관.

탁자가 놓여 있어요. 탁자 다리는 구불구불한 염소 다리 디자인이에요. 탁자 위에는 대접처럼 생긴 술잔인 킬릭스가 놓여 있고요. 작품 맨 아래쪽에 그리스 어로 "조시모스가 만들었다."라는 문구가 있어요. '조시모스'라는 이름은 앞서 제우그마 '포세이돈의 집'에서 발굴한 《아프로디테》 작품에도 적혀 있었지요. 두 군데 모자이크에서 같은 이름이 나왔어요. 조시모스는 모자이크 설치 예술가일까요? 연구자들은 테세라Tesserae, 자갈이나 대리석, 도자기, 유리 등을 잘게 자른 조각를 다루는 기법에서 상당한 차이가 있다는 점에 주목해 모자이크 설치 예술가가 아니라 컬러 그림을 도안한 미술가로 추정합니다. 즉 그림 그리는 사람과 그림이 그려진 대로 시공하는 사람이 따로 있었던 거죠.

희곡 '시나리스토사스'를 쓴 메난드로스는 BC 342년 아테네의 권문세가에서 태어난 작가예요. 그의 아버지 디오페이테스는 아테네의 장군으로 트라키아 총독을 지냈답니다. 건전한 쾌락주의자 에피쿠로스와 절친했던 메난드로스는 살아생전 100편 이상의 희곡을 남겼다고 하지만 현존하는 것은 1905년 이집트에서 발견된 「머리카락 잘리는 여자」, 1959년 발견된 「까다로운 성격자」 등 얼마 되지 않아요. 메난드로스가 살던 때는 아테네의 쇠퇴기였어요. 스파르타와 그리스 내부의 주도권을 다투는 펠레폰네소스 전쟁에서 국력을 소모한 끝에 역사의 주역 자리에서 한 발짝 뒤로 물러선 상태였죠. 그리스 문명권의 후발 주자 마케도니아가 그리스 도시국가들은 물론 페르시아를 멸망시키고 헬레니즘 시대를 열며 지배하던 때지요.

아테네 시민이라면 무척 우울한 시기였는데, 메난드로스는 그 시대를 살다 간 인물입니다. 그러다 보니 문화 전성기의 분방한 사고와 풍자보다 아테네 소시민의 일상사에 매몰됐다는 평가를 받아요. 국력이 기울고 독재 체제가 되면서 예술이나 문학에도 변화가 일어나요. 사회에 대한 통렬한 풍자나 자유로운 상상이 사라지고, 시민의 평범한 일상사나 연애담 중심으로 범위가 좁혀진 겁니다. 소시민의 일상사죠.

도굴당한 《디오니소스와 아리아드네의 결혼식》

가지안테프 박물관을 돌면서 안타까운 마음에 사로잡히는 순간이 있어요. 《디오니소스와 아리아드네의 결혼식》 모자이크 때문이죠. 버려진 아리아드네를 넓은 가슴으로 사랑해 위로하며 결혼하는 포도주의 신 디오니소스. 감동적인 순애보를 그린 사랑의 행진곡《디오니소스와 아리아드네의 결혼식》원작은 가로 7.5미터, 세로 3.7미터의 대작이랍니다. 규모만 큰 게 아니라 섬세한 테세라 모자이크의 진수를 보여주는 완성도 높은 작품이예요. 가운데에 디오니소스와 아리아드네가 결혼식장에 앉아 있고, 화면 오른쪽에 4명, 왼쪽에 역시 4명의 인물이 등장합니다. 날개 달린 에로스도 걸어 다니고요.

문제는 1998년 발굴 도중 현장에서 모자이크의 3분의 2를 고스란히 도굴당한 거예요. 발굴 당국은 나머지 3분의 1 부분만 박물관으로 옮겨야 했지요. 지금 박물관에는 도굴당하기 전에 작품 전체를 찍은 작은 사진이 걸려 있고, 실제 작품은 가운데부터 왼쪽이 물음표와 함께 텅 비어

디오니소스와 아리아드네의 결혼식. 가운데와 왼쪽은 도굴당한 상태다. 2~3세기. 가지안테프 박물관.

●디오니소스. 2~3세기. 가지안테프 박물관. ● ●디오니소스. 2~3세기. 가지안테프 박물관.

있죠. 오른쪽 일부만 남아 문화재 보존 실태의 문제점을 고발합니다. 남아 있는 부분에는 4명이 등장하는데, 맨 오른쪽 2명은 악기를 들고 결혼 축하 행진곡과 축가를 부르는 악사들이에요. 그 옆 2명의 여인은 보석함에 예물을 잔뜩 채워 들고 디오니소스와 아리아드네 커플에게 바치러 가는 중입니다.

　디오니소스를 나타내는 작품이 더 있어요. 여성보다 더 아름다운 외모의 중성적 이미지랍니다. 커다란 두 눈은 호기심 어린 표정으로 무엇인가를 응시하고, 오뚝한 콧날 아래 반쯤 벌린 입술은 안타까움이나 아쉬움, 아니면 그리움, 간절한 갈망 등의 정신 상태를 보여주는 징후죠. 곱슬머리의 긴 머리카락은 목을 타고 내려와 어깨까지 닿습니다. 전체적인 이미지가 딱 일본 만화영화의 주인공이죠. 국내에서 큰 인기를 얻었던 「캔디」의 남자 주인공 테리우스를 닮았어요. 반항아적 기질에 고독하고 우수 어린 페이소스 가득한 눈망울과 표정.

　《유프라테스》모자이크에서 유프라테스 강의 신은 왼쪽을 향해 비스듬히 누워 오른쪽 방향으로 시선을 두고 있지요. 오른팔을 물 단지에 괴

●유프라테스 강의 신. 2~3세기. 가지안테프 박물관. ●●여성 신. 2~3세기. 가지안테프 박물관. ●●●여성 신. 2
~3세기. 가지안테프 박물관.

고 있는데, 옆으로 눕혀진 물 단지에서는 물이 흘러나와 발밑을 흥건히
적셔요. 그리고 그 속에서 새싹이 돋아요. 풍요를 상징하죠. 강의 신 옆
으로 자리하는 2명의 여신은 유프라테스 강의 지류랍니다. 이름 모를 숱
한 지류가 있는데, 왼쪽 여신을 볼까요? 젖가슴을 시원스레 드러냈어요.
봉긋한 양감과 함께 젖꼭지의 질감도 잘 표현됐죠. 색대비도 좋고요. 오
른쪽 여신은 녹색 튜니카를 입고 그 위에 노란색 히마티온을 허리 아래
로 둘렀습니다. 오른손으로 갈댓잎을 들어 강의 여신임을 나타냅니다.

　이제 바다로 갈까요? 고대 그리스 사람들은 평평한 지구 끝을 물이
에워싸고 있다고 생각했어요. 이 대양을 '오케아노스'라고 불렀지요. 태
초 하늘의 신 우라노스와 대지의 신 게(가이아)가 낳은 아들이에요. 오케
아노스가 바다의 아버지라면 여동생이자 부인인 테티스는 바다의 어머
니로 불려요. 오케아노스와 테티스 사이에는 무려 3000개가 넘는 강, 즉
아들이 있답니다. 대단한 생식력이죠. 헤시오도스는 둘 사이에 또 41개
의 샘과 강물 등 딸로 태어난 물줄기가 있다고 합니다. 그리스 인들은 바

●오케아노스와 테티스. 2~3세기. 가지안테프 박물관. ●●게. 2~3세기. 가지안테프 박물관.

다를 주 활동 무대로 삼았기 때문에 오케아노스와 테티스가 모자이크의
주요 소재로 곧잘 등장해요. 오케아노스는 머리에 가재 꼬리가, 테티스
는 머리에 지느러미가 달려 있답니다. 오케아노스와 테티스 주변에는 날
개 달린 에로스가 돌고래를 타고 노닐고 물고기가 헤엄치며 바닷속 풍경
을 연출해요. 테티스는 아킬레우스의 어머니 테티스와 동명이인이에요.
오케아노스의 어머니인 대지 '게'는 풍요를 상징하는 뿔, 코르누코피아
를 들고 있어요. 뿔 안에는 과일이 가득 담겼네요.

■ 안타키아

효심이 낳은 헬레니즘 도시, 기독교 안디옥

가지안테프 박물관에서 나와 돌무쉬Dolmus, 미니버스를 탔어요. 우리네 마을버스죠. 마이크로버스보다 작고 승합차보다는 큽니다. 오토가르에 내려 안타키아 가는 돌무쉬에 올랐어요. 12시 30분에 출발했는데 4시 20분이 돼서야 도착하더군요. 3시간 50분 걸린 거예요. 안타키아는 세 번째였습니다. 2001년 파리 유학 시절 가족과 함께 밤 9시에 진짜 허기진 배를 움켜쥐고 찬물만 나오는 낡은 호텔에서 곯아떨어졌던 추억이 있고요. 헬레니즘 이래 번성했던 유서 깊은 도시라는 명성에 어울리지 않을 만큼 꾀죄죄합니다. 낡은 건물, 그 위를 뒤덮은 먼지 더께……

눈 딱 감고 로터리 옆 안타키아 뷰익 호텔로 갔어요. 4성 호텔이에요. 8년 전 코흘리개에서 중 3이 된 작은애한테 폼도 잡을 겸해서요. 대신 저녁은 식당이 아니라 길거리에서 산 케밥과 과일 먹고 끝. 푹 자고 일어난 11월 18일 안타키아의 아침. 안개가 끼는가 싶더니 이내 구름 한 점 없이 맑고 푸른 날이 열렸죠. 쪽빛이라고 하더니 어찌 이렇게 푸른가요. 북쪽 이스탄불과는 기후가 다르답니다. 늦가을인데도 낮 기온이 섭씨 20도를 넘어요. 춥고 흐리며 비 오는 유럽 대륙과는 비교하기 어려울 만큼 천혜의 자연환경을 갖춘 곳이랍니다.

안타키아가 생긴 유래는 알렉산더의 동방 원정으로 거슬러 올라가죠. 페르시아를 정복한 알렉산더가 죽은 뒤 기병대 지휘권을 갖고 바빌로니아 총독이 된 셀레우코스 장군이 BC 305년 시리아 왕국의 문을 열고, 5년 뒤 안타키아를 수도로 삼아요. 새 수도의 이름을 지어야 하는데……. 고국 마케도니아를 떠올렸어요. 고향에 계신 아버지의 이름 안티오코스를 따서 수도 이름을 '안티오크Antioch'로 짓습니다. 효자이지요.

로마 시대에도 번영을 누린 안타키아는 기독교 포교 중심지로도 이름 높죠. 기독교도Christian라는 말이 처음 나온 곳도 안타키아랍니다. 성경 한글본에 '안디옥'이라 나오는 곳이에요. 526년과 528년 강력한 지진에 큰 타격을 입고, 638년 아랍이 공격에 무너지면서 찬란했던 그리스·로마 문명의 전수자, 신의 도시로 불리던 기독교 중심지로서의 지위를 잃고 맙니다.

십자군 격전지, 몽골의 영향권, 유럽 최대 모자이크 박물관

안타키아는 969년 비잔틴, 1084년 중앙아시아에서 온 돌궐족 셀주크튀르크, 1098년 십자군의 손에 차례로 넘어가고, 1258년 몽골의 영향력 아래 들어갑니다. 몽골, 참 대단하죠. 그 옛날에 그 먼 곳을 정복하다니요. 하긴 모스크바까지 지배하며 지상 최대 제국을 일궜잖아요. 서아시아 원정길에 나섰던 훌라구는 1259년 몽케칸이 남송 원정 도중 병을 얻어 죽자, 왕위 계승 회의인 쿠릴타이에 참석하기 위해 군 지휘권을 키트부카에게 넘기고 당시 몽골의 수도 카라코룸으로 돌아가요. 이것이 세계 역사의 전환점이 됩니다. 형 쿠빌라이와 동생 아리크부가 사이에 계승 전쟁이 벌어진 사실을 알고 훌라구가 돌아오지만, 그사이 이집트 맘루크 왕조에 패한 거예요. 몽골의 첫 패배였어요. 1268년에는 안타키아 공국마저 맘루크에 멸망당하면서 몽골은 안타키아에서 영향력을 잃은 것은 물론, 서방 세계를 공포 속으로 몰아넣었던 서방 원정도 중단해요.

안타키아 아타튀르크 광장 남쪽에는 프랑스 보호령 시절 착공해 1939년 모습을 드러낸 고고학 박물관이 있는데, 전 세계 박물관 가운데 튀니지 다음으로 소장 작품이 많답니다. 모자이크는 모두 3개 고고학 팀이 폐허의 흙더미를 헤집고 찾아낸 보물이에요. 하지만 아쉬움도 남아요. 바로 전쟁이 할퀸 상처. 상당수의 로마 유적과 모자이크 작품이 제2차 세계대전 와중에 파괴된 거예요. 사람이 죽고 사는 혼돈 속에서 유물까지 챙길 겨를이 없는 틈을 타 많은 모자이크가 루브르 박물관과 미국의 20개 박물관으로 흩어졌답니다. 300여 점 가운데 약 6분의 1인 53점의 모자이크만 안타키아 박물관을 지키고 있어요.

학자들은 이 53점의 제작 시기를 2~6세기로 추정해요. 23점은 2세

●기하학무늬. 박물관 입구에 전시돼 있다. 2세기. 안타키아 박물관. ●●상륙. 3세기. 안타키아 박물관.

●고고학 박물관. 프랑스 보호령 시절인 1938년 착공해 1939년 완공했다. 안타키아. ●●로마 시대 석관 유물. 박물관 바깥에 전시 중이다. 안타키아 박물관.

기, 28점은 5세기, 2점은 6세기 작품입니다. 안타키아가 지진으로 초토화된 526년의 작품이 마지막이죠. 입장권을 끊어 4개의 전시실로 들어가기 전 오른쪽 벽면에 융단처럼 걸린 9점의 《기하학무늬》 모자이크와 만납니다. 《기하학무늬》를 지나면 1번 전시실 입구 왼쪽 벽면에 《상륙》이라는 3세기 작품이 눈에 들어와요. 노를 단 2척의 배가 정박한 모습이지요. 여기서 오른쪽으로 방향을 틀어 1번 전시실로 들어서는 순간 드높은 전시실 가득 모자이크가 즐비한 모습에 눈을 의심하게 됩니다.

●창을 던지는 에로스, 3세기. 안타키아 박물관. ●●모자이크 전시실의 작품들. 안타키아 박물관.

의붓아들을 사랑하는 파이드라의 로맨스

맨 먼저 보는 작품은 《시냇가의 나르키소스》예요. 다프네 '메난드로스의 집'에서 출토한 2세기 작품이죠. 3번 전시실에 있는 《나르키소스》를 통해 그의 숨겨진 사연을 들춰보기로 하고 여기서는 다음 작품으로 넘어가죠.

벽면 전체를 꽉 채우는 대작은 '붉은 포장의 집'에서 나온 《붉은 포장》입니다. 바탕이 붉은색이라 그렇게 불러요. 다프네에서 발굴한 2세기 작품인데, 화면을 가로세로 세 줄로 나누고 9개의 칸에 9개의 에피소드를 담았어요. 먼저 왼쪽 위 꼭지점부터 시계 방향으로 각 꼭지점에 자리한 것이 《겨울》, 《가을》, 《여름》, 《봄》입니다. 이어 맨 위 가운데에 《이오와 아르고스》, 오른쪽 가운데에 《아도니스의 이별》, 밑면 가운데에 《멜레아그로스와 아탈란테》, 왼쪽 가운데에 《파이드라와 히폴리토스》, 그리고 상하좌우 정중앙에 《안드로마케와 아스티아낙스》가 기막힌 그리스 신화의 세계로 안내합니다.

9개의 에피소드 가운데 두 번째 줄 왼쪽에 자리한 《파이드라와 히폴리토스》부터 살펴봐야겠죠. 히폴리토스의 아버지 테세우스는 아리아드네를 버린 것도 모자라 먼 훗날 아리아드네의 동생인 파이드라와 결혼합니다. 자매를 농락했다고 할까요? 게다가 이미 아마존의 여왕 히폴리테와 결혼해 아들 히폴리토스까지 둔 점이 더 큰 문제였죠.

시냇가의 나르키소스, 2세기, 안타키아 박물관.

붉은 포장. 모두 9개의 에피소드로 되어 있다. 2세기. 안타키아 박물관.

전쟁의 신 아레스의 딸이기도 한 히폴리테는 테세우스와 파이드라의 결혼에 분노해 누구든 결혼식에 참석한 사람은 죽을 것이라고 말했는데, 아뿔싸, 본인이 참석해버렸네요. 그러니 죽을 수밖에요. 이런 비극을 지켜보며 테세우스의 두 번째 아내가 된 파이드라. 왠지 결혼 생활이 순탄하지 못할 것이란 예감이 들지요. 맞바람이라도 피울까요? 글쎄 말입니다, 의붓아들 히폴리토스에게 연정을 품게 돼요. 히폴리토스는 틀 좋은 아버지 테세우스를 닮고, 또 외할아버지 아레스의 피를 이어받아 잘생겼어요. 게다가 운동과 수렵에 재능이 뛰어난 매력 만점의 젊은이였지요.

　사생활이 복잡할 법도 한데 히폴리토스는 도통 여자에게 눈길을 주지 않았어요. 여자를 무척 밝힌 외할아버지나 아버지를 닮지 않았죠. 이런 히폴리토스가 양어머니 파이드라에게 냉담하게 반응한 것은 당연한 결과입니다. 나무토막이나 돌처럼 감성이 없는 목석 같은 히폴리토스. 미의 여신 아프로디테는 사랑에 관심 없는 히폴리토스를 벌주기로 마음먹습니다. 파이드라가 짝사랑에 좌절하고 수치심을 느껴 자살하도록 유도해요. 파이드라가 자살을 시도하려는 순간 시녀가 나서요. 히폴리토스를 찾아가 "파이드라를 죽게 만들 것이냐."면서 죽은 사람 소원도 들어준다는데 가엾은 여인의 애타는 마음을 헤아려달라고 호소해요. 아! 아버지의 여인을 사랑할 수 없는 히폴리토스. 거듭 거절할 수밖에요.

　《붉은 포장》의 《파이드라와 히폴리토스》 모자이크는 바로 이 장면을 그렸어요. 왼쪽에 소매 없는 자주색 튜니카를 입고 머리까지 쓰도록 된 노란색 히마티온을 입은 여인이 파이드라입니다. 언뜻 늘씬한 몸매의 이 여인, 얼굴 표정 좀 보세요. 차마 사랑하는 남자의 눈을 바로 쳐다볼 수

●파이드라와 히폴리토스. 왼쪽부터 파이드라, 시녀, 히폴리토스. 2세기. 안타키아 박물관. ●●파이드라. 수심 가득한 파이드라의 표정을 잘 담아냈다. 대영박물관.

없어 눈을 아래로 내리깔고 있어요. 사랑을 거부당했다는 시녀의 말을 듣고 그만 설망에 빠지는 여인의 수심 가득한 표정이 잘 묻어나죠. 오른손을 보세요. 옷자락을 지그시 움켜쥔 모습. 사람이 그렇잖아요, 뭔가 긴장할 때는 손동작이 평소와 달라지죠. 자연스럽지 못하고 무엇인가를 잡거나 뜯거나 움직이는 동작 말이에요. 관람객의 마음마저 안타깝게 만드는 무척 안쓰러운 순간이에요. 오른쪽 남자는 히폴리토스. 왼손에 창을 들고, 사냥할 때 활동이 편하도록 무릎까지 오는 짧은 튜니카를 입고 사냥용 가죽신을 신었어요. 화려한 디자인의 망토를 둘렀고요. 얼굴 좀 보세요. 치켜뜬 두 눈에서 무척 화가 나 있음을 알 수 있죠. 쫙 벌린 손은 뭔가 항의하는 제스처입니다.

히폴리토스의 손 아래를 보면 사랑이 결실을 맺지 못했음을 알려주는 징표가 있어요. 무슨 물체가 하나 떨어져 있죠. 나무판 두 장에 경첩을 달아 접었다 폈다 하는 책 모양의 서판 '딥티콘' 이랍니다. 그리스·로마 시대에 널리 사용한 필기도구예요. 물론 이 안에 파이드라의 절절한 심정을 고백한 글이 담겨 있겠죠. 이를 시녀로부터 건네받아 읽어보고는 그 자리에서 내팽개친 겁니다. 양희은의 노래 「이루어질 수 없는 사랑」이 떠오르네요. 양희은의 맑고 고운 음색으로 '사랑이라는 말 대신에 안녕이라는 말'을 다시 음미하지 않는다 해도 파이드라의 상처 난 가슴을 인지상정으로 느낄 수 있겠지요.

금지된 사랑이 백일하에 드러날까 봐 고민하던 파이드라는 사랑의 마음을 증오의 마음으로 돌립니다. 죽도록 사랑했던 만큼 미워하는 마음, 사랑의 반전, 주변에서 심심찮게 보게 되죠. 파이드라는 작심하고 남편 테세우스에게 거짓을 고해요. 힘만 세지 머리가 모자란 테세우스의 소원대로 그리스 신들은 참 기막힌 판결을 내려요. 아들을 죽여달라는 아버지의 청을 들어주다니……. 동양의 경우 오히려 정반대로 아버지의 여인을 사랑해 불륜을 저지르는 경우를 볼 수 있죠. 2006년 장이머우 감독의 영화 「황후화」. 1987년 「붉은 수수밭」으로 데뷔한 여배우 공리가 황후의 자리에 있으면서 남편이자 황제(주윤발 분)의 큰아들(류엽 분)과 사랑에 빠지는 장면이 나오잖아요.

제우스의 로맨스를 감시하다 저승으로 간 아르고스

맨 윗줄 가운데의 에피소드가 《이오와 아르고스》랍니다. 천하의 바람둥이 최고신 제우스, 아르고스 지방 헤라 신전의 여사제인 이오라는 여인에게 한눈에 반해버려요. 헤라가 보지 못하도록 검은 구름을 일으키고는 이오와 관계를 가졌죠. 이를 헤라가 알아버렸어요. 그러자 헤라가 이오를 해칠 것을 염려한 제우스는 재빨리 이오를 어린 암소로 변신시켰답니다. 암소로 변한 이오에게도 질투를 느낀 헤라는 제우스에게 암소를 선물로 달라고 요구해요. 암소를 넘겨받은 헤라는 아르고스에게 지키도록 명하죠. 아르고스는 눈이 3개 또는 앞뒤에 2개씩 4개, 아니면 온몸에 100개 달린 거인으로 알려져 있어요. 눈이 이렇게 많으니 누구든 아르고스의 감시에서 벗어나기 어렵죠.

제우스는 이오가 걱정돼 아들 헤르메스에게 명을 내립니다. "아르고스를 처치하라." 헤르메스는 마법의 피리를 불어 아르고스를 잠들게 하고는 아르고스가 모든 눈을 감은 뒤에 칼로 목을 베어 처단합니다. 아버지와 아들의 사이가 이 정도는 돼야죠. 헤라가 다시 화를 낸 것은 당연한 일. 헤라는 쇠파리를 보내 이오를 쫓아다니면서 괴롭히도록 명하죠. 그리스를 떠나 각지를 떠돌던 이오가 한 해협을 건넜는데, 그 해협을 '암소 나루터'라는 뜻의 보스포루스 해협이라고 부르게 됩니다. 또 해협을 포함한 바다 전체를 이오가 건넜다고 해서 이오니아 해라고 부르죠. 아나톨리아로 건너간 이오는 캅카스 산맥의 암벽에 쇠밧줄로 묶인 프로메테우스를 만나요. 인간에게 불을 전달했다가 제우스의 노여움을 사 벌을 받고 있는 프로메테우스는 목에 칼이 들어와도 옳은 말을 하는 사람이지요. 이오에게 언젠가 다시 인간의 모습으로 돌아올 것이고, 많은 영웅들의 조상이 될 거라고 예언합니다. 결국 이오는 이집트에서 제우스와 재회하고 다시 인간으로 변하죠. 제우스와 사랑을 나누고 아들까지 낳아요.

모자이크는 헤라가 아르고스에게 이오를 감시하라는 지시를 내리는 장면입니다. 모두 3명이 등장해요. 먼저 왼쪽이 아르고스랍니다. 눈이 여

이오와 아르고스. 왼쪽부터 아르고스, 헤라, 이오. 2세기. 안타키아 박물관.

러 개는 아니고 일단 정상적인 이목구비를 갖추었죠. 머리에는 프리기아 지방 스타일의 모자를 썼습니다. 오른손을 잘 보셔야 합니다. 손가락으로 귀를 벌리고 골똘한 표정으로 무엇인가를 듣는 중인데요, 헤라에게서 이오를 잘 지키라는 말을 전해 듣고 있는 거죠. 왼손에는 시링크스Syrinx, 팬파이프를 들고 있어요. 원래 목축의 신 판이 숲이나 초원에서 연주하는 악기죠. 아르고스 앞에 있는 여인은 당연히 헤라겠지요. 얼굴이 반쯤 훼손됐어요.

재미있는 동작은 헤라의 손에서 나옵니다. 엄지손가락으로 뒤를 가리켜요. 뒤에 있는 인물은 누구일까요? 헤라가 뒤에 있는 여인 이오를 잘 지키라고 아르고스에게 당부하는 장면을 그렸습니다. 기둥에 팔을 대고 서 있는 이오의 표정 좀 보세요. 잔뜩 겁먹었죠. 최고신의 사랑을 받아

좋지만, 최고 여신의 노여움을 샀으니 그 후환이 얼마나 두렵겠어요. 아르고스에게 무슨 명을 내리나 지켜보며 엿듣는 가련한 여인의 안타까운 표정이 잘 묻어나는 작품입니다.

제우스는 수많은 여신 그리고 인간 여인과 정을 통하며 사랑을 나누는데요, 누나이자 아내인 헤라가 정부인 대접을 받아요. 제우스는 헤라가 혼자 산에 오를 때 비를 잔뜩 맞은 메추라기로 변해서 가엾은 모습을 연출한 다음 헤라가 품에 안아주자 슬쩍 본색을 드러내 일을 벌였어요. 처녀성을 간직하고자 했던 헤라는 제우스를 완강히 뿌리쳤지만, 제우스는 정식 아내로 맞아들이겠다고 설득해 혼전 관계를 맺을 수 있었죠. 그리고 어머니 레아의 승낙을 얻어 최고신 커플이 됐어요. 그러나 너무 바람기가 많았던 제우스, 숨긴 연인을 뒀는데 몇 명이나 될까요? 조금은 놀라워요. 자, 공개합니다. 여신과 인간을 합해 100명이라는 설이 우세해요.

그중 과연 누가 가장 총애를 받았을까요? 제우스의 마음을 알 수는 없지만 후세 서양 사람들이 제우스가 가장 총애한 애첩으로 누구를 설정했는지는 짐작할 수 있어요. 특히 과학자, 천문학자들요. 태양계에서 가장 큰 행성인 목성을 영어로 주피터라고 하죠. 제우스랍니다. 서양 과학자들이 목성에 그리스·로마 신화의 주신 이름을 붙인 것은 가장 밝기 때문이죠. 목성에는 위성이 알려진 것만 63개나 돼요. 아직 밝혀지지 않은 작은 것까지 합치면 100개가 넘는다고 하네요. 이 중 17세기 갈릴레오 갈릴레이가 망원경으로 발견해 이름 붙인 4개의 위성이 이오, 에우로파, 가니메데스, 칼리스토예요. 모두 제우스가 사랑한 남녀지요. 이 가운데 첫 번째 위성의 이름이 바로 이오랍니다. 이오를 제우스가 가장 사랑한 여인으로 여긴 거죠.

참고로 우리는 천문학을 얘기할 때 '수금지화목토천해명'을 떠올리죠. 태양계를 도는 행성인데 이 말을 한자와 영어를 섞어 들여다보면 그리스·로마 신화가 깊숙이 배어 있음을 알 수 있어요. 수성水星은 영어로 머큐리고요, BC 4세기 이후 고대 그리스에서 헤르메스라고 불렀어요. 금성金星은 영어로 비너스, 그리스의 아프로디테 신입니다. 금빛으로 노랗게 빛나지요. BC 6세기 피타고라스 시절부터 금성의 존재를 알고 연구했어요. 화성火星은 영어로 마르스, 그리스의 아레스인데요, 위성 2개는 포보스(공포)와 데이모스(테러)랍니다. 전쟁의 신 아레스의 아들들이죠. BC 1500년 전 이집트 과학자들이 화성의 존재를 연구했고, BC 7세기 신바빌로니아 왕국의 천문학자들은 화성이 79년에 서른일곱 바퀴 공전한다는 놀라운 연구 결과를 내놓습니다. 이집트와 바빌로니아에서 유학한 탈레스는 이런 연구 성과를 바탕으로 일식을 예측한 것이지요.

토성土星은 영어로 새턴이고, 고대 로마 시대 대지의 신 사투르누스예요. 대지, 즉 땅, 흙의 신이라 별 이름을 한자로 옮길 때 '흙의 별土星'이라 지은 겁니다. 1690년에 발견된 천왕성天王星은 영어로 '우라노스'입니다. 그리스 신화에서 제우스의 할아버지이자 크로노스의 아버지로 '하늘', '우주'를 상징하죠. 한자로 옮기면 '하늘의 왕天王'이라 합니다. 1846년에 발견된 해왕성海王星은 영어로 넵튠, 그리스의 포세이돈입니다. 바다의 신이죠. 그래서 한자로 '바다의 왕海王'이라 지은 것이고요. 1930년에 발견돼 행성으로 지정됐다가 2006년 행성 지위를 박탈당한 명왕성冥王星은 영어로 플루토, 그리스 신화의 염라대왕 하데스랍니다. 지하 세계, 즉 명계冥界의 왕이죠. 모자이크 속 그리스·로마 신화와 학문이 이렇게 현대 과학에 녹아들어 있답니다.

재주는 곰이 넘고…… 남 좋은 일만 시켜준 멜레아그로스의 로맨스

남녀가 만나 사랑을 싹틔우는 상황은 참 다양하죠.《멜레아그로스와 아탈란테》의 경우도 좀처럼 보기 어려운 상황이에요. 아탈란테(일명 아탈란타)는 아르카디아 왕 이아소스의 딸이라고 해요. 아들을 잔뜩 기대했던 아버지 이아소스 왕은 아탈란테가 태어나자 산속에 버려요. 아! 남아 선호 사상이 가져온 비극이랍니다. 가엾은 아탈란테는 암곰의 젖을 먹다 사냥꾼이 발견해 살아나죠. 산에서 자라 야성적인 아탈란테는 남자보다 더 뛰어난 용력을 지녔어요. 그러면서 절세가인이었답니다. 욕정의 화신 켄타우로스 족속 중에 그녀를 탐하던 자는 그녀를 겁탈하려다 오히려 죽고 말죠. 레슬링 경기에서 아탈란테가 아킬레우스의 아버지 펠레우스를 이긴 것은 그녀의 힘을 단적으로 보여주는 예지요. 이아손이 황금 양가죽을 찾기 위해 그리스 전역의 내로라하는 장수들만 모집한 아르고호號 원정대에도 참여했다는 설이 있어요. 또 지원했지만, 여성이 있을 경우 불화가 생길 것을 우려한 이아손의 현명한 판단으로 빼어난 무술 실력을 지니고도 탑승이 거부됐다는 설도 있고요. 이런 아탈란테가 뜻하지 않게 사랑 사건에 휘말리는데요, 상대는 멜레아그로스예요.

멜레아그로스는 누구인가요? 칼리돈 왕 오이네우스와 알타이아의 아들이랍니다. 그가 태어났을 때 운명의 여신 모이라(파테스)가 예언해요. "난로의 불타는 장작이 다 타면 죽는다." 기가 막힌 어머니 알타이아는 얼른 불을 끄고 타다 남은 장작을 주워 상자에 넣고 집 안 깊숙이 감춥니다. 멜레아그로스 역시 용력이 뛰어난 청년으로 성장하는데요, 아버지 오이네우스가 가을에 풍년이 들었음에도 아르테미스에 공물을 바치지 않아 벌을 받아요. 커다란 멧돼지를 보내 칼리돈을 쑥대밭으로 만든 것입니다. 각지에서 멧돼지를 잡을 힘깨나 쓰는 용사들이 모여드는데 아탈란테도 나타난 거예요. 아탈란테는 활의 명수인데, 활을 쏘아 멧돼지를 맞혔어요. 숨이 끊어지기 전 다 죽어가는 멧돼지에게 멜레아그로스가 창으로 최후 일격을 가해 죽입니다.

멧돼지가 죽고 나서 멜레아그로스는 아탈란테의 미모에 마음을 빼앗깁니다. 사랑을 표현해야겠는데……. 멜레아그로스는 멧돼지 가죽을 벗겨 아탈란테에게 사랑의 징표로 주려고 마음먹습니다. 그러자 사냥에 같이 참가한 멜레아그로스의 동생과 외삼촌을 비롯한 여러 용사들이 이를 못마땅하게 여겨요. 아탈란테에게 가죽을 주는 것에 노골적으로 불만을 표시한 거예요. "우리도 나눌 권리가 있어." 멜레아그로스가 말해요. "활을 쏘아 맞힌 이가 아탈란테이니 그녀에게 줘야지." "그럴 수 없지." "뭐라고?" 쯧쯧. 사랑에 빠진 남자와 다투면 안 되지요. 사랑에 빠진 사람은 눈에 보이는 게 없잖아요. 싸움이 벌어진 것은 당연한 결과. 멜레아그로스가 동생과 외삼촌, 그리고 헤라클레스의 동생 이피클레스를 비롯해 여러 명을 죽이고 맙니다. 《붉은 포장》 9개의 에피소드 중 맨 아랫줄 가운데에 자리한 《멜레아그로스와 아탈란테》 모자이크는 바로 이 순간을 상징적으로 그렸어요.

아탈란테가 왼쪽에 자리하죠. 얼굴이 거의 훼손됐어요. 금발의 곱슬

멜레아그로스와 아탈란테. 왼쪽부터 아탈란테, 멧돼지, 멜레아그로스, 멜레아그로스의 외삼촌. 2세기. 안타키아 박물관.

머리가 목덜미까지 내려와 여성임을 알 수 있어요. 아탈란테의 맞은편에 멜레아그로스가 서 있습니다. 옅은 회색의 튜니카를 입고, 왼쪽 어깨에는 갈색 망토를 걸쳤어요. 아탈란테와 멜레아그로스의 사이에는 이루어질 수 없는 사랑을 잉태한 멧돼지가 눈을 감고 죽어 있습니다.

멜레아그로스의 어머니 알타이아의 심정이 어땠을까요? "여자 때문에 동생을 죽이다니……. 거기다 내 동생까지……." 알타이아는 화를 내며 상자 속에 숨겨둔 타다 남은 장작을 꺼내 불 속에 던집니다. 순간 멜레아그로스는 급사하지요. 뒤늦게 이를 뉘우친 어머니는 스스로 목숨을 끊고요. 여인을 사랑해 가족까지 희생시켰건만 데이트 한 번 못 해보고 목숨을 잃게 된 불운의 멜레아그로스가 마냥 가엾네요. 사랑은 죄가 아닌데 말이에요. 정작 아탈란테를 차지한 행운의 남자는 따로 있었어요.

칼리돈의 멧돼지 사냥으로 아탈란테의 이름이 널리 알려진 덕분에 아버지 이아소스가 버렸던 딸을 받아들입니다. 이아소스는 딸의 혼사를 서두르지만, 아탈란테는 사냥의 여신 아르테미스처럼 처녀로 살겠다고 맹세해요. 결혼을 피하기 위해 아주 까다로운 조건을 내세우는데요, 달리기 경주를 해서 자신을 이기면 결혼해주고 지면 죽여버린다는 소름 돋는 조건이지요. 잔뜩 군장軍裝을 하고도 바람처럼 달리는 아탈란테를 알몸으로 달리는 구혼자들이 이기질 못해요. 그래도 미인과 달콤한 밤을 보낼 헛꿈에 사로잡힌 많은 총각들이 연이어 불귀의 객이 되고 맙니다.

이러다 세상 남자가 다 죽게 생기자 사랑의 여신 아프로디테가 나서요. 더 이상 남자들의 희생을 막고 아탈란테를 시집보낼 작정이었죠. 행운의 남성은 멜라니온(메일라니온). 별로 특별할 것도 없는 멜라니온이 남들이 안 한 한 가지 일을 했어요. 사랑의 여신 아프로디테에게 사랑의 결실을 맺게 해달라고 기원한 것이죠. 아프로디테는 황금 사과 3개를 줍니다. 마침내 경주가 시작됐어요. 멜라니온은 달리기 시작하자마자 황금 사과 하나를 앞으로 던져요. 아탈란테가 그것을 주우려고 멈추는 사이 앞서 나가죠. 다시 아탈란테가 앞서 가면 또 던지고……. 마침내 황금에 눈이 먼 아탈란테는 그만 멜라니온에게 지고 말죠. 결혼식. 그런데 이게 웬일인가요. 멜라니온이 아프로디테에게 감사의 공물을 올리지 않은 거예요. 화가 난 아프로디테는 멜라니온과 아탈란테가 신들의 어머니 키벨레(레아)의 신전에서 사랑의 행위를 나누게 만들어요. 신성모독으로 벌을 받게 된 아탈란테와 멜라니온. 사자로 변해 키벨레의 수레를 끌게 되죠. 키벨레와 함께 등장하는 두 마리의 사자가 바로 이들이랍니다.

운명의 삼각 로맨스, 아도니스와 아프로디테 그리고 페르세포네

멧돼지 얘기를 했는데요, 멧돼지에 물려 죽은 안타까운 사연의 미남이 생각나시나요? 전편 『비키니 입은 그리스 로마』의 그리스 코스 섬 편에서 살펴본 아도니스와 아프로디테의 사랑 이야기요.

지하 세계, 즉 저승의 왕인 하데스는 요즘 말로 노총각. 누가 저승으로 시집가겠어요. 고민하던 하데스가 꽃밭에서 놀던 페르세포네를 보쌈해 간 겁니다. 페르세포네는 곡물의 여신 데메테르의 딸이에요. 데메테르가 하데스의 누나이니, 하데스는 조카딸을 납치한 거죠.

이런 곡절이 있는 페르세포네. 지하에서 사랑 없는 결혼 생활을 해야 했으니 얼마나 지옥 같았겠어요. 그러다 출중한 용모의 매력남 아도니스를 만나 사랑을 불태웠으니, 낭연히 그가 새 생명을 얻어 지상으로 올라가는 것에 반대하죠. 솔로몬의 명판결, 아니 『흠흠신서欽欽新書』를 통해 인권의 소중함과 사법 정의를 바로 세우려 했던 다산 정약용에 버금가는 명판결을 볼까요? 1년의 반은 이승에 올라와 아프로디테와 살고, 나머지 반은 저승에서 페르세포네와 지내라는 확정 판결. 제우스의 요청을 받은 요정 칼리오페가 내린 선물이지요.

우리네 보쌈보다 좀 과격하고 거칠죠. 하데스처럼 정식 결혼을 하지 못할 경우 보쌈을 통해 문제를 해결했는데요, 대개 개가를 허용하지 않는 과부 등을 보쌈한 것이지 숫처녀를 데려가는 법은 없었지요. 조선 성종 때 『경국대전』에서는 개가한 여자의 자손에게 과거 시험 응시 기회를 주지 않도록 했어요. 이렇게 남편 잃은 여자나 소박맞은 여인의 경우 공개적으로 재혼하기가 어려우니 대개 상대방의 묵인 아래 보쌈이란 제도

아도니스의 이별. 2세기. 안타키아 박물관.

를 통해 다시 시집갈 기회를 준 거죠. 어찌 보면 인도적인 처사지요.

《아도니스의 이별》모자이크는《붉은 포장》의 9개 에피소드 중 오른쪽 가운데에 자리해요. 애인이랑 헤어져야 하는 순간. 가을이 끝나 이제 사랑하는 애인 아도니스를 지하세계로 보내야 하는 순간. 만물이 소생하는 이듬해 봄까지 겨우내 몇 달 동안 보지 못하는 아프로디테의 안타까움이 느껴지죠.

세라 브라이트먼이 맹인 가수 안드레아 보첼리와 부른 노래. '팝페라'라고 하지요. 대중성 짙은 오페라 곡 「Time to say goodbye(안녕이라고 말할 시간)」. 간절하고 애절한 사랑의 마음을 맑고 청아한 음색으로 함부로 흉내 내기 어려운 고음에 실어 깊은 사랑의 추체험追體驗으로 안내하는 신비의 노래죠. 남녀 가수의 감동적인 화음 속에 이별과 사랑을 반복

해야 하는 그리스 신화 속 남녀의 사랑 타령을 음미해보시기 바랍니다.

헥토르의 아내 안드로마케, 자식을 죽인 자의 아내가 되다

《붉은 포장》의 9개 에피소드 가운데 중심에 자리 잡은 메인 테마. 《안드로마케와 아스티아낙스》의 사연 속으로 들어가보시죠. 너무 구슬픈 내용이라서 전하기가 쉽지 않을 정도로 마음 아파요. 트로이 전쟁으로 거슬러 올라가는데요, 전쟁 막바지에 트로이 성이 함락된 뒤 아비규환의 살인과 약탈이 자행되지요. 죽은 아킬레우스의 아들로 스키로스 왕국 리코메데스 왕의 딸 데이다메이아가 낳은 네오프톨레모스는 잔인하기로 이름 높았어요. 왕궁으로 쳐들어가 프리아모스 왕을 살해하고 왕족을 모두 죽입니다. 그런데 2명이 보이지 않아요. 헤토르의 부인이자, 테베의 공주인 안드로마케와 아들 아스티아낙스랍니다. 트로이 성안을 샅샅이 뒤진 끝에 네오프톨레모스는 제우스 신전에서 둘을 찾아내요.

모자이크는 이 장면을 그렸어요. 모자이크가 3분의 1 이상 훼손돼 전후 맥락을 잘 파악하고 보지 않으면 이해하기 어렵습니다. 맨 먼저 왼쪽 아래에 작은 어린애가 보이죠. 아스티아낙스랍니다. 오른손에 횃불을 들고 있어요. 횃불은 왜 들었을까요? 신전 내부는 어둡죠. 그래서 아스티아낙스가 횃불을 밝혀 들고 어머니 안드로마케와 신전으로 숨어든 거예요. 아스티아낙스의 시선을 보세요. 왼쪽 위를 바라보는데 원망 어린 두려움에 가득 차 있죠. 그의 시선을 따라 하나의 줄이 그의 목을 매고 위로 올라가 있는 것을 볼 수 있어요. 그리고 건장한 남자가 그 줄 끝을 손에 쥐고 있어요. 그렇습니다. 얼굴이 훼손돼 보이지 않는 남자가 네오프

톨레모스랍니다. 자주색 튜니카를 입었지요.

　네오프톨레모스 앞에 몸체는 전부 훼손되고 얼굴 일부만 남은 인물이 자리해요. 머리에 두른 스카프와 풍성한 곱슬머리, 부드러운 곡선의 눈매로 볼 때 여인임에 틀림없죠. 아스티아낙스의 엄마이자 헥토르의 아내인 안드로마케입니다. 모자이크를 통해 너무 놀라 크게 뜬 오른쪽 눈을 확인할 수 있죠. 눈에 넣어도 아프지 않을 어린 아들을 개 끌고 가듯 줄로 묶어 사지로 몰고 가는 무지막지한 네오프톨레모스에게 이렇다 할 항거도 못 하고 속수무책으로 바라봐야 하는 어머니의 애끓는 심정을 읽을 수 있어요.

네오프톨레모스가 고국으로 데려가 아내로 삼은 안드로마케. 하지만 그녀에게 시련은 더 남아 있어요. 네오프톨레모스에게는 이미 아내가 있었지요. 트로이 전쟁의 계기가 된 헬레네와 스파르타의 왕 메넬라오스 사이에서 태어난 딸 헤르미오네요. 한 지붕 두 가족. 남자 하나에 여자 둘. 집안이 편안할 리 없겠죠. 더구나 안드로마케가 네오프톨레모스의 아들 몰로소스를 낳은 데 반해 헤르미오네는 자식을 낳지 못했어요. 질투심에 불타오른 헤르미오네는 무서운 계략을 꾸밉니다. 남편 네오프톨레모스와 눈엣가시인 안드로마케의 암살을 시도해요. 네오프톨레모스는 죽고 안드로마케는 아들과 함께 간신히 살아납니다. 안드로마케는 우여곡절 끝에 프리아모스 왕의 아들 헬레노스, 그러니까 시동생과 재혼해요. 아이고, 책이 몇 권 나올 인생 역정이죠.

　　참, 헤르미오네가 네오프톨레모스를 죽이려고 한 데는 다른 이유가 있었다는 주장도 있어요. 원래 헤르미오네는 큰아버지 아가멤논의 아들이자 사촌인 오레스테스와 약혼한 사이였어요. 그런데 아버지 메넬라오스가 트로이 전쟁에서 승리하려면 죽은 아킬레우스의 아들 네오프톨레모스가 필요하다는 판단을 내리고 파혼시킨 후 억지로 시집보낸 겁니다. 그러나 오레스테스와 헤르미오네는 서로를 잊지 못하고 네오프톨레모스 살상극을 벌였다는 거죠. 이 주장을 뒷받침하는 근거로는 헤르미오네가 네오프톨레모스 사후에 오레스테스와 재혼한 점을 듭니다. 참 복잡한 로맨스죠.

흔하지 않았지만…… 고대 그리스의 로맨스

《붉은 포장》에 등장하는 9개의 에피소드 가운데 남녀에 얽힌, 때론 흥미롭고 때론 안타까운 애정사 5개의 장면을 들여다봤습니다. 남은 4개의 장면인 《봄》, 《여름》, 《가을》, 《겨울》을 보면서 고대 그리스에서 여성들이 실제 로맨스를 엮을 수 있었는지 알아보죠.

그리스 여성들은 대개 14~15세에 결혼했는데요, 결혼 전에는 순결을, 결혼 후에는 정조를 최고의 미덕으로 삼았기 때문에 가정생활도 여기에 초점이 맞춰졌어요. 여자들은 철저하게 외부 세계와 격리됐죠. 집을 2층으로 마련하고 1층은 남자들 공간, 2층은 여자들 공간으로 구분했어요. 격리된 가운데 옷감을 짜고 식사를 준비하는 등의 가사 교육만 받았답니다. 글을 읽고 쓰는 교육은 극히 일부로 제한했고요. 시장을 보러 가거나 우물가로 물을 길으러 가는 일도 하녀들이 맡았기 때문에 보통 시민 가정의 여인들은 울타리 밖으로 얼굴을 내밀기가 쉽지 않았습니다. 한마디로 가사에 충실한 순종적인 여인을 길러낸 것인데……. 이렇다 보니 불륜은 흔한 일이 될 수 없었습니다. 그러나 아주 불가능한 것도 아니었어요.

고대 그리스에서는 장례식이나 디오니시아 같은 종교 의식에 가는 날이 이성을 만나는 좋은 기회가 되었어요. 동서고금에 예외가 없죠. 행사를 통해 모르는 남녀가 설렘 속에 만남을 가질 수 있는 거요. 고려 시대의 경우 정월이나 2월에 열리던 연등회, 가을에 치르던 팔관회, 사월 초파일에 절에서 펼치던 탑돌이, 5월 단오 행사를 떠올리면 쉽습니다. 이몽룡과 성춘향의 만남도 그 연장선이 아니던가요.

●봄. 녹색 망토를 걸쳤다. 왼손엔 짜낸 양젖이 가득하다. 2세기. 안타키아 박물관. ●●여름. 왼손엔 방금 수확한 밀을, 오른손엔 낫을 들었다. 2세기. 안타키아 박물관. ●●●가을. 왼손에 든 방금 따낸 포도가 풍요를 상징한다. 2세기. 안타키아 박물관. ●●●●겨울. 히마티온을 머리까지 쓰고, 포도주가 담긴 은잔을 들었다. 2세기. 안타키아 박물관.

로맨스는 대개 누군가를 징검다리 삼아 벌어지기 마련이지요. 한 남자가 행사장에서 마주친 다른 집 아내를 유혹하려면 바깥출입이 잦은 하녀를 통할 경우 비교적 쉽게 일이 풀렸어요. 일단 여인의 마음이 움직여 한번 밖에 나오면 다음부터는 일사천리죠. 종교 의식 때 외출은 물론, 깊이 빠지면 집 안으로 연인을 불러들이는 일도 서슴지 않았어요. 남편이 바깥일에 바쁘고, 사업이나 공무로 다른 지방에라도 가게 되면 쾌재를 불렀지요. 대장장이 신 헤파이스토스가 먼 거리로 출장 갔을 때 아내 아프로디테가 연인 아레스를 집으로 불러들여 정사를 벌이던 장면은 단순히 신화 속에 머물지 않았어요.

그러다 발각되기도 하죠. 태양을 몰고 다니던 헬리오스가 하늘에서 아프로디테와 아레스의 낮 뜨거운 만남을 보고 헤파이스토스에게 알려줬듯이, 누군가 아내의 부정을 남편에게 알려줄 수 있습니다. 그렇다면 다음 조치는 무엇일까요? 헤파이스토스가 아내와 아레스의 간통을 현장에서 보이지 않는 황금 그물로 잡듯이, 고대 그리스 남편들 역시 아내의 불륜을 밀회 현장 바로 그 자리에서 잡을 필요가 있었어요. 법적인 재판 절차를 밟기 위해서는 증거가 필요했거든요. 아내는 이혼당하고, 밀회를 즐긴 남자는 남편이 마음대로 처분했습니다.

트로이 공격을 위해 출항하려면 딸을 제물로 바쳐라

다프네의 로마 빌라 '이피게네이아의 집' 식당 트리클리니움 바닥에서 발굴한 3세기 작품 《아울리스의 이피게네이아》는 트로이 전쟁 당시 그리스 연합군 총사령관 아가멤논이 트로이로 출항하기 위해 아울리스에서 신에게 딸 이피게네이아를 제물로 바치는 사연을 소재로 삼았어요. 그리스 신화의 에피소드이자 에우리피데스가 BC 5세기에 쓴 희곡 「이피게네이아」의 한 장면이죠. 안타키아 모자이크 가운데 유일한 연극 장면이랍니다. 비극적인 소재를 암시하듯 전체적인 장면이 무겁고 어둡지만, 표정 묘사가 뛰어나고 메시지가 분명한 수작이에요.

그렇다면 딸의 목숨을 바치게 된 사연은 무엇인가요? 심청이는 아버지의 눈을 뜨게 하려는 효심에 스스로 목숨을 던졌는데, 서양 정서는 우리와 이렇게 다른가요? 목적을 달성하기 위해 딸도 내다 파는 것이니까요. 삼강오륜의 부자유친이 갈 곳을 잃은 그리스 신화 내용으로 들어가 보시죠. 아르고스에서 헤라클레스의 아들 텔레포스를 치료해주고 트로이로 가는 길 안내를 약속받은 그리스 연합군은 항구 아울리스로 향했어요. 이곳에서 닻을 올리면 텔레포스의 안내를 받아 트로이로 직항할 수 있었습니다. 그런데 아르고스에서 아울리스 항구로 옮긴 그리스 연합군은 출정할 수가 없었어요. 트로이로 가려면 배를 이용해야 하는데 바람이 불지 않는 거예요. 당시 배는 노도 저었지만, 바람이 가장 중요한 동력이었지요.

답답해진 총사령관 아가멤논은 당대 최고의 점쟁이로 알려져 트로이 전쟁에 종군한 칼카스를 불렀어요. "왜 바람 한 점 불지 않는 상황에 이르렀는지 거짓 없이 말하거라." 아가멤논의 추상같은 명령에 칼카스가 하늘을 바라보며 신의 뜻을 구했습니다. 이윽고 점괘가 나왔어요. "아르테미스(디아나) 여신이 노한 것입니다. 여신이 바람을 잠재웠습니다." "허허, 이 일을 어쩐다." 답답해진 아가멤논이 칼카스에게 해결책을 말하라고 다그치자 칼카스가 어렵게 입을 떼었습니다. "대왕님의 딸 이피게네이아를 제물로 바치라고 아르테미스 여신이 요구하십니다."

아가멤논은 곰곰 생각해봤어요. 왜 아르테미스 여신이 노했을까? 아울리스에 와 순풍을 기다리며 사슴 사냥을 하는 동안 멋진 사슴을 잡은 적이 있었는데, 그때 기쁨에 넘쳐 우쭐거리며 "나의 날랜 창과 칼 솜씨로 사냥의 여신 아르테미스도 잡지 못할 큰 사슴을 잡았다."고 뻐겼어요. 여신의 비위를 건드린 것이지요. 그러나 그것만이 아니었어요. 딸 이피게네이아가 태어난 해에 출생을 기념하기 위해 그해 수확한 산물 가운데 가장 좋은 것을 아르테미스 여신에게 바치겠다고 약속한 뒤 이를 지키지 않은 것도 머릿속에 떠올라 아가멤논을 더욱 괴롭혔어요. 아르테미스 여신에 대한 불경죄는 아가멤논만 저지른 게 아니었어요. 아가멤논의 아버지 아트레우스도 지은 죄가 컸어요. 아트레우스는 아르테미스 여신에게 황금 양털을 바치기로 해놓고 이를 지키지 않았거든요. 이렇게 대를 이어 불경죄를 저지르니 아르테미스가 아가멤논의 가문을 좋게 여길 리가 없죠.

자식을 죽여 출항한 아가멤논, 바람난 아내 손에 죽다

아가멤논은 고민 끝에 결론을 내리고 입을 열죠. "이피게네이아를 데려와라." 그리스 연합군 전체를 생각한다는 명분으로 이피게네이아를 희생시키기로 결심한 겁니다. 이피게네이아를 아킬레우스와 결혼시킨다는 거짓말로 아내 클리타임네스트라와 딸 이피게네이아를 움직였어요. 그러나 아울리스에 오자 모녀는 분위기가 심상치 않음을 느꼈어요. 결혼식이라는 축복된 상황이 아닌 게 분명했습니다. 침울한 분위기였거든요. 아니나 다를까, 순풍을 얻기 위해 아울리스 신전에서 이피게네이아를 희생시킨다는 계략 아닌가요. 어머니 클리타임네스트라는 결사반대했어요. 그렇잖아도 아가멤논이 전남편과 사이에서 낳은 자식을 죽이고 자신과 억지 결혼한 터에 다시 딸을 죽음의 사지로 몰아야 하다니……. 아가멤논이 더 이상 남편이 아닌 짐승으로 보였을 수도 있겠지요.

아가멤논과 클리타임네스트라, 이피게네이아. 3세기. 안타키아 박물관.

마침내 이피게네이아를 희생시키

기로 한 날이 왔지요. 날카로운 칼날이 이피게네이아의 몸을 내리치려는 순간 이변이 일어났습니다. 아르테미스 여신이 마음을 고쳐먹은 거예요. 그동안 보여준 잔인한 면모와 달리 이번에는 자신에게 딸까지 바치는 아가멤논의 속죄를 확인하고 이피게네이아를 살려주기로 결심한 것이지요. 제단에 이피게네이아 대신 순식간에 흰 사슴을 갖다 놓았어요. 칼을 맞아 죽으며 붉은 피를 쏟아낸 것은 이피게네이아가 아니라 사슴이었습니다. 대신 이피게네이아는 아르테미스의 손에 이끌려 머나먼 북쪽의 흑해 연안 크리미아 반도의 타우리스로 옮겨졌어요. 이피게네이아는 그곳에서 아르테미스 신전 여사제가 됐답니다. 이렇게 이피게네이아는 가까스로 죽음을 면할 수 있었지만 부모인 클리타임네스트라와 아가멤논을 다시 만날 수는 없었어요. 아울리스 앞바다에는 다시 순풍이 불어왔고, 그리스 연합군은 텔레포스의 안내를 받아 트로이로 출정할 수 있었습니다.

트로이 전쟁에서 승리한 뒤 아가멤논은 어떻게 됐을까요? 동생 메넬라오스와 싸운 뒤 트로이 공주 카산드라를 전리품으로 세워 고국 미케네로 돌아옵니다. 카산드라는 트로이 함락 직후 아테나 신전으로 피신해 있다가 오디세우스에게 머리채를 잡힌 채 아가멤논의 처소로 끌려가 그의 여인이 됩니다. 아가멤논은 개선장군이었지만 고국의 자기 궁정에서 시련이 기다리고 있을 줄은 몰랐어요. 아내 클리타임네스트라가 바람이 난 거예요. 남편이 오랜 기간 궁정을 비운 사이 아이기스토스와 불륜에 빠집니다. 클리타임네스트라는 자신의 부정한 행동을 자식들이 목격할까 두려워 오레스테스와 엘렉트라 남매를 아예 먼 나라 포키스에 보내놨지요. 둘은 아가멤논이 전쟁을 마치고 돌아온다는 소식에 소스라치게 놀랐어요. 사랑에 눈멀면 보이는 게 없는 법. 그들은 아가멤논과 카산드라를 암살하고 맙니다. 세상에 이런 일이……. 전쟁 영웅들이 밖에서는 대승을 거두지만 집안에서는 바람난 아내와 그 정부 손에 추풍낙엽이잖아요. 네오프톨레모스도 그랬고요. 아가멤논이 죽은 지 8년 뒤 오레스테스 남매는 비정한 어머니 클리타임네스트라와 정부 아이기스토스를 죽여 아버지의 복수를 합니다.

여기서 잠깐 '자식 공양'에 대해 살펴보죠. 유대 인의 전설과 역사를 한데 모은 이야기인 『구약성경』 창세기에도 비슷한 이야기가 나와요. 메소포타미아의 고대 유적지 샨리우르파에서 태어났다는 아브라함이 아내 사라, 형제 하란, 조카 롯 등과 함께 75세에 팔레스타인 땅으로 들어갔는데요, 86세에 이집트 여종 하갈에게서 이스마엘을, 100세에 아내 사라에게서 이삭을 낳잖아요. 아! 100세에 얻은 소중한 자식 이삭. 그러나 아브라함은 아들 이삭을 죽여 제물로 바치라는 하느님의 요구에 순순히 응해요. 아브라함이 이삭을 죽이려 하자 그의 깊은 신앙심에 흡족한 하느님은 이삭을 살리고 대신 양을 죽이게 만들어요. 이피게네이아 이야기랑 비슷하죠. 성경 속의 내용 가운데 적지 않은 부분이 메소포타미아, 이집트, 그리스의 다양한 신화와 겹친답니다.

마마보이 아킬레우스, 어머니의 계책으로 사랑하는 여인을 다시 얻다

발길을 옮기다 보면 작품의 3분의 2 이상이 훼손돼 무슨 내용인지 도대체 알기 어려운 아주 진귀한 모자이크 앞에 서게 돼요. 《아킬레우스를 떠나는 브리세이스》. 모자이크의 오른쪽부터 볼까요? 모자를 쓴 남자

아킬레우스를 떠나는 브리세이스. 왼쪽 옷 끝자락이 브리세이스, 얼굴이 반쯤 훼손된 남자는 파트로클로스. 3세기. 안타키아 박물관.

가 보이죠. 둥근 챙이 달린 세련된 디자인의 모자가 눈길을 끄는데요, 고대 그리스·로마 시대에 쓰던 '카우지아Causia'랍니다. 그 아래 얼굴은 턱수염으로 가득합니다. 두 눈을 동그랗게 뜨고 뭔가 요구하는 중이에요. 지팡이도 들었죠. '케리케이온'이라고 합니다. 뱀이 똘똘 틀어 앉은 디자인이에요. 헤르메스가 들고 다니면서 제우스 신의 의중을 전달하는데 사용하는 지팡이랍니다. 케리케이온을 들었다는 것은 제우스의 전령, 즉 신의 사자인 헤르메스처럼 인간 사회의 전령이라는 것을 나타냅니다. 아가멤논이 보냈지요.

케리케이온의 끝이 가리키는 방향에 반쯤 훼손된 미남자의 얼굴이 보이죠. 파트로클로스랍니다. 망토에 사람 얼굴이 새겨져 있죠. 모자이크를 자세히 보면 파트로클로스 오른쪽에 옷이 보이죠. 한 사람이 더 있는 겁니다. 파트로클로스가 왼손으로 나머지 한 사람의 왼손을 잡고 있어요. 뒤로 돌아선 모습인데요, 브리세이스입니다. 그녀가 뒤로 돌아 누구를 바라보나요? 아킬레우스죠. 아킬레우스는 모자이크에 등장하지 않지만 전체 상황을 다시 그려보겠습니다. 맨 왼쪽에 앉은 아킬레우스가 파트로클로스에게 브리세이스를 아가멤논의 전령 2명에게 데려다 주라고 명령한 것입니다. 브리세이스가 몸은 마지못해 아킬레우스 곁을 떠나지만 마음은 그의 곁에 두고 있음을 나타내는 안타까운 이별 장면이랍니다. 자, 그럼 천하 용장 아킬레우스가 왜 브리세이스를 빼앗기는지 그 사연을 찾아 들어가보죠.

트로이 전쟁 10년째. 전투가 교착 상태에 빠지고 그리스 진영에 역병이 돌면서 많은 피해자가 생겨요. 이때 트로이의 동맹국 크리세의 아폴론 신전 신관 크리세스가 그리스 진영에 찾아오면서 『일리아드』가 시작돼요. 크리세스는 많은 보물을 바치며 그리스 연합군에게 포로로 잡혀 있는 자신의 딸 크리세이스를 돌려달라고 애원하죠. 크리세이스는 테베에 머물다 그곳을 공략한 그리스 연합군에게 포로로 잡혀 아가멤논에게 바쳐진 여성이에요. 아가멤논은 작지만 금발의 아름다운 여인 크리세이스의 미모에 반해 그녀를 시녀로 삼아 자신의 막사에서 시중을 들도록 했어요. 심지어 귀국하면 아내로 삼겠다는 생각까지 하고 있던 터였지요. 그런데 거대한 속환금을 가져와 딸을 돌려달라고 하니……

아가멤논은 일언지하에 거절하며 크리세스를 푸대접해 내쫓았어요. 화가 난 크리세스가 아폴론에게 기원하자 아폴론은 자신을 섬기는 신관이 모욕당한 데 격분해 9일 동안 쉬지 않고 활을 쏴 그리스 병사들을 죽였습니다. 왜 이런 참극이 벌어지는지 답답해진 그리스 연합군은 점쟁이 칼카스를 불렀어요. 칼카스는 아킬레우스가 9세 때 "아킬레우스 없이 트로이 전쟁을 이길 수 없다."고 예언했던 인물이죠. "크리세이스를 돌려줘야 합니다." 연합군 장군들은 아가멤논에게 크리세이스를 돌려주라고 요구해요. 완강하던 아가멤논은 마침내 아킬레우스 처소의 여인 브리세이스를 자신에게 준다면 응하겠다고 약속하기에 이르러요. 크리세이스와 브리세이스는 사촌 간이죠. 아버지 크리세스와 브리세스가 형제로 둘 다 아폴론 신전 신관이었어요.

아킬레우스는 살벌한 전쟁판을 떠돌며 여러 여성과 사랑을 나눴어요. 그중 본능적 욕정을 넘어 진정으로 마음을 준 여인은 브리세이스라 할 수 있어요. 브리세이스는 얼마나 예뻤을까요? 로마 시대에 그린 천연색 프레스코가 남아 있어요. 이탈리아 나폴리 박물관에 보관되어 있는데요, 갈색 머리에 키가 크고 흰 피부를 지녔다고 묘사한 『일리아드』의 기록과 일치할 만큼 절세가인의 고혹적인 매력을 지녔죠. 백옥처럼 희고 고운 피부, 갸름한 얼굴, 오뚝 솟은 콧날, 앵두 같은 빨간 입술, 왕방울만 한 눈에 이슬처럼 맑고 영롱한 눈동자, 갈색의 곱슬머

브리세이스. 로마 시대 프레스코. 나폴리 박물관.

리, 금테 두른 반짝이는 진주 귀고리, 흰 베일을 쓰고 수줍어 보이는 조신한 눈빛에 연모의 정이 절로 솟아나는 미모랍니다. 브리세이스는 아킬레우스가 리르네소스를 공격하면서 데려온 여인인데 실은 처녀가 아니라 유부녀였죠. 아킬레우스가 브리세이스의 남편 미네스를 죽이고 차지한 여인이랍니다. 아킬레우스는 스키로스 궁정에서 결혼해 아들까지 두었지만 나중에 만난 브리세이스를 진정한 동반자로 여겼다고 해요.

브리세이스를 잃은 아킬레우스는 바닷가로 나갔어요. 바다의 요정인 어머니 테티스의 도움을 얻을 수 있을까 해서요. 호메로스는 아킬레우스가 "브리세이스가 애처롭게 떠난 것을 생각하며 눈물을 흘리고 큰 소리로 울부짖었다."라고 기록합니다. 밀려오는 파도 소리에 브리세이스를 그리워하는 마음을 절절하게 담았겠죠. 강하디강한 천하제일의 용장도 사랑 앞에서는 맥을 못 추는 법이니까요. 동서고금에 예외가 없어요. 어머니 테티스가 절규하는 아들의 소리를 듣고 바닷속에서 솟아올라요. 어머니는 아들에게 자존심을 되찾을 수 있는 전략을 들려줍니다. 전투에서 빠져 그리스 연합군이 큰 피해를 당하도록 내버려두라는 것이었어요. 그러면 혼란에 빠진 그리스 연합군의 장군들이 불만을 제기하고 아가멤논이 결국 백기를 들 것이란 계산이었죠. 아킬레우스는 고개를 끄덕입니다. 최고의 용장인 아킬레우스가 요즘 말로 마마보이였다는 사실이 좀 놀랍네요.

전황은 테티스의 예상대로 흘러가요. 아가멤논은 아킬레우스를 전쟁에 끌어들이기 위해 오디세우스를 사절로 파견합니다. 아가멤논이 사절단을 통해 아킬레우스에게 제시한 화해 조건은 가히 파격적이에요. 『일리아드』에 나오는 기록을 토대로 정리해보면, 우선 아가멤논이 손을 대기는커녕 목소리도 들어본 적이 없다는 브리세이스를 당장 돌려주겠다는 것. 동시에 여인 천국으로 여성 동성애 '레즈비언'이라는 말의 기원이 된 '레스보스' 섬 출신의 아름다운 시녀 7명을 덤으로 제공한다는 약속도 곁들이고요. 엄청난 재물도 안겨주기로 하죠. 10개의 황금 제품과 큰 솥 20개, 12필의 명마를요. 나아가 트로이 전쟁에서 승리할 경우 전리품 배분에 참여하는 것은 물론, 취향대로 금과 청동 제품을 실어 가라는 허락과 함께 트로이 최고 미녀 20명을 우선 가질 권리를 준다는 맹세. 이 정도면 더 열거할 필요가 없겠죠.

하지만 결정적인 카드가 하나 더 있어요. 전쟁을 마치고 돌아가면 아가멤논이 자신의 딸 가운데 한 냉을 아킬레우스와 결혼시켜 사위와 장인의 관계를 맺겠다는 약속입니다. 오디세우스의 설명으로 아가멤논의 화해 제의, 아니 파격적인 조건을 다 들은 아킬레우스의 대답은 "싫소. 물러가시오."라는 단호한 거절. 아킬레우스는 재물을 탐하는 자가 아니었어요. 브리세이스 이외에 이런저런 미인을 원하는 사람도 아니었죠. 아킬레우스는 거부하고 귀국을 선언합니다. 남자의 사랑이 이 정도는 돼야죠. 더구나 천하를 다투려는 호연지기를 가진 사람이라면요. 바로 이 무렵 파트로클로스가 트로이 사령관 헥토르의 손에 죽는 사건이 발생하죠. 격분한 아킬레우스가 다시 참전하고요. 그리스 연합군은 열세를 단숨에 만회해요. 브리세이스가 다시 아킬레우스의 품으로 돌아온 것은 물론이고요.

남편 시신에 새 생명을 불어넣은 이시스, '부'를 상징하는 크레시스

《이시스 신전 의식》 모자이크를 보시죠. 이시스는 고대 이집트에서 숭배한 최고의 여신이죠. 그리스 신화의 헤라와 견줄 만한 최고 여신인데 그 성격이 달라요. 헤라는 남편 제우스의 바람기에 날카롭게 신경을 곤두세우며 연적인 상대 여신이나 여인에게 무자비하게 복수하는 그런 평범한 여성의 모습이지요. 하지만 이집트 최고신 오시리스의 여동생이자 아내인 이시스는 좋은 어머니, 좋은 아내의 상징이랍니다. 우리 개념으로 현모양처의 이상형이죠. 나아가 대지, 자연, 풍요의 여신이자 마술의 여신이기도 합니다. 노예들의 친구이자 범죄자들도 감싸 안는 모성애를 지녔고요. 장인이나 기타 사회 하층민들을 보듬어주는 일종의 대모 캐릭터랍니다. 기독교에 밀려 자취를 감추기까지 이시스는 지중해 연안의 가장 영향력 있는 여신으로 추앙받습니다.

모자이크를 볼까요? 노란색과 흰옷을 입은 두 여인이 등장하지요. 이시스 신전에서 의식을 주관하는 여사제랍니다. 오른쪽 여인을 잘 보세요. 두 손으로 정성스레 들고 선 악기가 보이죠? 시스트룸입니다. 고대 메소포타미아와 이집트에서 종교 의식을 집전할 때 널리 사용했어요. 청동이나 놋쇠로 손잡이를 만들고요, 'U'자 형태로 철사를 얽어놓은 것 같은 디자인입니다. 여기에 작은 방울이나 금속 조각을 달아 손잡이를 잡고 흔들어 다양한 소리가 나

이시스 신전 의식. 2세기. 안타키아 박물관.

크레시스. 4세기. 안타키아 박물관.

도록 했어요. 시스트룸이 변형돼 현대에 가장 비슷하게 살아남은 악기는
기법이나 소리로 볼 때 탬버린이랍니다.

　　아주 예쁜 모자이크가 있어요. 4세기 작품 《크레시스》랍니다. 황금
색의 안정된 색조를 바탕으로 한 격조 높은 분위기죠. 왼쪽 여인의 머리
위로 '크레시스'라는 그리스 어가 보여요. '재산'을 의인화한 여인입니
다. 크레시스가 입은 옷은 부를 상징하듯 황금색 히마티온이에요. 피부
가 유난히 희고 곱죠. 금발의 곱슬머리는 숱이 많아 치렁치렁하니 어깨
까지 내려왔어요. 황금색 모자를 앙증맞게 썼고요. 귀에는 피부만큼이나
흰 진주 귀고리를 달아 우아한 분위기를 한껏 살려주네요. 두 손으로 정

성스럽게 받쳐 든 그릇에는 보석이 놓여 있죠. 진주 16개를 엮은 목걸이가 하얗게 빛납니다. 진주 가운데의 핑크빛 색조는 단아한 진주의 아름다움에 화려함을 더해주어요. 금으로 만든 2개의 팔찌가 진주 목걸이 위에서 번쩍입니다. 1월에 태어나신 분들이 관심 갖는 1월의 탄생석, 석류석이 황금 팔찌 한가운데에 큼직하게 박혀 붉게 빛난답니다. 그리고 금걸쇠가 오른쪽에 있어요. 보석이 바로 부유함을 상징해요.

《크레시스》와 함께 발굴한 《디오니소스의 승리》를 보시죠. 디오니소스 행렬이 파노라마처럼 펼쳐져요. 맨 오른쪽이 디오니소스. 두 마리의 호랑이가 전차를 끌고 있지요. 그 옆은 춤추는 마에나드. 디오니소스를 바라보는 얼굴만 남고 나머지는 훼손됐네요. 그 왼쪽 옆에 다시 춤추는 마에나드. 허벅지가 다 드러나는 짧은 튜니카를 입고 왼손에는 탬버린,

오른손에는 횃불을 들었어요. 마에나드 옆에는 목축의 신 판이 자리해요. 특유의 염소 다리가 인상적이죠. 산발한 듯한 머리카락이 제멋대로 휘날려요. 목에는 짐승 가죽을 둘렀고요. 두 손을 보세요. 디오니소스가 마시는 포도주 잔 칸타로스를 들었어요. 눈을 가만히 들여다보면 취기가 올라 반쯤 풀린 상태지요. 판 왼쪽 윗부분에 푸른색의 포도주 혼합용 크라테르와 이를 받치고 있는 두 손이 보이고요.

기독교 시대에도 살아남은 소재, 창조·부활·풍요

《크티시스》, 《소테리아》, 《아나네오시스》, 《게》라는 네 여인의 얼굴을 보고 1번 전시실을 마무리하죠. 마치 증명사진을 보는 듯한데요. 먼저 《크티시스》. 파도 물마루 모양의 원 안에 정숙한 차림의 여인이 단정한 자태로 단아한 아름다움을 선보이죠. 크티시스는 우리식으로 치면 집 건축 시 주춧돌을 놓는 '정초定礎'로 시작해 마지막 대들보를 올리는 '상량上樑'까지 다 합친 것으로 '건축'을 의미합니다. 새 출발이지요. 기독교로 보면 집을 새로 짓듯 우주 질서를 새로 만든 분이 계시죠. 세상을 만든 조물주의 천지 창조요. 크티시스는 그래서 기독교 시대 이후의 '창조'를 가리켜요.

두 번째 《소테리아》는 '부활'을 상징해요. 역시 기독교와 어울리는 소재지요. 황금색 튜니카에 짙은 녹색의 히마티온을 입었어요. 진주 귀고리와 목걸이 장식을 했지만 전체적으로 눈빛이 강렬하고 튼실한 체구의 강건한 이미지를 줍니다. 세 번째는 《아나네오시스》랍니다. 반듯한 앞가르마와 자로 잰 듯 균형 잡힌 이목구비에서 정숙미를 넘어 엄숙미가

1 크티시스. 5세기. 안타키아 박물관. 2 소테리아. 5세기. 안타키아 박물관. 3 아나네오시스. 5세기. 안타키아 박물관. 4 게. 5세기. 안타키아 박물관.

감돌아요. 흰 바탕에 갈색으로 목 부위를 디자인한 튜니카에 자주색 망토를 걸쳤어요. '부활'을 상징하는 5세기 작품이죠. 끝으로 네 번째 여인인《게》. 만물의 어머니로 대지의 여신이죠. 히마티온 자락에 각종 과일을 풍성하게 담았어요. 풍요의 대지는 신이 만든 세계이므로 기독교 시대에도 인정했어요. 1번 전시실에는 조각도 자리해요. 「목욕하는 아프로디테」. 뱃살에 주름이 잡힌 사실적인 몸매가 모자이크에 고풍스러움을 더하죠.

목욕하는 아프로디테. 2세기. 안타키아 박물관.

감히 최고 여신 헤라를…… 반인반마 켄타우로스

2번 전시실에는 작품이 그리 많지 않지만 꼭 살피고 넘어가야 할 재미있는 소재가 기다려요. 싸움판에서 여인네 비명 소리가 들려와요. 라피타이 족 여성 강탈 장면을 담은 《켄타우로마키》입니다. 허락받지 못한 욕정의 발현을 위한 여성 강탈. 그 사연 속으로 들어가보죠.

그리스 중부 테살리아 지방 펠리온 산에 전설의 부족 라피타이 족이 살았답니다. 트로이 전쟁에 전함 40척과 군사를 보낸 것으로 기록돼 있죠. 라피타이 족의 왕 가운데 익시온이라는 자가 있었어요. 아주 탐욕적인 사람이었는데 아름다운 여인 디아와 결혼하게 됐어요. 당시 결혼 관습대로 신부 집에 막대한 납폐금納幣金을 주어야 하는데 익시온은 디아를 데려와 살면서두 돈 주는 것을 차일피일 미뤄요. 디이의 아비지는 화가 나 사위 익시온의 말을 끌고 가지요. 그러자 익시온은 장인을 불러 저녁 대접을 하는 척하면서 그만 난롯불 속으로 밀어 죽입니다. 이런 불효막심한 망나니가 있다니. 익시온이 나라에서 쫓겨난 것은 당연하죠.

이를 불쌍히 여긴 제우스가 그를 올림포스 산 위 자신의 궁정으로 불러들였어요. 여기서도 익시온이 사고를 칩니다. 글쎄, 제우스의 아내이자 최고 여신 헤라를 보고 언감생심 군침을 흘린 거예요. 제우스는 이를 알아챘지만 화를 내지 않고 술수를 쓰죠. 익시온이 자는 동안 구름으로 헤라와 똑같이 생긴 여인 네펠레를 만들어 그의 침대 속으로 넣어줘요. 자다가 일어나 꿈에 그리던 헤라를 보자 익시온은 즉시 관계를 맺습니다. 제우스는 화가 머리끝까지 치밀었어요. "감히 이 녀석이 내 아내인 줄 알고도 그 짓을 했단 말인가." 제우스는 헤르메스에게 엄벌을 명하죠.

켄타우로마키. 켄타우로스의 히포다메이아 강탈 장면. 3세기. 안타키아 박물관.

익시온은 마차 바퀴에 묶여 지옥의 불구덩이 옆에서 끝없이 돌아가는 천형을 선고받아요. 바퀴의 회전이 멈추는 때는 오르페우스가 키타라를 연주하는 잠깐 동안뿐이랍니다. 익시온과 하룻밤 만리장성을 쌓은 여인 네펠레가 열 달 뒤 낳은 아들은 제우스의 미움을 샀지요. 그 아들이 바로 반은 말이요, 반은 사람인 켄타우로스입니다. 켄타우로스 족은 난폭한 산악 부족이 됐는데, 술만 마시면 행패가 심하고 욕정을 참지 못하는 성질을 가졌어요.

훗날 라피타이 족의 왕 피리토우스가 결혼식을 치렀어요. 고대 그리스나 우리나 결혼식에는 가까운 일가친척과 친구들을 초대하죠. 같은 피를 이어받은 켄타우로스 족도 당연히 하객으로 왔지요. 피리토우스 왕이 베푼 피로연에서 모두들 먹고 마시며 즐기는데, 켄타우로스 족 가운데

에우리티온이라는 자가 술에 취해 글쎄, 신부 히포다메이아를 겁탈하려고 달려든 거예요. 다른 여자도 아니고 왕의 새 신부를 가로채려 하다니……. 라피타이 족과 켄타우로스 족 간에 집단 난투극이 벌어졌어요. 싸움깨나 하는 자들의 접전이었으니 치열한 현장 모습이 쉽게 연상될 겁니다. 이때 라피타이 족 쪽으로 승기가 잡혀요. 피리토우스의 친구 중에 아테네 왕 테세우스가 있었거든요. 테세우스는 하객으로 왔다가 라피타이 족 편을 들었어요. 켄타우로스 족은 흠씬 두들겨 맞고, 펠리온 산은 물론 테살리아 지방에서 쫓겨나요. 켄타우로스 족이 벌인 싸움이라 해서 '켄타우로마키' 라고 불러요.

켄타우로스 족의 기원에 대해서는 다른 설이 있어요. 그리스 신화라는 게 이렇게 징실이 없답니다. 세월이 흐르면서 원래 이야기가 윤색되고, 또 이설이 많이 생기거든요. 라피타이 족은 태양의 신 아폴론의 후손이란 거예요. 아폴론이 요정 스틸베와 관계를 가져 라피타이와 켄타우로스 쌍둥이 형제를 둡니다. 라피타이의 후손이 용감한 전사 집단 라피타이 족이 되고요. 켄타우로스는 어찌하다가 그만 인간이 아닌 암말과 접촉을 하게 돼요. 금지된 장난, 짐승과 교접하는 수간獸姦이지요. 가지안테프 편에서는 황소와 왕비 파시파에의 사랑으로 미노타우로스가 생겨난 것을 봤는데요, 여기서는 켄타우로스와 암말의 합방으로 켄타우로스 종족이 생겨났다는 거예요.

메아리의 기원, 수선화가 된 나르키소스와 에코의 연가
《켄타우로마키》를 보고 몇 발짝 옮기면 3번 전시실로 통하는 문을 스쳐 지나 첫 번째 나타나는 벽면의 모자이크에서 전혀 다른 차원의 금지된 장난이 관람객을 맞습니다. 《나르키소스와 에코》랍니다. 에코의 모습을 담은 아주 희귀한 모자이크예요. 왼쪽이 에코지요. 그리스 어로 적혀 있어요. 노란색 엑소미스(BC 5세기 이후 튜니카의 한 양식, 짧게 만든 노동자용)를 입고 있네요. 에코의 모습이 무척 아름답죠. 에코는 숲 속의 요정 가운데 한 명이에요. 제우스는 가끔 숲 속의 요정과 사랑을 나누기 위해 하늘에서 내려왔는데요, 자주 숲으로 들어가는 제우스를 아내 헤라가 의심하기 시작했어요. 그래서 제우스의 불륜 현장을 잡기 위해 지상으로 같이 내려왔답니다. 이때 제우스의 지시를 받은 에코가 헤라에게 재미있는 이야기를 들려줘요. 이야기에 정신이 팔려 제우스의 엽색 행각을 추적하지 못하도록 막은 거죠. 뒤늦게 이 속임수를 알게 된 헤라는 무척 화가 나서 에코에게 벌을 줘요. 그 말 잘하는 입, 앞으로는 다른 사람이 말한 것을 되풀이할 뿐 자신의 생각을 이야기할 수 없도록 만들었죠.

그런 에코에게 변화가 찾아옵니다. 숲 속의 요정인 에코가 나르키소스를 목격한 거예요. 나르키소스가 누구인가요? 요정 리리오페의 아들이랍니다. 아름다운 요정의 아들이니 얼마나 잘생겼겠어요. 그런데 꽃미남 나르키소스는 태어나면서 이런 예언을 들었답니다. 자기가 누구인지 모르는 동안만 살 수 있다. 그러니까 자기가 어떻게 생겼는지 몰라야지, 그것을 아는 순간 더 이상 살 수 없다는 예언이었죠. 당시야 거울이 흔할 때가 아니니 가능할 수도 있었어요. 나르키소스는 자라나 어느덧 늠름하고 용모 출중한 청년이 됐어요. 숲 속을 누비는 사냥꾼 나르키소스를 보고 에코는 첫눈에 반했지요. 그래서 나르키소스를 쫓아다닙니다.

나르키소스는 사냥 도중 누군가 자신을 뒤쫓는다는 낌새를 채요. 그 래서 궁금해 물어요. "거기 누구 있나요?" 에코가 얼른 대답해요. "전 숲 속의 요정 에코예요. 당신을 사랑합니다." 그런데 에코가 헤라에게 벌을 받았다고 했죠. 잠시 후 숲 속에서 나온 소리는 이거예요. "거기 누구 있 나요?" 이런 안타까운 일이. 에코는 더 이상 자기 목소리로 나르키소스 를 사랑한다고 말할 수 없음을 깨닫고 행동으로 옮겨요. 그냥 나르키소 스의 품에 확 달려들어 안긴 거죠. 깜짝 놀란 나르키소스는 그녀를 밀치 고 도망가 버려요. 에코는 안타까운 마음으로 계속 그를 쫓아가고요.

나르키소스는 도망가던 중 갈증을 느껴 쉴 겸 물 한 모금 축일 요량

●나르키소스. 자기 자신의 미모에 빠진 나르키소스의 얼굴. 3세기. 안타키아 박물관. ●●에코. 애처로운 표정의 에코. 3세기. 안타키아 박물관.

으로 우물가를 찾았어요. 바위에 걸터앉은 것까지는 좋았는데요, 물을 마시려고 고개를 숙였다가 그만 우물 속에 비친 자신의 얼굴을 본 거예요. 아! 모자이크 속 나르키소스를 보세요. 창을 들고 둥근 챙의 세련된 모자 카우지아를 썼죠. 누구든지 반할 근육남에 꽃미남. 그런데 글쎄, 나르키소스가 자기 자신에게 반해버린 거예요. 그 아름다운 용모에서 눈을 뗄 수가 없어 하염없이 샘 옆에 앉아 있는 거죠. 세상에 이런 일이…….그래서 자기를 사랑하는 것을 나르시시즘narcissism이라고 하지요. 모자이크에서 나르키소스 옆에 사랑의 화살을 들고 선 에로스도 보여요. 나르키소스가 자기 자신을 사랑하게 됐음을 상징하죠.

나르키소스는 끝내 옹달샘을 떠나지 못하고 거기서 굶어 죽고 말아요. 나르키소스가 죽은 뒤 옹달샘 가에 수선화가 피어났어요. 그래서 물가에 피는 수선화를 '나르키소스Narcissus'라고 불러요. '대퍼딜daffodil'이라는 말도 '수선화'라는 뜻이랍니다. 널리 알려진 팝송 이름이기도 하죠. 브러더스 포의 남성 특유의 저음이 매력적인 서정시 같은 노래 「일곱 송이 수선화Seven Daffodils」는 그 애상적인 분위기가 신화와 딱 어울려요. 아니, 이 노래를 떠올리면 더 좋을 것 같네요. 「연가」. 에코는 그대만을 영원히 기다리겠다는 내용의 바로 이 노래를 부르고 싶었을 거예요.

그래요, 아! '영원히' 라는 가사. 사춘기에는 왜 이 말이 그렇게 가슴에 와 닿는지요. 조금 좋았다 싶으면 '영원'을 생각했죠. 우정도, 처음 겪어보는 풋사랑도 말이에요. 1970~1980년대에 학교 다니신 분들은 소풍이나 수학여행, 아니면 부모님 몰래 친구들과 설레는 캠핑을 떠나 목이 쉬도록 부른 노래죠. 그런데 「연가」는 우리 노래가 아니라 뉴질랜드 원주민 마오리 족의 민요예요. 「포카레카레 아나Pokarekare Ana」. 마오리 족 출신의 소프라노 키리 테 카나와가 이 노래를 불러 유명해졌죠. 그녀 특유의 맑고 고운 고음 속에 묻어나는 애절하고 간절한 연정이란……

그렇다면 에코의 운명은 어찌 됐을까요? 나르키소스가 자기 자신을 떠날 수 없었듯이 에코는 영원히 나르키소스의 곁을 떠날 수 없었지요. 에코 역시 말라버리는데요, 에코는 요정, 즉 신이니 죽지는 않죠. 대신 먹지 않고 바짝 말라서 끝내 공기가 돼버려요. 그래서 형체 없이 영혼만 숲 속에 영원히 남아 나르키소스의 곁을 지키는 거죠. 그러면서 누군가 말을 하면 그것을 되풀이하는 '메아리echo'가 돼 울려 퍼져요. 메아리는 그리스 신화에서 이런 애달픈 사연을 담고 있답니다. 산에 올라 "야호!" 하면 되돌아오는 메아리. '자기애自己愛'라는 '금지된 장난'의 눈물 나도록 서글픈 결말을 이해하고 산행하면 메아리가 색다르게 느껴지겠죠. 잔칫집 축하하러 가서 노래라도 부르게 될 때 연주자에게 "밴드 마스터 님, '에코' 좀 줄여주세요!"라는 말에 이런 깊은 사연이 담겼답니다.

제우스의 동성 로맨스, 몸짱 가니메데스…… 프리기아 모자는 자유 상징

 나르키소스의 슬픈 사연에 마음이 찡해져 발길을 돌리면 전면에 거대한 모자이크《반원형 방》이 분위기를 바꿔줍니다. 3세기에 건축한 안타키아 근교 고대 도시 다프네의 로마 빌라 '저녁 식사의 집'에서 출토한 모자이크예요. 반원형 형태 자체가 독특하고, 황금빛 바탕색에서 격조 높은 분위기가 한껏 묻어나요. 구미 당기는 맛난 음식, 산해진미가 잘 차려져 있어요. 바닷가재, 생선, 통닭, 달걀……. 그래서 '저녁 식사의 집'이라는 타이틀이 붙었죠. 원 안쪽에 알몸을 드러낸 남자가 보여요. 미끈하게 잘빠진 몸매임을 한눈에 알아챌 수 있죠. 고대 그리스 신화에서 지구 상의 인간 가운데 가장 몸매가 뛰어났다는 가니메데스랍니다. 하체 부분이 훼손됐지만 적당한 근육질의 가슴에서 균형 잡힌 몸매의 전형이 느껴져요. 프리기아 스타일의 모자를 썼고요. 자연스럽게 흐트러진 금발. 오뚝한 콧날, 우수 어린 멋진 눈매……. 빚어놓은 듯 아름다운 모습이죠. 여기에 목을 감싸며 뒤로 걸친 세련된 망토까지……. 그러나 보세요. 잘생긴 얼굴에 수심이 가득해요. 왜 그럴까요?

 아폴론이 지상으로 귀양 와 쌓

반원형 방. 3세기. 안타키아 박물관.

•만찬 음식. 3세기. 안타키아 박물관. ••가니메데스와 산해진미. 3세기. 안타키아 박물관. •••가니메데스와 독수리. 독수리의 음흉한 눈빛이 인상적이다. 3세기. 안타키아 박물관.

앗다는 성, 신이 만들어준 트로이 성의 왕족 출신으로 환상적인 보디라인을 가진 가니메데스를 보고 반한 제우스는 파트너로 점찍어요. 제우스는 아내 헤라 몰래 기회를 엿보다 사건을 만들지요. 제우스는 당시 헤라와의 사이에서 낳은 딸 헤바(헤베)를 신의 음료인 넥타르를 따르는 시녀로 삼고 있었는데요, 헤바가 사소한 실수를 한 것을 빌미로 가니메데스를 넥타르 따르는 시종으로 삼겠다고 선언한 겁니다. 방법은 독수리를 인간 사회로 보내 가니메데스를 납치해 올림포스 산으로 데려오는, 요즘 말로 유괴인 거죠. 고대 그리스는 동성애가 일정 한도 내에서 금지된 장난이 아닌 탓에 크게 죄의식을 느낄 필요가 없었나 봅니다. 청소년기의 남자를 성인 남자가 후배로 삼고 기술이나 예절 등을 가르쳐 한 사람의 남자이자 성인, 전사로 키워내곤 했지요. 특히 전쟁터에 나가면 함께 보내는 동안 신체적 접촉이 생길 수도 있었어요. 아직 결혼하지 않은 남자가 어린 소년에게 호감을 갖고 애무하는 정도는 무방했다고 합니다. 물론 소년이 콧수염이 날 만큼 성장하거나, 구애하던 남자가 결혼하면 남성 간의 애틋한 관계는 청산하는 게 사회적 윤리였다고 하고요.

가니메데스가 쓴 프리기아 스타일의 모자를 짚고 넘어가죠. 털모자 비슷한 아주 평범한 모자예요. 그래서 더욱 가치가 있답니다. 평민의 상징이지요. 그것도 자유로운 평민. 로마 시대에는 주인이 노예를 해방시킬 때 바로 이 프리기아 모자를 선물했다는 거예요. 여기서 비롯됐나요? 프랑스 혁명 때 왕의 폭정에서 벗어나고자 했던 평민들은 이 모자를 꾹 눌러썼어요. 1792년 8월 10일 튈르리 궁전 습격 때도 성난 시민들은 루이 16세의 머리에 이 프리기아 모자를 씌웠다고 합니다. 자유의 상징인데요, 프리기아 모자는 지금도 프랑스에서 공화국의 상징으로 쓰입니다. 그리스 · 로마 신화에서 가니메데스는 프리기아 스타일의 모자를 쓰고 영생을 얻는 대신 제우스의 종이 됐지만, 후세 프랑스 인들은 이 모자를 쓰고 자유와 민주주의를 찾습니다.

취객에게 웃음을 파는 거리의 로맨스, 헤타이라

《반원형 방》을 마주한 상태에서 왼쪽을 보면《취객과 헤타이라》가 기하학무늬와 함께 자리합니다. 아주 독특한 모자이크 소재지요. 취객은 술 취한 사람으로 금방 알겠는데요, 헤타이라Hetaerae는 누구인가요? 고대 그리스 사회에 존재하던 아주 독특한 신분의 여성을 가리킵니다. 예술, 문학 등에 특수한 재능을 가졌지요. 고대 그리스에서 여성들은 대개 교육을 받지 않았지만 헤타이라는 교육받은 경우가 많아요. 여기까지 얼핏 들으면 그럴듯한데요, 여염집 여성, 즉 평범한 숙녀나 주부들이 할 수 없는 일이었지요. 그래서 외국 여성이 많았고요. 이 여성들의 주 업무는

●취객과 헤타이라 1. 취객이 왼손에 돈 가방을 들고 있다. 3세기. 안타키아 박물관. ●●취객과 헤타이라 2. 3세기. 안타키아 박물관.

그리스 남성들이 매일 저녁 열던 향연(symposia, 로마의 심포지엄)에 참석하는 것이있어요. 향연이란 서녁 식사를 하면서 포노수를 늘고, 또 음악을 연주하면서 즐겁게 노는 자리였죠. 그때 각종 진지한 토론도 곁들었고요. 오늘날 심포지엄은 고대 그리스의 향연에서 토론 기능만 남은 것이라 볼 수 있어요.

  고대 그리스에서 포도주를 마시고 여흥을 즐기는 향연에 참석한 여성이라면 그 역할을 짐작할 수 있겠지요? 그렇습니다. 향연에 참석한 남자들의 토론이나 즐거운 담소 상대가 되기도 하고, 또 질펀한 분위기 속에서 흥겨운 시간을 보낼 때 끈적한 대화를 주고받는 파트너이기도 했지요. 그러다 눈이 맞으면 거래 관계나 연인 관계가 될 수도 있었고요. 자기 관리를 잘하는 헤타이라의 경우 당시 아테네 사회 최고의 정치인이나 학자들이 향연을 같이 보내고 싶어 할 정도로 대단한 인기를 누렸다고 해요. BC 5세기 아테네 민주주의의 황금 시기를 연 페리클레스 장군의 연인 아스파시아도 바로 외국인 출신 헤타이라였어요. 그녀는 당대 최고의 지성 소크라테스가 향연을 함께 보내기를 갈망했을 만큼 출중했다네요.

　인기가 많은 헤타이라는 전문 업소를 차려 여러 명의 헤타이라를 두고 향연을 주최했습니다. 우리네로 말하자면 조선 시대 기생이죠. 춤이나 악기 연주, 노래에 대한 전문적인 예능 교육을 받고, 또 시서화詩書畫에 능하도록 학문도 연마한 그런 여인이 으뜸가는 기생이었잖아요. 대표격이라면 황진이죠. 물론 기생이나 헤타이라나 마음에 들면, 혹은 돈을 받고 성적인 서비스를 제공하기도 했지만, 전문적으로 성적인 즐거움만을 제공하기 위해 존재하는 창부와는 달랐어요. 이런 개념이 한국에 들어온 것은 19세기 구한말 일본인들에 의해서죠.

　헤타이라가 등장하는 2점의 모자이크는 향연을 펼치고 있는 중인지, 아니면 단순한 거래를 위한 만남인지는 불명확합니다. 아쉬운 것은 2점 다 얼굴 부분이 훼손돼 알아보기 어렵다는 점이에요. 먼저 녹색 튜니카를 입고 붉은색 히마티온을 입은 헤타이라가 의자에 앉아 오른손으로 술 취한 남성을 잡아끄는 장면입니다. 취기가 올라 눈이 횡하니 풀린 남성은 오른손에 꽃으로 만든 둥근 화관을 들고, 왼손에는 돈주머니를 들었습니다. 그 돈주머니는 남성이 헤타이라를 상대로 대가를 지불하고 시간을 함께 보낸다는 것을 상징해요.

부적 1 : 남근 숭배, 사악한 눈, 아메림니아

로마 인들은 무엇을 부적이라고 생각했을까요? 먼저 꼽추가 등장하는 《행운의 꼽추》. '사악한 눈의 집'에서 출토한 2세기 작품이죠. 꼽추는 손에 꼬챙이를 들었어요. 벌거벗은 알몸이지만 허리에 천을 둘렀네요. 등이 툭 튀어나온 흉측한 모습인데요, 행운을 상징한답니다. 꼽추가 행운의 상징일까요? 아닙니다. 꼽추의 가운데 상징, 남근을 보세요. 우뚝 서 사티로스의 그것을 보는 듯하죠. 그리스·로마에서는 성이 나 불끈 솟아오른 남근을 팔루스phallus라고 불렀어요. 남성의 솟아오른 그것은 힘의 상징이자 다산, 풍요의 상징이었죠. 그러니 액을 막고 복을 부르는 부적이 된 거예요. 우리네 전통에서 민속신앙으로 뿌리내린 남근 숭배 사상과 다르지 않아요. 꼽주 뒤에 보이는 글자 '카이 시KAI CY, 당신은 어때'는 '당신도 액을 막고 복 받으라'고 기원하는 문구예요.

《행운의 꼽추》말고도 '사악한 눈의 집'에서는 두 작품이 더 발굴됐어요. 그중 하나가 《사악한 눈》이에요. 《행운의 꼽추》모자이크 위에 덧씌운 새 모자이크지요. 《행운의 꼽추》모자이크가 집안의 액운을 막아주는 부적 효과로 효험이 없거나 부족하게 느껴지자 집주인이 《사악한 눈》모자이크를 추가로 설치한 것으로 보여요. 고대 그리스, 특히 지중해 주변에서는 사악한 눈이 있다고 믿었

행운의 꼽추. 2세기. 안타키아 박물관.

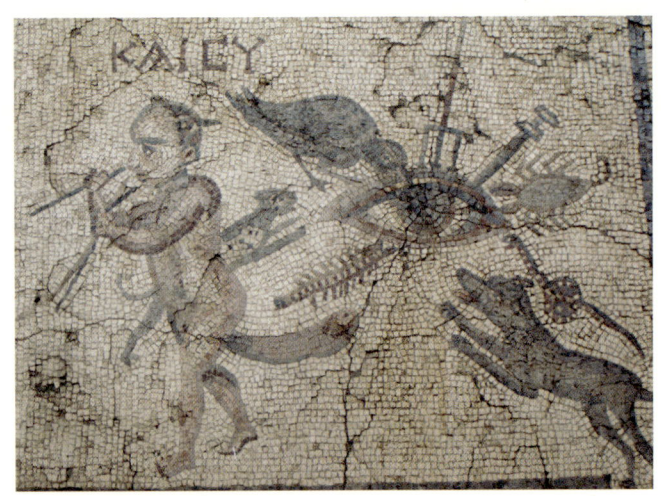

사악한 눈. 2세기. 안타키아 박물관.

지요. 큰 까마귀, 삼지창, 칼, 전갈, 뱀, 개, 지네, 표범 등 모두 날카로운 이빨이나 발톱을 가진 동물이죠. 맹수나 맹독성 무기를 가진 짐승을 동원해 사악한 눈을 물리치는 겁니다. 집 안으로 사악한 눈이 들어오지 말라는 의미의 부적이지요. 거꾸로 이 눈을 본인이 보지 않는 대신, 다른 악이 이 눈을 보고 접근하지 못하도록 하는 주술 기능도 있어요. 대문에 걸어두면 다른 악이 들어오지 못하죠. 터키에서는 눈을 그린 부적이나 기념물이 아직도 널리 팔려요.

　왼쪽에는 4개의 꼬챙이를 들고 가는 난쟁이가 있어요. 사악한 눈과 마주치지 않고 피해 가는 모습이죠. 흥미로운 점은 난쟁이의 남성 상징입니다. 야구 방망이만 하죠. 상징이 달린 방향도 좀 보세요. 앞으로 달린 게 아니라 사타구니를 빠져나가 뒤를 향하고 있어요. 그것도 사악한 눈을 정면으로 향합니다. 이는 액막이용이에요. 거대한 남성의 상징, 팔루스는 액을 막고 복을 부르는 부적의 기능을 지녔죠.

어부. 2세기. 안타키아 박물관.

부적 기능의 이색 소재가 또 있어요. 지중해 전역의 모자이크 작품을 탐방하면서 유일하게 흑인처럼 보이는 '어부'를 묘사한 단 한 작품을 만날 수 있답니다. 안타키아 근처 스타우린 산 경사면에 자리한 로마 시대 주택 '달력의 집'에서 출토한 2세기 작품이죠. 코가 우뚝 솟은 것으로 미뤄 흑인이 아니라 검게 그을린 어부나 선원일 가능성이 크죠. 노란색 모사와 팬티 복상이 고대 로마 시대의 어부나 선원 자림이거는요. 오른손에 2개의 막대기를 들고 왼손은 긴 장대를 들어 어깨에 올려놓았는데, 장대 양 끝에 바구니형 그물이 달려 있어요. 특이한 것은 옷 아래로 불쑥 비어져 나온 남성의 상징이죠. 곧추선 이 팔루스가 바로 풍요와 다산, 액을 막고 행운을 부르는 부적입니다.

이색적인 부적이 하나 더 있어요. 외설적인 남성의 상징 팔루스가 아닙니다. 여인, 그것도 남자 꼽추나 난쟁이가 아닌 무척 아름다운 여인이에요. 《아메림니아》 모자이크인데요, 실피움 산 무덤가에서 발굴한 3세기 작품이에요. 머리에 화관을 쓴 여인으로 표현돼 있는 '아메림니아'는 '근심과 걱정에서 해방'을 나타내는 그리스 어예요.

아메림니아. 3세기. 안타키아 박물관.

헬레니즘 모자이크의 특징인 의인화죠. 행복을 기원하는 부적이랍니다.

부적 2 : 뱀 잡는 헤라클레스, 하늘에 은하수가 생겨난 사연

이제 '사악한 눈의 집'에서 발굴한 또 하나의 흥미로운 작품《뱀 잡는 헤라클레스》를 보도록 하죠. 이 작품은《행운의 꼽추》와 같은 층에 설치된 점으로 미루어 제작 시점이 같아 보여요. 그러니까 그 위에 설치된《사악한 눈》보다 먼저 만들어진 것이죠.《뱀 잡는 헤라클레스》역시 부적이랍니다. 땅꾼 헤라클레스를 말하나요? 그것은 아니고요. 그 기원을 찾아가보죠. 헤라클레스의 어머니는 알크메네, 아르고스 왕 엘렉트리온의 딸입니다. 페르세우스의 후손인 그녀는 억울하게 죽은 아버지와 형제들의 원수를 갚겠다는 의지에 불타고 있었어요. 이때 암피트리온이 대신 복수하겠다고 맹세해요. 알크메네는 일이 잘될 경우 결혼하겠다는 답을 줬지요. 아뿔싸, 암피트리온이 알크메네 오빠들의 원수를 갚기 위해 전쟁터에 나간 사이 제우스가 슬그머니 암피트리온의 모습으로 나타나 알크메네와 정을 통하고 말았어요. 제우스가 돌아간 직후 진짜 암피트리온이 나타납니다. 놀란 알크메네. 또 나타나다니……. 신의 뜻이라는 것을 알아챈 알크메네는 진짜 암피트리온과 다시 잠자리를 갖습니다.

그날 이후 제우스는 알크메네의 해산 날짜만 손꼽아 기다렸어요. 알크메네가 낳은 자신의 아들이 세상에서 가장 강력한 인간이 되길 바라던 제우스는 큰 선물을 준비했는데요, 바로 지구 상의 모든 인류를 다스리는 왕으로 삼겠다는 계획이었죠. 하지만 질투심 많은 헤라, 이를 두고 볼 일이 아니었죠. 출산의 여신 에일레이티아에게 알크메네의 출산을 연기

시키라는 엄명을 내려요. 알크메네는 산통을 겪으면서도 예정일에 아이를 낳지 못하고, 며칠 뒤에야 간신히 쌍둥이 형제를 낳을 수 있었습니다. 헤라클레스는 제우스의 아들, 이피클레스는 암피트리온의 아들이죠. 물론 현대 의학으로 설명이 불가능하고요.

제날짜에 태어나지 못한 헤라클레스는 왕이 될 수 없었어요. 반면 헤라에 의해 헤라클레스보다 앞서 칠삭둥이로 태어난 스테넬로스의 아들 에우리스테우스가 나중에 헤라클레스를 대신해 미케네 왕이 돼요. 제우스의 아들이라도 헤라의 젖을 먹지 못하면 신성한 명예를 지니지 못했기 때문에 갓 태어난 헤라클레스는 어떻게든 헤라의 젖을 먹어야 했습니다. 그래야 제우스의 아들로 행세할 수 있었거든요. 헤르메스는 이복동생 헤라클레스를 안고 헤라에게 갔습니다. 물론 헤라클레스임을 알리지 않고 젖을 먹일 수 있도록 분위기를 잡았지요. 헤라클레스가 힘차게 젖을 빠는 사이 뒤늦게 헤라가 헤라클레스임을 알아챘어요. "안 돼." 헤라는 젖을 확 빼냈어요. 헤라클레스 입에서 빠져나온 헤라의 젖꼭지에선 여전히 젖이 흘러나왔어요. 새어 나온 헤라의 젖이 우주로 날아가 하늘 한가운데를 뿌옇게 물들였습니다. 아름다운 은하수Milky Way가 생겨난 사연이에요. 우주 창조, 참 쉽죠? 빅뱅이니 뭐니 하는 어려운 공식 같은 건 필요 없잖아요. 신체장애를 극복하고 기적을 이룬 물리학의 대가 스티븐 호킹 박사가 연구할 것이 줄어드는 일은 없어야 할 텐데요. 헤라클레스라는 이름도 헤라에게서 연유해요. '헤라Hera'의 시기를 받아 '명성kleos'을 얻은 인물이라는 뜻이에요.

헤라클레스에 대한 미움을 억누르지 못한 헤라는 어느 날 헤라클레

•뱀 잡는 헤라클레스. 2세기. 안타키아 박물관. • •오케아누스와 테티스. 메난드로스의 집에서 출토. 3세기. 안타키아 박물관.

스와 이피클레스의 침실에 뱀을 보냈어요. 이피클레스가 놀라 자빠지면서 우는 사이 헤라클레스는 침착하게 뱀을 양손에 잡아 죽였습니다. 모자이크에서 어린 헤라클레스는 겁도 없이 양손에 뱀을 한 마리씩 쥔 채 목을 조르고 있죠. 어린아이임에도 체구가 무척 커요. 살도 어찌나 많이 쪘는지 비만 우량아랍니다.

3번 전시실에는 부적 말고도 아름다운 모자이크가 하나 눈길을 끌어요. 전시실을 들어서면서 눈앞에 나타나는 큼직한 모자이크《오케아누스와 테티스》입니다. 앞서 1번 전시실에서 본《시냇가의 나르키소스》처럼 다프네의 로마 빌라 '메난드로스의 집'에서 발굴한 모자이크예요. 오케아누스와 그의 여동생이자 아내인 테티스 부부가 사이좋게 앉아 있고요, 그 주위에는 날개 달린 4명의 에로스가 고기잡이를 하는 장면이에요.

흥청망청 코모스, 육체의 향연 삼바 축제, 밤낮없는 고스톱

4번 전시실로 들어서면 바로 눈앞 바닥에 거대하고 장엄한 모자이크가 눈이 의심될 만큼 드넓게 펼쳐져 있어요. 다프네 근처 야크토Yakto의 고대 로마 거리 주택가에서 발굴한 모자이크가 벽면을 가득 메우며 그리스·로마의 일상사와 신화, 역사 속으로 안내하지요. 다른 작품은 2층 높이의 벽에 걸려 있어 망원경을 가져가 꼼꼼하게 살펴봐야 고대 로마 인의 숨결과 그들이 남겨놓은 예술혼에 좀 더 가까이 다가가 모자이크 삼매경에 흠뻑 취할 수 있어요.

먼저 4번 전시실 입구 위 벽면에 있는 《라돈과 프살리스》를 보고, 전시실 오른쪽 벽면을 따라 한 바퀴 빙 둘러 살펴보겠습니다. 라돈은 안타

4번 전시실 전경. 안타키아 박물관.

•라돈과 프살리스. 4세기. 안타키아 박물관. ••트리페. 4세기. 안타키아 박물관.

키아 근처의 고대 도시 다프네에 흐르던 물줄기죠. 상반신을 벗고 머리
에는 강가의 갈댓잎으로 만든 관을 썼어요. 흰 수염은 나이 든 노인임을
말해줘요. 왼손에 든 풍요의 상징 뿔 코르누코피아에서 강물이 솟아올라
요. 라돈의 맞은편 바위 위에 프살리스가 왼쪽으로 비스듬히 누워 있어
요. 왼팔 팔꿈치는 황금색 물 항아리에 기대고 있고요. 물 항아리에서 물
이 흘러 물줄기를 이루죠. 빼어난 몸매의 프살리스 역시 라돈처럼 실제
로 다프네 근처에 흐르던 개울 이름이었을 겁니다. 《라돈과 프살리스》 옆
에는 '호화로움' 을 의인화한 《트리페》가 진주 귀고리, 금 목걸이, 금 머
리핀과 어깨의 금 걸쇠로 화려하게 장식하고 있습니다.

　오른쪽 벽면을 따라 걸으면 먼저 야크토에서 발굴한 2세기 작품 《코
모스》가 나와요. 모자이크를 보면 호화 저택에서 향연이 펼쳐진 것 같아
요. 그릇이 나뒹굴고 술잔도 보여요. 떠들썩한 술판이 벌어진 뒤의 흐트
러진 장면 같죠. 화면 왼쪽에 젊은 남자 한 명이 등에 날개를 단 채 막 문
을 열고 실내로 들어오고 있네요. 날개를 달았으니 신성을 가졌지요. 그

래요, 포도주의 신 디오니소스의 아들 코모스입니다. 무엇을 관장하는 신일까요? 반소매의 튜니카를 입고 머리에는 화관을 썼는데요, 얼굴 좀 보세요. 홍조가 가득, 거나하게 한잔 걸친 모습이죠. 여기서 눈치채셔야죠. 축제와 절정의 환희를 상징합니다. 그렇다 보니 그리스 역사에서 코모스는 BC 6세기 이후 펼쳐진 난장판 축제를 가리키는 말로도 쓰여요. 코모스 축제가 벌어지면 거리는 온통 주정뱅이, 고성방가, 싸움, 난잡한 행동이 끊이지 않았다고 해요. 흥청망청 대축제요.

코모스. 2세기. 안타키아 박물관.

그리스의 쿠모스아 비슷한 축제기 바로 떠오르네요. 매년 2~3월이면 우리랑 지구 상에서 가장 먼 동네에서 펼쳐지죠. 대척점이라고 하는데요, 우리나라에서 땅을 그대로 파 들어갈 경우 지구 반대편으로 뚫려 나오는 지점. 아르헨티나와 브라질이죠. 그래요, 브라질 리우데자네이루. 앞서 살펴본 나폴리와 함께 세계 3대 미항으로 꼽히죠. 인공적으로 가다듬은 항구가 아니에요. 뾰족하게 솟은 그림 같은 섬들이 다도해의 기막힌 리아스식 해안 풍경을 연출해내는 리우데자네이루의 리우 카니발. 그 가운데서도 삼바 축제. 그 뜨거운 열기가 지구온난화의 주요 원인이라는 우스갯소리도 있죠. 하지만 외신을 타고 전해지는 사진을 보면 지구온난화는 몰라도 사람들 체온을 몇 도 올려놓기에는 충분해 보여요.

브라질을 식민지 삼은 포르투갈 사람들의 가톨릭 사순절 축제와 아프리카에서 온 노예의 전통 타악 춤이 한데 어우러진, 좀 거창하게 말하면 문화 융합의 산물이랍니다. 지금은 많이 오그라들었지만 15~16세기 포르투갈의 위세는 대단했죠. 전 세계에 식민지를 만들고요. 지금 포르투갈 어를 공식 언어로 쓰는 나라는 그때 개척한 브라질, 앙골라 등이에요. 아시아의 마카오, 동티모르, 인도네시아의 플로레스 섬도 그랬죠. 인도네시아에 거점을 둔 포르투갈 상인들로부터 조총 기술을 사들인 일본 사람들이 1592년 임진왜란을 일으켰으니 우리 역사랑 무관한 나라가 아니랍니다. 마카오는 1999년, 442년 만에 중국에 반환되었죠.

남반구인 브라질의 2~3월은 북반구인 우리랑 정반대여서 여름이 절정을 이루는 시기죠. 기온이 섭씨 40도를 넘어요. 옷을 입은 게 아니라 약간 가렸다는 표현이 더 어울리죠. 무희들의 터질 듯 육감적인 몸매에서 뿜어져 나오는 춤사위. 원색으로 뜨겁고 원초적으로 격한 섹시 무드랍니다. 이런 춤, 아무나 기분 내키는 대로 흔들어대는 게 아닙니다. 1년 동안 삼바 축제의 춤 동작만 가르쳐주는 삼바 학교가 있어요. 여기서 기량을 갈고닦은 뒤 모교의 명예를 걸고 출전한 우수한 학생들만 경연을 펼칠 수 있답니다.

야한 춤만 춘다고 얕잡아보면 안 돼요. 사실 우아해 보이는 발레 학교도 결국 춤사위를 배우는 거잖아요. 우리가 한국종합예술학교를 만들어 전통 춤을 육성하듯 브라질 정부도 삼바 학교에 보조금을 지급해요. 축제 날짜도 정부가 정합니다. 축제 기간인 4일간 브라질 관광객의 3분의 1이 들어온다고 하니 가장 중요한 산업 명단에 올려야죠. 삼바 축제를 위한 특수 운동장은 기다란 거리 양옆으로 관람대를 만든 경마장 같은 시설이에요. 단순히 무희들의 야한 퍼레이드로 끝나면 안 되죠. 퍼레이

드에 관계없이 관광객이나 주민들이 진짜 축제를 밤낮없이 즐기는 게 핵심이에요. 떠들고, 마시고, 흔들고, 부둥켜안고…… 4일을 보내는데요, 우리의 최대 명절 추석이나 설날 연휴 3박 4일과 비교돼요. 우리는 밤낮없이 고스톱판을 벌이곤 했는데……. 어느 문화가 더 좋은지 따지지 말아야겠죠. 《코모스》 옆은 야크토 주택가에서 발굴한 4세기 작품 《사냥하는 아마존》입니다. 사자를 공격하는 2명의 말 탄 여인이 등장해요.

외할아버지를 죽이는 페르세우스, 미케네 성을 건축하다

안타키아에서 25킬로미터 떨어진 오론테스 강 입구, 인구 3만 5000명의 도시 사만다의 피에리아 산기슭에 있던 '디오니소스와 아리아드네의 집'에서 발굴한 모자이크들을 보시죠. 2세기에서 3세기 초의 작품 7점 가운데 3점을 살펴봅니다. 많이 본 《마에나드와 실레노스》, 《마에나드

•마에나드와 실레노스. 2~3세기. 안타키아 박물관. ••마에나드와 사티로스. 2~3세기. 안타키아 박물관.

와 사티로스》는 그림만 보고 설명은 지나칩니다. 《페르세우스와 안드로메다》로 가보죠.

페르세우스가 누구인가요? 헤라클레스의 직계 조상이에요. 힘깨나 쓰는 통뼈 집안이란 걸 알 수 있죠. 페르세우스는 외가 쪽으로 좀 슬픈 사연이 있어요. 아르고스에 살던 페르세우스의 외할아버지 아크리시오스는 어여쁜 딸 다나에가 낳을 아들이 외할아버지인 자신을 죽인다는 신탁에 화들짝 놀랍니다. 걱정된 외할아버지는 딸을 지하에 가둬요. 그것도 청동으로 만들어 누구도 들어갈 수 없는 방을 만들어 가두죠. 아이를 낳지 못하게 하려면 남자를 못 만나게 해야 하잖아요.

그런데 이게 웬일입니까. 다나에의 배가 불러오는 거예요. 아이를 밴 거죠. 두 가지 설이 있는데요, 그중 하나는 다나에의 삼촌이 살그머니 들어가 일을 치렀다는 거예요. 그러나 더 널리 알려진 설은 제우스가 다나에의 미모를 탐하고 있다가 황금 비로 변해 청동 방의 틈을 물처럼 스며들어가 다나에를 임신하게 했다는 겁니다. 그러니까 다나에는 제우스의

•페르세우스와 안드로메다. 2~3세기. 안타키아 박물관. • •옷이 흘러내린 안드로메다. 2~3세기. 안타키아 박물관.

아이를 가진 거죠. 몰래 유모를 구해 아이를 낳으니 그 아이가 페르세우스인데요, 외할아버지 아크리시오스 몰래 잘 기르던 차에 페르세우스의 울음소리가 어찌나 그던지 그만 들키고 맙니다. 외할아버지는 차마 자기 혈육을 죽이지는 못해요. 고민 끝에 다나에 모자를 나무 궤짝에 담아 바닷물에 던져버립니다. 멀리 떠나보내면 다시 만날 인연이 없어 신탁에서 벗어날 수 있을 것으로 여긴 것이지요.

이리저리 바다를 떠돌던 궤짝은 세리포스 섬에 표류하죠. 어부 디크티스가 다나에 모자를 거둬 보살폈는데요, 디크티스의 형인 섬의 폭군 폴리데크테스가 다나에의 미모를 탐합니다. 하지만 이미 준수한 청년으로 자란 페르세우스가 두려워 함부로 범접하지 못했죠. 하루는 폴리데크테스가 섬 주민을 모아놓고 자신에게 선물을 바치라고 하는데, 페르세우스가 그만 호기 어린 마음에 고르곤의 머리를 주겠다는 실언을 합니다. 우리식으로 하면 조선 시대에 중국 사신에게 하늘나라 농장에 데려다 주겠다고 거짓말하고 끙끙 앓는 관리의 이야기처럼 허망한 약속이었죠. 잘

됐다 싶은 폴리데크테스. 만약 고르곤의 머리를 가져오지 않으면 다나에를 강제로 취하겠다고 페르세우스에게 겁을 줍니다. 하지만 페르세우스는 제우스의 아들이잖아요. 신들이 도와주죠.

우선 눈 하나, 이빨 하나를 가진 그라이아이, 즉 3명의 노파를 찾아가 이빨과 눈을 빼앗은 뒤 님프들이 사는 곳을 알아내고 눈과 이빨을 돌려줍니다. 뺐다 끼웠다 하는 조립식 이목구비인가요. 님프들은 날개 달린 신과 키비시스라는 배낭, 남에게 안 보이게 제 모습을 가릴 수 있는 하데스의 투구를 건네주죠. 헤르메스는 무기를 주었고요. 고르곤 세 자매인 스테노, 에우리알레, 메두사는 천하의 추물에다 누구든지 눈빛만 마주쳐도 돌로 변하게 하는 신통력을 갖고 있었죠. 페르세우스는 이들이 잠자는 틈을 이용해 다가가 불사의 2명은 두고 메두사의 목만 베어냅니다. 날개 달린 신을 신고 하늘로 솟아올랐다가 내려오며 목을 잘랐지요. 목을 배낭에 넣고 돌아오는 페르세우스를 메두사의 언니들이 뒤쫓았지만, 하데스의 투구를 쓴 페르세우스를 볼 수는 없었지요. 이렇게 해서 페르세우스는 사지에서 무사히 벗어났어요.

돌아오던 도중 안드로메다를 구해 결혼한 뒤 어머니가 계신 세리포스 섬에 도착했더니 섬에서는 이미 사단이 벌어졌어요. 페르세우스가 죽었을 거라고 생각한 폭군 폴리데크테스는 동생 디크티스를 겁박해 다나에를 욕보이려 합니다. 겁에 질린 다나에와 디크티스는 신성한 불가침의 장소, 신전 제단으로 피신해 있는 상태였어요. 여기는 누구도 들어갈 수 없죠. 우리네로 치면 삼한 시대 하늘에 제사 지내던 성소인 소도蘇塗 같은 곳이지요. 위기 상황에서 페르세우스가 도착해 폴리데크테스 일행에게 메두사의 얼굴을 보여 돌로 만들어버립니다.
어머니를 구한 페르세우스는 디크티스를 세리포
스 섬의 왕으로 앉힌 뒤 어머니 다나에와 결혼시
켜요. 효자지요. 외로운 어머니의 새 사랑을 인
정해줄 만큼 이해심 많은 아들이네요. 신들에게
빌려온 각종 무기와 도구는 모두 돌려줬어요. 베
어온 메두사의 머리는 아테나의 갑옷 한가운데

페르세우스의 하체와 메두사의 얼굴. 2~3세
기. 안타키아 박물관.

에 박아주었고요. 흔히 일이 성공하면 물욕에 어
두워 제 욕심 차리느라 신과 한 약속을 어기기 일쑤인데, 페르세우스는
그런 점에서 신사였어요. 이제 임무 끝.

신탁 내용을 알 리 없던 페르세우스는 아르고스에서 조용히 살려 했
죠. 하지만 페르세우스가 온다는 소식에 외할아버지는 라리사로 도망갔
습니다. 얼마 뒤 라리사에서 체육 대회가 열렸어
요. 선수로 참가한 페르세우스가 원반을 던졌는
데 그만 실수로 원반이 관중석으로 날아갔고, 외
할아버지 아크리시오스가 맞아 죽어요. 신탁이
실현된 셈이지요. 죽은 이가 외할아버지임을 안
페르세우스는 크게 괴로워하며 성대히 장사 지
내줘요. 그리고 외할아버지의 기억을 지우기 위
해 아르고스의 왕이 되는 것을 포기하죠. 마침
티린스 왕이 사촌이었는데, 아르고스와 티린스
를 서로 바꾸기로 합의합니다. 그렇게 사촌이 아

미케네 성벽과 성문. 페르세우스가 쌓았다고
한다. 미케네.

르고스의 왕이 되고 페르세우스 자신은 티린스의 왕이 돼요.

도망가는 마에나드, 강탈하는 사티로스

안드로메다와 페르세우스의 사연을 지나면 디오니소스가 아리아드네를 낙소스 섬에서 처음 만나 사랑에 빠지는 순간을 그린《디오니소스와 아리아드네》모자이크를 만나요. 가운데에 디오니소스와 아리아드네, 왼쪽에 마에나드, 오른쪽에 실레노스를 배치했어요. 아리아드네는 바위에 걸터앉은 듯 비스듬히 누워 깊은 잠에 빠져 있어요. 아직 테세우스가 줄행랑친 것조차 모르고 곤하게 자고 있지요. 그녀가 모든 인생을 걸었던 테세우스는 내빼고……. 이때 디오니소스가 잠든 아리아드네에게 다가오고……. 사랑은 이렇게 가고 오는 중입니다. 디오니소스와 아리아드네 사이에 사랑의 신 에로스가 나타난 사실에 주목해야지요. 에로스가 디오니소스에게 사랑의 불길을 당기는 거죠.

다음 작품은《술 취한 디오니소스》랍니다. 스타우린 산기슭의 로마 주택 '술 취한 디오니소스의 집'에서 발굴한 2세기 작품이에요. 화관을 쓴 디오니소스, 오른쪽 볼이 발개지도록 술을 마셨네요. 눈동자는 이미 초점을 잃었어요. 오른손에 든 포도주 잔. 이미 술에 취할 대로 취해 술잔의 술을 감당할 처지도 못 되네요. 포도주가 주르륵 쏟아지자 표범이 날름 받아 마셔요. 짐승도 술맛을 아는 것인가요. 남성의 상징을 드러내 놓고 허벅지 아래만 옷을 걸친 디오니소스, 발걸음이 엉켰지요. 앞으로 내딛는 왼발이 뒤틀려 있어요. 왼팔은 사티로스의 목을 감싸며 어깨에 걸쳤고요. 안타까운 표정으로 안간힘을 다해 디오니소스를 부축하는 사

디오니소스와 아리아드네. 2~3세기. 안타키아 박물관.

술 취한 디오니소스. 2세기. 안타키아 박물관.

티아소스. 2세기. 안타키아 박물관.

●마에나드 강탈. 3세기. 안타키아 박물관. ●●사티로스. 3세기. 안타키아 박물관. ●●●리쿠르고스. 3세기. 안타키아 박물관.

티로스가 안쓰럽죠. 술 취한 디오니소스를 다룬 또 한 점의 모자이크가 있어요. 실피움 산의 로마 저택에서 발굴한 2세기 작품 《티아소스》입니다. 디오니소스 수행단을 '티아소스'라고 부르지요. 사티로스와 마에나드, 실레노스요.

다프네의 로마 빌라 '프시케 배의 집'에서 3세기에 제작된 다수의 작품이 쏟아졌죠. 《프시케의 배》를 메인 테마로 해 그 밑에 보조 소재로 《마에나드 강탈》, 《사티로스》, 《리쿠르고스》를 배치했습니다. 먼저 《마에나드 강탈》. 많이 본 소재인데요, 음탕하고 성욕이 강한 사티로스가 마에나드를 덮치는 순간이에요. 도망가는 마에나드를 볼까요? 머리에 푸른 잎으로 만든 관을 썼네요. 몸이 45도 각도로 거의 구부러져 있어요. 돌부리에 걸려 무릎을 꿇고 넘어지기 일보 직전이죠. 정신없이 도망가는 통에 옷은 다 흘러내려 이미 상반신과 엉덩이까지 알몸이 드러났어요. 얼굴을 보세요. 겁에 질린 표정으로 뒤를 돌아다봐요. 관람객마저 안쓰러운 마음이 드네요.

근육질의 사티로스가 목에 걸친 표범 가죽 망토를 휘날리며 달리는 모습을 그린 《사티로스》도 있어요. 트라키아 왕 《리쿠르고스》는 디오니소스를 추종하는 마에나드 암브로시아를 죽이려다 오히려 자신이 죽을 고비를 만나요. 대지의 여신 혹은 디오니소스가 재빨리 그녀를 포도나무로 바꿔주지요.

남성과 여성을 동시에 가진 헤르마프로디테 vs 조선의 사방지

안타키아 박물관 모자이크 가운데 가장 적나라한 성애 묘사가 담겨 있는 작품을 자세히 들여다볼까요? 《사티로스와 헤르마프로디테》. 2명의 나신이 뒤엉켜 쉽게 구분하기 어려워요. 눈을 크게 뜨고 잘 살펴봐야 합니다.

맨 밑은 어두운 회색의 땅바닥 바윗덩이죠. 그 위에 커다란 덩치의 험상궂게 생긴 남자가 누워 있네요. 남자의 허리 언저리에 말꼬리가 달렸어요. 사티로스라는 것을 알 수 있죠. 두 손에 힘을 주고 상대의 팔을 잡아끄는 중입니다. 사티로스에게 팔을 잡힌 인물을 보세요. 살결이 무척 희죠. 얼굴은 훼손돼 보이지 않네요. 목 아래 봉긋한 젖무덤이 선명해요. 이것을 보면 여성의 몸이라는 것을 추측할 수 있고요. 사티로스의 튼실한 오른쪽 다리 아래로 여인의 희고 살진 넓적다리가 보이네요. 사티로스가 양다리 사이로 여인을 끌어들이려 애쓰는 중이죠. 여인의 앉은 자세를 볼까요? 사티로스에게 등을 돌리고 앉아 반대 방향으로 도망치려는 포즈입니다. 사티로스의 손길을 뿌리치고, 몸을 틀어 빠져나가려고 발버둥치는 모습이 안타까워요.

사티로스와 헤르마프로디테. 3세기. 안타키아 박물관.

 사티로스의 금지된 욕정에서 벗어나려 애쓰는 인물은 헤르마프로디
테입니다. 사티로스가 겁탈하려 했으니 여성이겠지만, 여성과 남성의 기
능을 동시에 수행할 수 있는 특이한 인물이랍니다. 헤르메스와 아프로디
테가 관계해 낳았는데 두 사람의 특징을 모두 닮았어요. 어머니 아프로
디테의 빼어난 미모와 몸매, 그리고 여성 상징인 가슴. 여지없는 여성이
죠. 그런데 아버지 헤르메스의 튼실한 남성 상징까지 같이 달고 태어난
겁니다. 그러나 헤르마프로디테가 원래 이런 독특한 구조를 가진 기형아
는 아니었다는 설도 있어요. 처음엔 남자로 이다 산의 요정 나이아데스
의 보살핌을 받아 청년으로 자랐어요. 어느 날 길을 떠나 호수에서 목욕
을 하는데, 호수의 요정 살마키스가 그에게 반해버렸어요. 그러나 헤르
마프로디테는 그녀의 사랑을 받아들이지 않았죠. 이에 살마키스는 무작
정 헤르마프로디테를 끌어안은 뒤 떨어지지 않은 거예요. 신들이 살마키

스의 간절한 사랑에 감복하여 둘의 몸을 하나로 합쳐 한 몸뚱이를 만들었다는 것이죠. 프랑스 파리 루브르 박물관 고대 그리스·로마 조각 전시관에 가면 너무나 아름다운 여인의 너무나 튼실한 남성을 보고 "세상에, 이런 일이……."를 절로 되뇌게 됩니다.

헤르마프로디테는 "에헴." 하는 헛기침이 많던 조선 시대 사방지를 닮았어요. 1463년 봄. 조선 세조 때 날아가는 새도 떨어뜨린다는 사헌부 마당에서 국문이 열렸어요. 오늘날의 대검찰청 특수 조사실이랄까요. "네가 정녕 여인의 모습으로 남성 구실도 한다는 게 사실이더냐!" 관원의 호통에 조용히 고개를 끄덕이는 사방지. 관원이 내의원 의녀에게 사방지의 치마 속으로 손을 넣어보도록 했는데요, 이윽고 의녀가 혼비백산해 말했지요. "정녕 장대한 양도기 있디이다." 이숙권의 『패관잡기』에 전하는 내용이에요. 어려서 곱고 예쁘게 태어난 사방지. 하지만 여성의 그것 위에 고추도 달려 있는 게 아닌가요. 사방지가 여자로 살기를 원한 어머니는 여자 옷을 입혀 키웁니다. 자란 뒤 잠시 절에서 살았는데 글쎄, 절에서 일하던 중년 여인과 젊은 여성, 그리고 여승까지 모두를 만족시키고 여승을 환속까지 하게 했다는 거예요.

바느질 솜씨가 좋은 사방지는 사대부 집에 드나들며 삯바느질로 생계를 연명하다 명문가 김구석의 집으로 들어가게 돼요. 김구석은 최고의 세도가 정인지와 사돈 간인데, 그는 일찍 죽고 아내 이씨가 큰집안을 지키며 홀로 사는 중이었어요. 이

헤르마프로디테. 세상에, 이런 일이……. 로마 시대 작품. 프랑스 루브르 박물관.

씨는 당시 우의정 이순지의 딸이었으니 얼마나 세도가 당당한 집안이었는지 짐작 가실 겁니다. 김구석의 집에서 여종들과 지내던 사방지. 용모 곱겠다, 일 잘하겠다, 금세 여종들과 친해지는데 글쎄, 알고 보니 남성 구실까지……. 여종들은 때 아닌 복 터지고, 안방마님 이씨가 어찌어찌 이 사실을 알아냅니다. 사방지를 밤마다 호출해 곁에 두고 독차지하니 마님에게 사방지를 빼앗긴 여종의 밀고로 사헌부의 조사가 이뤄진 겁니다. 애인을 빼앗긴 여인의 질투란…….

조정 중신들이 중죄를 주청했지만 세조는 왠지 너그럽게 일을 처리해 이순지에게 사방지를 넘겨주고 마무리 짓도록 합니다. 이순지는 사방지에게 곤장 열 대를 때리고 경기도의 종으로 보내지만, 이순지가 죽자 딸 이씨가 다시 사방지를 불러들여요. 밤이 외로웠던 안방마님, 무섭지요. 가문이고 체면이고 다 날려버린 지 오래죠. 이에 조정은 사방지를 함경도 지방 변방의 노비로 보내버립니다. 당대의 거유巨儒 서거정도 자신의 저서 『필원잡기』에 세조가 사방지의 처리에 대해 물었다고 적었어요.

프시케, 시어머니 아프로디테와 고부간 갈등 딛고 에로스와 결혼

이제 '프시케 배의 집' 모자이크의 메인 테마 《프시케의 배》를 볼 차례입니다. 신화에서는 한 명이지만 여기서는 두 사람의 프시케가 등장해요. 알몸으로 바다를 헤엄쳐 건너고 있지요. 오른쪽 프시케는 가슴 아래, 왼쪽 프시케는 허벅지까지 바닷물에 잠긴 채 팔을 내저으며 헤엄쳐요. 2명의 프시케는 각각 2개의 나비 날개를 달았어요. 나비 날개는 프시케의 상징이지요. 하나는 밝은 색, 나머지 뒤의 날개는 어둡게 그림자처럼 표현했어요. 두 프시케의 날개 4개가 모여 생긴 공간에 남편 에로스가 올라탔습니다. 듬직하고 당당한 체구의 에로스 어깨에는 멋진 날개가 돋아나 있어요. 양손에 하나씩 2개의 지팡이를 들고 있네요.

세 자매 중 막내인 프시케는 인간을 뛰어넘는 아름다움을 지녔다고 해요. 그런데 다른 두 언니는 짝을 찾아 결혼했지만 프시케는 늘 혼자였죠. 두려울 만큼 아름다운 그녀에게 청혼할 용기 있는 남성이 없었던 겁니다. 프시케는 미의 여신 아프로디테가 질투할 정도의 미인이었습니다. 아프로디테는 아들 에로스에게 프시케를 가장 못생긴 남자와 사랑하도록 만들라고 명합니다. 임무를 수행하러 간 에로스. 프시케를 본 순간 그만 자신의 황금 화살촉에 찔리고 말아요. 실수일까요, 고의로 찔렀을까요? 알 수 없죠. 에로스는 어머니기 질투히는 여인과 살림을 차려 혼진 동거에 들어갑니다. 에로스는 프시케를 반드시 밤에만 만났습니다. 남편 에로스는 달콤한 시간을 나누고 아침이면 사라졌다 밤이면 어둠과 함께 다시 나타나는 생활을 지속했어요. 에로스는 프시케한테 이렇게 경고했습니다. "내 모습을 보는 순간 우리는 헤어지게 돼."라고요. 그러나 이런 약속이 지켜지는 경우는 동서고금에 드물죠.

에로스와 행복하게 살던 프시케는 친정집에 다녀옵니다. 그런데 사랑에 빠진 프시케가 전보다 더 아름다워진 게 아닌가요. 질투가 난 언니들, 프시케를 꼬드겨요. 남편이 괴물일지 모르니 밤에 불을 켜 확인해보라고요. 집으로 돌아온 프시케는 의심을 풀지 못하고 절대 자신을 보려하지 말라는 남편의 부탁을 저버리죠. 남편이 잠들자 불을 밝혀 얼굴을 확인합니다. 아! 지금까지 본 적이 없던 미남 청년이 잠을 자고 있는 게 아닙니까. 사랑의 신 에로스예요. 기쁨에 겨운 프시케. 그러나 아뿔싸, 손에 들고 있던 촛불에서 녹아내린 촛농이 에로스의 등으로 떨어졌어요. 잠에서 깬 에로스, 자신을 의심한 프시케의 곁을 떠납니다. 프시케는 뒤늦게 잘못을 깨닫고 경솔한 호기심을 후회하며 시어머니 아프로디테를 찾아가서 도움을 청합니다.

그러나 원래부터 프시케의 미모를 질투하던 아프로디테가 호락호락 그녀의 청을 들어줄 리 없죠. 프시케가 온갖 고초를 겪도록 만듭니다. 고난의 연속이죠. 먼저 곡식을 고르라고 시켜요. 신의 새인 비둘기가 먹을 온갖 곡식 낟알을 뒤섞어놓은 뒤 하룻밤 사이에 이를 종류별로 골라놓으라고 한 것이죠. 이게 될 일입니까. 그러나 일이 풀리려면 귀인을 만나는 법. 개미 여왕이 지원병을 자처합니다. 수많은 개미가 밤새 낟알을 물어나르며 곡식을 분류해놓았어요. 더 화가 난 아프로디테는 황금 양털을 구해오라고 시켜요. 황금 양은 아프로디테가 기르는 동물인데 사자보다 사나워 사람을 물어 죽였죠. 절망한 프시케가 강가로 가 강에 몸을 던지려는 순간, 갈대가 황금 양이 머물다 떠난 자리에 가면 나무의 가시에 걸려 떨어진 황금 양털을 주워 모을 수 있다고 알려줘요.

두 번째 일도 해결하자 마지막으로 아프로디테는 프시케에게 저승세계로 가서 페르세포네의 젊음의 물병을 가져오도록 하죠. 도중에 절대 열어보지 말라고 명하고요. 산 사람이 저승에 가는 것도 어렵지만, 호기심 많은 프시케가 물병을 열어보지 않고 가져오기는 더 어려운 일이겠죠. 프시케는 호기심이 발동해 명을 어기고 물병을 열어봅니다. 그 결과 물병 안에 들어 있던 잠이 프시케를 덮치고, 프시케는 깊은 잠에 빠지고

프시케의 배. 3세기. 안타키아 박물관.

말죠. 모든 게 허사로 끝나버리려는 순간, 에로스가 마음을 고쳐먹습니다. 프시케를 가엾게 여긴 거죠. 다시 프시케에 대한 사랑의 마음을 되살리고 제우스에게 간청해 결혼 승낙을 받아냅니다. 시어머니 아프로디테역시 프시케에 대한 질투의 마음을 풉니다. 프시케와 화해하자 고부간의 갈등도 봄눈 녹듯 사라졌지요. 프시케는 신들의 음료인 넥타르와 음식 암브로시아를 먹고 신이 돼 에로스와 정식으로 결혼합니다. 둘은 딸 하나를 낳고 행복하게 살았답니다.

프시케는 고대 그리스 · 로마의 예술 작품에서 나비 날개를 단 아름다운 여인으로 흔히 그려진답니다. 독일 가수 니콜이 앙증맞은 목소리로 부르던 「버터플라이」도 청순한 여인 프시케와 어울려요. 하지만 프시케가 날개를 단 사연은 아름다운 노랫말과 달리 시련을 상징합니다. 나비는 애벌레로 오랜 기간 땅속에서 살다가 번데기 안에서 고통을 견딘 후 세상으로 나오잖아요. 본인의 실수도 있지만 아름다운 죄로 온갖 고난을 겪고 사랑의 승리를 쟁취해낸 프시케와 어두컴컴한 땅속에서 견디고 참은 끝에 광명의 세상으로 나오는 나비의 인생이 닮은꼴이죠. 정신적 고통이 너무 심했나요. 영어로 정신병자를 뜻하는 '사이코psycho'처럼 '정신'을 나타내는 말에 '사이psy'가 붙는 것은 프시케Psyche에서 유래합니다.

원숭이 업고 곤봉 돌리는 곡예사, 바다 연인들의 에로틱 무드

이제 4번 전시실의 반을 돌아 왼쪽 벽면에 있는 작품을 감상하게 됩니다. 안타키아의 고대 로마 유적 가운데 목욕탕에서 발굴한 작품이 이어지는데요, 먼저 4세기 작품《곡예사들》입니다. 서커스단에서 곤봉이나 공을 3개 이상 들고 지속적으로 공중에 던져 떨어뜨리지 않고 받아내는 기술인 저글링을 하는 곡예사들을 다뤘어요. 목욕탕 입구 바닥을 장식하던 작품이죠. 등장인물을 한 명씩 볼까요? 왼쪽 첫 번째 남자는 원숭이를 어깨에 태웠네요. 원숭이 꼬리가 길게 늘어졌어요. 두 번째 남자는 왼쪽 어깨에 팔걸이 없는 의자를 들었습니다. 세 번째 남자는 어깨에 자루를 맸

곡예사들. 4세기 중엽. 안타키아 박물관.

네요. 그리고 오른손에는 곤봉 같은 둥근 물체를 들었어요. 곡예단 단원들이 각종 묘기나 곡예, 마술을 부리기 위해 소도구를 들고 가는 모습입니다. 원숭이가 등장하고 저글링이 주요 소재인 점에서 로마 시대나 요즘이나 서커스 방식은 별반 다를 게 없어 보이죠.

《바다 신들Sea Thiasos》을 볼까요? 티아소스는 원래 디오니소스 신을 추종하는 무리를 가리키죠. 여기서는 바다 신들이라고 보면 될 것 같아요. 바다 요정 네레이드가 빚어내는 에로틱한 무드가 살아나요. 위아래 2점씩, 4점의 모자이크에 4쌍의 커플이 등장합니다. 먼저 위쪽 모자이크의 왼쪽 커플. 바다 요정인 키모도케가 젖가슴을 드러낸 나체로 트리톤

1 키모도케와 아그레우스. 4세기 중엽. 안타키아 박물관. 2 아크테아와 팔레몬. 4세기 중엽. 안타키아 박물관.
3 갈레오스와 페로우사. 4세기 중엽. 안타키아 박물관. 4 포르키스와 디나메네. 4세기 중엽. 안타키아 박물관.

아그레우스 위에 올라타 있죠. 옷은 왼쪽 넓적다리만 가렸어요. 숄을 양손에 들고 무지개처럼 흩날리죠. 키모도케가 아그레우스에게 왼손을 기대 몸을 의지하고 있고, 아그레우스는 물이 가득 담긴 대야를 들고 있네요. 오른쪽 커플은 알몸으로 거의 엉킨 상태예요. 더 에로틱한 분위기죠. 바다 요정의 이름은 아크테아, 트리톤의 이름은 팔레몬입니다. 팔레몬은 고대 그리스의 시링크스를 들고 있어요. 아크테아가 빼어난 미모를 자랑하는 데 비해 팔레몬의 얼굴은 좀 색다르네요.

아래쪽 모자이크를 볼까요? 왼쪽에 지팡이를 든 갈레오스와 그에게 올라탄 바다 요정 페로우사입니다. 페로우사는 실오라기 하나 걸치지 않은 알몸이에요. 황금 팔찌를 차고 왼손에 쟁반을 들었는데, 쟁반에는 2개의 황금색 고리가 놓여 있지요. 흰 살결에 아름다운 몸매를 자랑하는 페로우사의 얼굴이 훼손된 점은 옥에 티예요. 오른쪽 또 한 쌍의 커플은 포르키스와 디나메네. 얼굴이 확실하게 남아 있죠. 뚜렷한 이목구비의 포르키스는 머리카락을 길게 늘어뜨려 야생마 같은 마초적 사내의 향취가 물씬 풍겨요. 바닷가재의 발이 허리 양쪽에 돋아나 있죠. 디나메네의 어여쁜 얼굴이 관람객의 눈길을 붙잡아요. 풍성하게 감아 올린 헤어스타일. 그 사이로 흘러내려 어깨에 닿은 금발의 아름다운 유혹. 동그랗게 뜬 두 눈에서 뿜어져 나오는 눈빛이 너무 강렬해 숨이 멎을 정도지요. 디나메네가 포르키스

에우로타스와 라케다에모니아. 4세기 중엽. 안타키아 박물관.

의 어깨를 붙잡고 올라탄 포즈가 너무 정겨워 보이죠.

또 한 쌍이 있어요. 이번에는 바다가 아니라 강이죠.《에우로타스와 라케다에모니아》. 에우로타스는 강, 라케다에모니아는 강이 흐르는 지방 입니다.

천지창조, 게가 카오스에서 어둠을 몰아내고 광명을 열다

시선을 옆으로 움직이면《게와 카르포이》라는 4세기 작품이 보입니 다. 게는 대지의 여신이죠. 게가 어린아이들과 있는 모습을 그렸어요. '카르포이'는 그리스 어로 '과일, 열매'를 뜻합니다. 그러니까 대지와 풍

게와 카르포이. 위의 가로로 긴 직사각형이《게와 카르포이》이고, 아래는 타르수스에서 발굴한 모자이크 3점. 4 세기. 안타키아 박물관.

밀 이삭 주위의 아이들과 여인. 4세기. 안타키아 박물관.

요를 상징하는 여신 게와 그녀가 대지에서 낳은 자식들, 즉 풍요로운 각종 결실을 나타낸 모자이크라고 볼 수 있어요. 그림을 자세히 들여다보면 이해하기가 더 쉽습니다. 대지의 여신 게가 가운데에 앉아 있어요. 그리스 어로 '게'라는 글자가 보이죠. 게 앞에 2명의 어린이가 있고요. 그 왼쪽의 커다란 바위 뒤로 여인 한 명이 풍요의 뿔을 들고 등장합니다. 게 왼쪽으로는 밀 이삭 한 줄기가 놓여 있는데요, 마치 거대한 나무를 베어 눕혀놓은 것 같죠. 밀 수확이 풍년임을 말해줍니다. 밀 이삭 주위에 7명의 아이가 자리하고, 아이들 위로 그리스 어 '카르포이'라는 글자가 선명합니다. 오른쪽 맨 끝에는 밀 이삭을 엮어 머리를 장식한 여인이 붉은색 숄로 신체의 일부만 가린 채 어린아이 한 명을 껴안고 있어요. 많은 아이들은 다산을, 거대한 밀 이삭은 풍년을 상징하는 작품입니다.

　여기서 좀 더 깊게 그리스 신화로 들어가 이 모자이크의 새로운 의미

게와 자식들. 게의 팔꿈치 아래에 어둠을 상징하는 얼굴이 보인다.
4세기. 안타키아 박물관.

를 찾아보는 것두 좋을 것 같습니다. 게가 단순히 대지와 풍요의 여신이
아니라 태초 천지 창조의 여신이란 점을 되새기면서 다시 한 번 모자이
크를 들여다보시죠. 새로운 해석이 가능합니다. 천지창조. 헤시오도스가
분류한 그리스 신화의 계보에 따르면 태초에 우주는 아주 혼돈한 상태였
어요. 이를 '카오스'라고 하지요. 우주의 질서와 조화가 시작되기 전에는
모든 것이 어둠이고 무질서였습니다. 여기서 스스로 어둠을 열고 나와
광명의 세상을 연 존재가 있으니…… 땅, 즉 대지입니다.

　　모자이크는 이 장면을 의미 있게 그렸어요. 그리스 · 로마 모자이크
가운데 아주 인상적인 장면인데요, 모자이크에서 앉아 있는 게를 다시
한 번 자세히 들여다보시죠. '게'라는 이름 아래에 여신이 엄숙한 표정으
로 앉아 있죠. 비록 팔찌를 차는 등 몇 가지 치장을 했지만, 여신 특유의
미모나 부드러움보다는 남성처럼 강력한 카리스마를 내뿜어요. 이제 시

선을 게의 왼팔 아래로 돌려보죠. 암흑과 혼돈, 즉 카오스를 상징하는 검은 사람의 얼굴이 게의 왼쪽 팔꿈치 밑에 깔려 있습니다. 게가 어둠의 세계를 극복하고 새 생명의 세계를 열었음을 의미해요. 그리고 게 주변의 많은 아이들은 게가 낳은 자식들이죠. 우주와 지구의 생명체를 상징합니다. 이 모자이크를 만든 4세기는 동로마 제국에서 기독교를 공인한 뒤죠. 악을 물리치는 기독교의 이미지와 게의 이미지가 잘 어울립니다.

『구약성경』의 천지 창조를 볼까요? 창세기 1장 1절에서 2장 4절까지가 야훼의 천지 창조 이야기인데요, 태초부터 존재한 야훼가 우주 천지 만물을 6일에 걸쳐 창조했다는 게 핵심이죠. 첫날 "빛이 있으라." 하여 빛을 만들어요. 둘째 날은 하늘天空, 셋째 날은 땅과 식물, 넷째 날은 천체, 다섯째 날은 물고기와 새, 여섯째 날은 기타 동물을 만든 뒤 야훼 자신의 형상을 따 인류를 만들죠. 7일째는 쉬고요. 오늘날 일요일에 모두가 쉴 수 있게 해주신 고마운 결정이었죠. 게의 창조와 비교해보면 공통점과 차이점이 있어요. 먼저 어둠에서 광명을 처음 만들어내는 것은 공통점이죠. 반면 그리스 신화에서는 땅이 어둠 속에서 광명을 열며 동시에 등장하는 데 『구약성경』에서 땅은 셋째 날에야 생겨나죠.

천지를 창조했으니 새로운 생명이 더 있어야겠죠. 게는 자신이 낳은 하늘 우라노스와 결합해 여러 자식을 둡니다. 티탄 족Titans, 巨神族, 기간테스Gigantes, 巨人族, 크로노스, 레아……. 그런데 문제가 생겨요. 게와 우라노스 사이에 의견 차가 생긴 겁니다. 게는 막내아들 크로노스에게 우라노스의 남성 상징을 잘라버리게 시키죠. 거세당한 우라노스는 더 이상 자손을 두지 못해요. 이제 이미 태어난 자식들에 의해 인구가 번창하게 되지요. 게와 우라노스의 자식 가운데 크로노스와 레아 남매가 결혼해 많은 자식을 둡니다. 그런데 크로노스가 태어난 자식을 모두 삼켜버리는 거예요. 이러면 안 되겠다 싶은 레아가 기지를 발휘해 아들 제우스를 살려냅니다.

아말테이아와 양의 뿔. 게 왼쪽에 있는 장면. 4세기. 안타키아 박물관.

레아는 갓 태어난 제우스 대신 돌덩이를 크로노스에게 줘 삼키게 하고, 제우스를 크레타 섬의 이다 산 동굴에 숨겨 길러요. 크레타의 요정 아말테이아가 젖을 먹여 키웠는데, 암염소의 젖을 뿔에 받아 먹었다고 해요. 제우스가 염소의 뿔을 부러뜨렸는데요, 그 뿔을 아말테이아에게 주면서 뿔 안에 아말테이아가 원하는 모든 열매가 가득할 것이라고 말합니다. 그것이 바로 풍요의 뿔이지요. 성인이 된 제우스는 아버지 크로노스에게 반기를 들고 결국 아버지를 몰아낸 뒤 천상천하와 인간세계를 통틀어 최고의 유아독존 권력자가 되죠.

아내를 잊지 못한 오르페우스, 여인들의 로맨스를 거부하다 죽다

《게와 카르포이》 아래 벽면에는 안타키아에서 200여 킬로미터 떨어진 타르수스에서 발굴한 모자이크 대작 3점이 자리합니다. 《오르페우스》, 《가니메데스 강탈》, 《포도밭의 마에나드》로 3세기 작품이죠.

오른쪽 작품이 《오르페우스》랍니다. 오르페우스는 화려하게 치장하고 있어요. 머리에 프리기아 스타일의 모자를 썼는데 붉은색으로 강조한

오르페우스. 3세기. 안타키아 박물관.

디자인이 독특하죠. 황금색 튜니카를 입고 뒤에 붉은 망토를 걸쳤는데
요, 가슴 부위에서 동그란 걸쇠로 채우는 디자인입니다. 특이한 것은 푸
른색 바지예요. 사실 바지는 그리스·로마 복장에서 보기 드문 옷이죠.

그의 연주가 얼마나 뛰어났는지를 보여주는 특이한 예를 들어볼까
요? 지하 세계 저편에서 익시온을 묶은 채 돌아가던 수레바퀴가 멈춰 서
고, 시시포스가 굴려 올리던 바위도 구르기를 멈추었을 정도랍니다. 수
레바퀴나 구르는 돌은 완전한 무생물이잖아요. 감정이 없는 무생물까지
감동시킬 만한 곡은 무엇일까요? 키타라의 후신인 기타 연주곡이라면 좋
겠죠. 트레몰로 기법이 돋보이는 스페인의 기타 연주가 타레가의 「알람
브라 궁전의 추억」이 어울릴까요? 뛰어난 연주 솜씨로 전쟁터에서 동료
들에게 힘을 불어넣을 때는 영국 작곡가 엘가의 「위풍당당 행진곡」이 좋
을 거예요. 1901년 에드워드 7세의 대관식에 맞춰 작곡한 1번 D장조
「희망과 영광의 나라로」라는 연주를 들으면 고난을 이길 힘을 얻겠죠.

오르페우스의 키타라 연주가 가장 위력을 발휘한 것은 죽어서 지하 세계로 내려간 아내를 데려오려고 애쓸 때랍니다. 그 사연 좀 볼까요? 오르페우스의 아내 에우리디케가 사고를 당해요. 아름다운 그녀가 숲길을 걷는데 그녀를 탐한 청년이 겁탈하려 달려든 거죠. 에우리디케는 길이 없는 곳으로 도망가다 그만 독사에게 물려 죽고 말아요. 슬픔을 견디지 못한 오르페우스는 아내를 찾아 지하 세계, 즉 저승으로 내려갔어요. 곳곳에서 암초에 부딪혔지만 그때마다 키타라 연주로 위기를 극복했지요. 마침내 저승 세계의 왕 하데스와 그의 부인 페르세포네로부터 아내를 데려가도 좋다는 허락을 받아요. 그러나 지상에 돌아갈 때까지는 아내가 있는 뒤를 돌아보지 말라는 명령을 어기고, 저승을 빠져나올 무렵 호기심과 의심에 사로잡혀 그만 뒤를 돌아보고 말았어요. 에우리디케는 다시 죽음의 세계로 돌아갔죠.

슬픔과 자책을 견디지 못한 오르페우스는 인간 세상으로 돌아와 자신의 경솔한 행동을 후회하며 아내 생각으로 식음을 전폐합니다. 트라키아 지방 여인들은 오르페우스에게 간청해요. 죽은 아내는 잊어버리고 자신들을 사랑해달라고요. 오르페우스는 거절하죠. 오히려 여자들을 멀리한 채 젊은 남자들만 불러 사랑을 나눈다는 흉흉한 소문마저 돌았어요. 여기서 그가 남성 동성애의 창시자라는 얘기가 생겼지요. 견디다 못한 여인들은 오르페우스를 갈기갈기 찢어 죽입니다. 비극이죠.

가운데 《포도밭의 마에나드》를 지나면 왼쪽의 《가니메데스 강탈》을 볼 수 있는데, 이 작품은 가니메데스 납치 사건을 다룬 모자이크 가운데 원형이 가장 잘 남아 있는 것이에요. 맨 위에 제우스가 보낸 독수리의 위

가니메데스 강탈. 3세기. 안타키아 박물관.

엄 있는 모습이 눈길을 끌죠. 천하를 호령할 듯 번뜩이는 두 눈과 드넓게 펼친 큰 날개가 주위를 압도하죠. 큼직한 발톱으로 가니메데스의 겨드랑이를 잡아채 하늘로 솟아오르는 장면입니다. 독수리에게 낚아채인 가니메데스, 몸이 기울어 있죠. 앞모습은 나신인데 남성 상징이 그대로 보이네요. 왼손에는 창을 들고, 망토를 목 뒤로 둘렀어요. 긴 사냥용 부츠를 신었네요.

가니메데스의 오른쪽 다리 아래로 목줄을 늘어뜨린 개 한 마리가 보여요. 주인이 갑자기 하늘로 솟아오르니 무슨 일인가 하고 놀랐겠죠. 하늘을 보며 컹컹 짖는 해학적인 모습이 웃음을 자아냅니다. 화면 왼쪽 인물은 가니메데스의 아버지예요. 무릎 위에 오는 짧은 튜니카를 입고, 왼손에는 지팡이를 들었네요. 눈을 크게 떴어요. 무척 놀라는 모습입니다. 화면 오른쪽에 앉아 있는 중년의 여인은 가니메데스의 어머니예요. 민소매에 어깨끈이 달린 푸른색 튜니카를 입고 황금색 히마티온을 둘렀어요.

금발에는 빨간 리본을 달았고요. 아들을 향해 눈을 크게 뜨며 놀라는 눈치입니다. 그러나 아버지보다는 모든 것을 받아들인다는 듯 담담한 표정이죠.

뱀을 칭칭 감은 바다의 여신 테티스

이제 4번 전시실의 네 벽면 가운데 처음 들어온 입구 쪽 벽면입니다. 전체를 모자이크 하나가 가득 채워요. 스타우린 산기슭의 '달력의 집'에서 발굴한 2세기 작품으로 《오케아누스와 테티스》예요. '달력의 집'은 열두 달을 계절의 여신으로 배치해 그렇게 부르는데, 앞서 3번 전시실에서 본 《어부》도 이곳에서 출토됐지요. 노를 든 오케아누스는 탄탄한 근육질의 당당한 체구고요, 테티스는 풍만하면서도 알맞은 크기의 젖가슴과 고

오케아누스와 테티스. 2세기. 안타키아 박물관.

운 피부를 가졌어요. 묘사가 소묘처럼 정밀하고 사실적이죠. 미세한 테세라를 활용한 베르미쿨라툼Vermiculatum, 아주 세밀하게 시공된 모자이크의 전형으로 수작 가운데 수작이에요.

이제 4번 전시실 바닥 모자이크를 보죠. 전시실 바닥 전체를 장식하는 이 거대한 역작은 크게 둘로 나뉘어요. 직사각형의 파노라마형《테티스》와 정사각형의 《메갈로시키아(위대한 영혼)》. 모두 야크토 지구에서 출토된 것인데, 앞서 4번 전시실 입구에서 살펴본《사냥하는 아마존》과 같은 장소에서 발견되었습니다. 《사냥하는 아마존》이 4세기 작품이고, 그 위에 설치된 《테티스》와 《메갈로시키아》는 5세기 작품입니다. 집주인 이름은 아르다부리우스. 《메갈로시키아》의 작품 속에 적혀 있어요. 그는 450년부터 서로마 제국이 멸망하던 457년까지 안타키아에 본부를 둔 로마 제국 동부 지역 사령관이었죠. 459년까지 이 집에 살았습니다. 이 집은 526년의 대지진 또는 540년 사산조 페르시아의 침략 때 폐허가 되어 땅속에 묻힌 것으로 추정돼요.

땅속에서 부활한 《테티스》를 보죠. 테티스의 모습을 거꾸로 봐야 하는 점이 불편해요. 《메갈로시키아》와 붙여 설치해놓은 탓에 《메갈로시키아》를 밟고 들어가 볼 수 없기 때문이죠. 테티스는 흰 피부에 반듯한 이목구비지만 우아함이나 곱고 아름다운 모습은 찾기 어려워요. 세찬 바람에 흩날리는 머리에서 야생마 같은 생동감이 넘쳐흐르지요. 생김새가 그리스

테티스. 5세기. 안타키아 박물관.

신화에 등장하는 이미지와 다른 것은 북아프리카의 영향이죠. 귀고리도 전혀 헬레니즘 스타일이 아니고요. 의상도 새로운 디자인이랍니다.

여기서 테티스의 젖가슴을 가린 것이 무엇인가요? 답은 테티스 뒤로 보이는 사나운 개 혹은 늑대의 얼굴에서 찾을 수 있지요. 날름 내밀고 있는 혀에서부터 괴물의 얼굴을 거쳐 계속 뒤로 보시면 테티스의 젖가슴을 가린 물체가 옷이 아니라 뱀 몸통임을 알아챌 수 있답니다. 뱀 몸통에 개나 늑대 얼굴을 가진 괴물이 테티스를 감싸고 있는 거예요. 괴기스럽죠. 그러나 타이나 중국 남부를 여행하다 보면 커다란 구렁이를 목에 칭칭 감고 웃으면서 기념사진 찍는 분들 있잖아요. 당나라 유학길에 오른 원효대사가 칠흑 같은 밤중에 해골에 괸 썩은 물을 달게 마신 고사를 들지 않더라도 화엄 사상의 핵심인 일체유심조一切唯心造를 떠올리지 않을 수 없어요. 모든 것이 마음먹기에 달린 것이라는 가르침을 되뇌어봅니다.

테티스 주변으로 모두 9명의 벌거벗은 소년이 등장하죠. 푸티Putti라고 합니다. 단수형은 푸토Putto지만 흔히 복수형으로 써요. 고대 로마의 예술 작품, 특히 바닷가 광경에서 알몸으로 돌고래를 타고 놀거나 고기

●손으로 고기 잡는 푸티. 5세기. 안타키아 박물관. ●●그물로 고기 잡는 푸티. 5세기. 안타키아 박물관. ●●● 낚시하는 푸티. 5세기. 안타키아 박물관.

잡이를 하고 있죠. 사랑을 전파하는 날개 달린 에로스와는 다르답니다.

안타키아 박물관 안내 책자에 《테티스》라고 소개된 이 작품은 현장 안내판에는 《탈라사Thalassa와 알몸의 어부》라고 적혀 있어요. 탈라사는 '바다'를 뜻해요. 그리스 어가 생기기 이전 그리스 원주민이 사용하던 말에 뿌리를 둔 것입니다. 이참에 그리스·로마 신화에서 바다를 나타내는 신들의 계보를 정리해보죠. 게가 낳은 작은아들 폰토스(바다)가 태초의 남자 바다라면 비그리스 전통으로 탈라사는 여자 바다인 셈이지요. 게와 폰토스 사이에서는 네레우스(바다의 노인), 타우마스(바다의 공포), 기타 바다를 상징하는 포르키스와 케토 등이 태어나요. 게와 큰아들 우라노스 사이에서는 바다의 여신 테티스가 태어나죠. 이후 그리스 신화에서 테티스가 탈라사를 대체하게 돼요. 모자이크에서 테티스의 모습이 괴기스럽고 원초적인 괴물과 함께 등장하는 것은 탈라사의 바로 이런 태초, 원시성을 강조하는 것으로 볼 수 있어요. 올림포스의 열두 신이 천지의 질서를 잡은 뒤 바다를 관장하는 신은 포세이돈이고요. 바다 요정 50명의 네레이드는 네레우스의 딸들입니다. 푸티는 바다의 소년이고요.

'미남은 박명한다', 그리스 신화의 미남자가 총동원된 사냥

《테티스》와 붙어 4번 전시실 바닥 전체를 뒤덮는 대작 《메갈로시키아》는 제목부터 거대함을 간직하고 있죠. 메갈로megalo가 '거대한, 강력한'이라는 뜻이니 메갈로시키아Megalopsychia는 '위대한 영혼'을 말합니다. 워낙 대작이기 때문에 바닥에서는 전경을 볼 수가 없어요. 철제 난간으로 된 전망대 위로 올라가야 보이죠. 작품 한가운데에 원을 만들고 그

테티스와 메갈로시키아 전경. 5세기. 안타키아 박물관.

메갈로시키아. 5세기. 안타키아 박물관.

속에 '메갈로시키아'라는 글자와 함께 '위대한 영혼'을 의인화한 여인을 표현해놓았어요. 화려하게 치장한 여인은 한눈에 부와 권위를 연상케 하죠. 숱이 많아 풍성한 머리는 단정하게 가르마를 타 빗고 보석으로 장식한 왕관을 썼네요. 반듯한 이목구비에서 풍기는 단아한 아름다움에 금줄로 늘어뜨린 진주 귀고리가 품격을 높여줘요. 목 둘레가 보석으로 장식된 옷을 입었어요. 왼손에 동전으로 가득한 원통형 금고를 들고 오른손으로는 동전을 뿌리는 중입니다. '위대한 영혼'이 아니라 '위대한 돈'이라고 해야……

원 밖에는 숲 속의 사냥 장면을 담았어요. 숲 속에서는 양, 사슴, 호랑이, 사자, 표범, 곰이 날뛰고 사나운 사냥개가 이들을 뒤쫓아요. 6명의 내로라하는 당대 최고의 명사냥꾼들이 창을 들고 돌진하지요.

먼저 12시 방향의 히폴리토스부터 볼까요? 사이프러스 아래 상반신만 남아 있네요. 이어 2시 방향의 악타이온이 갈색 곰과 싸우고 있어요.

●악타이온. 5세기. 안타키아 박물관. ●●티레시아스. 5세기. 안타키아 박물관.

악타이온이 누구인가요? 바로 아폴론의 손
자랍니다. 반인반마의 현자 케이론에게 교
육받았는데 사냥에 뛰어난 재능을 보였지
요. 사냥개들을 이끌고 사슴 사냥에 나선
어느 날, 숲 속에서 목이 말라 물을 찾다가
그만 샘에서 목욕하던 사냥의 여신이자 처
녀 여신 아르테미스의 알몸을 엿보게 되어

나르키소스. 5세기. 안타키아 박물관.

비명에 가죠. 아르고호를 타고 황금 양털을 찾아 콜키스 원정도 다녀온
용사의 최후치고는 너무 허망하죠.

　4시 방향의 티레시아스는 표범을 향해 창을 찔러요. 티레시아스는
신과 얽힌 묘한 악연 때문에 장님이 되는데, 여기엔 두 가지 설이 있어
요. 먼저 아테나 관련설. 전쟁의 여신 아테나가 숲 속에서 목욕하는 장면
을 보게 돼요. 여신의 목욕 장면 엿보기 사건이 잦았던 모양입니다. 그래
도 악타이온을 죽인 아르테미스보다는 아테나가 낫네요. 티레시아스를
장님으로 만들었죠. 요정인 티레시아스의 어머니가 아테나에게 간청해
남들이 들을 수 없는 소리를 듣고 남들이 볼 수 없는 것을 보는 능력을 얻
게 돼요. 용감한 사냥꾼에서 용한 점쟁이로 돗자리 깐 사연이죠. 두 번째
설은 제우스와 헤라가 남녀의 애정 행위 시 누가 더 즐거울 것인가의 문
제로 다투었을 때 티레시아스가 불려와 "방중지사房中之事의 열 가지 즐
거움 중 아홉 가지는 누구 몫인가?"라는 질문에 "여자 몫입니다."라고 답
했다가 헤라의 진노를 사 장님이 되었다는 것입니다. 난처해진 제우스는
티레시아스에게 미래를 보는 능력과 일곱 세대를 살 수 있는 장수를 보

•아도니스, 5세기, 안타키아 박물관. ••멜레아그로스, 5세기, 안타키아 박물관.

장했어요.

　6시 방향의 나르키소스를 볼까요? 붉은 줄무늬의 흰색 튜니카를 입고 등에 망토를 둘렀어요. 8시 방향의 아도니스는 곰을 사냥하고 있어요. 곰이 덤불 속에 숨어 있다 나오는 순간 아도니스가 창으로 곰의 가슴을 찔렀고, 곰의 가슴에서는 선혈이 흘러요. 10시 방향의 멜레아그로스는 암호랑이와 싸우는 중이에요. 멜레아그로스가 창으로 막 호랑이 가슴을 찌르려는 순간을 담았습니다.

　그런데 그리스 신화 최고의 미남들이자 사냥꾼인 이 6명의 운명을 보세요. 히폴리토스, 악타이온, 나르키소스, 아도니스, 멜레아그로스, 이렇게 5명은 젊어서 세상을 뜹니다. 그것도 각종 사고사나 비극적인 이유로요. 티레시아스는 오래 살지만 불구라는 기구한 운명이 되고요. 아름다운 여인은 불행한 일이 따르기 쉽고 일찍 죽는다는 미인박명美人薄命이라는 말이 미남에게도 예외는 아니었네요. 개똥밭에 굴러도 이승이 좋다고 했던가요. 가늘어도 길게 살고 싶은 사람들에게는 미남이라는 허울도, 용맹한 사냥꾼이라는 칭송과 명예도 다 부질없는 것이지요.

노예의 삶과 그리스 · 로마 인의 의복

《메갈로시키아》는 그리스 신화 소재의 사냥 장면만 다룬 게 아닙니다. 사냥 장면 밖으로 띠 형식의 테두리가 있는데, 여기에 아주 독특한 소재가 표현돼 있어요. 도시 풍경화랍니다. 로마 시대 도시의 모습, 그러니까 각종 건물, 기념물과 함께 도시민들의 생활상을 소묘처럼 세밀하게 사진 찍듯 묘사했지요.

장면 1. 도시 문과 방문객 _ 4번 전시실 맨 끝, 그러니까 입구 정반대쪽 철제 난간 전망대 아래서 《메갈로시키아》 모자이크를 정면으로 바라보면서 오른쪽으로 돌아갑니다. 먼저 아치형 도시 문이 있고 그 옆으로 백마를 타고 가는 부인과 말을 끄는 남자의 장면부터 시작하죠. 도시 문은 오늘날 시리아 영토로 터키와 국경도시인 베로이아(알레쏘)에서 들어오는 분으로 추정해요. 사진에는 아치가 보이지 않고 말 탄 사람만 담겼습니다.

장면 2. 관리 _ 다음 장면은 붉은색 튜니카에 검은 양말을 신고 흰색 안장에 올라 건물 사이를 지나는 도시 공무원, 즉 관리죠.

●장면 1. 도시의 시작. 말 타고 들어오는 방문객. 5세기. 안타키아 박물관. ●●장면 2. 도시 관리. 5세기. 안타키아 박물관.

장면 3. 노예와 카페에서 쉬는 시민 _ 그 옆은 노예가 일하는 장면이에요. 계단으로 올라가는 현관과 격자무늬 창문이 있는 건물 앞이네요. 알몸에 킬트(남성용 짧은 치마)만 입은 노예가 머리에 짐을 이고 왼손에는 바구니를 들었죠. 그 앞은 카페랍니다. 다양한 디자인의 난간이 있는 2층짜리 카페 앞에서 한 시민이 비스듬히 누워 휴식을 취하네요. 오른손에 그릇을 들고 있죠. 앞에 있는 하인이 허리를 숙여 오른손으로 무엇인가를 건넵니다.

장면 4. 짐꾼 _ 짐을 이고 가요. 카펫이나 매트리스로 추정되는 물품

장면 3. 노예와 카페에서 쉬는 시민. 5세기. 안타키아 박물관.　장면 4. 짐꾼. 5세기. 안타키아 박물관.

을 둥글게 말아 줄로 묶어서 등에 지고 있어요. 짧은 튜니카를 입고 맨발이에요. 그 뒤에는 1층에 5개의 흰색 기둥이, 2층에 2개의 노란색 기둥이 세워진 건물이 있습니다.

노예는 모자이크에 자주 등장해요. 로마 시대에 그리스 에게 해의 델로스 섬에서는 하루 1만 명 이상의 노예가 거래됐다고 하네요. 농장 일을

하거나 광산에서 채굴하는 노예의 삶이 가장 비참했겠죠. 모자이크에 등장하는 노예들, 그러니까 시중들기, 요리, 청소 등을 하는 노예는 좀 덜 고달팠을 테고요. 처지가 나은 노예는 그리스 어권에서 잡혀온 경우랍니다. 부유층 가정에서 그리스 어를 가르쳤거든요. 요즘 '워킹 푸어working poor' 라는 말이 있지요. 소득이 적어 열심히 일해도 가난에서 벗어나기 어려운 서민들. 노예 없는 시대에 불행한 노예 처지가 아닌지요. 말로만 친서민 정책을 들먹이는 기득권층에 국민들이 언제까지 속고 살아야 하는지요.

면 5. 다리 앞에서의 작별. 5세기. 안타키아 박물관.

장면 5. 다리 앞에서의 작별 _ 어머니와 아들이 보이죠. 바닥에 질질 끌리는 긴 옷을 입은 어머니가 짧은 튜니카를 입은 아들의 손을 잡고 걸어갑니다. 그 뒤로 보이는 이층집 현관에서는 흰 튜니카를 입은 남자가 서서 손을 흔들지요. 아버지로 추정돼요. 모자 앞으로 둥근 물체가 보여요. 로마 특유의 아치형 다리입니다. 그 아래 녹색은 강물이고요. 다프네를 가로지르던 오론테스 강으로 추정돼요. 여기서 그리스 · 로마 시대 의복 문화를 들여다보고 넘어가야 할 것 같아요. 모자이크에 등장하는 인물들이 입은 옷을 알고 보는 게 좋겠지요.

고대 그리스에서 가장 기본적인 의상은 '키톤chiton' 이었어요. 옷감을 자르거나 바느질하지 않고 몸에 두른 후 어깨에 핀을 꽂는 옷이에요. 남녀가 모두 입었지요. 가는 띠로 허리를 묶었고요. 길이는 엉덩이에 오는 경우도 있고, 발아래까지 내려오는 경우도 있어요. 초기 그리스 시대인 BC 8세기부터 시작해 헬레니즘 시대인 BC 4세기까지 입었습니다. 이후 '튜니카tunica'로 바뀌어요. 튜닉이라고도 하죠. 키톤과 같다고 보면 됩니다. '히마티온himation'은 튜니카 위에 입던 겉옷이에요. 길이가 2～5미터나 돼 둘둘 몸에 감았지요. 대개는 오른쪽 어깨에서 왼쪽 겨드랑이를 거쳐 스님의 가사처럼 입었습니다. 머리까지 뒤집어쓰기도 했고요. 로마 시대에는 이를 '토가toga'라고 불렀어요. 라틴 어로 '덮다'라는 뜻의 '테고tego'에서 온 말입니다. 히마티온보다 훨씬 길고 컸습니다. 길이가 6～7미터에 이르렀어요. 이 정도면 옷 자체가 짐이죠. BC 4세기 이후 남성의 상징이 됩니다. 서로마 제국 말기에 토가 문화는 쇠퇴해요. 토가의 여성형이 '스톨라stolla'입니다. '엑소미스exomis'는 노동자나 보병용 튜니카죠. 활동하기 편하게 한쪽 어깨를 드러낸 형태예요. 엑소미스 위

장면 6. 경마. 5세기. 안타키아 박물관.

장면 7. 기도. 5세기. 안타키아 박물관.

에 망토 '에파프티스ephaptis'를 입곤 했어요. 영어로 '클라미스chlamys'죠. 신체 앞부분을 드러내고 목에서 묶어 등 뒤로 돌려 입죠.

도넛 장수와 주사위 놀이······ 이민족 막다가 세월 다 보낸 황제들

장면 6. 경마 _ 장원에서 말을 타고 달리는 장면이에요.

장면 7. 기도 _ 황금빛 옷을 입은 남자가 근엄한 자세로 서서 두 손을 공손히 모으고 기도하는 중입니다. 사진에는 없지만, 이 남자 앞에는 팔각형 돔의 교회 건물이 있어요. 콘스탄티누스 대제가 기독교를 공인한 뒤 안타키아에 세운 교회랍니다.

장면 8. 마부와 당나귀 _ 기도하는 남자 옆은 당나귀 두 마리를 몰고 가는 마부예요. 미부는 붉은색 엑소미스를 입었어요.

장면 9. 도넛 장수 _ 검은 기둥 4개가 세워진 단층집이 나와요. 가운데에 검은색 현관이 있고 현관 양옆으로 갈색의 기다란 창이 달렸습니다. 집 옆에 한 남자가 등장해요. 분홍색 튜니카를 입고 검은색 양말(각반)을

장면 8. 마부와 당나귀. 5세기. 안타키아 박물관.

장면 9. 도넛 장수. 5세기. 안타키아 박물관.

신었습니다. 왼쪽 어깨에 막대를 걸쳐 멨는데요, 막대 끝에는 검고 붉은 색 물건이 매달려 있어요. 도넛 아니면 달콤한 먹을거리로 추정해요.

장면 10. 3개의 동상 _ 대리석 받침대가 3개 있죠. 그 위에 3개의 동상이 자리합니다. 맨 왼쪽은 카이사르, 가운데는 발렌스, 오른쪽은 발렌티니아누스 1세로 여겨집니다. 안타키아와 3명의 황제가 무슨 관련이 있을까요? 카이사르는 로마 황제정의 기초를 다진 사람이니 전설적인 국부로 존중했을 테지요. 요즘 터키 곳곳에 터키 공화국 초대 대통령 아타튀르크 케말 파샤의 동상을 세워놓듯이요.

장면 10. 3개의 동상. 카이사르, 발렌스, 발렌티니아누스 1세. 5세기. 안타키아 박물관.

발렌티니아누스 1세는 누구인가요? 313년 기독교를 공인한 콘스탄티누스 대제가 죽은 뒤 권력은 그의 아들 콘스탄티우스 1세에게 넘어갑니다. 하지만 콘스탄티우스 1세가 페르시아 정벌에 나섰다가 죽자 율리아누스 3년,

요비아누스 1년의 짧은 치세를 거쳐 364년 군 지휘관들의 지지를 받은 발렌티니아누스 1세가 제위에 오릅니다. 그는 동생 발렌스를 공동 황제로 삼는데요, 자신은 수도를 밀라노로 옮겨 서로마를 통치하고 발렌스에게는 콘스탄티노플을 중심으로 동로마를 다스리도록 했어요. 이때 제국은 각지에서 침입하는 게르만 족 때문에 하루도 바람 잘 날이 없었지요. 나름대로 슬기롭게 이민족 침입을 물리치던 그는 375년 게르만 족의 일

파인 쿠아디 족의 침입을 막다 병사하고 맙니다.

동로마의 발렌스 황제는 페르시아와 치열한 접전을 벌이느라 고생이 많았습니다. 심지어 로마 황제로는 처음으로 페르시아에 포로로 잡히는 수모를 당합니다. 지금도 이란에 가면 발렌스 황제가 무릎을 꿇고 페르시아 황제에게 선처를 호소하는 장면의 암벽 부조가 남아 있어요. 페르시아와 화평을 맺고 돌아온 발렌스 황제는 북쪽에서 내려오는 서고트 족과 전투를 치르다 죽고 맙니다. 발렌티니아누스 1세의 뒤를 이어 서로마의 황제가 된 그라티아누스 황제는 379년 테오도시우스를 동로마 황제로 삼죠. 383년 그라티아누스 황제가 암살되면서 서로마도 테오도시우스 황제 치하로 넘어가요. 기독교를 로마 국교로 삼은 테오도시우스 황제가 395년에 죽으면서 큰아들 아르카디우스가 동로마를, 작은아들 호노리우스가 서

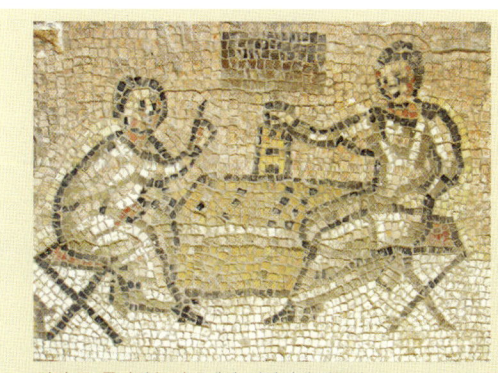

장면 11. 주사위 놀이. 5세기. 안타키아 박물관.

로마를 나눠 맡은 뒤 로마 제국은 다시 통일되지 못했죠. 476년 서로마가 멸망하고요.

장면 11. 주사위 놀이 _ 거대한 건물 앞에 2명의 남자가 앉아 주사위 놀이를 합니다. 접는 간이 의자에 앉았는데요, 오른쪽 남자는 주사위 통을 들어 쏟아내고 있고, 왼쪽 남자는 점수를 기록하는 중입니다. 주사위는 이미 고대 이집트 시대인 BC 2500여 년 전부터 현재와 같은 모양으로

사용한 것으로 여겨져요. 이후 지중해 전역으로 퍼졌고요. 중국에서는 이를 점치는 데 활용한 흔적이 보여요. 수나라 이후에는 '쌍륙_{雙六}'이라는 놀이로 발전했어요. 우리나라에는 고려 시대에 들어옵니다.

푸줏간 풍경과 공중목욕탕

장면 12. 화부 _ 검은색으로 묘사된 문 오른쪽으로 세 발 달린 화덕이 2개 놓여 있고, 그 앞에 2명의 남자가 서 있죠. 푸줏간에서 고기를 구우려고 불을 피우는 중이에요. 맨발의 남자들이 양손에 들고 있는 부삽으로 화덕 속의 불을 이리저리 뒤적이며 불의 세기를 조절하고 있어요. 왼

장면 12. 화부. 5세기. 안타키아 박물관.

장면 13. 푸줏간 주인. 5세기. 안타키아 박물관.

쪽 화부는 분홍색이 들어간 짧은 튜니카를, 오른쪽 화부는 흰색의 짧은 튜니카를 입었어요. 요즘도 이렇게 세 발이나 네 발 달린 야외용 화덕에 숯을 피워 고기를 구워 먹잖아요.

장면 13. 푸줏간 주인 _ 불을 피웠으면 구울 고기가 있어야죠. 화부 옆

으로 고기를 써는 푸줏간 주인의 모습이 보여요. 가운데에 높다란 도마를 세워놓았죠. 도마 양옆에 2명의 남자가 서 있네요. 왼쪽 남자는 왼손으로 고깃덩어리를 도마 위에 올려놓고 있어요. 오른손을 높이 치켜들었네요. 아마도 고깃덩어리를 토막 내려고 칼이나 손도끼로 내려치려는 중이겠죠.

장면 14. 3채의 저택 _ 이어 도심지 저택 도무스 3채가 이어집니다. 문패를 달아놓듯이 소유자의 이름을 집 위에 적어놓았어요. 첫 번째 집은 '마이오리누스' 소유. 직사각형의 기다란 창문이 3개 달렸네요. 지붕은 지금도 지중해 연안 전역에서 볼 수 있는 붉은색 타일로 덮었어요. 오른

장면 14. 마이오리누스의 집. 3채의 저택 중 맨 왼쪽. 5세기. 안타키아 박물관.

장면 15. 공중목욕탕. 기부자 데모시온의 이름이 적혀 있다. 5세기. 안타키아 박물관.

쪽에 집주인으로 추정되는 남자와 아들이 서성이죠. 사진에는 안 보이지만 오른쪽에 창문이 3개 달린 '헬리아데스'의 집과 창문 2개짜리 '레온티오스'의 집이 자리합니다.

장면 15. 공중목욕탕 _ 붉은색 타일로 장식한 건물인데 왼쪽 출입문이

독특하죠. 가운데는 삼각형 지붕 양식이고요. 그 앞에 사람이 한 명 서 있네요. 살아 있는 사람이 아니고 동상입니다. 아마도 거금을 희사해 목욕탕을 짓게 해준 기부자일 거예요. 목욕탕 건물 위에 이름을 적어놓았어요. '데모시온'. 로마 인들에게 목욕은 어떤 의미였을까요?

BC 33년 아그리파가 조사한 통계에 따르면 수도 로마에만 무려 170개의 목욕탕이 있었어요. 궁금한 것은 기독교 시대로 접어든 뒤의 목욕 문화예요. 313년 기독교를 공인하고 392년 국교로 삼은 로마는 이후 도덕적이고 금욕적인 기독교 문화가 대세로 자리 잡습니다. 목욕 문화를 곱게 봤을 리 없죠. "예수 안에서 한 번 목욕한 사람은 다시 목욕할 필요가 없다."라고 말할 정도였어요. 세례 한 번 받으면 끝이라는 것이죠.

장면 16. 상인과 주사위 놀이. 5세기. 안타키아 박물관.

그러다 12세기 십자군 전쟁으로 동방 이슬람권에 가서 로마식 목욕탕을 보고서야 목욕이 몸에 해롭지 않다는 것을 알고 다시 목욕을 시작하지요. 서양 문화가 이런 과정을 거쳤답니다.

장면 16. 상인과 주사위 놀이 _ 앞서도 주사위 놀이를 봤는데요, 도시 풍경 가운데 주사위 놀이가 2개나 등장한다는 것은 그만큼 로마 시대 후기에 주사위 놀이가 민간에 널리 전파됐다는 것을 말해주죠.

기독교 전파, 정통과 이단의 경계는……

장면 17. 순교 기념관 _ 오렌지색 타일의 삼각 지붕 건물 앞에 '마르켈로스'라는 이름의 남자가 비스듬히 누워 있어요. 그 앞에 '칼코마스'라는 이름의 시종이 음료수를 따라주고 있네요. 주인 남자 뒤에는 잔과 물병이 있고, 개 한 마리가 앉아서 주인을 쳐다봐요. 이 건물은 그리스 어로 '마르티리온 작업장'이라고 적혀 있어요. 순교 기념관을 찾은 순례객에게 기념품을 파는 곳이지요.

장면 18. 순례객 _ 순교 기념관 앞에 두 여성과 한 남성이 서 있어요.

장면 17. 순교 기념관. 5세기. 안타키아 박물관.　　　　　장면 18. 순례객. 5세기. 안타키아 박물관.

남성은 발목까지 오는 튜니카를 입고, 오른손을 들어 기념관 건물에 대해 두 여성에게 설명해주는 모습입니다.

기독교 전파 과정을 간략히 들여다볼까요? 오순절(성령강림절)의 성령 체험으로 예수의 부활을 믿는 제자들이 기독교를 확립해나가죠. 12제자가 그 중심에 섰고요. 요한은 에페수스(에베소)에, 마가(마르코)는 알렉산드리아에 교회를 세워요. 초기에는 유대교 경전을 그대로 썼지만, 바울이 50~62년 사이에 쓴 편지들을 중심으로 새로운 성경, 그러니까 『신약성경』이 생겨나요. 이후 유대 인 중심에서 비유대 인으로 교세가 확장돼요. 로마 제국의 수도 로마, 2대 도시 에페수스, 3대 도시 안타키아(안디옥)로 퍼져나가죠. 3세기에는 서유럽과 영국, 스페인에까지 전해집니다. 250년경 로마 인의 2퍼센트 정도가 기독교인이 됐다는 설이 있어요. 107년 안타키아 주교 이그나티우스가 '보편적 교회'라는 뜻으로 그리스 어에서 따온 가톨릭Catholic이란 말을 처음 썼죠.

기독교는 박해 속에서도 꾸준히 세를 넓히다 313년 콘스탄티누스 대제가 공인하면서 비약적으로 발전해요. 테오도시우스 황제는 기독교를 국교로 삼습니다. 기독교인은 로마 군인이 될 수 없었지만, 이제 기독교인이 아니면 로마 군인이 될 수 없는 시절이 온 거예요. 기독교는 1054년 동서 교회로 갈라지죠. 가톨릭과 그리스정교로요. 콘스탄티노플 교회는 황제를 교회의 수장으로 하는 황제교황주의였지만, 서방의 로마 교회는 황제와 독립된 권한을 가져 이전부터 입장을 달리했습니다. 지금이야 로마 가톨릭이 우세하지만 당시는 로마 제국의 정통을 비잔틴 제국이 계승한다고 여겼기 때문에 세력 판도는 동방 교회가 우세했어요. 15세기 이후 종교개혁으로 로마 가톨릭이 프로테스탄트(개신교)로 나뉘면서 교회는 크게 3개로 분파되어 가톨릭, 그리스정교, 개신교로 갈립니다.

기독교 교리가 정립해나가는 과정에서 크게 3가지 이단이 주목받는데 그중 그노시스파가 먼저 나옵니다. 개인적인 깨달음을 통한 구원과 극단적인 선악 이원론을 믿는 그노시스파는 훗날 마니교와 중세 프랑스 남부의 카타리파에 영향을 줍니다. 마니교는 694년 중국 당나라 황실에 선교단을 둘 만큼 성장하지만 813년부터 중국에서 금지돼요. 두 번째 이단은 아리우스파죠. 예수의 신성을 부인한 알렉산드리아 대주교 아리우스의 주장을 따르는 아리우스파는 325년 니케아 공의회에서 이단으로 추방돼요. 마리아의 신성을 부정한 콘스탄티노플 대주교 네스토리우스를 따르는 네스토리우스파는 431년 에페수스 공의회에서 이단이 되고요. 네스토리우스파 기독교는 당나라에도 전파돼 경교라는 이름으로 크게 세를 떨칩니다. 양귀비와의 사랑으로 유명한 현종 때 세운 대진사大秦寺는 기독교 교회랍니다.

스타디움과 올림픽 경기

장면 19. 올림픽 스타디움 _ 다프네에 있던 올림픽 스타디움이랍니다. 건물 위에 '올림픽 경기장'이라는 문구가 보이네요. 요즘 보는 스타디움과 다르죠. 타원형 구장은 맞는데 경기장이 반으로 잘린 모습이잖아요.

장면 19. 올림픽 스타디움. 5세기. 안티키아 박물관.

올림픽 스타디움을 봤으니 고대 올림픽에 대해 궁금한 점 몇 가지를 살펴보고 가죠. 올림픽Olympic이란 이름은 그리스 도시 올림피아Olympia에서 유래해요. 올림픽은 BC 776년 시작되었는데, 한 군데서만 열린 게 아니고 그리스 도시국가 곳곳에서 자체의 제전 성격으로 열렸어요. 이

가운데 4개 대회가 이름 높았습니다. 올림피아, 델피의 피타아 경기, 코린트의 이스트미아 경기, 아르골리스의 네메아 경기지요. 참가 자격은 그리스 문명권 전역의 도시국가에 사는 자유 시민으로 남자면 누구나 가능합니다. 여자는 선수도 될 수 없고 관람도 하지 못했어요. 시민이면 누구에게나 문호가 열려 있었지만 요즘처럼 국가가 비용을 대는 게 아니었어요. 개인이 자기 돈으로 장비도 사고 여행 경비도 대야 했기 때문에 특별한 후원을 받는 경우나 부유층이 아니면 사실상 참가하지 못했지요. 후대에 여자 경기도 생겼는데 올림피아에서만 달리기 3종 경기를 열었어요. 헤라 여신을 기념해 헤라이아Heraia로 불렸답니다.

선수들은 참가 전 10개월 동안 훈련을 받아야 했습니다. 그런 다음 다시 올림피아에 와서 한 달을 연습하고 자격 심사에서 통과해야 경기에 참가할 수 있었지요. 요즘 못지않은 강훈련이 필요했던 겁니다. 선수 선서가 있었고요. 경기는 나체로 진행했어요. 승리의 퍼레이드가 그때도 있었어요. 심판도 있었는데요, 레슬링같이 격한 경기의 경우 심판이 회초리를 들고 있다가 반칙이 나올 경우 매질을 가해 떼어놨답니다. 당시에도 부정 선수, 오심이 있었다니…… 사람 사는 사회가 그런가 봐요. 경기 일수는 최초 하루에서 나중에 5일로 확대됐어요. 현대 올림픽은 16일 이내로 제한하고 있지요.

우승자에게 올리브 관을 씌워주고 동상을 만들어 세워주는 게 전부였지만 우승자는 엄청난 명예를 누렸어요. 국가의 이름을 빛낸 공으로 큰 상금을 받았고요. 요즘과 비슷하죠. 올리브 관은 엄밀히 말해 체육 경기 분야에 해당하고 시 낭송 분야, 즉 문학·예술 분야 우승자는 월계수 잎으로 만든 월계관을 씌워줬어요.

장면 20. 아르다부리우스의 목욕탕 _ 말 탄 과객 앞으로 또 하나의 대형 건축물이 자리해요. 5세기 안타키아 군사령관이던 아르다부리우스의 사설 목욕탕이랍니다. 바로 이《메갈로시키아》모자이크를 설치한 집주인

이죠. 오렌지색 타일로 덮인 지붕은 오른쪽 끝에 2개의 작은 돔이 있는 구조네요. 왼쪽 벽에 작은 창문이 하나 보이고요. 지붕은 마치 피라미드처럼 생겼어요. 그 앞을 말 탄 사람이 지나는데 말의 걸음걸이가 무척 세련되고 점잖죠. 말을 탄 사람은 오렌지색 안장에 앉았어요. 발끝까지 내려오

장면 **20**. 아르다부리우스의 목욕탕. 5세기. 안타키아 박물관.

는 튜니카를 입었고요. 그 앞에 걸어가는 시종은 무릎 위까지 오는 짧은 튜니카에 검은 양말을 신었네요.

사실 사진에는 보이지 않는데요, 오른쪽 시종 바로 옆에 '카스탈리아의 샘'이 자리합니다.

해시계를 보다…… 일 끝낸 뒤 목욕하고 술 마시는 시간

비록《메갈로시키아》에 담긴 작품은 아니지만, 5세기 동로마 제국의 대도시 다프네의 다양한 일상을 다룬 모자이크 가운데《해시계》가 눈길을 끌어요.

먼저 모자이크부터 살펴보고 해시계와 일상의 연관성을 살펴보죠. 2개의《해시계》가운데 오른쪽에 설치한 모자이크를 보세요. 흰색 튜니카에 오렌지색 망토를 걸친 맨발의 남자가 기둥 앞을 지나가는 모습입니다. 흰 수염으로 미루어 중년을 넘긴 것으로 보여요. 남자 앞에 기둥이 있어요. 위에는 반원형 물체가 설치돼 있죠. 가운데 바늘 침을 중심으로 5개의 줄이 쳐져 있어요. 한눈에 해시계임을 알 수 있지요. 남자는 해시계를 올려다보고 있는데, 두 손을 가슴에 모으고 뭔가 소리 지르는 그런 표정입니다. 무엇일까요? 남자의 머리 위에 쓰인 그리스 어를 통해 알 수 있어요. "9시가 지났다." 아마도 남자가 외친 소리일 겁니다. 로마 시대에서 9시는 우리네

해시계를 보는 남자와 마름모 별. 오른쪽 사진은 남자의 얼굴 부분을 확대한 모습. 3~4세기. 안타키아 박물관.

시간으로 미시未時, 즉 오후 2시 30분에서 3시 30분 사이를 가리켜요.

에피코스메시스. 5세기. 안타키아 박물관.

로마 시대에 이 시간은 오늘날 서양의 개념으로 오후 5시, 한국 개념으로 오후 6시랍니다. 하루 일과가 끝나는 시간, 다시 말해 퇴근 시간이에요. 일에서 해방된 거죠. 이 남자는 열심히 일하다 해시계를 보고 "이제 오늘 일 끝, 휴식이다."라고 외치는 중입니다. 로마 인들은 이 시간 이후 대부분의 시간을 목욕탕에서 체력 단련을 하고 목욕을 하며, 친지들과 만나 사교하는 시간으로 여겼어요. 목욕탕에서 나온 뒤에는 저녁의 즐거운 향연을 열었죠. 해시계는 지구의 자전에 의한 햇빛의 움직임에 따라 바늘의 그림자가 이동하는 원리를 이용해 만든 시간 측정 장치를 말하는데요, 가장 오래된 해시계는 BC 3500년 전 이집트의 오벨리스크랍니다. 오벨리스크는 단순한 기둥이 아니라 해시계 바늘이었던 겁니다. 유구한 역사가 놀랍죠.

홀 전시실에는 몇 점의 인물 모자이크가 자리해요. 추상명사를 의인화한 작품이죠. 안타키아 모자이크를 비롯해 이 책에서 다루는 고대 그리스 · 로마 모자이크 가운데 제작 연대가 가장 늦은 모자이크는 《크티시스》예요. '설립'을 가리키는 6세기 작품이랍니다. 《에피코스메시스》는 '축하'를 나타내는 추상명사고요.

토론과 여흥의 그리스 심포지엄, 남자를 피해 샘이 된 요정

회랑에서 맨 처음 보게 되는 작품은 《테티스》. 안타키아 근처 피에리아에서 발굴해 옮겨온 3세기 작품이지요. 전통 그리스 여인의 얼굴인데요, 북아프리카 스타일이 들어오기 전의 작품이란 걸 말해줘요.

《테티스》 다음에 나오는 모자이크는 《심포지엄》입니다. 다프네에서 발굴한 3세기 모자이크인데 4명의 인물이 등장해요. 가운데에 남녀 주인공이 앉아 있어요. 여인은 꽃으로 만든 관을 머리에 쓰고 붉은색 목걸이를 걸었어요. 진주 귀고리를 달았고요. 상반신은 훼손돼 전체를 알기는

테티스. 3세기. 안타키아 박물관.

어렵지만 남아 있는 가슴 위까지는 알몸으로 보여요. 그 옆에 건장한 체구의 남성이 앉았어요. 머리에는 푸른 잎으로 만든 관을 썼네요. 남자 옆에 여성이 서 있어요. 시중드는 하녀 차림이죠. 노란색 튜니카를 입었네요. 맨발이고요. 맨 왼쪽에는 키타라를 켜는 여인이 앉아 있어요. 흥겨운 음악을 연주하고 있는 것으로 보여요. 탁자 아래로 포도주가 담긴 암포라가 보여요. 질펀하게 술을 마시고 있음을 말해주죠.

요즘은 심포지엄이라고 하면 연구 성과를 토론하는 학술회의를 가리키죠. 그러나 그리스에서 '심포지아'로 불렀던 '심포지엄'은 그리스 어

심포지엄. 3세기. 안타키아 박물관.

●심포지엄 가운데 술병. 3세기. 안타키아 박물관. ●●심포지엄 가운데 헤타이라. 3세기. 안타키아 박물관.

'sympotein'에서 나온 것으로 '함께 마신다'는 뜻입니다. 고대 그리스
인들은 하루 일과를 마치고 저녁나절에 모여서 토론하고 한잔하면서 사
람들과 어울렸어요. 우리식으로 회식이죠. 직장 동료들끼리, 또는 동아
리에서 특별한 일이 있을 때 회식을 하잖아요. 그럴 때 "저녁에 술 한잔
하자."고 말할 게 아니라 심포지엄 열자고 하면서 모임을 갖는 게 훨씬
고상해 보이겠죠?

　　10명에서 30명 미만의 참석자들이 소파에 쿠션을 대고 왼쪽으로 비
스듬히 누웠어요. 소파 자리는 늘 부족해서 젊은이들은 그냥 앉아야 했
어요. 참석자들은 누가 더 말을 잘하는지 연설 대회도 열고, 특정 주제를
놓고 말솜씨나 지식을 겨루기도 했지요. 음식은 포도주를 곁들여 제공했
어요. 포도주는 커다란 포도주 단지인 크라테르에 가득 담아놨죠. 그러
면 이를 일종의 피처, 즉 암포라에 담아 각 참석자의 잔에 따라줬습니다.
전문적인 연기자나 연주자들이 와서 공연을 펼치기도 하고, 게임도 즐겼
어요. 우리네 가든파티로 봐도 좋겠죠. 포도주의 농도를 얼마나 진하게
해서 마실 것인가, 또 공연이나 놀이를 어떤 수준으로 진행할 것인가는

심포지엄의 성격에 따라 달리했답니다. 깊이 있는 토론이 벌어진다면 당연히 포도주에 물을 많이 타 마시고 공연이 적겠지요. 관능적인 쾌락을 탐하는 성격이 큰 심포지엄이라면 포도주를 원액으로, 또는 진하게 마시면서 질펀한 여흥 위주로 했을 테고요. 심포지엄을 전문적으로 도와주는 도우미 여성, 헤타이라들이 참여하기도 했어요. 그들은 키타라를 켜거나 아울로스를 부는 등 악기를 연주하고, 함께 대화하며 술도 마셨죠. 남성 한 명에 헤타이라 한 명씩 파트너가 되거나, 공동으로 상대하는 경우도 있었어요.

심포지엄에서 술을 지나치게 마셔 소란이 일어나는 일도 다반사였어요. 그리스 희곡 작가 에우폴리스가 쓴 음주론이 가슴에 와 닿아요. "분별 있는 사람은 세 잔을 마신다. 첫 잔은 건강을, 둘째 잔은 사랑과 즐거움을, 셋째 잔은 숙면을 위해. 그런데 넷째 잔은 더 이상 내 술이 아니다. 나쁜 행동을 낳기 때문이다. 다섯째 잔을 마시면 고함을 치고, 여섯째 잔을 마시면 거칠고 무례해지며, 일곱째 잔을 마시면 싸우고, 여덟째 잔을 마시면 부수고, 아홉째 잔을 마시면 침울해지고, 열 번째 잔을 마시면 의식불명으로 미쳐버린다." 곰곰 되새겨 손해 날 일이 없는 경구지요.

《심포지엄》 다음은 안타키아 북쪽 이스켄데룬에서 발굴한 5세기 작품 《아레투사》입니다. 아레투사는 그리스 어로 '물을 뿌려주는 사람'이라는 뜻의 샘의 여신이죠. 갈댓잎을 머리에 쓴 금발 미인이네요. 아레투사는 아르테미스 신전의 여사제였어요. 하루는 사냥을 마치고 무더위를 잊으려 강물에 목욕하러 들어갔는데, 이게 그냥 강이 아니라 평소 아레투사를 흠모하던 강의 신 알페이오스였답니다. 아레투사가 알페이오스

의 품 안으로 들어간 것인데요, 뒤늦게 이를 깨달은 아레투사는 얼른 강에서 빠져나와 알몸으로 도망치죠. 알페이오스도 사람 모습으로 변해 아레투사를 쫓아가죠. 위기의 순간 아레투사의 기도를 들은 아르테미스가 그녀를 강물로 바꿔줬답니다. 그러자 알페이오스는 자신도 강물로 변해 하나로 합치려 하였고, 이번에는 아르테미스가 땅을 갈라 아레투사를 시라쿠사로 흘러가도록 해줬어요. 거기서 샘의 여신이 되지요.

아킬레우스 부부의 정겹던 한때, 그리고 남편 지갑 슬쩍 터는 프시케

《아레투사》 옆에 있는 《아킬레우스와 데이다메이아》는 세월의 흐름을 안타까워하듯 하루하루 아름다운 색채를 잃어가며 관람객을 안쓰럽게 만듭니다. 거의 원형을 알아보기 어려울 만큼 훼손되고 탈색됐어요. 사실 모자이크에 '아킬레우스', '데이다메이아' 라는 그리스 어 글자가

아킬레우스와 데이다메이아. 2세기. 안타키아 박물관.

저쳐 있지 않으면 누구를 나타낸 것인지 알 수 없을 정도랍니다. 오른쪽 데이다메이아는 그런대로 하체가 남아 치마가 보이지만, 왼쪽 아킬레우스는 전혀 누구인지 종잡기 어렵답니다. 안타키아 근처 사만다에서 발굴해낸 2세기 작품이에요.

아킬레우스가 전사하는 바람에 데이다메이아로서는 부부로서 자별한 정을 나눌 시간이 많지 않았죠. 빛바랜 모자이크 속에서 전사한 남편과 운우지정을 나눠보려는 데이다메이아의 애달픈 마음이 느껴지시나요?

《아킬레우스와 데이다메이아》 옆은 《오케아노스와 테티스》랍니다. 안타키아 북쪽의 이스켄데룬에서 출토한 5세기 작품이에요. 테티스와

•테티스 얼굴. 5세기. 안타키아 박물관.
••오케아노스 얼굴. 5세기. 안타키아 박물관.

에로스와 프시케. 3세기. 안타키아 박물관.

오케아노스는 비교적 아담한 크기로 평온한 모습이죠. 다음 모자이크는 《에로스와 프시케》. 안타키아 근처 사만다, 고대 피에리아에서 출토한 3세기 작품이에요. 헤라클레스와 디오니소스의 포도주 마시기 경연 대회 모자이크가 식당에 설치돼 있어 '음주 대회의 집'으로 부르는 로마 저택에서 발굴했어요. 중심 테마인 포도주 마시기 대회 장면은 미국 프린스턴 대학교 예술 박물관에 보관돼 있죠. 안타키아 박물관에는 식당 복도에 있던 《에로스와 프시케》 모자이크가 전시돼 있어요. 장난기 어려 웃음이 새어 나오는 해학적인 소재와 표현 기법이 관심을 끄네요. 남편 에로스가 잠시 꿀 같은 낮잠을 즐기는 틈을 타 아내 프시케가 살그머니 다가가 숲 속 나무에 걸어둔 활과 화살통을 훔치는 장면이랍니다. 남편이 몰래 가지고 다니는 비상금을 터는 앙증맞은, 아니 일부 남편 입장에서는 괘씸한 아내인가요?

에로스의 무기, 그러니까 사랑을 가져다주는 금빛 화살과 사랑을 식게 하는 은빛 화살. 실제로 있다면 누구라도 훔치고 싶어 할 국보급 소장품이 되겠지요.

2000년 전 올림픽 스타, 니코스트라토스

야외 전시장 오른쪽 벽면, 즉 서쪽 회랑을 돌면 남쪽 회랑 벽면이 나와요. 먼저 벽에 걸려 있는 올림픽 선수부터 살펴보죠. 5명의 올림픽 선수와 4개의 기하학무늬를 나타낸 모자이크 패널을 교대로 배치한 연작

야외 전시장 남쪽 회랑. 안타키아 박물관.

인데요, 원형이 가장 잘 보존된 선수가 《니코스트라토스》예요. 원 안에는 둥글게 만든 월계관이 영광을 상징하듯 배치돼 있고, 그 화환 안쪽에는 건장한 체격에 강인한 인상의 올림픽 선수가 묵직한 분위기를 자아냅니다. 얼굴에서 가슴까지 나타낸 흉상이죠. 인물 왼쪽으로 '니코스트라토스 아이게아테스'라는 이름이 적혀 있습니다. 짝달라붙은 머리, 더부룩한 수염 역시 피부에 밀착돼 강인한 체취가 물씬 풍기죠. 목은 짧고 굵어요. 커다란 덩치는 근육질로 강력한 힘을 내뿜는 듯해요. 두툼한 입술을 보시죠. 늘 얻어터지거나 부딪쳐 부상을 입는 격투기 선수임을 알려주는 특징이죠.

니코스트라토스에 대한 역사 기록은 2세기의 그리스 지리여행학자 파우사니아스가 남겼어요. 그는 폐허 속의 트로이와 미케네를 방문해 그 모습을 전한 초기 저자들 가운데 한 사람으로 이름이 높답니다. 그의 기록에 따르면 니코스트라토스는 그리스 프림네소스의 유명한 집안에서 태어났는데, 어렸을 때 프리기아 해적에게 납치돼 팔려 갔다고 해요. 팔려 간 장소는 아이게아. 그곳 이름을 따 '니코스트라토스 아이게아테스'라 불린 거예요. 산을 뽑아낼 만큼 강력한 힘의 소유자였던 그는 올림픽 선수로 성장하지요. 제204회 올림픽, 그러니까 37년에 열린 올림픽에서 권투와 레슬링 2관왕이 되면서 힘과 용기를 상징하는 인물이 됩니다.

사실 싸움 구경만큼 재미있는 것이 또 있을까요. 올림픽 경기에서 그리스 인들이 열광한 것은 격기擊技 종목이었습니다. 레슬링과 권투, 판크라티온 세 종목이 있었어요.

밀치고, 때리고, 메다 꽂고…… 올림픽 격투기

레슬링은 BC 708년 제18회 올림픽 대회부터 정식 종목으로 채택됐어요. 헤라클레스가 사자를 때려눕혀 맨손으로 잡아 오거나 황소와 싸워이기는 신화 속 이야기는 레슬링의 가장 오래된 기원이겠죠. 레슬링은 서서 경기를 벌였어요. 쓰러져 바닥에 손을 대거나 엉덩방아를 찧으며 뒤로 넘어지기를 세 번 반복하면 지는 식이었습니다. 현대 올림픽에는 자유형과 그레코로만형 두 가지가 있죠. 그리스·로마 시대 올림픽의 레슬링 방식이 바로 상체 공격만 허용하는 그레고로만형이에요. 경기는 실외 체육관인 팔레스트라의 '스캄마'에서 펼쳐졌어요. 평평하게 바닥을 고르고 모래를 깔아둔 장소죠. 몸에 오일을 바른 뒤 경기에 나섰는데 부상과 햇볕에 그을리는 것을 막기 위해서였답니다. 머리채를 휘어잡히지 않기 위해 머리를 짧게 깎거나 가죽으로 만든 모자를 쓰고 경기에 나섰어요. 올림픽 참가 선수를 16명으로 제한한 뒤 제비뽑기로 상대 선수를 정해 결승전까지 치렀는데요, 참가자가 홀수이면 한 명은 부전승으로 올라갔어요. 참가자가 오직 한 명밖에 없으면 그냥 우승했는데 이런 사람을 '아코니테이'라고 불렀어요. '먼지 하나 묻히지 않았다.'라는 뜻이랍니다. 경기 도중 심판은 커다란 막대기를 들고 반칙하는 선수를 때려 떼어놨어요.

역사상 가장 위대한 고대 올림픽 레슬링 선수는 BC 6세기 이탈리아 남부의 그리스 도시 크로토네에 살던 밀로라는 사람인데요, 그는 올림피아의 올림픽 레슬링에서 무려 다섯 번이나 연거푸 우승했다고 해요. 너무 강해서 20년간 독식하니 아예 선수들이 출전을 포기하는 경우도 있어 그는 혼자 출전해 싸우지 않고 우승하는 '아코니테이'가 되기도 했어요. 재미있는 것은 그가 경기를 한 번도 하지 않고 우승이 확정돼 우승 월계관을 받으러 시상대로 가다가 그만 넘어진 거예요. 규칙상 레슬링은 넘어지면 지는 것이니까 관중들은 그가 우승 화관을 받으면 안 된다는 농을 했다고 해요. 마침내 여섯 번째 우승 도전에서 그는 티모테오스라는 젊은이한테 패했는데요, 관중들은 오히려 그를 헹가래 치며 행진했고 신예 우승자 티모테오스 역시 행렬을 따라갔다고 합니다. 참 아름다운 스포츠 정신이 아닐 수 없어요.

권투는 레슬링보다 늦은 BC 688년 제23회 올림픽 대회부터 정식 종목이 됐어요. 권투는 BC 1300년 미케네 시대 도자기 그림에 등장할 만큼 아주 오래된 경기죠. 호메로스는 『일리아드』에서 아킬레우스가 주도한 파트로클로스 추모 경기 중 선수들이 쇠가죽으로 만든 장갑을 끼고 경기를 벌이는 장면을 그렸답니다. 고대 그리스에서 주먹으로 때리는 부위는 주로 얼굴이었어요. 몸통 공격은 실효가 없는 것으로 여겼지요. 코피 터지고 볼 터지면서 피 나고 이빨 부러지고……. 권투 경기를 묘사한 고대 작품에는 다운돼 피 흘리는 모습이 자주 나와요. 부상을 염려해 공격을 잘 피하면서 상대의 힘을 빼는 수비 위주 전략으로 우승하는 선수도 생겨날 정도였어요. 물론 관중들은 야유를 보냈지만요.

선수들의 연습은 요즘과 크게 다르지 않았어요. 우선 섀도복싱, 다시 말해 자기 혼자 경쾌한 스텝을 밟으며 각종 자세를 가다듬었습니다. 이

런 연습법을 '스키아만키아'라고 불
렀어요. 자루에 모래나 밀가루를 넣
고 가격하는 연습은 '코리코스'였고
요. 요즘의 샌드백과 같아요. 권투 선
수로 가장 유명했던 사람은 로도스에
살던 디아고라스. 그는 BC 464년 올
림픽에서 우승했고, 네메아 경기에서
두 번, 이스트무스 경기에서도 네 번

올림픽 선수. 3세기. 안타키아 박물관.

이나 우승하는 괴력을 발휘했어요. 그의 두 아들도 BC 448년 올림픽의
판크라티온과 권투 부문에서 각각 우승했지요. 대를 이은 천하장사 가족
에게 사람들은 최고의 찬사를 보냈어요.

　디아고라스의 아들이 우승했다는 판크라티온 경기는 무엇일까요?
처음 들어보는 것이 당연합니다. 고대 그리스 · 로마 시대에 유행하다 요
즘은 사라진 경기이니 말이에요. 그러나 판크라티온을 연상하기는 아주
쉬워요. 이색적인 걸 좋아하는 일본인의 특성에 어울리게 일본에서 큰
인기를 모으는 K1 같은 이종 격투기를 떠올리면 돼요. 요즘 국내에서도
케이블 TV를 통해 인기를 얻는다고 하는데요, 고대 그리스에서도 이와
비슷한 경기가 있었다니 놀랍죠. 판크라티온은 상대를 서서 넘어뜨리는
것은 물론, 요즘 올림픽의 자유형 레슬링처럼 상 · 하체 구분 없이 어디
든 붙잡고 손기술을 걸 수 있었어요. 또 권투처럼 상대를 가격하는 것도
가능했고요. 입으로 물어뜯거나 손가락으로 눈, 귀, 코, 입 같은 약한 부
위를 찌르는 것을 제외한 모든 형태의 공격을 허용했습니다. 세 번 넘어

지면 패하는 레슬링과 달리 아무리 넘어져도 상관없었어요. 시간 제한 없이 상대가 항복할 때까지 지속됐습니다. 항복의 표시는 오른손 검지를 들어 심판에게 보여주는 것이지요. 판크라티온은 격투기 가운데 가장 늦은 BC 648년 제33회 올림픽 대회부터 정식 종목으로 이름을 올렸어요.

판크라티온 경기는 격렬한 만큼 부상 방지를 위해 다양한 장치를 마련했어요. 우선 팔레스트라의 물 적신 모래밭이나 진흙탕에서 경기를 치렀지요. 이런 경기장은 '케로마'라고 불러요. 레슬링처럼 선수들의 몸에 오일을 발라 충격의 강도를 낮췄는데요, 일부는 팔에 가죽 끈을 칭칭 동여맸어요. BC 4세기를 넘기면서는 올림픽 대회 외에도 아예 각 지역을 돌며 전문적으로 돈을 걸고 싸우는 판크라티온 대회가 성행했다고 합니다. 최고의 판크라티온 선수는 타소스에 살던 테아게네스인데요, 그는 각 도시국가의 축제나 제전을 돌며 무려 1400번의 경기를 승리로 장식했다고 해요. 그의 조각은 올림피아에서 알렉산더 대왕 다음으로 많이 세워질 만큼 특별 대우를 받았다니 대단하죠.

그리스 신화판 「로미오와 줄리엣」

눈길을 올림픽 선수에게서 바닥으로 내리면 구슬픈 사랑 이야기를 전하는 연인 두 쌍의 애달픈 사연이 들려와요. 앞서 살펴본 샘의 여신 아레투사와 강의 신 알페이오스의 이루어질 수 없는 사랑을 전하는《아레투사》와《알페이오스》가 자리하죠. 또 한 쌍은《피라모스》와《티스베》.

메소포타미아의 고대 도시 바빌론에 잘생긴 청년 피라모스와 아름다운 처녀 티스베가 살았어요. 로미오와 줄리엣처럼 양쪽 집안에서 두 사

●피라모스. 3세기. 안타키아 박물관. ●●티스베. 3세기. 안타키아 박물관.

람의 결혼을 반대해요. 하지만 금지한다고 남녀 간 사랑을 막을 수 있나
요. 가족들의 눈을 피해 사랑을 키워가던 피라모스와 티스베는 어느 날
숲 속 샘에서 만나기로 했어요. 티스베가 먼저 약속 장소에 나타나 피라
모스를 기다렸어요. 그때 숲 속에서 사자 한 마리가 입에 피를 묻히고 나
타났는데요, 막 짐승을 잡아먹은 뒤 물 마실 샘을 찾던 중이었죠. 겁이
난 티스베가 얼른 옆에 있는 동굴로 몸을 숨겼는데 그만 숄을 땅바닥에
떨어뜨렸답니다. 사자는 땅에 떨어진 숄을 물어뜯었어요. 피가 묻어 갈
기갈기 찢긴 티스베의 숄.

　이때 피라모스가 나타났어요. 피라모스는 피 묻은 채 찢긴 숄을 보고
티스베가 사자에게 잡혀 먹은 줄 오해하고 울부짖습니다. 티스베가 목숨
을 잃은 것이 자신이 늦게 온 탓이라고 여긴 피라모스는 그만 괴로움을
견디지 못하고 칼로 목을 찔러 자결하고 말아요. 이런 불행한 일이……
동굴 속에 숨어 있다가 밖이 조용해지자 동굴 밖으로 나온 티스베는 피
투성이로 쓰러진 피라모스의 시신을 보고 대성통곡합니다. 그리고 피라

야외 바닥에 설치한 모자이크. 안타키아 박물관.

모스의 뒤를 따라 자진하죠. 너무나 슬픈 비극적 결말이에요. 두 남녀가 죽을 때 튄 피가 마침 옆에 있던 뽕나무에 튀어 붉게 물들였는데요, 이후 흰색의 뽕나무 열매 오디가 잘 익으면 검붉은 피의 색을 닮게 됐다고 합니다.

일반 유물도 챙겨봐야겠죠. 야외 전시장에서 다시 내부로 들어오면 5번 전시실에 BC 7~8세기 후기 히타이트 관련 유물이 가득하고요, 6번 전시실에는 이보다 앞선 시기, 그러니까 BC 2000년 전 히타이트 문명과 그 이전 BC 5000년 전의 유물이 전시되어 있어요. 7번 전시실은 좀 독특하게도 동전만 모아놨습니다. 알렉산더의 후계자를 자처했던 트라키아 왕 리시마코스, 셀레우코스 왕조의 셀레우코스 1세, 이집트를 차지한 프톨레마이오스 1세 등 헬레니즘과 로마 시대 황제의 얼굴을 새긴 동전이 흥미로워요. 박물관 입구 왼쪽으로도 전시실이 하나 있는데요, 눈이 부실

만큼 현란한 조각술이 돋보이는 석관이 자리해요. 사자 사냥에 나선 제우스의 아들 디오스쿠리의 용맹스러운 모습이 살기등등한 사냥터로 안내하고요. 대리석을 찰흙 다루듯 빚어놓은 솜씨는 정녕 '신의 기술'이란 찬사가 아깝지 않아요. 박물관을 나서려니 마음이 너무 무거워요. 오색영롱한 색채로 빛나는 모자이크의 원형을 그대로 유지하기에는 시설이 너무 부실해서 그렇지요. 박물관을 다시 지어야 하는데 돈이……. 인류가 중동에서 치르는 전쟁 비용의 일부만이라도 문화유산에 사용할 수 있다면, 전 세계 군수산업체들 뒷돈 벌어주기 위해 낭비하는 돈을 조금만 아낄 수 있다면…….

후기 히타이트의 사자 기둥 초석. 8세기. 안타키아 박물관.

■ 에페수스

성모 마리아가 말년을 보낸 그리스·로마 최대 도시

에페수스는 터키 최대의 그리스·로마 도시 유적이죠. 유적지로 들어가면 그리스·로마권 도시 가운데 최대 규모의 야외극장부터 관람객을 압도해요. 산 전체를 깎아 관중석을 만들었거든요. 현란한 기교가 일품인 석조 예술의 최고봉, 켈수스 도서관 앞에 서면 탄성이 절로 나옵니다. 밀가루 반죽으로 조각을 한다 해도 이렇게 정교하게 만들어낼 수는 없을 거예요. 로마 시대에 만든 포장도로가 방금 준공 검사를 마친 도로처럼 새물내 물씬 풍기며 2000년의 세월을 농락하고요. 과연 시간이 흐른 것인지, 멈춘 것인지. 그리스 신화를 간직한 쿠레테스 거리를 비롯해 반듯하게 다듬은 도로는 여느 서유럽 도시의 번화가 못지않답니다. 이렇게 빼어난 유적과 유물 덕에 에페수스는 이스탄불에 이어 터키에서 두 번째로 많은 관광객을 연중 끌어모으는 관광의 꽃이랍니다.

에페수스의 역사는 참 유구해요. BC 14세기의 히타이트 기록에는 이 지역을 '아파사스'라고 적었는데, 여기서 에페수스라는 이름이 나왔을 것으로 추정해요. 아시리아 비문에는 '야브나이', 페르시아 비문에는 '야우나', 유대 인의 『구약성경』에는 '야반'으로 기록됩니다.

242 로맨스에 빠진 그리스 로마

●쿠레테스 거리. 로마 시대 포장도로가 아직도 견고하다. 에페수스. ●●대리석 거리. 쿠레테스 거리와 켈수스 도서관에서 만난다. 에페수스.

에페수스는 BC 6세기에 최전성기를 맞죠. 학문이 융성하였고, 철학자 헤라클레이토스가 활약하며 우주의 근원이 불이라고 설파했어요. 이오니아학파의 중심 도시가 된 거예요. 리디아의 침공이 계속되던 BC 564년에서 BC 546년 사이에 세계 7대 불가사의의 하나로 칭송되는 아르테미스 신전을 재건하죠. 아테네 파르테논 신전보다 100년을 앞서요. 에페수스는 BC 6세기 말 이오니아의 다른 도시들과 함께 페르시아의 지배 하에 들어갑니다.

BC 333년 에페수스는 알렉산더가 동방 원정으로 페르시아를 물리치면서 그리스 문명권으로 돌아와요. BC 188년에는 아페마이아 협약에 따라 페르가몬으로 넘어갑니다. 그러나 페르가몬 왕조가 BC 133년 왕국

하드리아누스 신전. 쿠레테스 거리에 있다. 에페수스.

을 이민족인 로마에 넘겨주는 사건이 터져요. 싸우면 동족이 적만 못하답니다. BC 27년 옥타비아누스 황제가 아시아 속주의 수도를 페르가몬에서 에페수스로 옮기면서 에페수스는 오리엔트 최대의 도시로 군림하게 되죠. 이런 번영을 배후로 예수님을 따르는 기독교도들이 제일 먼저 정착해 포교 활동을 펼쳤고요. 예수님의 어머니 마리아가 말년을 이곳에 와서 보낸 것으로 알려져 있어요.

도서관에서 지하 통로 통해 유흥업소로 직행

로마 총독 켈수스가 125년에 완공했고, 지금도 탄성을 자아낼 만큼 아름다운 켈수스 도서관부터 헤라클레스의 문까지 언덕바지 오르막길인 '쿠레테스 거리'는 에페수스 탐방의 핵심 코스예요. 쿠레테스가 누구인가요? 그리스 신화에서 쿠레테스는 제우스의 어머니 레아를 추종하는 무리죠. 알몸에 투구를 쓴 9명의 무장 남성 댄서들이에요. 레아가 제우스를 낳아 아버지 크로노스에게 잡아먹히지 않도록 크레타 섬에서 몰래 기를 때, 크로노스가 제우스의 울음소리를 듣지 못하도록 시끄러운 소리를 내 제우스를 보호했답니다. 또 제우스가 레토를 임신시켜 아폴론과 아르테미스 남매를 낳을 때, 시끄럽게 무기 소리를 내 질투심 많은 헤라가 레토의 출산 사실을 눈치채지 못하게 해줬죠. 이곳 에페수스에서 쿠레테스는 신전의 사제들을 가리켜요. 9명이죠. 원래 아르테미스 신전에서 일하는

사제였지만 로마 옥타비아누스 황제의 통치 이
후 권한이 확대됩니다. 쿠레테스의 주요 임무는
1년에 한 번 아르테미스 여신의 탄생을 축하하
는 대대적인 행사를 주관하는 일이지요. 쿠레테
스는 매년 선출했습니다.

　'쿠레테스 거리'의 인도 50여 미터를 기하
학무늬의 모자이크가 뒤덮고 있어요. 상점들이
몰려 있던 인도를 컬러 모자이크로 장식한 데에
서 에페수스의 번영을 읽을 수 있어요. 로마 시
대에 만든 쿠레테스 거리의 '경사의 집들'은 에

켈수스 도서관. 에페수스.

페수스에서 최고의 부유층이 거주했던 저택인데, 별도의 입장료를 내고
들어가야 해요. 로마 시대 고급 저택 도무스의 구조와 실내 장식을 들여
다보기 좋습니다. 벽면을 장식하는 프레스코와 바닥 모자이크가 지난날
의 영화를 되새겨주지요. 3층에 방만 10개 이상 되는 초대형 저택 가운
데 '회랑의 집 2'에는 환상적인 색채와 분위기를 지닌 여인을 그린 프레
스코와 포세이돈의 아들 트리톤을 그린 바닥 모자이크가 로마 시절 모습
그대로 관람객을 맞이해요.

　또 한 군데 모자이크의 흔적을 볼 수 있는 곳은 아주 흥미로운 장소
죠. 남성들은 점잔 빼고 여성들은 이맛살 찌푸리면서도 호기심 어린 눈
으로 귀를 쫑긋하게 되는 곳이에요. 에페수스 유적지 입구인 야외극장에
서 동쪽으로 켈수스 도서관까지 쭉 뻗은 '성스러운 길' 혹은 '대리석 길'
은 켈수스 도서관 앞에서 '쿠레테스 거리'와 만나는데, 그 지점에 유흥가

•쿠레테스 거리의 인도 모자이크. 에페수스 최고 번화가의 인도다. ••성인 업소에 있던 프레스코의 흔적과 바닥 모자이크. 가운데에 메두사의 얼굴이 보인다. 에페수스.

•상점 입구의 모자이크. 에페수스. ••계절의 여신 모자이크. 위아래에 2명의 여신이 희미하게 보인다. 에페수스.

시설이 남아 있어요. 켈수스 도서관에서 공부하고 연구하던 남자들이 무료함과 적적함을 느낄 무렵 편히 이용하라고 글쎄, 도서관 앞에서 사창가로 바로 연결되는 지하 통로를 만들었답니다. 큰길에서 바로 업소로 들어가면 좀 남우세스럽잖아요.

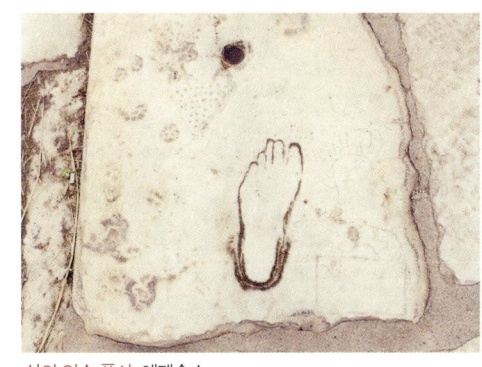

성인 업소 표시. 에페수스.

유곽 벽면에는 프레스코 잔해가 남아 있어요. 바닥에 설치한 모자이크는 많이 훼손됐지만, 그래도 2000년 세월을 넘어 아직도 제 모습을 완전히 잃지 않은 채 떠들썩했을 당시 분위기를 희미한 흔적으로 전해준답니다. 모사이크는 사계절을 의인화한 여인의 얼굴을 주요 소재로 삼았어요. 가운데는 메두사의 얼굴로 보이는 인물 두상을 배치했는데요, 특기할 것은 업소를 알리는 안내 간판입니다. 흰 대리석 위에 몇 가지 상징을 새겨놓았는데요, 먼저 오른쪽에 아름다운 여인의 얼굴이 있지요. 이렇게 아름다운 여인과 데이트할 수 있다는 광고예요. 요즘 매춘이 합법화된 서유럽 국가에서 여성들이 자기 얼굴을 사진에 담아 광고하는 풍습과 다르지 않아요. 여인 옆의 발은 '19세 인증'과 같은 뜻이라고 하네요. 여기에 발을 대서 이보다 큰 사람만, 그러니까 아이들은 오지 말고 어른만 오라는 아주 희화적이고 점잖은 표현이지요.

■ 아프로디시아스

3만 명의 함성이 울려 퍼지는 올림픽 스타디움

에게 해 연안 이오니아 지방 최대의 그리스 · 로마 도시가 에페수스라면, 아나톨리아 내륙으로 들어가 만나는 최고의 그리스 · 로마 유적지는 아프로디시아스랍니다.

일단 스타디움 맨 위 계단에 올라서면 입이 쩍 벌어져요. 길이 262미터, 너비 59미터의 초대형 운동장이 원형 그대로 존재하는데 수용 관중은 3만 명. 1985년 아시안게임과 올림픽을 앞두고 완공한 잠실 종합운동장을 제외하면 당시까지 대한민국에서 가장 많은 체육인을 수용할 수 있었던 동대문 축구장보다 커요.

스타디움의 최고봉을 봤으니 고대 올림픽에 대해 몇 가지 더 살펴보고 지나갈까요? 올림픽 경기 종목이 궁금하죠? BC 776년에 열린 올림피아 제1회 대회에서는 단거리 달리기 한 종목뿐이

테트라필론. 아프로디시아스.

•스타디움. 현대와 달리 축구장이 없다. 아프로디시아스. ••아테네 스타디움. 1896년 제1회 현대 올림픽이 열린 장소. 아테네.

었습니다. 14회 대회인 BC 724년에는 중거리 달리기가 추가됐어요. BC 720년 15회 때 장거리 달리기도 생겨납니다. 달리기 세 종목이었다가 BC 708년 18회 때 변화가 와요. 레슬링을 포함한 5종 경기(멀리뛰기, 창던지기, 단거리 경주, 원반던지기, 레슬링)로 다양해지니 올림픽 경기 종목이 근본적으로 변화한 거죠. BC 688년 23회 때는 권투도 명함을 내밀고요. BC 680년 25회 대회에서는 4두 전차 경주가 시민들을 열광시키죠. BC 648년 33회 대회에는 판크라티온이 격투기 팬들을 흥분시켜요. 경마도 이때 올림픽 종목이 됐어요. BC 520년 65회 때는 무장 경주, 그러니까 완전무장한 채 달리는 경기가 선수들에게 올림픽 참가 폭을 넓혀주죠. 아테네의 전성기가 끝나갈 무렵인 BC 408년 93회 대회에서는 전차 경주를 4두와 2두로 분리해 치렀습니다. BC 396년 96회 때는 나팔수와 전령 대회도 등장해 올림픽 종목이 모두 12개가 돼요. 참, BC 632년 37회 대회부터는 소년 체전을 별도로 치렀어요.

올림픽이 종말을 고한 것은 393년 로마 제국 테오도시우스 황제가 기독교를 국교로 삼은 뒤랍니다. 그리스 · 로마 종교를 이교도로 규정해

금지하면서 그리스 · 로마 신을 기리는 올림픽 제전을 중단시킨 거죠. BC 776년부터 393년까지 무려 1100년간 4년마다 한 번씩 293회에 걸쳐 펼쳐진 인류 제전은 그렇게 막을 내렸어요. 그러다 19세기에 다시 살아나지요. 문화적으로 그리스 문명을, 영토적으로 로마 제국을 계승한 비잔틴(동로마) 제국은 1453년 오스만튀르크에게 붕괴되었고, 그 후 376년 만인 1829년 그리스가 독립했습니다. 에게 해의 섬들을 제외한 가운데 그리스 본토와 펠로폰네소스 반도로 이뤄진 그리스 왕국이었죠. 신생 독립국 그리스는 고대 문화를 되살린다는 목표 아래 1859년 자체적으로 올림픽 경기를 부활시켜요.

이와는 별도로 그리스 고대 유적 발굴에 적극 나서던 서유럽 각국의 고고학 팀 가운데 1829년 프랑스 팀이 올림피아에서 제우스 신전 유적을 발굴하고, 독일 팀도 1874년부터 1881년 사이에 다양한 유물을 찾아내는 성과를 올리면서 올림픽에 대한 관심이 다시 높아집니다. 프랑스의 쿠베르탱은 스포츠를 통해 프랑스 청년들의 심신을 단련한다는 목표로 1889년 프랑스 체육 연맹을 만든 데 이어, 올림픽이라는 이름 아래 세계 청년들이 체육 경기를 펼치며 우정을 나누고 평화를 모색하자고 외쳤어요. 그의 구상이 호응을 얻어 마침내 1894년 6월 올림픽 부활이 공식적으로 국제적 지지를 얻었고요, 2년 뒤 아테네에서 첫 부활 대회가 열린 겁니다. 중단된 지 1503년 만이죠.

올림픽과 월드컵 기간, 분쟁 중단하고 문화 · 예술 축전 겸해야
그런데 여기서 짚고 넘어가야 할 대목이 있어요. 고대 올림픽 정신은 신에 대한 경배의 마음을 다지는 겁니다. 따라서 올림픽이 열리는 동안 에는 신을 모시는 경건한 자세를 유지하기 위해 모든 전쟁을 중단했어 요. 280여 개의 그리스 도시국가는 물론 해외 각지의 그리스계 식민 국 가들은 전쟁을 하다가도 3개월간 휴전했습니다. 그런데 현대는 정반대 예요. 멀쩡하게 잘 치르던 올림픽을 전쟁 때문에 중단하니 말입니다. 제1 차 세계대전 기간이던 1916년, 제2차 세계대전 기간이던 1940년과 1944 년이 그랬고요, 공산주의 국가들의 반쪽 대회로 치러진 1980년 모스크 바 올림픽, 자본주의 국가들의 반쪽 대회였던 1984년 LA 올림픽이 그랬 어요. 올림픽이나 월드컵 기간만큼은 고대 그리스처럼 적대 행위를 중지 하자는 의견을 낼 올림픽 관계자는 없을까요?

고대 올림픽에서 현대 올림픽이 배워야 할 또 하나는 문화 제전이라 는 것입니다. BC 4세기 이후 정착된 5일 경기의 일정표를 통해 무슨 종 목이 어떻게 펼쳐졌는지 들여다보죠. 첫째 날은 오전에 선수와 심판 선 서, 나팔수와 전령 대회, 소년 달리기, 레슬링·권투 경기, 희생 의식, 신 탁이, 오후에는 철학자 강의, 시인과 역사가들의 낭송 행사와 경연 대회 가 열렸어요. 둘째 날 오전은 전차 경주, 오후엔 5종 경기(원반던지기, 창던 지기, 멀리뛰기, 달리기, 레슬링), 저녁에는 최초의 올림픽 창시자 펠로프스 를 위한 장례 의식과 승리 행진, 송가 부르기가 펼쳐졌지요. 셋째 날은 오전에 제우스 신전 앞에서 각국 대표·심판·선수가 행진, 오후는 달리 기 종목, 저녁엔 연회가 열렸고, 넷째 날 오전은 레슬링, 한낮엔 권투와 판크라티온, 오후에는 무장 달리기를 했어요. 다섯째 날은 승리자의 행 진이 있었지요.

이 일정을 볼 때 문화·예술 관련 행사와 대회는 5일 제전 기간 중 첫날 오후에 열렸음을 알 수 있어요. 올림픽이 단순히 힘자랑하는 체육 경기의 장이 아니라 역사와 문학을 얘기하고 시를 지어 연주에 맞춰 낭송하는 문화·예술 경연이란 측면도 있었다는 것을 말해주죠. 올림픽 영화제와 올림픽 연극제, 올림픽 음악 축전이 열릴 날을 손꼽아 기다려봅니다. 아울러 지금이라도 올림픽이나 월드컵에 앞서 세계 석학들의 강연을 열면 어떨까요?

아프로디시아스 유적지에는 자그마한 박물관이 자리해요. 발굴한 각종 조각품은 실내에, 석관은 야외에 전시하고 있죠. 모자이크는 딱 1점이 남아 있는데, 머리띠와 커다란 귀고리를 한 아름다운 여인의 상반신입니다. 왼쪽으로 비스듬히 누워 오른손을 든 채 옆에 있는 누군가를 쳐다보며 뭔가를 말하는 자세인데요, 자세한 설명이 없어 더 이상 정확한 내용을 알기는 어려워요. 등장인물의 이름을 나타내는 그리스 글자가 적혀 있는데요, 윗줄에서 확인한 글자는 'GALE AF', 아랫줄은 'N'입니다. 누구를 지칭하는지 자료를 뒤적여봤지만 아직까지 확인하지 못했습니다.

■ 밀레투스

BC 7세기의 일식을 예측한 7세기 기독교 모자이크

번영하는 도시는 학문과 예술이 융성하기 마련인데요, 서양 역사상 최초의 학문적 연구 성과가 학파로 연결된 곳이 바로 밀레투스랍니다. 밀레투스학파라고 하지요. 일식을 예측한 탈레스, 아낙시만드로스, 아낙시메네스가 중심인물이었어요. 사언에서 보편적 합리를 찾아내려 했던 학문의 진정한 시작이라고 할 수 있죠. 밀레투스학파와 에페수스 출신의 헤라클레이토스를 합쳐 이오니아학파라고도 부릅니다. 터키 서부 해안을 이오니아 지방이라고 부르잖아요.

에페수스처럼 그리스 · 로마 시대 항구도시였다가 지금은 내륙 도시가 된 밀레투스는 쿠샤다시 항구 남쪽에 자리합니다. 흔히 쿠샤다시에서 남쪽으로 출발해 처음 나오는 프리에네, 그다음 밀레투스, 그리고 맨 남쪽의 디디마까지 3개 도시를 하루에 도는 일일 투어를 여행사들이 제공합니다. 택시를 대절해 돌기도 하고요. 탈레스가 사색에 잠겨 산책했을 고대 항구도시 밀레투스는 현재 폐허로 변했지만, 원형을 잘 간직한 그리스식 극장이 장엄한 모습으로 관람객을 맞아요. BC 4세기에 만든 극장은 처음엔 5300명을 수용하는 규모로 산비탈에 지었는데요, 2세기 로마 시대에 2만 5000명을 수용할 수 있는 규모로 확장돼요.

161년에서 180년 사이에 마르쿠스 아우렐리우스 황제의 황후 파우스티나가 만든 목욕탕도 규모가 대단해요. 체력 단련 시설인 대형 팔레스트라, 탈의실 아포디테리움, 미온 욕실 테피다리움, 온욕실 칼다리움, 그리고 수증기로 땀을 빼는 일종의 습식 사우나 수다토리움, 냉탕 프레지다리움까지 갖췄어요. 궁륭형 천장의 칼다리움은 가로 27.3미터, 세로 14.85미터에 높이가 무려 25미터나 됐습니다. 특기할 것은 이 파우스티나 목욕탕을 491년에서 518년 사이에 재건했다는 거예요. 그러니까 476년 게르만 족에게 초토화되고 로마 문화를 완전히 잃어버린 서로마 제국과 달리 동로마 제국은 처음의 로마 제국 문화를 그대로 이어나갔음을 알 수 있죠. 로마의 2대 황제 티베리우스의 통치 시기인 50년에 만든 스토아도 인상적이죠. 지금은

밀레투스 극장. BC 4세기에 처음 만들었다. 밀레투스.

이오니아 스토아. 밀레투스.

항구 기념물. 밀레투스.

이오니아 양식의 기둥 4개만이 복원돼 우뚝 솟아 있어요. 항구 유적도 남아 있답니다. 도시 북쪽에 남아 있는 3단의 계단을 갖춘 원형 건축물의 기초가 눈길을 끌어요. 지름 11미터의 항구 기념물이에요.

모자이크. 밀레투스.

　　서쪽 아고라 근처에 600년경 지은 교회 건물이 있어요. 원래 디오니소스 신전이었는데 헐어내고 그 자리에 지은 거죠. 교회 잔해 옆으로 지붕이 씌워진 건물이 눈에 들어와요. 가건물인데, 바닥 모자이크를 보호하는 시설이에요. 바닥 모자이크가 자리한 장소는 교회 주교가 살던 관저로 여겨져요. 모자이크 제작 시기는 기독교 시대 이후, 600년경으로 추정됩니다. 그리스 · 로마 신화의 소재나 기타 일상생활 등도 다룰 수 없고 오직 자연을 소재로 새나 풀, 꽃 그리고 기하학무늬를 다뤘어요. 7세기 초까지 아나톨리아 지방에서 모자이크가 사용됐음을 알려줍니다.

2장

영국
UNITED KINGDOM

피카소가 놀랄 2000년 전 입체주의 모자이크

프랑스의 삼색기에 담긴 평등과 자유, 박애 정신에 매료되었던 제가 2006년의 대부분을 영국에서 보내면서 영국의 매력에 흠뻑 빠졌답니다. 그해 2월 중순인가요. 방송사 기자로 근무하던 저는 2006년 독일 월드컵을 앞두고 '다시 쓰는 희망의 4강'이라는 축구 대담 기획을 마련했고, 영국 프리미어리그에서 활약하고 있는 이영표 선수를 취재하기 위해 런던으로 날아갔습니다. 20년 동안 기자 생활을 하면서 써먹어온 특유의 기법이 바로 '섭외는 현장에서'. 무조건 현장으로 가는 게 특징이었는데요, 가까스로 이영표 선수를 취재할 수 있었지요. 그리고 이를 계기로 영국과 인연을 맺어 2006년 영국에 체류하면서 보고 배운 것을 정리해 2007년 여름 『영국 언론』이라는 책을 저술하고 2009년 11월 다시 영국을 찾았습니다.

유럽 국가 가운데 입국 심사가 가장 엄격한 데서 알 수 있듯 영국이라는 나라는 뭔가 까다롭게 느껴지는데요, 좋게 얘기하면 영국은 독특한 개성이 묻어나는 묘한 향취를 지닌 나라라 할 수 있죠. 현대 민주주의의 요람이면서도 국가國歌로 '신이여, 여왕을 구하소서God Save the Queen'를 부르며 왕정제를 고수해온 나라, 상원의원 세습제를 21세기에 들어와서야 폐지했을 만큼 귀족 중심의 신분제가 살아 있는 나라, 유럽연합에 속

스톤헨지.

●에든버러 시가지. 스코틀랜드. ●●웨일스의 수도인 카디프 거리의 안내 간판. 위는 영어이고 아래는 웨일스 어다.

하면서도 유럽 통화 '유로'를 채택하지 않는 나라, 가톨릭이 대부분인 유럽과 달리 영국 국교회Anglican Church를 신봉하는 나라, 유럽과 거리를 두며 미국의 전쟁 정책을 추종하는 나라, 평등을 모토로 삼는 유럽 대륙과 달리 미국식 신자유주의가 성한 나라, 유럽이면서도 제 품에서 갈라져 나간 미국과 가깝고, 미국과 동질성이 커 보이면서도 결국 유럽적 특징이 강한 나라 영국을 제대로 들여다보기란 쉽지 않은 일이랍니다.

런던 거리를 다니다 보면 인도인과 흑인, 아시아계 이주민을 백인만큼이나 자주 마주치게 되는데요, 영국은 실상 그리 큰 나라는 아니죠. 면적이 24만 제곱킬로미터이니 프랑스(55만 제곱킬로미터)의 반도 안 되고요. 독일(34만 제곱킬로미터)보다 작고, 한반도(22만 제곱킬로미터)보다 조금 커요. 인구도 6000만 명 정도로 프랑스와 비슷하지만 독일의 8200만 명, 남북한을 합친 7000만 명보다 적죠. 잉글랜드(게르만 · 앵글로색슨 족의 땅), 스코틀랜드(켈트 · 스코트 족의 땅), 웨일스(이방인의 땅, 켈트 족)를 합쳐 그레이트브리튼Great Britain, 大英이라 불러요. 규슈, 혼슈, 시코쿠, 홋카이도 섬 4개를

1	2
3	4
5	6
7	

1 하드리아누스 장벽. **2** 중세 의적의 상징, 로빈 후드의 전설이 전해지는 노팅엄 성의 로빈 후드 동상. 노팅엄. **3** 노르망디 공 윌리엄이 영국에서 첫 전투를 치른 곳. 배틀(Battle)은 '전투' 란 뜻이다. 배틀. **4** 도버 성과 도버 해협. 바다 건너 프랑스 칼레 (Calais)가 육안으로 보인다. 도버. **5** 템스 강. 대륙에서 건너온 침략자들의 이동 통로가 템스 강이었다. 런던. **6** 뉴캐슬에 있는 성당 유적. 뉴캐슬. **7** 일리 대성당. 일리.

합쳐놓고 대일본大日本 운운하는 나라와 스케일이 닮은꼴이네요. 20세기 벽두에 영일 동맹을 맺고 제국주의의 길을 걸었던 섬나라여서 더 비슷한 느낌을 주는가 봐요. 옆 나라 아일랜드의 북쪽 귀퉁이를 차지해 '북아일랜드'라고 부르면서 그레이트브리튼과 합친 '연합 왕국United Kingdom'을 구성해요. 영국 국기 '유니언잭'은 잉글랜드, 스코틀랜드, 북아일랜드의 원래 깃발인 '성 조지 십자가', '성 앤드루 십자가', '성 패트릭 십자가' 3개를 합친 형태랍니다. 아일랜드는 1801년 한 나라로 합쳤다가 1923년 갈라섰어요.

영국은 철기 시대에 중부 유럽을 거쳐 영국 땅으로 들어간 켈트 족의 세상이었습니다. 그러다 BC 58년 갈리아 총독으로 부임한 카이사르가 영국 땅 브리다니아까지 원정하고 100여 넌 뒤인 43년 4대 클라우디우스 황제가 로마로 접수하죠. 브리타니아 속주예요. 토착 켈트 족이 버티고 선 북부 지방은 정복하지 못했고요. 2세기경 하드리아누스 황제는 켈트 족의 침략을 견제하기 위해 오늘날 스코틀랜드와 경계 지점에 거대한 성벽을 쌓았어요. 이를 하드리아누스 장벽이라고 부릅니다. 만리장성보다는 짧지만, 끝없이 늘어선 성벽이 장관이지요. 번영하던 로마 문명이 종말을 고한 것은 게르만 족 때문이에요. 훈 족에게 밀려 중부 유럽에서 서유럽으로 쫓겨온 게르만 족의 일파 앵글로 족과 색슨 족이 3세기 말 바다 건너 브리타니아로 쳐들어온 겁니다. 로마는 410년 마지막 군단을 철수시켜 대륙으로 복귀하고, 브리타니아를 포기하죠. 켈트 족은 게르만 족에게 밀려 아일랜드, 스코틀랜드, 프랑스 북부 브르타뉴 지방으로 이주했어요. 9세기 이후 북유럽의 바이킹이 들어오는데요, 프랑스에 정착

1	2
3	4
5	6
7	

1 셰익스피어 생가. 19세기에 재건축했다. 스트래퍼드 어폰 에이번. **2** 햄프턴 코트. 헨리 8세와 '1000일의 앤' 의 사랑과 한이 서린 곳이다. 햄프턴 코트. **3** 플리머스 항. 이곳에서 1620년 메이플라워호가 신대륙으로 떠났다. 플리머스. **4** 빅토리호. 대양을 누비던 영국 제국주의의 상징이다. 포츠머스. **5** 대학 도시 옥스퍼드 전경. **6** 올리버 크롬웰의 생가. 영국에 처음으로 공화국을 도입한 인물이다. 일리. **7** 영국 출신 팝 그룹 비틀스가 출범한 곳인 리버풀의 비틀스 스토리 박물관. 리버풀.

했다가 1066년 영국을 정복한 바이킹의 후예 노르만이 가세하면서 영국의 민족 구성이 완료되죠. 켈트, 로마, 게르만, 바이킹, 노르만으로요.

영국은 1215년 존 왕의 대헌장(마그나카르타) 서명 이후 청교도혁명, 명예혁명을 통해 의회 민주주의를 발전시키지만, 올리버 크롬웰의 공화정 실패 이후에는 공화국을 수립하는 데 성공하지 못해요. 대외적으로는 '1000일의 앤'과 헨리 8세 사이에서 태어난 딸로 왕위에 오른 엘리자베스 여왕 때 강력한 해군력을 바탕으로 영국 절대주의의 전성기를 누리죠. 전 세계 5대양 6대주에 땅을 갖고 있어 '해가 지지 않는' 가장 부유한 나라였고, 팍스 브리타니아의 영광을 구현하며 최강대국의 위세를 떨쳤어요. 하지만 제2차 세계대전 이후 영국의 위상은 크게 위축돼요. 지구촌 헌병 자리를 미국에 넘겨주었죠. 지금은 지구촌 분쟁 현장 곳곳에서 미국의 향도 역할을 맡는 게 고작이지요. 구매력이나 국가 생산능력 GDP는 세계 6위로 밀렸고요.

그러나 공영방송 BBC를 미국의 CNN 같은 상업방송이 아니라 지구촌 공정 매체의 상징으로 키워낸 면모에서 알 수 있듯 현대 민주주의를 지키는 보루 역할도 여전히 하고 있지요. 정의와 진실의 창구로 자리매김한 BBC의 역할을 두고 영국이 지난날 식민 시대에 지구촌 이웃들에게 가한 고통에 대한 고해성사라고 하면 지나친 것일까요? 프리미어리그 축구로 전 세계 축구 팬을 열광의 도가니로 몰아넣는 서비스는 덤으로 치고요.

■ 런던

1000년에 한 번씩 대륙 침략, 세계 역사의 축소판

　맑은 날 밤 유럽 대륙에서 런던을 향하는 비행기를 타면 그 자체가 환상적인 관광이랍니다. 칠흑 같은 바다 위에 점점이 불 밝힌 배가 떠 있죠. 해협을 건너 도버에서 런던까지 지상은 끝없는 불빛 숲, 흑단黑緞 위에 금사金紗로 수놓은 풍경이에요. 놀라운 것은 취리히에서 출발해 뮌헨, 파리를 거쳐 도버 해협, 런던까지 유럽 대륙이 하나의 불빛으로 연결된다는 점입니다. 유럽연합은 하나라는 사실을 실감하게 돼요.

　대륙의 끝, 프랑스 칼레에서 먼발치로 보이는 흰 언덕, 도버. 배를 타고 해협을 건넜으니 템스 강을 거슬러 런던까지 오기가 그리 어렵지 않았겠죠. 런던이 주목받은 것은 이렇게 물의 도시, 즉 천혜의 항구 조건을 갖추었기 때문이죠. 런던은 로마 시대에 개발됐는데요, 지금도 템스 강가에서는 로마 시대 도자기나 모자이크 조각이 발견된답니다. 로마 시대 성벽과 신전 터도 남아 있고요. 런던이라는 지명은 '습지 마을'을 뜻하는 켈트 어 '린딘'을 로마 인이 '론디니움'으로 부른 데서 유래해요. 센 강을 통해 접근하기 쉬웠던 파리도 로마 시대에 개발됐죠.

　게르만 시대에 버려졌던 런던은 프랑스 북부 노르망디 지역의 공작

●BC 55년 처음 영국 땅을 밟은 카이사르의 동상과 로마 성벽. 런던. ●●런던 타워. 1066년 노르망디 공 윌리엄이 영국을 정복하고 세웠다. 런던. ●●● 로마 성벽과 런던 타워. 로마 성벽은 43년 로마 클라우디우스 황제가 영국을 정복하고 쌓았다. 런던.

이자 바이킹 출신인 기욤(노르망디 공 윌리엄)이 1066년 영국을 정복하고 왕이 되면서 수도로 다시 성장합니다. 17세기 이후 영국이 제국주의 시대를 주도하게 되자 지구촌의 수도로 자리 잡아요. 숱한 전쟁에 시달리던 대륙의 도시들과 달리 런던은 전쟁 피해를 상대적으로 적게 입었어요. 제1차 세계대전 때 약간의 공습 피해를 입고, 1939년 터진 제2차 세계대전 때 공습 피해를 입은 게 전부지요. 영국 역사를 가만히 들여다보면 재미있어요. 켈트 족, 로마, 노르만, 독일까지 1000년에 한 번씩 대륙에서 도버 해협을 건너와 영국을 송두리째 뒤바꿔놓았으니까요. 근대 이후 영국이 주목받는 것은 고대 그리스 민주주의를 일찌감치 부활시켜 여전히 절대왕정 치하에서 신음하던 유럽 각지의 사상가나 정치인들의 은신처 역할을 했다는 점이죠. 공산주의의 대명사, 칼 마르크스도 런던에서 망명 생활을 하다 최후를 맞았잖아요.

　런던의 대영박물관British Museum은 세계사의 축소판이라 해도 지나치지 않을 만큼 각 지역, 각 시대를 대표하는 유물로 가득하죠. 18~19세

●국회의사당. 런던. ●●런던 대화재 기념탑. 런던.

기 발굴의 시대, 고고학의 시대에 북아프리카, 중동, 지중해 각 섬을 식민 지배하면서 수많은 유물을 가져온 거예요.

지하철 센트럴 라인이나 노던 라인의 토튼햄 코트 로드 역, 피카딜리 라인의 러셀 스퀘어 역에서 내리면 세계문화유산의 보고, 대영박물관으로 갈 수 있어요. 입장료도 없이 공짜로 박물관을 둘러볼 수 있다는 점은 역사에 빠져 있는 사람에게 은총이나 마찬가지죠. 대영박물관의 맞수이자 고대 유물의 보유 면에서 쌍벽을 이루는 파리 루브르 박물관에 비싼 돈 내고 들어가려다 보면 런던 대영박물관이 절로 생각나요. 기부금과 정부 보조금으로만 운영하는 박물관의 전통을 이어간답니다. 박물관 입구에 기부금 통을 마련해놨는데요, 저도 그렇고 다른 관람객들도 여기에 제대로 돈 집어넣는 경우를 거의 보지 못했어요. 다음에는 좀 넉넉하게 넣어봐야겠습니다.

•마르크스 무덤. 런던. ••런던의 젖줄, 템스 강과 런던 관광의 상징, 런던 아이. 런던.

프랑스 공화국은 '마리안', 한국은 '간난이'

박물관 정문을 들어서면 왼쪽에 물품 보관실, 오른쪽에 기념품 코너가 자리하죠. 여기서 직진하면 커다란 내부 홀Great Court이 유리 지붕과 함께 드넓게 펼쳐지는데요, 왼쪽 안내 센터로 가서 박물관 지도를 받아 들고 계속 걸어 들어가면 4번 전시실로 이어져요. 이집트 유물 천국이죠. 여기를 지나면 7 · 8 · 9번 전시실에 앗시리아 유물이 가득하고요, 그다음은 22 · 23번 전시실입니다. 알렉산더 대왕과 그리스 관련 유물이 있죠. 그 안쪽으로 아테네 파르테논 신전을 비롯한 각종 유물이 전시되어 고대의 웅장한 예술혼을 느낄 수 있어요. 23번 전시실을 거쳐 2층으로 가는 서쪽 계단West Stairs을 오르면 통로의 좌우 벽면에 모자이크가 전시돼 있어요. 좀 의외죠. 2000년 전 로마 문명을 대표하는 모자이크 유물을 별도의 전시실에 보관할 것이지 관람객들이 몰려다니는 통로 벽에, 그것도 계단 통로여서 힘들게 올라가느라 미처 무슨 유물인지 모르고 지나치기 십상인 곳에 전시하다니요. 아쉬움이 커요.

먼저, 계단 통로에 오르자마자 나오는 왼쪽 벽면의 모자이크 12점 가운데 11점은 터키의 할리카르나소스에서 출토한 모자이크예요. 《할리카르나소스》 모자이크는 고고학자 C. J. 뉴턴이 1856년에서 1857년 사이에 오스만 제국의 허가를 얻어 터키 남부의 아름다운 항구도시 보드룸의 고대 유적지 할리카르나소스에서 발굴한 것인데요, 할리카르나소스가 무엇으로 유명한가요? 고대 그리스 문명권에서 7대 불가사의로 불리는 마우솔레움이 있던 곳이죠.

할리카르나소스를 여신으로 표현한 《할리카르나소스》. 왼쪽 위에서 아래로 '할리카르', 다시 오른쪽 위에서 아래로 내려오면서 '나소스' 라고 쓰여 있어요. 헬레니즘 모자이크의 전형적인 의인화 기법입니다. 그리스의 의인화 전통은 현대 역사에도 그대로 살아 숨 쉬죠. '마리안Marianne' 이 대표적이랍니다. 1789년 프랑스 대혁명 이후 프랑스 공화국을 상징하는 여인이에요. 우리는 어느 날 갑자기 일제가 왕조를 멸망시키고, 해방 후엔 임시정부가 부정된 채 미국이 민주공화국을 설정해주는 바람에 '공화국' 이라는 단어에 대한 각별한 감정이 적습니다. 그런데 스스로 왕의 목을 치고 민주주의를 완성한 프랑스 같은 나라에서 사용하는 공화국이라는 단어에는 우리가 상상하기 어려운 신성불가침의 역사적 · 정치적 무게가 실려요.

목욕하는 아프로디테. 대영박물관.

그런 의미에서 프랑스의 '마리안'을 봐야 합니다. 공공 청사에 '마리안' 흉상을 만들어 세우고 정부 발행 문서, 우표에 삼색기와 '마리안'을 응용한 상징을 사용해요. 1830년 7월 혁명 때 들라크루아가 그린 사실주의 대작 「민중을 이끄는 자유의 여신」에서 한 여성이 가슴을 드러내고

할리카르나소스. 4세기. 대영박물관.

삼색기를 높이 올려 혁명 군중을 이끄는 장면 역시 자유와 민주주의를 상징하는 마리안과 같은 개념이죠. 파리 콩코르드 광장에 가면 마르세유, 릴 등 프랑스 각지 도시를 상징하는 여신의 좌상이 빙 둘러 세워져 의인화 전통을 살려요. 참, '마리안'이 무슨 의미인가요? 프랑스에서 가장 흔한 여성 이름이죠. 마리Marie와 안Anne, 이 둘을 합친 것으로 추정해요. 만약 우리가 프랑스 공화국 정신에 따라 대한민국을 상징하는 의인화 기법을 쓴다면 한복 입은 단아한 여인의 얼굴을 그려놓고 '간난순이'라고 불러야겠죠.

다음 작품은 《봄》입니다. 등에 날개를 달아 신성을 강조했지만, 세련되고 정교한 묘사 대신 선이 굵고 표현이 거칠다는 느낌이에요. 이어 두려움, 공포를 나타내는 신 《포보스》랍니다. 포보스는 전쟁의 신 아레스와 미의 여신 아프로디테 사이에서 태어난 자식이죠. 쌍둥이 형제가 태어났는데요, 테러를 상징하는 데이모스가 포보스의 형제예요. 둘은 아버지 아레스가 전쟁터에 갈 때 늘 수행하죠. 아레스가 지원하는 측의 적에게 공포를 불러일으키고 테러를 가하는 역할을 형제가 맡는 거죠. 아레스의

•봄의 여신. 4세기. 대영박물관. ••산양과 사냥개. 4세기. 대영박물관. •••포보스. 4세기. 대영박물관.

여동생인 엔뇨 역시 전쟁터로 가 적의 도시 파괴를 조율하는 역할을 맡아요.

고상하고 아름다운 계절의 여신들

할리카르나소스에서 출토한 모자이크를 천천히 보고, 계단을 오른쪽으로 돌면 중앙 창문을 지나 오른쪽 벽면에 북아프리카에서 출토한 로마 모자이크가 나와요. 카르타고에서 출토한 《사슴과 크라테르》는 사슴 두 마리가 크라테르(포도주 단지) 모양의 분수에서 떨어지는 물을 마시고 있어요. 《트리톤과 바다 요정》도 카르타고에서 가져왔어요. 유티카에서 출토한 《고기잡이》는 2명의 어부가 모자만 눌러쓴 채 알몸으로 고기잡이에 열중하고 있네요.

오른쪽 벽면에 전시된 작품을 보고 계단을 올라가면 계단 왼쪽 벽에 10여 점의 크고 작은 모자이크가 전시돼 있어요. 충분히 놀라도 될 만큼 작품성이 뛰어난 대작도 있는데요, 375년, 그러니까 1700년 전쯤 로마

•사슴과 크라테르. 4~5세기. 대영박물관. ••트리톤과 바다 요정. 2세기. 대영박물관.•••고기잡이. 3~4세기.
대영박물관.

가 카르타고를 부흥시켜 절정의 전성기를 이루던 무렵의 작품이죠.《사
계절과 열두 달 여신》이 그중 백미랍니다. 사계절과 1년 열두 달을 여신
의 모습으로 그려냈어요. 계절의 여신은 자주 보았지만, 열두 달을 여신
의 모습으로 표현하는 기법은 드문 경우이지요.

　　그런데 훼손된 조각들을 넓은 공간에 한데 모아 한 장면으로 재구성
했으면 싶어요. 조각들을 분리해 벽에 걸어놓다 보니 전체 규모도 알 수
없고, 무엇보다 모자이크가 전하는 의미를 일반인이 알아보기 어려워요.
충분한 전시 공간을 마련할 수 있다면 로마 인들이 계절과 1년 열두 달을
어떻게 인식하며 집 안을 장식했는지 그 풍습을 들여다보기 좋은 소재인
데요.

　　먼저《사계절과 열두 달 여신》가운데 가장 먼저 만나게 되는《7월의
여신과 여름 여신》을 보시죠. 조각난 상태로 봐서 전체 작품의 오른쪽 아
랫부분에 해당하는 것으로 보여요. 여름 여신은 장식처럼 옥수수를 머리
에 잔뜩 얹어 꾸몄어요. 보통 여름 여신이 밀 이삭을 머리에 장식하고 있

●여름 여신. 옥수수를 머리에 장식했다. 4세기. 대영박물관. ●●7월의 여신. 4세기. 대영박물관. ●●●11월의 여신. 이시스 신전 여사제 복장을 하고 시스트룸을 들었다. 4세기. 대영박물관.

는 것과 다르죠. 노랗게 잘 익은 옥수수 아래로 동그란 귀고리가 무척 세련돼 보여요. 흰색 튜니카를 입고 붉은색 히마티온을 왼쪽 어깨에 숄처럼 둘렀지요. 튜니카의 오른쪽 어깨를 금빛 천으로 장식한 모습에서 품격이 살아납니다. 튜니카 위로 목덜미에 걸친 금 목걸이가 보이네요. 기품 있는 여름 여신의 공들인 장식이 눈길을 끌기에 충분하답니다.

　무성한 아칸서스 잎 장식 맞은편에 흰 옷을 입은 7월의 여신이 서 있죠. 머리 윗부분이 훼손됐네요. 그래도 눈과 그 아래 코와 입은 살아 있어 반듯한 미인풍임을 알 수 있어요. 목걸이도 걸었어요. 투명한 망사 같은 흰 튜니카 속으로 신체의 굴곡이 훤히 드러납니다. 7월의 의상으로 손색없지요. 도포 자락처럼 길게 늘어지는 소매 끝 부분을 검은색 띠로 장식하고, 양 어깨에서 다리 아래로 길게 금빛 띠를 달았네요. 여신의 손을 보세요. 어디선가 많이 본 듯한 과일을 들고 있어요. 뽕나무 열매 오디랍니다. 오디는 처음엔 파랗다가 붉게 변하고 익으면 검붉은색을 띠죠. 맛은 시큼하고 떫다가 점점 꿀처럼 단맛이 나고요.

《7월의 여신과 여름 여신》 바로 밑에 흥미로운 모자이크 하나가 자리를 지키고 있어요. 《11월의 여신》이랍니다. 이집트 알렉산드리아에서 온 이집트 전래 신앙, 여신 이시스 신앙을 들여다볼 수 있죠. 《11월의 여신》은 이시스 신전 여사제의 복장으로 시스트룸을 들고 있는 모습인데요, 시스트룸을 손에 쥐고 흔들어대는 여사제의 눈빛이 예사롭지 않죠.

21세기 디자이너도 놀랄 패션 감각

《봄의 여신과 3 · 4월의 여신》은 훼손된 채 흩어져 있던 것을 한데 모아놓은 것이어서 얼핏 이해하기 힘드니 찬찬히 들여다봐야 합니다. 직사각형의 모자이크가 옆으로 길게 파노라마처럼 펼쳐지는데요, 오른쪽 아래 원 속에 있는 봄의 여신은 머리 장식이 독특하죠. 생김새에서 북아프리카 냄새가 물씬 풍겨요. 이목구비를 보세요. 눈썹이나 눈동자가 검고 짙어요. 전통적인 헬레니즘 스타일의 여인이 아니지요. 큼직한 귀고리가 눈길을 끄는군요.

봄의 여신 얼굴 왼쪽 끝에 3월의 여신이 있습니다. 아프로디테를 기리는 제단 앞에서 훨훨 날아갈 듯 예쁜 자태로 무엇인가 예식을 치를 모양인데, 오른손을 직사각형의 탁자 위에 짚고 비스듬히 기댄 채 서 있어요. 얼굴은 반 이상 훼손됐지만, 전체 몸 상태와 동작으로 보아 앞을 향하고 있지요. 왼손은 들어서 오른쪽 나무를 가리킵니다. 제단 위 나무에는 나뭇잎 사이 가지에 제비 두 마리가 보일 듯 말 듯 앉아 있어요. 제비가 돌아오는 계절, 3월을 상징해요. 제단 위에는 2개의 그릇이 놓여 있고, 제단 앞에는 포도주를 걸러내는 칸타로스가 보이네요. 3월의 여신 옷

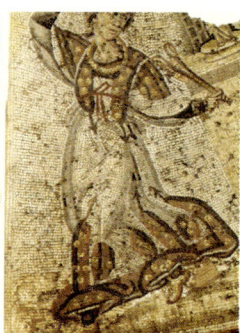

●봄의 여신. 4세기. 대영박물관. ●●3월의 여신. 4세기. 대영박물관. ●●●4월의 여신. 4세기. 대영박물관.

차림을 보세요. 상반신은 나신인데요, 투명한 검은색 망사 천이 어깨를 타고 가슴 아래로 흘러내리면서 자연스럽게 양쪽 젖가슴을 교묘하게 가리는 디자인입니다.

　4월의 여신을 볼까요. 화려하게 치장하고 긴 치마를 입었네요. 날아갈 듯 가벼운 동작의 춤사위가 무척 매혹적이죠. 나비처럼 어여쁜 자태로 춤을 추는 모습입니다. "얇은 사 하이얀 고깔은 고이 접어서 나빌레라……." 조지훈의 「승무僧舞」를 연상하는 것도 무리는 아니겠죠. 나비 날갯짓의 우아함을 빼닮은 춤사위랍니다. 덧붙여 인상적인 것은 손에 든 캐스터네츠예요. 스스로 박자를 맞추며 춤추는 동작임을 알 수 있는데요, 흥을 돋우기 위해 장단을 맞췄을 것입니다. 바라를 들고 승무 의식을 펼치는 고운 비구니의 모습이 떠오르시죠.

　여기, 4월의 여신이 입은 의상도 흰색입니다. 끝 부분이 넓게 퍼지는 주름치마 스타일로 상반신과 치마 아랫부분은 자주색 바탕에 금빛 동그라미 무늬로 가득 채웠어요. 가죽 신 위로 발목까지 검은 바지가 내려와

●칸타로스와 샘. 2~3세기. 대영박물관. ●●담쟁이덩굴 잎 흑백 모자이크. 2~3세기. 대영박물관. ●●●계절의 여신. 헬레니즘풍의 전형적인 미인도. 2세기. 대영박물관.

살짝 비치네요. 치마 안에 속옷을 입은 거예요. 허리 위를 빨간 띠로 묶어 색 대비가 더욱 확연히 드러나요. 최고의 주문 의상을 만들어내는 오트 쿠튀르Haute Couture나 고품격 기성복을 표방하고 나선 프레타포르테Pret-a-Porter의 패션 감각에 전혀 뒤지지 않아요.

대저택에서 나온 작품 말고 5개의 작품이 추가로 왼쪽 벽면에 전시돼 있어요. 포도주 잔 칸타로스를 샘Fontes(그림 상단에 라틴 어로 표시) 옆에 그려 넣고, 새나 사슴을 그려 넣은 《칸타로스와 샘》 모자이크를 보시죠. 그리스 신화 대신 신의 창조물인 자연을 그리는 기독교 시대 소재지요. 카르타고에서 4~5세기에 제작된 모자이크랍니다.

동시대를 살아간 반달 족과 고구려, 사냥 모자이크와 무용총 수렵도

이제 계단에 전시된 모자이크 중 마지막 작품입니다. 북아프리카 특유의 사냥 장면 모자이크지만, 등장인물은 로마 인이 아니랍니다. 《반달 족 수렵》이지요. 수렵 모자이크는 이미 반달 족이 들어오기 전에 뿌리를

반달 족 귀족의 수렵. 사슴 목에 밧줄을 던져 잡고 있다. 5~6세기. 대영박물관.

내렸지만, 군사적 무용武勇을 중시했던 점령자 반달 족의 취향과 맞아떨어져 모자이크로 제작한 겁니다. 고구려 무용총舞踊塚의 사슴 잡는 수렵도를 보는 느낌이죠. 제작 연대도 비슷해요. 우리 민족이 많이 사는 중국 길림성 집안현 통구에 있는 고구려의 고분 무용총. 광개토대왕비에서 북서쪽으로 약 1킬로미터 지점에 자리하죠. 회반죽을 두껍게 칠한 벽화, 프레스코인데요. 1500년 전 북아프리카의 반달 족과 고구려 용사들에게서 동질성을 발견할 수 있다는 점이 무척 흥미롭지 않나요?

　　모자이크 속에 드러나는 반달 족의 특징을 살펴볼까요. 먼저 바지요. 그리스 · 로마에는 바지라는 것이 없었어요. 남자든 여자든 마찬가지죠. 로마 시대에 만든 모자이크 중 사냥 장면을 보면 귀족들이 짧은 튜니카를 입고, 타이츠에 긴 부츠를 신은 것을 알 수 있죠. 그런데 게르만 족 귀족은 검은색의 긴 바지를 입어요. 발까지 다 덮는 점도 특이합니다. 발목

부분에는 붉은색에 흰 점이 박힌 각반 같은 것을 차고 있어요. 상의는 소매가 있는 짧은 튜니카 스타일입니다. 생김새도 그리스ㆍ로마 인과 확연히 구분돼요. 선이 굵은 이목구비죠. 두발은 단발이랍니다. 두 번째 반달 족 귀족은 생김새나 복장이 중세에 많이 보이는 게르만 족(프랑크 족)의 모습과 비슷해요.

게르만 족은 문자가 없어 자신들의 역사를 기록으로 남기지 못했어요. 적대 관계에 있던 로마 인의 기록을 통해 그들을 들여다볼 수밖에 없지요. 타키투스의 『게르마니아』와 카이사르의 『갈리아 전기戰記』가 대표적이죠. 이를 액면 그대로 받아들이는 것은 적절하지 못한 태도겠죠? 훗날 점령군인 로마 인이 게르만 족을 야만인으로 취급했잖아요. 일본 제국주의자가 한민족을 바르게 표현하지 않고, 제2차 세계대전 뒤 한국에 주둔한 미국이 우리에 대해 무지했던 것과 마찬가지예요.

아무튼 얘기를 종합해보면 게르만 족은 영웅의 용감한 싸움을 기리는 시를 좋아했던 것으로 기록돼요. 검소하며 용감한 기풍, 공동체 의식이 유달리 강했다는데요, 오늘날의 독일인을 보는 듯하죠. 게르만 족은 키비타스라는 소단위로 나뉘어 살았는데요, 통치는 세습 왕이나 선거로 뽑은 군사 책임자가 맡았답니다. 군사 책임자를 선거로 뽑는 전통이 민주적이죠. 주요 사안을 자유민으로 구성한 민회에서 결정했다고 해요. 또 지위가 높은 사람에게 충성을 맹세하고 경제적으로 부양받는 독특한 사회관계를 형성했는데요, 중세 유럽 국가에서 널리 행한 봉건제封建制의 시초는 바로 게르만 족의 전통이었던 겁니다.

•오케아노스. 카르타고 출토. 3세기. 대영박물관. ••트리톤. 4세기. 대영박물관.

신고전주의, 낭만주의, 사실주의 사조를 넘나든 모자이크

키프로스 전시실을 지나면 71번 에트루리아 전시실을 거쳐 70번 그리스 · 로마 문명 전시실로 이어집니다. 터키와 북아프리카, 이탈리아 반도 등 지중해 주변 그리스 · 로마 문명권 각지에서 출토한 장신구나 조각 같은 유물은 물론 각종 프레스코와 모자이크 작품이 관람객을 설레게 만들죠. 맨 먼저 나오는 대양의 신《오케아노스》의 위용이 섬뜩한 느낌마저 줍니다. 이마 아래부터 표현돼 있어요, 두 눈 좀 보세요. 약간 위를 쳐다보는 것처럼 눈동자가 위로 모아졌는데요, 부리부리하다는 표현이 어울리죠. 짙은 눈썹에서도 강인한 사내의 체취가 물씬 풍겨요. 흩날리는 두 발과 얼굴 가득 덮은 수염에서는 수컷의 원초적 힘이 뿜겨져 나오는 듯합니다. 3세기 작품이고, 카르타고에서 출토했어요.

《트리톤》을 볼까요. 터키 에페수스 유적지의 아르테미스 성역소에서 발굴한 200년경 작품이에요. 오른손에는 과일 쟁반을, 왼손에는 지팡이

●멜레아그로스. 4세기. 할리카르나소스 출토. 대영박물관. ●●아탈란테. 4세기. 할리카르나소스 출토. 대영박물관.

를 든 모습입니다. 앞발은 말발굽이고, 허리 아래로 용의 꼬리가 있어요.

할리카르나소스에서 출토한 2점의 모자이크는 슬픈 사랑의 전설을 들려주는데요, 짧은 튜니카를 입고 창으로 멧돼지를 찌르는《멜레아그로스》와 활을 쏘는《아탈란테》모자이크는 4세기경의 작품이죠. 멜레아그로스나 아탈란테 같은 전통 그리스 신화 속 인물을 소재로 한 작품을 18세기 유럽 화단에서는 신고전주의라고 불렀어요. "영광은 그리스의 것이고, 위대함은 로마의 것이다." 19세기 미국을 대표하는 시인이자 비평가인 에드거 앨런 포가 한 말이랍니다. 18~19세기 유럽은 고고학의 시대, 발굴의 시대였죠. 폼페이와 에르콜라노 유적을 발굴하면서 드러난 고대 그리스·로마의 예술 세계는 뛰어난 조형미로 유럽인을 매료시켰답니다. 그리하여 문학이나 미술, 건축에서 그리스·로마 따라하기 열풍이 불었어요. 그리스·로마 신화와 인물, 역사를 묘사한 수많은 작품이 이 시기에 탄생했고, 그리스·로마 시대에 대한 새로운 연구와 해석이 붐을

이뤘답니다.

다음에 보는 북아프리카 유티카에서 가져온 3세기 작품 《사냥》은 놀라운 작품인데요, 특별히 대작이거나 아름다운 조형미를 갖춘 것은 아니에요. 그런데 왜 인상적일까요. 이상적인 아름다움을 전하는 신고전주의 사조와 달리 상상력이 풍부한 작품이기 때문이죠. 현실에서는 볼 수 없는 세계를 상상의 날개를 활짝 펴고 표현했거든요. 바다의 소년 4명이 2명씩 배를 나눠 타고, 양쪽에서 그물을 잡아끌며 무엇인가를 잡아요. 당연히 그물 안에 걸려든 것은 물고기여야 하는데 사슴, 타조, 멧돼지, 표범, 산양이 걸려들었어요. 새도 몇 마리 있네요. 창을 들고 산속에서 잡아야 할 산짐승들이랍니다. 상상력이 빚어낸 낭만주의 화풍의 작품이에요.

사냥. 3세기. 유티카 출토. 대영박물관.

19세기 중반 낭만주의 화풍에 반기를 든 미술 사조인 사실주의 화풍의 작품도 눈에 띄는군요. 눈에 보이는 것, 사실과 실존만 그리는 사실주의. 사실주의 화단의 대가인 프랑스의 쿠르베는 "천사를 보여주면 천사를 그리겠다."고 말하죠. 상상 속의 세계나 이상화되고 정형화된 아름다움만 담아내지는 않겠다는 선언입니다. 사실 말이 신

술 취한 디오니소스. 4세기. 할리카르나소스 출토. 대영박물관.

이지 인간의 몸이잖아요. 인간의 몸이 그렇게 완벽할 수 있나요. 어디에서도 볼 수 없는 인체 비율과 완벽한 생김새를 표현하고 있죠. 그런데 술 취해 비틀거리는 포도주의 신 디오니소스의 인간적인 면모가 친숙하게 느껴지는《술 취한 디오니소스》를 보세요. 그냥 주변에서 보는 보통 사람이에요. 눈동자는 술에 취해 초점을 잃었고요, 근육이라곤 찾아볼 수도 없습니다. 배는 불룩 튀어나왔죠. 넓적다리와 엉덩이에도 살이 투실투실해요. 40대 후반이나 50 줄에 들어서면 대개 이렇게 되잖아요.

미식가의 입맛 당길 먹음직스러운 바다 생선

《대추야자와 생선》은 2세기경의 작품으로 카르타고에서 가져왔어요. 로마가 카르타고를 재건한 직후 설치한 작품이죠. 미세한 테세라를 정교하게 접합시켜 만든 베르미쿨라툼입니다. 생선들은 망태기에 가득 담겨 있는데요, 수북하다 못해 주변으로 흘러넘쳐요. 팔팔하게 살아 있는 생선이 파닥거리며 튀어 오르는 모습에서 생동감이 느껴져요.

대추야자와 생선. 2세기. 카르타고 출토. 대영박물관.

물고기를 다룬 모자이크가 하나 더 있어요. 로마에서 멀지 않은 에트루리아 문명의 중심 도시이자 항구인 포풀로니아에서 출토한 모자이크랍니다. 《생선》이라는 작품인데 2세기 초에 만든 것으로 보입니다. 카르타고에서 출토한 모자이크는 이름 모를 작은 생선을 잔뜩 쌓아둔 모습이었지요. 뭐랄까, 장마 지고 개울물 불었을 때 그물이나 족대로 마구 잡아 올린 민물고기 같지요. 반면에 포풀로니아 모자이크는 열한 종류의 생선을 사실적인 필치로 아주 먹음직스럽게 표현해 놓았다고 볼 수 있죠.

로마 인이 고급 음식으로 즐겨 먹던 바다 생선을 한데 모아놓았는데요, 특히 당시 상류층은 싱싱한 바다 생선 요리를 부의 과시 수단으로 삼아 바다 생선 그리기에 열을 올렸죠.

그림의 왼쪽 가장 윗부분에 문어Octopus가 위용을 뽐내요. 문어가 8개의 다리를 늘어뜨린 모습입니다. 문어에서 가운데 쪽으로 시선을 옮기면 여성들의 입맛을 당길 바닷가재Lobster가 정말 먹음직스러워 보이죠. 마치 《생선》 모자이크의 주인공처럼 가장 넓게 자리를 차지하고 있어요. 쪄서 먹으면 아주 별미죠. 그래서 비싼 음식으로 분류해 중요한 날에나 외식 명단에 오르는 그런 생선이랍니다. 바닷가재가 틀림없는데 박물관 안내문에는 다른 이름이 적혀 있어요. 큼직한 대하大蝦, 왕새우, Spiny

생선. 2세기. 포풀로니아 출토. 대영박물관.

lobster라고요. 대하는 가을철에 주로 먹죠. 우리나라 최고 명절인 한가위 가 지나고 바닷물이 차가워지면 대하 맛이 아주 좋아지죠.

유럽산 황돔Dentex이 바닷가재 오른쪽에 그려져 있어요. 지중해와 대서양 동안東岸, 그러니까 유럽 쪽 해안에서만 나는 생선입니다. 황돔 밑으로 금색 머리 도미Gilt-headed Bream가 헤엄쳐요. 눈 옆이 누런 금빛이 죠. 도미 밑으로는 붉은 숭어Red Mullet가 기다려요. 오염된 물에서도 잘 사는 숭어는 고급 생선으로 취급하지는 않죠. 숭어 왼쪽에 농어의 일종

1 유럽산 황돔(Dentex). 2세기. 대영박물관. 2 금색 머리 도미(Gilt-headed Bream). 2세기. 대영박물관. 3 붉은 숭어(Red Mullet). 2세기. 대영박물관. 4 농어의 일종인 배스(Bass). 2세기. 대영박물관. 5 놀래깃과의 물고기(Green Wrasse). 2세기. 대영박물관. 6 놀래깃과의 물고기(Rainbow Wrasse). 2세기. 대영박물관. 7 쏨뱅이. 2세기. 대영박물관. 8 곰치 뱀장어. 2세기. 대영박물관.

1	2	3	
5	6	7	

인 배스Bass가 자리하고요. 배스 밑에 몸체가 긴 이름 모를 생선이 있어요. 박물관 안내문에는 코머Comber라고 적혀 있는데요, 무슨 고기인지는 알아내지 못했습니다. 이름 모를 고기 왼쪽에는 놀래깃과의 물고기Green Wrasse가 모습을 드러내요. 몸체가 녹갈색을 띠는 암컷입니다. 그 왼쪽 맨 아래에 있는 것도 놀래깃과 물고기Rainbow Wrasse예요. 무지개레인보라는 이름이 붙은 고기답게 몸빛이 무척 곱네요.

놀래깃과 물고기 위에 있는 것은 쏨뱅이Scorpion Fish입니다. 수심 10~100미터의 암초 지역에 사는 생선이죠. 성장하면서 깊은 곳으로 이동하는데 겨울에는 깊은 곳, 봄에는 얕은 곳에 서식합니다. 살집이 단단하고 비타민 A가 풍부해 고급 어종으로 취급해요. 끝으로 한눈에 알 수 있는 곰치 뱀장어Moray Eel입니다. 몸길이 약 60센티미터의 곰치는 황갈색이나 암갈색에 점박이 무늬가 있어요. 가로무늬는 불규칙적이고요. 야행성 어류로 얕은 바다의 암초 지대에 무리 지어 사는데, 성질이 무척 사납죠. 문어와 서로 빈 구멍을 놓고 싸우기도 한다더니 모자이크에서도 문어 다리를 물고 있는 모습으로 표현되었네요. 실제 날카로운 이빨로 잠수부를 물기도 한답니다. 맛은 최고래요.

아프로디테의 탄생, 호랑이를 탄 디오니소스

이제 대영박물관 모자이크 탐방이 종착역을 향해 가는데요, 서쪽 전시관 49번은 영국 전시실이랍니다.

아프로디테의 탄생. 4세기. 헴스워스 출토. 대영박물관.

•호랑이를 탄 디오니소스. 2세기 초. 대영박물관. ••장식 모자이크. 대영박물관.

먼저 입구 왼쪽 모자이크는 《아프로디테의 탄생》. 도싯 지방 햄스워스에서 발견한 모자이크예요. 반원형 모자이크는 맨 바깥에 바다짐승이 자리하고, 그 안에 노끈을 꼰 기요셰, 소용돌이무늬 등이 있고 거대한 조개껍데기가 아름답게 펼쳐져요. 그 옆에 담쟁이덩굴 잎사귀 2개가 놓여 있고요. 조개 안에서 아프로디테가 알몸으로 탄생하는 순간을 그렸어요. 아프로디테의 하반신만 남아 있지요. 일단 앞모습은 실오라기 하나 걸치지 않았고요, 뒤에 망토가 보이는 것으로 미루어 몸 뒤로 걸치는 망토를 입은 것 같습니다. 원래 1831년 발견했지만, 발굴하지 않고 계속 농사를 짓는 바람에 많이 훼손됐어요. 1908년에야 대영박물관으로 옮겨 왔답니다.

1803년 런던에서 발굴한 모자이크 《호랑이를 탄 디오니소스》도 볼 수 있죠. 직경 1.1미터의 원형 패널에 표현한 2세기 초 작품이에요. 포도 잎사귀로 만든 관을 쓰고, 왼손에는 지팡이 티르소스를 들었어요. 우리네 산신령 같아요. 글로스터셔 위딩턴의 로마 빌라에서 나온 4세기 작품

《오케아노스》도 있어요.

평범하지만 런던에서 발굴한 《장식 모자이크》도 빼놓고 지날 수 없죠. 노끈을 꼰 모양의 기요세 무늬 안에 아칸서스 잎을 십자가 형태로 만들었어요. 런던의 심장이자 영국 금융 산업의 중심지 '시티 오브 런던'의 한복판에 있는 영국은행Bank of England 자리에서 발굴한 작품입니다.

예수님을 바닥 모자이크로 표현

영국 전시실의 마지막이자 아주 색다른 모자이크 《예수 그리스도》입니다. 영국 잉글랜드 남서부 도싯 지방의 힌턴 세인트메리에서 발견했어요. 1963년의 일이니 50여 년 가까이 됐네요. 도싯 박물관 팀이 발굴해서 대영박물관으로 옮겼지요. 붉은색과 노란색을 주로 사용한 점으로 미루어 이런 기법이 유행하던 4세기 작품(335년에서 355년 사이)으로 추

예수 그리스도. 예수를 상징하는 그리스 어 X(영어 C), P(영어 R)와 함께 무화과 열매도 묘사했다. 4세기. 대영박물관.

정합니다. 로마 빌라나 교회 바닥이었을 것으로 보이는 건물의 방 두 곳에서 발견됐어요. 첫 번째 큰방에서 예수님 모자이크가 나왔는데요, 사진에서 보는 것처럼 예수님 혼자 표현된 둥근 모자이크가 아니에요. 가로 5.1미터에 세로 4.5미터짜리 사각형 패널 작품입니다. 모자이크 가장자리에 소용돌이와 체인, 물결무늬를 표현하고 안에 원을 만들어 그 속에 예수님 얼굴을 나타냈어요. 주변에는 숲 속 풍경과 사냥 장면을 넣었고요. 사각형의 네 귀퉁이에는 4명의 복음서 저자인 마태, 마가, 누가, 요한의 얼굴이 그려져 있어요. 계절의 여신 4명이 자리한 곳이죠. 전래의 기법에 새 시대의 내용을 담는 문화 계승 현상입니다. 1963년 발굴한 이 모자이크는 지금까지 영국에서 발견된 예수님 관련 그림 가운데 가장 오래된 것이랍니다.

예수님 하면 연상되는 이미지는 십자가를 지고 못 박혀 고통당하거나 휘황찬란한 옷을 입고 광채를 발하는 모습이지요. 하지만 이는 중세 이후 생겨난 현상입니다. 초기에는 이 모자이크처럼 평범한 목자牧者의 모습으로 묘사됐어요. 얼굴도 고통받거나 엄숙한 모습이 아니라 푸근한 인상이죠. 전형적인 로마 옷 튜니카를 입고 그 위에 망토인 팔라를 둘렀어요. 머리 뒤로 예수 그리스도를 나타내는 그리스 어 모노그램(단어 첫 글자를 따서 합성해 만든 글자) X(영어 C)와 P(영어 R)가 뚜렷이 나타나 있어요. 옆에는 영생을 상징하는 무화과 열매 2개가 그려져 있고요.

313년 콘스탄티누스 황제가 기독교를 공인하면서 기독교를 상징하는 예수 그리스도는 자연스럽게 모자이크 소재로 채택됐습니다. 문제는 모자이크가 아름다운 예술품임에는 틀림없지만, 그 용도는 바닥의 질척

런던 박물관 전경.

거림을 방지하는 포장용이라는 점입니다. 바닥에 설치한다는 것은 사람들이 늘 밟고 다니는 것을 의미하죠. 그렇다면 하느님의 피조물인 인간이 하느님의 아들인 예수님을 밟고 다녀야 한다는 결론이 나와요. 있을 수 없는 일이죠. 그래서 모자이크에 일대 변화가 와요. 예수님 초상의 위치를 바닥이 아닌 벽과 천장으로 옮깁니다. 건물 바닥에는 하느님이 창조하신 자연을 주로 표현했어요.

로마 시대 런던의 출발지, '시티'의 로마 성벽 위에 지은 박물관

런던에 고대 역사를 들여다볼 수 있는 또 하나의 멋진 박물관이 있답니다. 바로 런던 박물관Museum of London입니다. 연극 예술의 중심지 바비칸 센터에 인접해 있는데요, 템스 강 계곡에서 발굴한 매머드나 코끼리 등 42만 년 전 구석기 시대부터 현대에 이르기까지 런던의 각종 유물

●로마 시대에 밀을 찧던 방아. 런던 박물관. ●●칸타로스. 2세기. 런던 박물관.

이 흥미롭게 진열돼 있어요. 특히 로마 시대의 런던과 관련한 유물을 풍부하게 소장하고 있습니다.

무료로 입장하는 런던 박물관은 건물이 들어선 자리 자체가 로마 시대 성벽 잔해가 남아 있는 장소지요. 1976년 건축했는데요, 켄싱턴 궁에 있던 런던 박물관 소장품을 비롯해 여러 곳의 유물을 한데 모아 전시하기 위해 바비칸 센터 부지 안에 지은 겁니다. 로마의 일상생활상을 들여다보기에 안성맞춤이에요. 필기도구, 유리병, 오일 램프, 향수병, 악기, 주사위, 때밀이, 빗, 손톱깎이, 거울, 상수도관, 농사 도구 같은 생활 도구가 아주 충실하게 전시돼 있거든요. 모자이크는 2점 전시하고 있어요. 먼저, 벽에 걸린 포도주 잔 《칸타로스》가 관람객을 맞습니다. 노끈을 꼰 모양의 기요세 무늬로 정사각형 패널을 만들고 그 안에 다시 기요세 무늬의 원을 그린 뒤 칸타로스를 설치했어요. 2세기 작품으로 런던이 처음 조성된 '시티'의 밀크 스트리트에서 발굴했습니다.

두 번째 작품은 《식당 바닥 무늬》로 3세기 작품인데요, 23개의 무늬나 도안을 한데 모아 디자인한 작품입니다. 아칸서스 꽃잎, 포도주 잔 칸타로스, 부채, 기요셰 체인, 기요셰 매듭, 미앤더曲流, 로젠지(2개의 사각형을 겹친 별 모양), 담쟁이덩굴 잎사귀, 연꽃, 방패 무늬, 물결, 파도 물마루, 스와스티커(만자 무늬) 등이 다양하게 표현돼 있답니다. '시티'에서 발굴했어요. 1869년 처음 공개했을 때 사흘 동안 무려 5만여 명의 런던 시민이 찾아 로마 유물에 탄성을 자아냈다고 당시 신문 기사는 전하네요.

식당 바닥 무늬. 로마 시대의 실제 가구 배치 모습이다. 3세기. 런던 박물관.

■ 세인트올번스

로마의 순교자 세인트올번스, 조선의 순교자 윤지충

이제 런던을 기준으로 크게 잉글랜드 북부와 남부 지방으로 나눠 모자이크 탐방에 나서겠습니다. 먼저 런던 북부 지방으로 출발하죠. 대륙으로 가는 유로스타 출발역, 세인트팽크러스에서 30분마다 한 대씩 떠나는 기차를 타고 런던 북쪽 35킬로미터 지점의 베드타운 세인트올번스에 도착해요. 역에서 나와 구름다리를 건너 오른쪽 시내 중심가로 계속 직

● 세인트올번스 시계탑. ●● 세인트올번스 재래시장. 세인트올번스.

진해 고개를 넘으면 시계탑과 시장이 나와요. 여기서 왼쪽으로 틀어 언덕 아래로 20여 분 계속 내려가야 해요. 연못과 물줄기가 나오는 지점에서 왼쪽으로 꺾어 올라가면 베룰라미움 박물관 건물이 왼편으로 나타나죠. 독특한 돔 양식의 박물관에 들어가기 전 먼저 공원 언덕 위 야외 모자이크 전시관에 들르는 게 좋아요. 공원을 가로지르면 아주 인상적인 풍경을 만날 수 있습니다. 어린아이부터 어른까지 축구를 즐기는 천연 잔디 축구장 6개가 나란히 붙어 있죠. 세인트올번스뿐 아니라 작은 동네 어딜 가도 잔디 구장이 넘쳐나요. 잔디밭 언덕 위에 흰색 건물이 우뚝 솟아 있는데요, 늘 열려 있는 모자이크 전시관입니다.

　야외 전시관은 로마 시대 빌라 자리에 만든 현장in situ 박물관이죠. 베룰라미움에서 발굴한 여섯 군데의 로마 빌라 가운데 하나랍니다. 9개의 꽃무늬를 16개의 패널에 담아낸 《꽃무늬》 모자이크가 관람객의 눈길

•세인트올번스 성당과 베르 강변 호수, 축구장. • •베룰라미움 파크의 야외 모자이크 전시관. 세인트올번스.

1 베룰라미움 박물관 전경. 2 조개껍데기, 2세기, 베룰라미움 박물관. 3 오케아노스 2세기, 베룰라미움 박물관. 4 꽃무늬. 2세기, 베룰라미움 박물관.

을 한눈에 휘어잡아요. 무려 22만 개의 테세라를 이용해 만든 대작이죠. 160년에서 190년 사이에 만들어졌는데요, 모자이크 밑으로는 우리의 구들과 닮은꼴인 난방 장치 하이퍼코스트가 있어요. 그러니까 모자이크 아래로 뜨거운 열기가 지나고, 위는 뜨듯한 방바닥인 겁니다. 로마 시대에 런던 다음으로 번영을 구가한 베룰라미움에서는 모두 40여 점의 모자이크가 발굴됐는데요, 박물관에는 상태가 좋은 6점을 전시하고 있어요. 은은한 조명 아래 커다란 모자이크 3점이 전면의 벽에 걸려 있지요. 가운데는 《조개껍데기》, 오른쪽은 《오케아노스》, 왼쪽은 《기하학무늬》입니다.

●돌고래와 칸타로스. 2세기. 베룰라미움 박물관. ●●사자와 사슴. 2~3세기. 베룰라미움 박물관.

그리고《조개껍데기》바로 밑에《돌고래와 칸타로스》가 있어요.

《조개껍데기》는 150년경 제작된 작품으로 1930년에 발굴했어요. 햇살이 퍼져 나가듯 부채처럼 활짝 펼쳐진 조개껍데기의 아름다움에 새삼 빠져들게 돼요. 바다를 상징하는 조개는 미의 여신 아프로디테와 함께 묘사되는 경우가 많아 바다 미인이라 부르기도 하죠. 모자이크 전시실에서 벗어나 왼쪽으로 난 작은 문을 통해 들어가면 로마 시대의 저택 벽을 장식하던 프레스코가 그대로 옮겨져 있어요. 아울러 프레스코 옆에 단을 만들고 그 위에《사자와 사슴》모자이크를 전시하고 있습니다. 사자는 호랑이와 함께 깊은 산중을 호령하는 맹수지요. 언뜻 사자 한 마리로 보이는데요, 왼쪽의 뿔을 보면 사자가 사슴을 공격하고 있는 장면임을 알 수 있지요. 2~3세기경에 만든 작품이랍니다. 박물관에는 로마 시대에 번영을 구가한 베룰라미움을 증언하듯 유리그릇 등 생활용품을 다수 전시해 당시 모습을 전해줍니다.

박물관을 나오면서 세인트올번스라는 도시 이름의 유래를 떠올려봅

• 꽃과 기요세. 2~3세기. 베룰라미움 박물관. •• 로마 시대 유리병. 베룰라미움 박물관.

니다. 영국 땅 최초의 기독교 순교자로 목이 잘려 죽은 성(세인트) 올번스를 기리기 위해 붙인 이름이죠. 올번스는 전래의 로마 신과 전통 의식을 거부한 죄로 4세기에 처형됐어요. 우리의 첫 기독교 탄압인 신해박해의 주인공 윤지충도 마찬가지예요. 그는 조선 최고의 학자 다산 정약용의 외사촌인데요, 정조 7년인 1783년 서울 명례방(명동)에서 다산의 가르침을 받고 '바오로'라는 세례명을 얻어요. 1789년에는 청나라 수도 베이징에 가서 견진성사堅振聖事를 받고 귀국하죠. 여기서 문제가 시작돼요. 조상님 위패인 신주神主를 태운 거예요. 유교 사회에서 조상을 부정하는 끔찍한 행위죠. 이뿐인가요. 2년 뒤 1791년 신해년에 어머니가 돌아가시자 위패를 모시기는커녕 제사도 지내지 않은 겁니다. 나라는 그를 불효, 악덕죄로 사형시켜 한국 가톨릭 사상 첫 순교자를 만들어내죠. 전통과 종교에 대해 다시 생각해보게 되네요.

■ 콜체스터

로마의 침략에 저항한 여왕 보아디케아

에식스 지방의 콜체스터Colchester는 런던에서 북동부로 90킬로미터 떨어져 있는 도시죠. 런던의 리버풀 스트리트 역에서 기차로 1시간 10분 정도 걸려요. 영국에서 도시 이름에 체스터chester라는 명칭이 붙어 있으면 로마 시대에 만들어진 도시라고 보면 됩니다. 축구의 도시 맨체스터, 윈체스터, 콜체스터는 로마가 영국 땅 브리타니아를 침공해 맨 처음 세운 도시들이랍니다. 옥타비아누스의 외증손자인 3대 황제 칼리굴라가 암살당한 뒤, 41년 칼리굴라 황제의 작은아버지인 클라우디우스가 황제가 돼요. 뜻밖의 일이었죠. 클라우디우스는 소아마비에 병약한 체질이었거든요. 취약한 권위를 세우기 위해 클라우디우스는 무엇인가 화끈한 업적을 쌓고 싶어 했어요. 이런 욕망은 숙원 사업이던 브리타니아 정복으로 연결돼요. 클라우디우스는 43년 직접 원정에 참가해 성공시킵니다. 이때 처음 성을 지은 곳이 바로 콜체스터이지요.

로마가 이곳을 정복한 지 얼마 지나지 않은 61년 켈트 족 일파인 이케니 지방의 여왕 보아디케아가 반란을 일으켜요. 콜체스터에 살고 있던 로마 인들은 클라우디우스 황제의 신전에서 농성하며 버텼지만 전멸당하고

1 보아디케아 여왕의 반란을 진압한 뒤에 콜체스터 시를 재건히면서 만든 성벽. 콜체스터. 2 반란의 주역인 보아디케아 여왕의 동상. 런던. 3 콜체스터 성. 지금은 박물관으로 쓰인다. 콜체스터. 4 콜체스터 성 박물관의 1000년 된 우물. 뒤에 모자이크가 걸려 있다. 콜체스터.

1	2
3	4

말죠. 로마 군대 본진이 뒤늦게 도착해 반란을 진압한 뒤, 반란의 주역 보아디케아는 자살로 생을 마감해요. 로마의 학정에 항거해 자유로운 켈트족의 삶을 원했던 저항의 불꽃도 사그라지고 맙니다. 로마 인은 파괴된 콜체스터를 버리고 템스 강을 통해 바다로 연결되는 런던으로 수도를 옮겨요. 이 반란이 없었다면 오늘날 영국 수도는 콜체스터가 됐을지도 모를 일이죠? 비록 수도의 지위는 빼앗겼지만 콜체스터도 재건돼요. 도심을 둘러싼 거대한 성벽은 그때 처음 쌓은 뒤 지속적으로 중건한 거랍니다.

콜체스터 성을 지은 사람은 1066년 영국을 정복한 노르망디 공 윌리

엄이에요. 런던에는 런던 타워를 건축하고, 콜체스터에는 로마 시대 클라우디우스 신전의 잔해 위에 콜체스터 성을 지어요. 노르만 왕조가 영국에 만든 성 가운데 가장 크답니다. 해자 위에 놓인 다리를 건너면 성 입구가 나와요. 콜체스터 성은 현재 박물관으로 사용하고 있어요. 박물관 입구 오른쪽으로 우물이 있는데, 노르만 왕조가 성을 만들 때 판 우물이랍니다. 1000년을 이어온 우물을 지나면 세월의 흐름을 돌조각 하나하나에 새긴 듯 낡아만 가는 큼직한 모자이크 하나가 애처롭게 걸려 있어요. 1923년 배리필드에서 발굴한 《배리필드》 모자이크는 가운데 꽃무늬를 중심으로 바다 괴물 등을 9개의 패널로 나눠 표현했어요. 2세기 중반 작품이지요.

다음은 시내의 라이언 워크에서 발굴한 《라이언 워크》 모자이크인데요, 면적이 3.9제곱미터로 대형이에요. 여기서 조금 더 안쪽으로 들어가

면 보존 상태가 완벽에 가까운 대형 모자이크 하나가 나와요. 1922년 시내의 노즈힐에서 발굴한《노즈힐》모자이그인데요, 면적이 4.6제곱미터나 돼요. 사람과 비교해보면 그 크기를 쉽게 짐작할 수 있지요.

　콜체스터 성 박물관 최고의 걸작은 1979년에 발굴한《레슬링하는 에로스》. 장난스럽게 레슬링 경기를 펼치는 2명의 에로스 주변에 바다 괴물이 노니는 그림이에요. 베르미쿨라툼에 가까울 만큼 작은 테세라를 사용해 시각적으로 세밀하고 세련된 느낌을 주죠. 콜체스터 성 박물관은 선사 시대부터 로마를 거쳐 색슨 족과 노르만 왕조, 근세에 이르기까지 다양한 유물을 전시하고 있어요. 특히 로마 시대 생활상을 살피기에 좋습니다. 헤르메스 청동상은 섬세한 제작 기법이 돋보이는 명작이고요.

헤르메스 청동상. 콜체스터 성 박물관.

■ 레스터

'평생 눈물'을 상징하는 사이프러스, '최고 여신'을 상징하는 공작

런던 유스턴 역에서 기차를 타고 1시간 30분 정도 중부 지방으로 달리면 중앙로 상가 풍경이 경기도 이천시와 아주 유사한 레스터Leicester 시가 나옵니다. 차 없는 패션 문화 거리로 이름 높은 이천시 중앙로 상가. 그곳에서 언론악법 반대 서명과 노무현·김대중 두 전직 대통령의 장례를 치르고 여주이천 통합 운동 서명도 받았는데요, 잊지 못할 추억이 얽힌 이천 중앙로 상가와 닮아 더욱 친근감이 드는 도시예요. 1인에 6.9파운드, 우리 돈으로 1만 2000원 정도인 중국집 뷔페는 일품이랍니다. 한국에서 요리 한 접시 먹기도 벅찬 가격에 각종 중국 음식의 진수를 맛볼 수 있어요. 음식이 짠 데다 가짓수도 적은 런던의 중국집 뷔페와는 격이 다르죠. 상가 거리를 가로질러 15분가량 걸어가면 50년경 세워진 공중 목욕탕 건물 벽이 남아 있는 쥬리 월Jewry Wall 박물관이 나옵니다.

길가에 우뚝 솟은 목욕탕 유적의 바로 뒤에 중세 교회가 자리해 색다른 분위기를 연출합니다. 푸른 하늘 아래 붉은 벽돌로 지어진 로마 시대 목욕탕 벽 잔해와 녹색 잔디밭 위 검은 주춧돌들이 오묘한 조화를 이루는데요, 굵은 기둥 잔해를 지나 안으로 들어가면 작지만 슬픈 사연을 간

키파리수스. 2세기. 튜리 월 빅물관. 레스디.

직한 모자이크 《키파리수스Cyparissus》가 관람객을 맞이합니다.

키파리수스는 그리스 신화에 등장하는 미남으로 아폴론의 총애를 받았어요. 아폴론은 키파리수스에게 선물을 줍니다. 뿔이 달린 멋진 수사슴을요. 키파리수스는 사냥을 가건 여행을 가건 사슴을 늘 데리고 다녔어요. 그러던 어느 날 그만 큰 실수를 저지르고 말아요. 자신의 창으로 애지중지하던 수사슴을 죽이고 만 거예요. 너무 큰 슬픔에 빠진 키파리수스는 아폴론에게 간청합니다. 평생 자신의 눈에서 슬픈 눈물이 나오도록 해달라고요. 아폴론은 그의 청을 들어줄 수가 없었어요. 어찌 평생 눈물을 흘린답니까. 그래서 그를 사이프러스Cypress 나무로 만들어줘요. 사

●쥬리 월 야외 박물관. ●●공중목욕탕 유적.

이프러스 나무는 마치 눈물방울처럼 나무 줄기에 작은 수액이 방울방울 맺히잖아요. 연주의 달인 오르페우스가 매혹된 나무지요.

　사이프러스는 지중해 지역에 널리 퍼져 있는 나무로 특히 그리스에서 많이 자라는데요, 그리스 어를 사용하는 섬나라 사이프러스(키프로스)의 이름은 이 나무에서 유래한 거랍니다. 섬에서 숭배하는 나무였거든요. 고대 그리스 · 로마에서는 주로 묘지에 심었고, 고대 페니키아에서는 배를 건조하거나 건물을 지을 때 그 목재를 활용했답니다. 《키파리수스》 모자이크는 3세기 작품으로 추정해요. 가운데에 뿔이 달린 커다란 수사슴이 자리하고 오른쪽으로 키파리수스가 사슴을 쓰다듬는 모습이 보이네요. 특이한 것은 왼쪽이에요. 에로스가 화살을 들고 나타났어요. 키파리수스가 사슴을 너무나 사랑하고 있음을 상징하는 거겠죠?

　'평생 눈물'을 상징하는 《키파리수스》 모자이크 앞으로 대작 2점이 자리합니다. 먼저 《공작》 모자이크. 푸른 곰을 묘사한 프레스코 벽화와 함께 전시돼 있는데요, 공작새는 로마 신화에서 최고 여신 주노(그리스 신

●공작. 2세기. 쥬리 월 박물관. 레스터. ● ●블랙프라이어스 모자이크. 2세기. 쥬리 월 박물관. 레스터.

화의 헤라)를 상징하죠. 로마 황제 트라야누스의 조카손녀이자 황제 안토
니누스 피우스의 아내이면서 동시에 황제 마르쿠스 아우렐리우스의 장
모인 대★파우스티나가 140년에 죽자 그녀를 공작으로 묘사하는, 다시
말해 치고 여신 주노의 반열에 올려놓는 우상화가 펼쳐집니다. 이 모자
이크 역시 그 영향을 받아 150년경 제작된 것으로 보여요.

　'최고 여신'을 상징하는《공작》옆의《블랙프라이어스 모자이크》역
시 프레스코 벽화와 함께 전시돼 있습니다. 레스터의 블랙프라이어스 지
역에서 발굴한 모자이크인데요, '블랙프라이어스Black Friars'라는 지명은
런던에도 있고 영국의 곳곳에 자리합니다. 그 지명은 도미니크 수도회를
가리켜요. 도미니크 수도회 수도사들이 검은 망토를 입었기 때문에 도미
니크 수도회가 있던 지역을 '블랙프라이어스'라고 부른 겁니다.《블랙프
라이어스 모자이크》는 각종 기하학무늬나 꽃무늬를 다양하게 표현하고
있습니다.

미라 사이 로마 건국 시조, 늑대 젖 먹는 로물루스와 레무스

레스터에서 기차를 타고 북쪽으로 더 올라가면 중부의 대도시 리즈 Leeds가 나옵니다. 고풍스러운 리즈 기차역을 빠져나와 왼쪽으로 걷다 보면 중세 영국과 프랑스의 백년전쟁 시대에 용맹을 떨친 영국의 왕자이자 우드스톡의 에드워드로 불리는 흑왕자Black Prince 동상이 눈앞을 가로막고 서 있습니다. 아버지 에드워드 3세가 너무 오래 살아 맏아들로 왕자 신분만 유지하다 47세에 죽은 비운의 왕자랍니다. 그러나 영국 역사에서 이름이 여느 왕보다 높아요. '웨일스 왕자(우리말로 태자, 세자)'로 불리며 차기 왕위 계승자로 인정된 첫 왕자거든요. 그뿐인가요. 용맹하기로 이름 높아 프랑스를 침공해 혁혁한 공을 세우기도 해요. 영국의 위상을 드높인 거죠. 흑왕자가 사나운 기세로 말을 달리는 모습을 지나 갈림길에서 오른쪽 1시 방향으로 난 길을 통해서 밀레니엄 광장을 향해 계속 직진하면 아주 멋진 리즈 시립 박물관이 나옵니다.

너무 멋진 건물 외경에 자못 설레고 흥분된 마음으로 박물관에 들어서 3층 역사관으로 올라갑니다. 레스터처럼 무료예요. 그리스 · 로마관이 나오고, 그 초입에 낯익은 풍경이 펼쳐집니다. 숲 속 나무 아래 늑대

리즈 시립 박물관 전경.

한 마리가 서 있고요, 그 밑에서 두 갓난아기가 젖을 빨고 있는 장면. 눈
치채셨죠? 로마의 기원. 로마 건국의 시조인 형 로물루스와 동생 레무스
를 그린 모자이크 《로물루스와 레무스》예요. 둘은 태어나자마자 숲 속에
버려져 늑대 젖을 먹고 자라요. 사이좋게 어른으로 성장하는 것까지는
좋았는데, 그만 형 로물루스가 아우 레무스를 죽입니다. 로물루스 홀로
남아 로마 언덕에 나라를 세우니 그때가 BC 753년이랍니다. 『구약성경』
을 보면 최초의 인간 아담과 이브 사이에서 태어난 아들 카인과 아벨이
있죠. 여기서도 형 카인이 동생 아벨을 죽이지요.

　나뭇잎이 잔뜩 달린 나무 아래로 늑대의 표정이 사납게 잘 묘사돼 있
어요. 늑대는 용맹의 상징이죠. 인류 역사상 가장 넓은 제국을 세운 몽골
의 칭기즈 칸은 자신이 푸른 늑대의 자손이라고 믿었죠. 몽골 제국 다음,
즉 세계 역사상 두 번째로 큰 제국을 일군 로마 역시 시조가 늑대 젖을 먹

로물루스와 레무스. 4세기. 리즈 시립 박물관.

고 자란 것으로 그려집니다. 동서양의 두 대제국 사이에 무엇인가 공통점이 그려지지 않나요? 강력한 제국과 늑대.

특기할 만한 사실은 단 하나뿐인《로물루스와 레무스》모자이크 주변에 고대 로마 유물은 물론, 뜻밖에도 이집트 유물이 전시돼 있다는 점입니다. 그중 압권은 BC 1300여 년 전 미라예요. 살은 없지만, 살가죽과 뼈는 그대로 남아 있습니다.

■ 킹스턴어폰헐

피카소가 놀랄 입체파 모자이크, 비너스와 아비뇽의 처녀

세인트올번스 베룰라미움 박물관이 정교한 모자이크를 소장하고 있다면, 가장 많은 모자이크를 소장하고 있는 박물관은 킹스턴어폰헐에 있어요. 런던 킹스 크로스 역에서 기차를 타지요.

도시 이름이 이렇게 길어진 이유를 볼까요. 1299년 에드워드 1세가 주인공이랍니다. '헐 강 위 왕의 도시King's town upon Hull'리는 이름을 붙여줬어요. '킹스타운'이 '킹스턴'이 된 거죠. 헐 기차역에 내려 관광안내소에서 받은 지도를 보면서 걸으면 박물관 지구에 어렵지 않게 도착합니다. 여기서 '헐 앤드 이스트 라이딩 박물관Hull and East Riding Museum'을 찾으면 됩니다. 유리로 만든 건물 전면이 인상적이죠.

이 박물관에서는 동부 요크셔 지방의 루드스톤, 하팜, 브랜팅엄, 혹스토우 4개 도시에서 발굴한 모자이크를 전시하고 있어요. 장엄하고, 생생하게 살아 숨 쉬며, 기이할 정도로 독특한 개성이 넘쳐흐르는 모자이크의 세계 속으로 들어가보시죠.

모자이크 전시실로 들어서면 맨 먼저 나오는 게 루드스톤 모자이크예요. 1933년부터 4년간 체계적인 발굴을 통해 《비너스》, 《기하학무늬》,

●킹스턴어폰헐 시가지. ●●헐 앤드 이스트 라이딩 박물관 전경.

《수중 세계》모자이크 3점을 발견했어요. 1962년 헐 박물관으로 옮겨진 세 작품 가운데《비너스》는 가로 4.67미터, 세로 3.20미터의 대작이에요. 모자이크의 구도를 보면 가운데에 하나의 큰 원이 있고, 그 주변에 4개의 반원을 배치했어요.

　가운데 원부터 살펴보죠. 왼쪽에 있는 트리톤은 오른손에 횃불을 들었네요. 횃불은 부활과 새 생명을 의미하죠. 그 옆에 벌거벗은 여인에게로 시선을 옮길까요? 아프로디테(비너스)랍니다. 바다에서 태어난 아프로디테이니만큼 바다의 시종 트리톤과 함께하는 것은 잘 어울리는 조합이죠. 그런데 생김새를 보면 좀 복잡해져요. 머리는 산발한 채 바람에 흩날리고 얼굴의 반쪽만 흰색이네요. 똥배가 툭 튀어나오고 엉덩이가 강조됐어요. 다리는 아주 짧습니다. 유방 없이 유두만 크게 보이네요. 배꼽은 하얗고요. 여성의 상징을 'V' 자로 간단히 묘사한 점도 인상적이에요. 흔히 미의 여신이라 불리는 아프로디테의 모습과는 완전히 거리가 멀어요. 인체 비례를 과감히 탈피한 입체파 화가들의 작품이 아니고서야 해석할 방법이 없는 작품입니다. 피카소가 그린 「아비뇽의 처녀들」 속 여인과 몸

매가 비슷하죠. 팔찌를 찼고, 오른손에는 황금 사과를 들고 있어요. 이언 리치먼드 경은 이 사과가 파리스의 최고 미인 판정으로 얻은 불화의 사과라고 추정합니다. 왼손은 막 거울을 놓친 모습이죠. 거울은 아프로디테와 함께 자주 등장하는 소품이지요.

이제 4개의 반원과 주변 정경을 살펴봅시다. 먼저, 4개의 반원에 들어간 동물을 보세요. 검투 경기와 관련이 있어 보이지요? 맨 위는 표범이

•비너스와 트리톤. 3세기. 헐 앤드 이스트 라이딩 박물관. ••창을 든 알몸의 사냥꾼. 3세기. 헐 앤드 이스트 라이딩 박물관. ••• 창에 찔린 사자. 3세기. 헐 앤드 이스트 라이딩 박물관.

고, 시계 방향으로 오른쪽은 황소, 아래는 사자, 왼쪽은 사슴입니다. 원형경기장에서 인간과 대결을 펼치던 짐승들이에요. 사자는 창에 배를 찔려 피 흘리는 모습이고요, 황소에는 이름이 적혀 있어요. 'TAURUS OMICIDA'. 이 말은 '인간 킬러 황소'라는 뜻이랍니다. 벌써 검투사를 여럿 죽인 모양이죠. 원과 반원 사이에 알몸의 남녀가 3명 섞여 있는데요, 일설에 따르면 원형경기장에 여성 검투사도 있었다는 것으로 보아 여성 검투사가 아닌가 싶어요. 맨 꼭대기에 있는 이는 헤르메스입니다. 지팡이 케리케이온을 들고 있거든요.

　네 마리의 짐승이 검투가 아니라 사계절을 상징한다는 주장도 있습니다. 사슴은 검투 경기에 투입되는 짐승이 아니라는 데 근거하죠. 그래서 황소는 밭을 가는 봄, 사자는 무성한 수풀을 상징하는 여름, 표범은 가을, 사슴은 겨울이라고 보는 거예요. 아무튼 제작 수준이 현저히 낮아 보이는 이 작품은 견습생들이 만든 게 아니냐는 주장이 제기돼요. 하지만 그리스·로마 신화의 모든 것을 꿰뚫는 구도나 소재 설정으로 볼 때

●인간 킬러 황소. 3세기. 헐 앤드 이스트 라이딩 박물관. ●●헤르메스(혹은 디오니소스). 3세기. 루드스톤 출토.
헐 앤드 이스트 라이딩 박물관.

이는 로마 국경 북서쪽 변경 지방에서 그리스 · 로마 문화를 본받으려는
현지인들의 정성을 다한 시도가 수준에 못 미쳐 벌어진 현상일 수도 있
어요. 숙련공을 구하지 못해 이 정도밖에 표현하지 못한 거죠.

2010년 남아공 월드컵 유니폼, 로마 전차 경주 유니폼이 기원

《비너스》 모자이크를 보고 오른쪽 벽면으로 눈길을 돌리면 혹스토우
에서 출토한 모자이크가 나와요. 《아킬레우스의 일생》에서 가져온 장면
이라는 제목이 있는데요, 이 작품에는 일단 관심을 두지 말고 계속 가면
오른쪽으로 별도의 공간과 함께 미인도가 나오죠. 이것도 일단 무시하고
다시 왼쪽으로 방향을 꺾으면 《전차 기수》 모자이크가 나와요. 《비너스》
와 함께 루드스톤의 로마 빌라에서 발굴한 모자이크랍니다. 그런데 이건
세련된 제작 기법을 보여줘요. 주인공 전차 기수가 들어 있는 큼직한 원
형 패널이 정사각형 엠블레마Emblema 한가운데에 자리해요. 네 귀퉁이
에는 4개의 작은 보조 원형 패널이 있는데요, 여기에 사계절 여신이 들어

있어요. 계절의 여신 4명 가운데 오른쪽 위가 봄이에요. 어깨에 제비가 앉아 있거든요. 오른쪽 아래는 여름이고요. 옥수수와 양귀비가 여름을 상징합니다. 왼쪽은 많이 훼손된 상태네요. 여신이 차지한 작은 원형 패널들 사이에는 4개의 직사각형 패널을 넣었는데요, 여기에서는 새들이 주인공이에요. 크고 아름다운 공작입니다.

가운데 전차 기수의 차림을 보시죠. 네 마리 말이 끄는 콰드리가이(콰드리가) 전차를 몰고 있어요. 왼손에 종려나무 가지, 오른손에 월계관을 들었네요. 경주에서 승리를 상징하는 것이죠. 머리에는 보호용 헬멧을 썼고요. 붉은색 유니폼 위를 가죽 끈을 이용해 'X' 자로 단단히 묶었어요. 생명을 지키고 부상을 방지하기 위한 장치랍니다. 위험하기 때문에 경주는 전문적으로 훈련받은 기수들이 참가했죠. 황제나 집정관 등이 취임 축하로 돈을 댈 경우 전차 경주를 벌였는데요, 관중들이 전차 경기에 열광한 까닭은 무료로 즐기는 박진감 넘치는 볼거리라는 점 외에 한 가지가 더 있었죠. 도박이랍니다. 관중들은 입장하기 전에 마차와 말의 상태 등을 점검하며 돈을 걸었어요. 예나 지금이나 똑같죠.

로마에 전차 경주가 처음 등장한 것은 언제일까요? 검투 경기나 연극보다 앞서요. 그리스에서 온 것으로 보이는데요, BC 6세기랍니다. 전차 경기장인 키르쿠스 막시무스가 들어선 것은 BC 5세기경이니 로마의 역사와 함께한다고 볼 수 있겠지요. 키르쿠스 막시무스는 2세기 하드리아누스 황제 시절 대형 건축물로 새롭게 탄생했는데요, 길이는 무려 600미터, 너비는 100미터. 수용 관중은 25만 명에서 38만 명에 달했다는군요. 그 규모를 짐작해보세요. 불가능하죠. 본 적이 없기 때문입니다. 지

전차 기수 전경. 4세기. 루드스톤 출토. 헐 앤드 이스트 라이딩 박물관.

금 전 세계에 있는 어떤 스포츠 경기장이나 공연 시설도 이렇게 크지 않
거든요. 축구 전용 구장으로 2002년을 뜨겁게 달군 서울 상암 월드컵 경
기장은 6만 5000명, 2010년 남아공 월드컵 요하네스버그 구장도 9만 명
을 수용하는 데 불과해요. 2010년 월드컵 최고의 스타 메시가 활약하는
스페인 바르셀로나의 누캄프 구장이 9만 9000명, 브라질 리우데자네이
루의 마라카낭 구장이 10만 3000명, 멕시코시티의 아스테카 구장이 10
만 5000명이에요. 평양 대동강변의 능라도 종합 구장이 15만 명으로 세
계 최대랍니다. 2010년 월드컵 브라질전에서 2대 1로 석패했지만, 인상
적인 '노동 근육' 으로 관심을 모았던 추격 골의 주인공, 북한 지윤남 선

표범과 크라테르. 3세기. 헐 앤드 이스트 라이딩 박물관.

수의 실력은 경기장 크기만 보면 기적이 아니었어요.

《전차 기수》 바로 옆에 붙어서 발굴된 모자이크 《표범과 크라테르》를 보고 처음 모자이크를 관람하던 《비너스》 모자이크로 돌아와요. 여기서 오른쪽에 있는 작은방으로 들어가죠.《수중 세계》 모자이크가 펼쳐져요. 돌고래를 비롯해 다양한 물고기가 등장하는데요, 《비너스》 모자이크와 같은 건물에서 발굴한 작품이랍니다.

행운의 여신 티케, 목욕탕의 미로

《수중 세계》 바로 밑에 있는 하팜의 《미로》 모자이크는 목욕탕 바닥을 장식하던 4세기 작품인데요, 박물관에 목욕탕 욕조 시설을 복원해 관람객들이 모자이크가 설치된 목욕탕 분위기를 느낄 수 있도록 돕고 있습니다.

이제 목욕탕에서 나와 오른쪽으로 꺾어 조금 전 갔던 길로 되돌아가요. 오른쪽의 별도 공간에 마련한 건 행운의 여신 《티케》 모자이크죠. 헐과 가장 가까운 유적지인 브랜팅엄의 로마 빌라에서 1961년 발굴한 4세기 작품이랍니다. 티케는 행운을 상징하는 여신이죠. 로마의 포르투나입니다. 행운을 뜻하는 영어 'Fortune'은 여기서 나왔지요. 원래는 5.23제곱미터, 그러니까 한 평 반이 넘는 모자이크인데요, 많이 훼손돼 부분적

1 미로와 수중 세계. 4세기. 헐 앤드 이스트 라이딩 박물관. 2 수중 세계. 4세기. 헐 앤드 이스트 라이딩 박물관.
3 티케. 원래 전체 모자이크 한가운데에 자리하지만 많이 훼손된 탓에 그 면모를 제대로 알 수 없다. 4세기. 헐
앤드 이스트 라이딩 박물관. 4 티케 모자이크 전경. 위에 보이는 여신이 티케. 4세기. 헐 앤드 이스트 라이딩 박
물관. 5 샘의 여신. 4세기. 헐 앤드 이스트 라이딩 박물관.

1	2
3	4	5

으로만 전시돼 있습니다. 참고로 가운데 벽의 반타원형 패널에 있는, 가
장 눈에 잘 띄는 여신은 티케가 아닙니다. 9명의 뮤즈 가운데 한 명일 뿐
이에요. 티케는 원형 패널에 담겨 벽면 아래 바닥에 누워 있답니다. 그것
도 3분의 1쯤 훼손된 채로요. 훼손된 《티케》 모자이크 바로 옆에 탁자가
놓여 있어요. 《티케》 앞으로는 반나체의 《샘의 여신》이 한 손에 갈대를
들고 한 손은 비스듬히 물 단지에 놓고 기대 누운 포즈로 자리합니다.

사고 난 불운의 전차 경주, 찰턴 헤스턴의 「벤허」

다음은 모자이크의 4대 출토지 가운데 마지막 도시인 혹스토우 전시실 작품이 나옵니다. 모두 4세기에 만들어진 것들이에요. 먼저, 벽면에 크게 두 줄로 배치한 《전차 경주》가 눈에 들어오고요. 두 번째, 《전차 경주》 오른쪽 옆에 비교적 작은 모습으로 붙어 있는 《아킬레우스의 일생》은 꼼꼼하게 들여다봐야 해요. 세 번째는 웅덩이처럼 파낸 바닥에 전시해둔 《오르페우스의 연주》지요. 원래 이 세 작품은 모두 하나의 거대한 작품 안에 표현돼 있었어요. 가로 6.1미터, 세로 15.25미터의 직사각형 작품인데요, 맨 위에 《오르페우스의 연주》, 그 밑에 《아킬레우스의 일생》, 그 아래에 《전차 경주》를 설치했습니다. 하지만 대부분 훼손된 가운데 일부만 남아 있어요. 이 작품이 세상에 드러난 것은 1797년이죠.

먼저, 벽면에 걸려 있는 《전차 경주》. 가운데 분리대를 경계로 위아래 두 줄로 전차와 말이 표현돼 있어요. 분리대를 상징하는 삼각뿔 형태의 장식이 보이시죠? 분리대 윗줄은 전차 1대와 말이 왼쪽을 향해, 분리대 아랫줄은 전차 3대가 오른쪽을 향해 달려갑니다. 기수들이 채찍을 들고 생동감 있게 달리는 모습에서 전차 경주 특유의 속도감과 짜릿한 전율이 느껴지죠. 두 줄을 전체로 놓고 보면 분리대를 시계 반대 방향으로 돌고 있는 전차 경주 장면의 윤곽이 잡히실 겁니다. 전차 경주에서는 경기를 주선한 집정관이나 황제가 흰 수건을 흔들어 출발을 알리면 전차는 시계 반대 방향으로 돌죠. 최대 12대의 전차가 동시에 달릴 수 있었어요.

혹스토우 모자이크에는 4대의 전차가 등장하죠. 전차를 자세히 보세요. 말 두 마리가 끌고 있어요. 이두 전차 비가이 경주랍니다. 전차 경기

1 혹스토우 모자이크 전시실 전경. 헐 앤드 이스트 라이딩 박물관. 2 전차 경주 전경. 4세기. 헐 앤드 이스트 라이 딩 박물관. 3 혹스토우 모자이크 구도를 보여주는 그림. 헐 앤드 이스트 라이딩 박물관.

장 안에 달리고 있는 4대의 전차 가운데 1등은 아랫줄 오른쪽 전차입니 다. 시계 반대 방향으로 달리는 규정상 맨 앞이거든요. 기수의 시선을 보 세요. 뒤를 돌아보며 후미의 전차들이 어디쯤 오는지 살펴보고 있잖아 요. 아랫줄 가운데 전차는 2등으로 달리고 있네요. 오른손에 채찍을 곧추 세우고 있어요. 아랫줄 왼쪽은 3등으로 달리고 있지요. 모자이크가 하나 도 손상되지 않고 원형 그대로입니다. 특이한 장면이 눈에 들어와요. 윗

•아랫줄 오른쪽. 1등 전차 기수. 4세기. 헐 앤드 이스트 라이딩 박물관. ••아랫줄 가운데. 2등 전차. 4세기. 헐 앤드 이스트 라이딩 박물관. •••아랫줄 왼쪽. 3등 전차. 4세기. 헐 앤드 이스트 라이딩 박물관.

줄에 묘사된 내용인데요, 말을 끌고 뛰어가는 마부 한 명, 말 타고 달리는 인물이 한 명 등장하거든요. 전차 경주에서 짧은 튜니카를 입은 마부가 왜 말을 끌고 경주장 트랙을 걸어갈까요? 왜 그 뒤를 누군가 말을 타고 달려오는 것일까요? 이를 설명해주는 열쇠는 윗줄 첫 장면에 담겨 있어요. 전차의 바퀴가 하나 빠져 경주장을 나뒹굽니다. 사고가 난 거예요. 전차 기수를 자세히 들여다보세요. 몸의 균형을 잃고 뒤로 쓰러져 있죠. 전차에서 떨어지기 일보 직전입니다. 나뒹구는 바퀴 옆 마부를 보세요. 안장을 갖춘 빈 말을 끌고 황급히 바퀴 빠진 전차 쪽으로 달려가는 모습이 보이죠. 손을 뻗어 넘어지는 기수를 잡으려는 포즈입니다. 시선도 기수를 향하고 있어요. 당시에는 말을 관리하는 마부들이 기수를 보조했답니다. 말을 타고 뒤따르는 사람은 손에 흰 수건을 들고 있는 것으로 보아 심판인 것 같아요. 사고 현장을 수습하러 달려 들어가는 모습이죠.

전차 경주 사고 장면을 담은 멋진 영화가 있어요. 1959년 작作 영화 「벤허」. 벤허의 친구 메살라가 전차 바퀴 축에 날카로운 칼날을 달고 경

●윗줄 왼쪽. 바퀴가 빠진 전차. 4세기. 헐 앤드 이스트 라이딩 박물관. ●●윗줄 가운데. 말을 끌고 구조하러 가는 마부. 4세기. 헐 앤드 이스트 라이딩 박물관. ●●●윗줄 오른쪽. 말을 탄 심판. 4세기. 헐 앤드 이스트 라이딩 박물관.

쟁 전차들을 쓰러뜨리면서 사고가 속출하던 장면의 기억이 새롭습니다. 실제 경기에서도 끔찍한 경우가 많았어요.

창에 찔려 죽어가는 여인에게 연정 품은 아킬레우스의 로맨스

전차 경주의 이런저런 상념에서 벗어나 《전차 경주》 오른쪽 옆에 자리한 《아킬레우스의 일생》으로 시선을 옮깁니다. 혹스토우 모자이크 3점 가운데 두 번째죠. 이 작품은 좀 유념해서 봐야 합니다. 박물관 측의 전시에 문제가 있기 때문이에요. 맨 처음 루드스톤의 모자이크 《비너스》를 보고 그 옆 벽면에 있던 혹스토우에서 발굴한 《아킬레우스의 일생》이라는 제목의 모자이크 소품을 언급했는데요, 《전차 경주》 옆에 전시 중인 《아킬레우스의 일생》과 짝을 이루는 한 작품이에요. 그러니 루드스톤에서 발굴한 《비너스》 옆에 있는 《아킬레우스의 일생》과 여기 혹스토우 모자이크 전시실에 있는 《아킬레우스의 일생》 모자이크를 함께 전시해야지요. 편의상 혹스토우 전시실 작품을 《아킬레우스의 일생 1》, 《비너스》

아킬레우스의 일생 1. 작품의 일부만 남았다. 4세기. 헐 앤드 이스트 라이딩 박물관.

옆에 걸린 작품을 《아킬레우스의 일생 2》로 이름 붙이고 그 내막을 살펴보죠.

《아킬레우스의 일생 1》 모자이크를 좀 자세히 들여다볼까요. 크게 세 장면으로 나뉘어요. 왼쪽에 나체의 여인이 앉아 있는 장면은 《아킬레우스와 펜테실레이아》고요, 그 오른쪽에 해마를 탄 장면은 《네레이드와 트리톤》, 그리고 위쪽에 알 수 없는 내용의 장면은 《의식儀式》이에요. 이를 한 장면씩 뜯어보죠. 먼저 《아킬레우스와 펜테실레이아》. 나체의 여인

이 머리를 길게 풀어 헤치고 무릎 꿇은 듯 앉아 있죠. 오른쪽으로 향한 왼손은 무엇인가에 붙들린 듯한 모습이고요. 살이 찌지는 않았지만, 허벅지가 튼실하고 몸집이 전체적으로 크고 단단해 보여요. 예사롭지 않은 여인임을 짐작하게 해줍니다. 그녀의 시선을 보세요. 왼쪽 위를 향하고 있는데요, 애절한 눈빛이죠. 사실 옆 부분이 심하게 훼손돼 무슨 상황인지 구체적으로 확신하기는 어렵지만, 상상의 날개를 펼 실마리가 하나 있어요. 붉은색으로 표현한 왼쪽의 두 다리를 보세요. 남자임을 알 수 있는데, 이 남자가 누구인지를 아는 게 핵심이죠. 다리 무릎 위로 살짝 보이는 갑옷

끝자락이 힌트입니다. 무장 전사지요. 자, 그
렇다면 그리스 신화에서 무장 전사가 여성의
손을 잡아채며 무릎 꿇리고, 그 여인이 애절
한 눈빛으로 목숨을 구걸하는 듯 보이는 이
상황의 주인공은 누구일까요?

아킬레우스와 펜테실레이아. 4세기. 헐 앤드 이
스트 라이딩 박물관.

　트로이 전쟁을 상기해보시죠. 트로이 전
쟁 10년간 아마존은 줄곧 중립을 지켰어요.
그러다 헥토르가 죽고 트로이의 전세가 크게
불리해지자 트로이를 지원하고 나섭니다. 진
정으로 용기 있는 여성들이에요. 망해가는 나
라를 돕기 위해 참전했다는 것 자체에서 아마
존의 기질을 읽을 수 있네요. 달면 삼키고 쓰면 뱉는 삼란고토甘呑苦吐의
인간사에서 질 것이 뻔한 나라를 구하러 온 아마존의 정신. 힘이 있을 땐
달라붙고 힘을 잃으면 떨어져 나간다는 염량세태炎涼世態의 이치도 실은
소인배들 세계이지, 진정한 의리를 지키는 사람들의 세계에서는 어불성
설語不成說입니다.

　아마존의 여왕 펜테실레이아의 부대는 초기에 많은 승전고를 울렸어
요. 그러다 아킬레우스의 부대와 정면 승부를 펼치게 됐죠. 정면 대결의
결정판은 양 진영을 대표하는 장수들 간의 결투. 펜테실레이아가 비록
용맹무쌍하다고 하나 신의 자손이자 최고의 용장인 아킬레우스를 당해
낼 수는 없었지요. 아킬레우스가 펜테실레이아의 오른쪽 가슴을 찔러 치
명상을 입힙니다. 사건은 여기서부터 생겨요. '야구는 9회 말 2사死부터'

●네레이드와 트리톤. 4세기. 헐 앤드 이스트 라이딩 박물관. ●●의식. 4세기. 헐 앤드 이스트 라이딩 박물관.

라는 말이 있잖아요. 아킬레우스가 승리를 확인하는 결정적인 일격을 날린 순간, 펜테실레이아가 창에 찔려 죽어가는 그 순간, 죽어가는 펜테실레이아와 아킬레우스가 처음으로 눈길이 마주친 바로 그 순간.

아킬레우스는 강인한 전사의 모습이 사라진 펜테실레이아가 빼어난 미모의 여인, 그 이상도 이하도 아니라는 사실을 발견한 거예요. "아!" 아킬레우스는 장탄식을 내뱉습니다. "이렇게 아름다운 여인이었다니."라면서요. 아킬레우스는 순간적으로 강한 욕정이 불타오르는 것을 느꼈지요. 그리고 사랑의 감정이 싹틈을 직감했습니다. 아킬레우스는 경솔하게 펜테실레이아를 죽인 것에 대해 땅을 칩니다. "아! 참을 것이지." 펜테실레이아는 죽으면서 심정이 어땠을까요. 아킬레우스의 마음을 읽었을까요. 말 한마디 남기지 못하고 숨을 거둡니다.

일부 동료들은 아킬레우스를 흉봤지요. 적군, 그것도 죽어가는 여자에게 사랑을 느끼는 것이 말이 되는 일이겠어요? "못난 놈." 테르시테스라는 사람이 내뱉었어요. 아킬레우스는 펜테실레이아를 죽인 것도 너무 원통한데 동료가 흉을 보자 격분해 그를 죽이고 맙니다. 아킬레우스는 참

회의 심정으로 펜테실레이아 곁으로 다가갔습니다. 숨은 끊어졌지만, 단순호치丹脣皓齒의 살아 있는 듯 붉은 입술과 흰 치아에서 꽃보다, 달보다 아름다운 여인의 체취가 물씬 풍기는 거예요. 시신 앞에서 진정으로 용서를 구하고 연모의 정을 바친 뒤, 그리스 식으로 장례를 치러줍니다. 아킬레우스가 펜테실레이아를 업고 일어나는 장면은 도자기 화가들의 감성을 자극하는 소재로 인기가 높았죠. 당시 펜테실레이아는 이미 자식을 뒀지만 남편은 없었어요. 아마존에서는 적령기의 건강한 남자를 데려다 관계를 맺은 후 임신하면 남자를 내쫓고 아기만 낳아 길렀거든요. 결혼이 마치 필수품처럼 떠받들어지는 사회도 있는데, 미혼모인 펜테실레이아는 그렇게 용감하게 세상과 부딪치며 살다 떠납니다.

참, 죽음 앞에서 욕정이라니 쉽게 이해가 안 되지요? BC 5세기 고대 그리스 역사학의 아버지 헤로도토스는 시체와 간음하지 말 것을 촉구하면서 고대 이집트의 예를 들어요. 아름다운 여성이 죽으면 염을 하기에 앞서 3~4일간 시체를 썩도록 방치했는데요, 장례 절차를 진행해야 할 남자들이 죽은 여인의 미모에 반해 성적 욕망을 느끼지 않도록 하기 위해서였답니다. 이집트 풍속과 정반대도 있어요. 미얀마나 중부 유럽 일부 사회에서는 여성이 혼전에 죽을 경우, 영혼의 안식을 찾을 수 없다고 해서 남성을 보내 교합을 한 뒤에 장사를 지냈다고 하네요. 페루에서는 죽은 여성의 영혼과 대화하기 위해 허용했고요.

저승에서라도 이어가고 싶은 열망의 로맨스

이 장면 옆으로 《네레이드와 트리톤》이 자리해요. 《네레이드와 트리톤》위의《의식》은 정확한 내용을 해석하기가 어렵습니다.

　이제《아킬레우스의 일생 1》과 같은 원 안에 짝을 이루며 설치됐던 《아킬레우스의 일생 2》모자이크를 보시죠. 맨 처음 모자이크 전시실에 들어왔을 때 루드스톤에서 발굴한《비너스》모자이크 오른쪽 옆 벽면에 걸려 있는 작품입니다. 맨 왼쪽에 나체 상태의 여인이 옷을 입기 위해 앉아 있죠. 키프로스 앞바다에서 막 탄생한 아프로디테랍니다. 그 앞에는 해마에 올라탄 바다 요정 네레이드가 옷 입는 아프로디테를 돕고 있어요. 그 밑으로 어린 에로스가 날아가고 있고요.

아킬레우스의 일생 2 전경. 4세기. 헐 앤드 이스트 라이딩 박물관.

● 오르페우스의 연주. 4세기. 헐 앤드 이스트 라이딩 박물관. ● ● 스와스티카. 3세기. 헐 앤드 이스트 라이딩 박물관.

　《전차 경주》와 《아킬레우스의 일생 1》 앞 바닥에 전시 중인 《오르페우스의 연주》 모자이크로 넘어가지요. 오르페우스가 누구입니까? 키타라 연주의 귀재이자, 치한의 겁탈을 피하기 위해 숲 속으로 숨었다가 뱀에 물려 죽은 아내의 영혼을 되살리기 위해 하데스가 지배하는 저승으로 내려간 아내 사랑의 상징이죠. 오르페우스 모자이크가 이곳에 있다는 것은 아킬레우스가 저승으로 간 펜테실레이아와 이어진 사랑의 끈을 놓고 싶어하지 않는다는 의미를 담아요.

　모자이크 전시실을 빠져나오기 전 왼쪽 출구에, 그러니까 처음 루드스톤의 《비너스》 모자이크와 연결되는 지점의 벽에 모자이크가 하나 더 기다립니다. 3세기에 만들어진 《스와스티카》로 아주 독특해요. 《비너스》가 발견된 루드스톤의 로마 빌라에 설치됐던 모자이크인데요, 끝을 약간 구부린 방패 모양을 활용해 4개의 '스와스티카' 무늬를 만들어냈어요. 아주 개성 있는 변형입니다. 히틀러 나치의 상징인 갈고리 십자가(하켄크로이츠)와 일단 달라 마음이 섬뜩하지 않죠. 《스와스티카》 주변은 미앤더(曲流) 무늬가 둘러싸고 있어요.

■ 요크

뿔 달린 투구의 바이킹, 뿔 달린 바다소 모자이크

잉글랜드 북동부 요크셔 지방의 중심 도시 요크는 정말 아름다운 도시예요. 자연과 인간이 거부감 없이 만나는 도시라고 할까요. 런던 킹스크로스 역에서 출발해 요크 역에서 내리면 거대한 성벽이 눈앞을 가로막아요. 성벽 안쪽으로 구시가지가 파노라마처럼 펼쳐지죠. 붉은색 지붕을이고 선 흰색 건물들, 150미터 높이로 솟아오른 요크 민스터(대성당)의 종탑, 숲인지 도시인지 가르기 어려울 만큼 울창한 녹음綠陰, 시가지를 포근히 감아 도는 아름다운 우즈 강. 절로 가슴이 뛰는 이곳의 풍경에 매혹된 리처드 2세는 잉글랜드 수도를 요크로 옮기려 했답니다.

풍경에 취해 걷다 보면 요크셔 박물관에 도착해요. 박물관 입구에서 아름다운 로마 시대 프레스코를 볼 수 있어요. 입구 오른쪽으로는 모자이크가 자리하고요. 요크가 영국 로마 시대에서 차지한 비중을 생각하면 다소 실망스러운 단 두 작품에 불과하지만, 의미를 부여할 수 있어요.

먼저, 뿔 달린《바다소海牛》모자이크는 목욕탕 바닥을 장식했던 작품이에요. 요크셔 지방 햄블턴의 조그마한 마을 알드워크에서 발굴했는데요, 강렬한 이미지의 얼굴 좀 자세히 보세요. 어디서 많이 본 듯하죠.

1 중세 성벽. 요크. **2** 성벽 위에서 본 요크 대성당과 시가지. 요크. **3** 박물관 앞 유적. 요크. **4** 요크셔 박물관. 요크.

1	2
3	4

누구일까요?

　　8세기 이후 유틀란트 반도와 스칸디나비아 반도에서 출발해 뿔 달린 투구를 쓰고 바다를 누비며 침략과 정복, 약탈을 일삼았던 무시무시한 바다의 파괴자 바이킹을 닮았잖아요. 모자이크는 3~4세기 작품으로 추정되는데요, 500여 년 뒤인 866년 덴마크에서 온 바이킹이 만조 때 불어

•바다소(海牛) . 3~4세기. 요크셔 박물관. ••계절의 여신. 3~4세기. 요크셔 박물관.

난 우즈 강물을 이용해 요크를 침략합니다. 바이킹은 단순한 약탈을 넘어 아예 정복지로 삼은 뒤, 왕국을 만들어요. 요크 지역에서 발굴한 바이킹 유적지를 박물관으로 만든 '요르빅Jorvik 바이킹 센터'를 둘러보면 당시의 역사와 생활상을 자세히 알 수 있습니다. 그렇다면 우즈 강가에 설치한 모자이크 속 '바다소의 뿔'은 후대 우즈 강에 배 타고 나타날 '뿔 달린 투구'의 바이킹을 미리 알려주는 복선伏線이라고 볼 수도 있지 않을까요? 마이클 더글러스의 아버지 커크 더글러스가 주연한 영화《바이킹》을 보면 모자이크 속 소뿔을 쏙 빼닮은 투구를 쓰고 종횡무진 활약하는 바이킹의 모습을 볼 수 있답니다.

바이킹의 발길은 어디에까지 미쳤을까요. 대서양과 지중해 정도로는 만족할 수 없었어요. 그들의 무대는 훨씬 넓었죠. 영국과 아일랜드를 기본으로 아이슬란드와 그린란드를 넘어 캐나다와 미국 땅에까지 그들의 유물을 남긴 점으로 미루어 콜럼버스에 앞서 아메리카 대륙을 탐험한 주인공으로 평가받을 만하죠.

두 번째 작품은 정반대의 이미지예요. 단아한 미인이 벽에 걸려 관람객을 내려다보는데요, 아마도 《계절의 여신》 가운데 어느 한 계절을 상징하는 것일 텐데 대부분이 훼손돼 전체 윤곽을 짐작할 수 있을 만큼만 남았어요. 사각형 패널 가운데 원을 설치하고, 그 안에 여인의 얼굴을 넣었지요. 귀 양옆을 두드러지게 장식해 마치 파마를 한 여인의 모양새입니다. 내부 전시실로 들어가면 로마 시대 유물과 함께 생물학, 지질학, 천문학 관련 자료들이 풍부하게 소장돼 있어요.

뉴욕의 원조 요크, 기독교를 공인한 콘스탄티누스 대관식

요크는 영국 왕실사에 독특한 성격으로 남는데요, 요크 공작Duke of York이라는 이름이 그것입니다. 1385년 에드워드 3세가 넷째 아들 에드먼드에게 수여한 작위죠. 이후 영국 왕의 둘째 아들에게 주는 칭호가 됩니다. 영국 왕의 큰아들은 '웨일스의 왕자Prince of Wales'로 불리죠. 1301년 잉글랜드의 에드워드 1세가 웨일스를 정복한 뒤, 큰아들에게 '웨일스 왕자'라는 칭호를 수여한 게 최초예요. 참, 미국의 '뉴욕New York'은 알아도 오리지널 원조 '요크York'는 사실 우리 귀에 익숙하지 않죠. 네덜란드 인과 프랑스 인이 먼저 터를 닦은 미국의 뉴욕 일대를 17세기에 영국이 차지한 뒤, 당시 '요크 공작'인 제임스 스튜어트(훗날 잉글랜드 제임스 2세, 스코틀랜드 제임스 7세)에게 바치는 의미로 '뉴욕(새로운 요크)'이라 이름을 지었답니다. 지금 뉴욕은 인구 820만 명의 도시로 성장했고, 요크는 18만 명의 아담한 역사 관광 도시, 교육 도시로 남았죠. 쪽에서 나온 물감이

1	
2	3
4	5

1 콘스탄티누스 황제 동상. 요크 민스터 앞에 있다. 요크. 2 요크 민스터 지하에 있는 로마 유적. 요크. 3 로마 목욕탕. 요크. 4 요크 민스터(대성당). 요크. 5 클리퍼드 타워. 노르만 족이 세운 성채다. 요크.

쪽보다 더 푸르다는 '청출어람青出於藍'이라는 말이 생각나네요.

북유럽에서 독일의 쾰른 대성당 종탑(157미터)에 이어 두 번째로 높은 150미터짜리 종탑을 가진 요크 민스터의 지하는 현재 로마 박물관으로 개조됐고, 초기 로마 성벽과 건물의 모습을 확인할 수 있습니다. 파리 노트르담 성당 지하도 고대 로마의 신전이었는데, 역시 별도 박물관으로 꾸며 관람객을 받고 있죠. 단, 파리 노트르담은 로마 유적으로 들어가는 별도의 문이 있지만, 요크 민스터는 성당 안에서 로마 유적으로 내려가도록 돼 있어요.

요크 민스터 앞에는 위엄 넘치는 모습의 동상이 하나 앉아 있어요. 바로 313년 기독교를 공인한 콘스탄티누스 황제의 동상이에요. 콘스탄티누스 황제는 요크에서 아버지 콘스탄티우스 1세가 죽은 뒤, 306년 황제로 추대됐어요. 로마에서 황제를 칭한 막센티우스를 물리치고 명실상부한 로마 제국의 황제로 등극해요. 나아가 동유럽을 거쳐 에게 해와 흑해로 가 자신의 이름을 딴 콘스탄티노플을 세웠지요.

■ 캔터베리

영국 성공회의 본산, 영어 문학의 효시 『캔터베리 이야기』

이제 잉글랜드 북부에서 잉글랜드 남부로 옮겨가요. 런던 빅토리아 역이나 체어링 크로스 역에서 동쪽으로 85킬로미터가량 떨어진 켄트Kent 지방에 자리한 인구 4만 3000명의 아담한 도시 캔터베리Canterbury부터 시작하죠. 영국이나 캔터베리에 가보지 않은 분들도 한 번쯤은 캔터베리 란 이름을 들어보았을 거예요. 두 가지 이유 때문이죠. 먼저, 캔터베리

캔터베리 대성당 내부. 고딕 양식의 전형을 보여 준다. 캔터베리.

대성당이랍니다. 597년 동로마 제국 황제의 영 향력에서 벗어나 최초의 교황이라 불리는 그레 고리 1세가 성 아우구스티누스를 영국으로 보 내요. 침체된 기독교를 되살리라는 명령이었 죠. 그레고리 교황의 독려와 개종한 에셀버트 왕의 도움으로 아우구스티누스는 602년 성당 과 수도원을 세우고, 포교의 불을 다시 지핍니 다. 캔터베리 대성당이 영국 기독교 중흥의 발 원지가 된 거죠.

거대한 성벽으로 둘러싸인 유네스코 지정

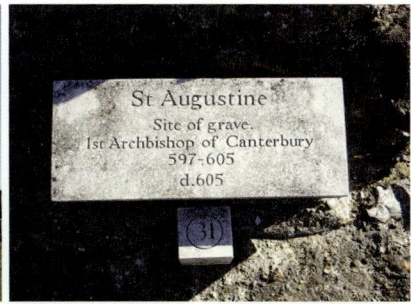

1 성 아우구스티누스 수도원 잔해. **2** 수도원 터에 있는 아우구스티누스 무덤 자리. **3** 캔터베리 싱벽. **4** 흑왕자의 무덤. 모두 캔터베리.

세계문화유산인 캔터베리 대성당에 오늘날 많은 순례객이 모이는 이유 가운데 하나는 1170년 캔터베리 대주교 토머스 베켓의 피살입니다. 대주교와 갈등을 겪던 국왕 헨리 2세가 자객을 보내 베켓 대주교를 암살한 거예요. 이후 캔터베리 대성당은 기독교 신자들의 순례지가 되었죠.

캔터베리를 기억하게 만드는 두 번째 이유는 베켓 대주교의 죽음을 기리는 순례 행진에서 비롯해요. 200여 년 뒤인 1380년대 초서G. Chaucer 가 『캔터베리 이야기』를 썼거든요. 베켓 대주교의 성소를 찾는 순례객들의 이야기죠. 『캔터베리 이야기』는 1351년 보카치오가 쓴 『데카메론』의 영향을 받았어요. 초서는 1372년 르네상스가 시작된 이탈리아 밀라노에

●모자이크. 유적 위에 박물관을 만들었다. 캔터베리 로마 박물관. ●●모자이크. 뒤틀린 바닥은 지형 변화를 말해준다. 캔터베리 로마 박물관.

외교 사절로 갔다가 보카치오나 페트라르카를 만나 영향을 받은 것으로 보입니다.

『캔터베리 이야기』는 따뜻한 인간성과 해학 넘치는 소재를 새로운 양식과 가치관으로 담아냈지요. 다양한 이력의 남녀 31명이 런던 템스 강변의 한 호텔에서 주인의 제안으로 각자 주제를 갖고 이야기를 풀어나갑니다. 당시 영국 사회의 제도나 가치관 등을 전해주지만, 『데카메론』이나 『아라비안나이트』처럼 야하지는 않답니다. 무엇보다 이 작품이 갖는 가치는 영어로도 작품을 쓸 수 있다는 것을 보여준 데 있죠. 당시 영어는 하등 언어로 취급받았거든요. 요즘 영어로 모든 것을 말하는 세상이 된 것을 초서가 안다면 놀랄 겁니다.

복잡한 관광지 거리 한복판의 골목, 고대 그리스·로마풍의 흰색 돌

기둥이 인상적인 건물이 캔터베리 로마 박물관인데요, 제2차 세계대전 이 한 창이던 1942년 1월 독일군의 폭격으로 모자이크가 드러났어요. 전후 1945년에서 1946년에 걸쳐 발굴을 실시해 바로 일반에 공개했죠. 1958년부터 3년간 다시 발굴한 뒤 1961년 현장에 건물을 얹어 박물관을 만들고 모자이크를 보호하고 있어요. 4세기

칸타로스. 4세기 초. 캔터베리 로마 박물관.

초에 만들어진 모자이크는 지형 변화로 뒤틀린 모습이에요. 바닥 모자이크 외에 포도주 잔《칸타로스》를 묘사한 소품도 있습니다. 모자이크 외에 로마 시내의 화장품, 장례 물품, 은수서, 서울, 주사위, 핀셋 같은 생활 유물도 전시 중입니다.

■ 아인스퍼드(룰링스톤)

왕비의 로맨스를 거부한 벨레로폰, 왕비의 여동생을 아내로

런던에서 가까운 아인스퍼드Eynsford의 룰링스톤Lullingstone에 있는 로마 빌라로 가겠습니다. 인구는 고작 1800여 명. 도시가 아닌 아주 작은 마을이라는 표현이 어울리죠. 기차역은 무인역. 안내 표지도 없어 정말 답답하답니다.

역에서 나와 왼쪽으로 꺾어 내려간 뒤 굴다리를 통과하여 다시 왼쪽으로 틀어 한없이 걸어가야 합니다. 2킬로미터 가까이 걸어가다 오른쪽으로 난 작은 숲길로 들어가야 해요. 아주 작은 안내판이 나옵니다. 다시 1킬로미터 이상 걸어 말이 뛰노는 큰 목장을 지나 다렌트 강(사실 개울 정도)을 건너면 숲 앞에 유적지가 나와요. 이렇게 고생하고 찾아왔는데, 입장료를 받더군요. 하긴 거꾸로 생각해야지요. 이렇게 고생스러운 장소에서 일하는 사람을 위해서라도 돈을 내야겠지요.

벽돌로 쌓은 로마 시대 건물 잔해가 드넓게 펼쳐져요. 훌륭한 모자이크 대작 하나가 유적지 한가운데에 놓여 있습니다. 가까이에서 보고 싶지만, 작품을 보호하기 위해 멀찌감치 전망대를 설치해두고 그 위에서 보도록 해놓았어요. 다른 유적지처럼 슬그머니 들어갈 상황도 아니어서

•룰링스톤 로마 빌라 모자이크 유적지 외경. 한적한 전원의 숲 속에 자리한다. 룰링스톤. ••룰링스톤 로마 빌라 유적지 내부.

정말 안타깝습니다. 모자이크는 크게 세 부분으로 나뉘어요. 크게 한 작품이지만 화면을 위에서부터 세 칸으로 나눠 각자 다른 소재를 표현하는 화면 분할 기법을 썼어요. 3세기 북아프리카에서 발전한 표현 기법이죠. 3단 중 맨 위는《기마이라를 죽이는 벨레로폰》, 가운데는《무늬군#》이고요, 맨 아래는《에우로파의 납치》랍니다.

먼저 벨레로폰이 키마이라를 죽이는 그리스 신화부터 살펴볼까요. 벨레로폰이 누구인가요? 아버지는 바다의 신 포세이돈이에요. 게다가 천하의 미남이랍니다. 하지만 실수로 형제를 죽인 뒤 프로이토스가 통치하는 티린스로 가서 죄를 씻는데요, 여기서 일이 생겨요. 티린스 근처 아르고스의 왕비 안티아가 그에게 푹 빠진 겁니다. 그러나 벨레로폰은 유부녀의 사랑을 받아들일 만큼 호락호락하지는 않았어요. 유혹을 거절당한 왕비는 수치심과 복수심에 벨레로폰을 궁지로 몰아넣죠. 왕비는 남편에게 벨레로폰이 자기를 유혹했다고 거짓말을 해요. '왕비 희롱죄'. 중벌이 따르는 것은 당연한 일이지요. 그러나 왕은 점잖게 한 장의 편지를 써 벨레로폰에게 주며 멀리 리키아에 사는 장인, 그러니까 왕비의 친정아버지 이오바테스에게 전하라고 지시합니다.

영문도 모르는 벨레로폰은 편지를 들고 리키아로 갑니다. 장인 이오바테스는 편지를 손에 들고 부르르 떨어요. 내용이 무엇일까요? "이 편지 가진 놈을 쥐도 새도 모르게 처단하세요. 사위 올림." 벨레로폰, 참 정직한 사람이죠. 뜯어볼 법도 한데 말이에요. 이오바테스는 머리가 좋은 사람이었어요. 그냥 살인을 하면 소문이 나니까 술수를 쓰는데요, 거하게 대접한 뒤 괴물 키마이라를 죽여달라고 부탁해요. 물론 벨레로폰이 괴물을 당해낼 수 없을 거라 생각한 거죠. 하지만 벨레로폰은 신의 아들로 아버지 포세이돈에게서 날개 달린 천마天馬 페가수스를 받은 인물이죠. 페가수스는 보통 말이 아니라 하늘을 날아다녀요. 제아무리 괴물이라도 하늘을 날아 자신에게 창을 꽂는데 당해낼 재간이 있을까요. 놀란 것은 이오바테스 왕. 죽을 줄 알았던 벨레로폰이 어려운 일을 해내자 몇 가지 어려운 임무를 더 맡깁니다. 그런데 시키는 일마다 척척 해내는 거예요.

그 용기와 정직함에 탄복한 이오바테스 왕은 자신의 아름다운 딸을 내주며 사위로 삼습니다. 이오바테스의 작은딸 필로노에는 언니 안티아의 부정한 마음 덕분에 미남자를 만나 결혼하는 행운을 누리죠.

"바람둥이 남편을 봤다면 바다에 빠뜨렸을 텐데"
《키마이라를 죽이는 벨레로폰》 모자이크 밑으로 《무늬군》이 자리하죠. 십자, 매듭, 하트, 사각형, 스와스티카(만자 무늬, 卍), 바둑판, 곡류曲流

룰링스톤 로마 빌라에서 출토된 모자이크 전경. 3세기. 룰링스톤.

등 다양한 무늬가 뒤섞여 있어요.

　모자이크의 3개 소재 가운데 세 번째는 《에우로파의 납치》입니다. 반원형 안에 표현된 제우스의 로맨스예요. 페니키아 공주 에우로파를 보고 군침을 흘리던 제우스가 탐욕을 참지 못하고 황소로 변해 보쌈해 달아나는 장면이죠. 황소 등에 올라탄 에우로파 옆으로 2명의 에로스가 호위하네요. 붉은 색조가 은은한 분위기를 연출해요. 특기할 만한 점은 《무늬군》 모자이크와 《에우로파의 납치》 모자이크 사이에 글자를 넣은 것입니다. 글귀에 담겨 있는 로마 인의 해학에 웃음이 절로 나와요.

윗줄 : INVIDASITA[URI]VIDISSETIUNONATAYUS

아랫줄 : IUSTIUSAEOLIASISSETADUSQUEDOMOS

띄어쓰기와 소문자가 없던 고대 로마 시대의 라틴 어 문장을 제대로 읽고 해석하기란 무척 어려운 일이었답니다. 전문가의 도움을 받아보죠. 유적을 소개한 책자에 나오는 영어 번역은 다음과 같아요.

윗줄 : If jealous Juno had seen the swimming of the bull

아랫줄 : More justly would she have gone to the hall of Aeolus

한글로는 제가 옮겨봅니다.

윗줄 : 만약 질투 많은 유노가 황소의 수영을 봤다면

아랫줄 : 즉시 유노는 아에올루스의 궁정으로 갔을 텐데

여전히 무슨 말인지 헷갈리죠? 쉽게 풀어볼까요. 세 가지 단어를 알아야 해요. '유노(Juno, 영어식 발음은 주노)'는 제우스의 아내 헤라. 시기와 질투의 대명사죠. '수영swimming'은 황소로 변한 제우스가 에우로파를 등에 업고 페니키아(레바논)에서 지중해의 푸른 물을 가로질러 크레타 섬으로 헤엄쳐 건너가는(날아가는) 것을 말합니다. '아에올루스Aeolus'는 그리

스 신화에서 바람의 지배자예요. 바
람을 일으킬 것인지, 잠재울 것인지,
순풍을 불게 할 것인지, 폭풍우를 몰
아치게 할 것인지 등 바람에 관한 모
든 권한은 아에올루스가 쥐고 있어
요. 그러니 이 문장은 '만약 제우스가
바람피우기 위해 에우로파를 등에 태
우고 바닷길을 가로질러 가는 모습을

로마 신 숭배의 방 프레스코. 3세기. 룰링스톤.

헤라가 봤다면, 즉시 아에올루스에게 가서 폭풍우를 일으켜 제우스와 에
우로파를 바다에 빠트리도록 했을 것'이라는 의미예요. 집 안 식당에 이
런 그림과 문구를 적어 넣고 살던 로마 인들이 새롭게 느껴지지 않으세
요? 제우스가 에우로파를 납치해 크레타 섬에 보금자리를 꾸미고 낳은 3
명의 아들 가운데 큰아들이 미노스죠. 제우스는 하늘로 올라가면서 에우
로파를 스파르타 왕비 헬레네의 손자인 크레타 왕 아스테리오스와 재혼
시켜요. 아스테리오스가 죽으면서 미노스가 크레타 왕이 돼 미노타우로
스 사건이 터진 겁니다. 오늘날 '유럽'이라는 이름은 페니키아에서 온
'에우로파'에서 유래한 거예요. 불륜의, 아니 로맨스의 결과물이죠.

　룰링스톤의 로마 빌라에는 4세기 말에 지은 예배당Chapel도 잘 남아
있어요. 집주인이 기독교로 개종한 것으로 보이는데요, 영국 내 기독교
전파와 관련해 중요한 단서가 되는 대목이죠. 불행히도 이 빌라는 기독교
의 품으로 귀의한 지 얼마 안 되는 5세기 초 게르만 족 침략 때 파괴돼요.

■ 피시본

99칸 대갓집에 핀 프랑스산 붉은 대리석 예술

런던 남쪽 서식스Sussex 지방에 자리한 피시본. 런던 워털루 역에서 출발해 대도시 포츠머스로 가는 도중 1시간에 한 대씩 기차가 서는 한적한 시골이랍니다. 전체 가구 수가 900여 호 간신히 넘는 동네지요. 무인 기차역에서 내려 한참을 걸어가면 '피시본 로마 궁전Fishbourne Roman Palace'이 나타나요.

현재 궁전의 4분의 1가량을 발굴해 웅장하고 화려했을 당시 모습을 짐작하게 합니다. 모자이크가 집중적으로 출토된 부분은 건물의 북쪽 날개 부분인데요, 여기에 지붕을 씌워 현장 박물관을 만들었어요. 런던의 박물관이 무료인 점과 달리 지방의 박물관이나 역사 유적은 비싼 입장료를 받아 멀리 동방에서 온 관람객의 마음을 우울하게 만들곤 하죠. 하지만 피시본 로마 궁전은 영국 땅에 남아 있는 로마 유적 가운데 가장 많은 현장 모자이크를 소장하고 있으니 눈 딱 감고 들어가야 해요.

이곳에는 모두 20점의 모자이크가 남아 있어요. 궁전 건축 시기인 1~2세기경에 설치한 것들로 영국에서는 시기적으로도 제작 연대가 가장 앞섭니다. 그중 박물관을 가장 아름답게 수놓은 작품은 《돌고래를 탄 에

1 피시본 로마 궁전 입구. 피시본. 2 궁전 내부 정원에서 바라본 박물관 전경. 피시본. 3 박물관 내부 전경. 모자이크와 관람석. 피시본.

로스》예요. 날개 달린 에로스가 삼지창을 들고 돌고래 위에 비스듬히 앉아 있네요. 치기 어린 표정과 흥겨운 정경이 잘 묻어납니다. 그 양옆으로 붉은 색조의 바다표범이 사나운 모양새로 자리를 지키고요. 위아래는 흑백 모자이크인데요, 해마海馬와 바다표범이 질주하듯 헤엄쳐요. 모서리네 곳에는 조개껍데기를 상징하는 무늬가 아름답게 표현됐어요. 무려 36만 개의 붉은색 도자기 파편으로 만들었답니다. 재료는 바다 건너 갈리아, 그러니까 프랑스 땅에서 들여왔지요. 그러고 보니 반짝이는 크리스털 유리잔에 따라놓은 보르도의 고급 레드 와인Vin Rouge 빛깔이네요. 아름다운 색조와 균형 잡힌 구도, 세밀한 디자인, 섬세한 시공 기법 등 무얼 봐도 명작이라 부르기에 부족함이 없는 작품이에요.

황궁에 맞먹는 매국노의 집, 나라 팔아 수백억 재산 소유한 이완용

《돌고래를 탄 에로스》는 2세기 중반에 만들어졌는데요, 그 자리에는 이미 1세기 중반 건물을 처음 지으면서 만든 흑백 모자이크가 있었지요. 《요새(성채)》가 바로 그것입니다. 이 《요새》 모자이크는 문화재 당국이 1979년 《돌고래를 탄 에로스》 아래에서 우연히 발견한 거예요. 당국은 고민에 빠졌죠. 이 두 모자이크를 모두 볼 수 있는 방법은 없을까? 그래서 《돌고래를 탄 에로스》 모자이크를 걷어내 옆자리로 옮긴 거죠. 두 모자이크를 모두 보존하며 관람할 수 있는 방책이었습니다.

《매듭》 모자이크도 눈길을 끌죠. 매듭 둘레를 돌고래들이 원형으로 줄지어 헤엄치도록 디자인했어요. 조개껍데기는 피시본 모자이크의 한 특징이라 볼 수 있답니다. 이 밖에도 《기하학무늬》, 《연꽃》, 《별》 등의 흑백 모자이크가 자리해요.

온돌 시스템과 목욕탕을 갖춘 이 궁전은 로마에 지은 네로 황제의 황금 궁전에 버금가는 규모랍니다. 2.3헥타르, 그러니까 2만 3000제곱미터로 7000평 가까이 되는 규모예요. 지금까지 알프스 산맥 북쪽에서 발

돌고래를 탄 에로스. 2세기. 피시본.

요새. 튼튼하게 쌓아 올린 성채를 묘사한 작품이다. 1세기. 피시본.

1 매듭. 2세기. 피시본. **2** 기하학무늬. 흑백 모자이크. 1세기. 피시본. **3** 별. 1세기. 피시본. **4** 연꽃. 2세기. 피시본.

굴한 로마 저택 가운데 가장 큰데요, 영국 여왕이 거주하는 런던의 버킹
엄 궁전과 비슷한 규모지요. 이렇게 큰 집에 누가 살았을까요? 1세기 후
반 로마 총독 '살루스티우스 루쿨루스'의 집일 것이라는 설이 있지만, 발
굴 팀장을 맡은 컨리프 교수는 '티베리우스 클라우디우스 코기두브누
스'의 집이라고 주장합니다. 로마가 켈트 족의 땅 브리타니아를 잔인하
게 짓밟던 초기, 로마의 정복 활동을 도운 토착 켈트 족이죠. 요즘 용어
로 하면 이민족의 침략을 도운 매국노라고 할까요.

　　매국노 하니까 생각나는 사람들이 많아요. 고려 시대 몽골 침략 시기

1 구들(하이퍼코스트) 잔해. 2세기. 피시본 로마 궁전. **2** 조개 무자이크. 1세기. 피시본 로마 궁전. **3** 궁전 건축에 사용된 재료. 2세기. 피시본 로마 궁전. **4** 궁전에 쓰인 유리 조각. 2세기. 피시본 로마 궁전. 모두 피시본.

의 홍다구洪茶丘가 먼저 떠올라요. 나중에 이름을 몽골식인 찰구이察球爾로 바꿨는데요, 개명은 매국을 위한 첫 단계죠. 몽골이 고려를 침략할 때마다 고려를 괴롭히며 고려 사람들을 가혹하게 다뤘지요.

그래도 매국의 대명사는 이완용이죠. 친일반민족행위자재산조사위원회(친일재산조사위원회)가 공개한 백서에 따르면 이완용은 경술국치인 1910년 당시 현재 가치로 200억 원에 이르는 100만 원을 갖고 있었는데, 대부분 일제로부터 받은 은사금恩賜金과 뇌물 등이었습니다.

■ 윈체스터

아서 왕과 500년 된 원탁, 원탁의 기사 앨프리드 대왕

윈체스터는 런던 남쪽, 그러니까 잉글랜드 남서부이면서 피시본보다 약간 서쪽에 위치해요. 런던 워털루 역에서 기차를 타고 가면 나오는 인구 4만 명의 아담한 도시죠. 어렸을 적 시골에서 돼지 품종을 말할 때 흰색 돼지는 '요크셔', 검은색 돼지는 '햄프셔', '바크셔'를 입에 올린 기억이 있을 겁니다. 앞서 탐방한 요크는 요크셔 지방의 행정 수도이고, 이번에 탐방하는 윈체스터는 햄프셔 지방의 행정 수도예요. '-셔shire'는 시보다 위에 있는 상위 행정 구역을 가리키죠.

윈체스터 시내 성문.

고도 윈체스터는 영국 역사에 밝지 않은 분도 한 번쯤 들어보았을 법한 왕 2명의 혼이 서린 곳이에요. 먼저 전설 속 인물, 아서 왕. 카멜롯이라는 성에 살며 보검 엑스칼리버를 차고 랜슬롯을 비롯한 원탁의 기사들과 함께 밀려드는 게르만의 일파 앵글로 족과 색슨 족을 용감하게 물리쳤다는 왕이죠. 때는 언제인가요? 410년 영국 땅에서 로마의 마지막 군단이 게르만 족의 침략에 견디지 못하고 떠난 뒤, 앵글로색슨 족이 침략하던 5~6세기죠. 영국 전역을 누비면서 이들을 막아냈다는 로마-영국계, 그러니까 켈트 족 계열의 왕이라고 볼 수 있어요. 캄란 전투에서 심하게 부상을 당해 상상의 섬 아발론으로 가서 최후를 맞이하는 것으로 전설은 끝을 맺습니다.

윈체스터에는 아서 왕과 관련된 유물이 전해지는데요, 윈체스터 성에 보관 중인 원탁Round Table이 그것입니다. 1235년 완공한 윈체스터 성의 대강당에는 큼직한 원탁 1개가 벽에 걸려 있어요. 아서 왕이 사용한 것인지는 알 수 없지만, 이 원탁이 1463년 이후 강당 벽에 변함 없이 걸려 있었던 것만은 분명한 사실입니다. 역사적 실체와 관계없이 윈체스터는 아서 왕과 원탁으로 관광객을 모으고 있는데요, 아들을 낳기 위해 포악한 일을 많이 한 헨리 8세의 공이 커요. 훗날 몰려들 관광객을 위해 자상한 배려를 해줬거든요. 1522년 원탁에 왕관을 쓴 아서 왕의 모습을 그려 넣어요. 또 칸을 나누고, 각 칸의 끝에 기사들의 이름을 적어 넣은 거예요. 컬러로 화려해진 원탁은 정말 아서 왕과 기사들이 앉았던 것처럼 분위기를 한껏 고조시켜주죠.

윈체스터의 격을 높여주는 두 번째 왕인 실존 인물 앨프리드 대왕은 앵글로색슨 족이 만든 잉글랜드 남부의 웨식스 왕국이 바이킹에게 침략당하며 수난을 겪던 9세기에 등장하죠. 앨프

윈체스터 성 대강당의 원탁. 윈체스터.

윈체스터 성당 전경.

리드는 영국 역사에서 대왕The Great King이라는 칭호가 붙는 유일한 왕이에요. 앨프리드 대왕은 바이킹의 침략을 물리친 것은 물론, 각종 법령과 제도를 정비해 앵글로색슨 왕국을 발전시킨 왕으로 칭송받습니다. 노르만의 영국 정복 직후 1079년에 세운 윈체스터 성당은 901년 숨진 앨프리드 대왕의 묘소가 있던 자리로 알려져 있습니다.

윈체스터에서 로마 시대 유물을 만나려면 윈체스터 시립 박물관으로 가야 합니다. 이곳에 있는 모자이크는 모두 5점이에요. 윈체스터와 근처의 로마 빌라에서 발굴한 작품들이죠. 관람객이 맨 먼저 보는 작품은 《꽃무늬》입니다. 박물관 2층 색슨 전시관으로 들어가는 입구에 걸려 있어요. 원래 가로 3미터, 세로 3미터의 대작이었지만 지금은 모두 훼손되고 왼쪽 위의 귀퉁이만 남은 거예요. 100년에서 150년 사이의 작품으

●꽃무늬. 2세기. 윈체스터 시립 박물관. ●●돌고래. 윈체스터 시립 박물관.

로 노끈을 꼰 모양의 기요셰 무늬 아래 이중으로 핀 연꽃이 무척 아름답죠. 《돌고래》는 3층 로마 전시관 입구에 걸려 있어요. 리틀 민스터 거리에서 하수도를 파다가 1878년 발굴했답니다. 돌고래라기보다 스코틀랜드 북부 지방의 네스 호에 산다는 괴물처럼 꼬리가 긴 돌고래의 모습이 이색적이죠.

원체스터 시립 박물관 전경.

　《돌고래》를 지나 로마 전시관 내부로 들어가면 한복판에 원체스터 모자이크 중 가장 보존 상태가 좋은 《꽃》이 관람객을 맞습니다. 원체스터 근처 스파숄트의 로마 빌라에서 1960년 발굴한 거예요. 응접실을 장식했던 모자이크로 4세기 작품이랍니다. 로마 전시관에는 목욕탕 바닥을 장식했던 모자이크 《조개껍데기》가 자리합니다. 모자이크 밑으로 온돌 구조가 보여요. 요즘 목욕탕 바닥은 단순한 타일로 시공한 경우가 많은

•꽃. 4세기. 원체스터 시립 박물관. ••꽃의 한쪽 귀퉁이에 표현한 연꽃. 4세기. 원체스터 시립 박물관.

●조개껍데기. 목욕탕 바닥 모자이크. 윈체스터 시립 박물관. ● ●크라테르. 윈체스터 시립 박물관.

데 로마 시대에는 모자이크를 설치해 아름다움을 더했으니, 로마 인들은 요즘 사람들보다 더 멋을 부리고 살았나 봅니다. 오른쪽 구석의 부채꼴 공간에는 포도주를 혼합하는 단지 《크라테르》도 있지요.

『오만과 편견』의 제인 오스틴이 첫사랑의 회한을 안고 잠든 도시

로마 전시관을 나서려는데 로마 시대에 그린 프레스코 1점이 시선을 붙들어요. 하늘색 원 안에 증명사진처럼 얼굴을 내보이고 있는 로마 여성. 금발에 기다란 눈썹, 동그란 눈. 날카로운 콧날에 암팡지게 다문 입술은 고집스러워 보이면서도 야무진 결기가 느껴져요. 누구일까요? 박물관을 빠져나와서도 이 로마 여인이 자꾸 뒤를 따라오는 것 같았어요. 2000년 전 로마 시대 윈체스터에 살았던 귀부인이 무슨 까닭으로 따라올까, 고민하다 그 이유를 알아챘어요. 여인의 영혼이 2000년을 건너 오늘에 전해지는 겁니다.

19세기 초 영국의 여성 작가 제인 오스틴이 떠오르는군요. 윈체스터는 그녀가 생애의 마지막을 보낸 도시인데요, 프레스코 속 로마 여인과 제인 오스틴의 초상화가 아주 비슷하답니다. 놀랄 정도로요. 두 살 위 언니이자 평생 친구였던 카산드라가 그린 제인 오스틴의 초상화를 인터넷에서 찾아 로마 여인 프레스코와 비교해보세요. 정말 같은 인물이 아닐까 착각할 정도로 닮았어요.

로마 시대 여인 프레스코. 윈체스터 시립 박물관.

　제인 오스틴을 잘 모르더라도 아마 그녀가 쓴 작품은 한 번쯤 들어보았을 겁니다. 『오만과 편견Pride and Prejudice』. 자존심 강한 남녀가 각종 오해와 편견을 딛고 관용과 사랑을 확인하고 이뤄가는 과정을 그린 장편소설이죠. 해학이 넘치는 문체로 18세기 영국 중·상류층 여성들의 삶에 섬세하게 돋보기를 댄 제인 오스틴의 대표작이랍니다. 제인 오스틴은 1775년 윈체스터 근처 스티븐턴에서 태어난 뒤 1817년 윈체스터에서 마흔두 살에 숨졌어요. 제인 오스틴 박물관은 그녀가 말년 8년 동안 살던 근처 도시 초턴에 마련됐고요.

　평생 독신으로 산 제인 오스틴. 젊은 날 운명 같은 로맨스를 나눠요. 스물한 살이던 1795년 12월, 아일랜드 출신의 톰 르프로이가 대학을 졸업하고 런던으로 변호사 수습 일을 위해 가던 중 스티븐턴의 친척집에 들러요. 이웃의 소개로 무도회에서 둘이 만납니다. 제인이 두 살 위 언니 카산드라에게 보낸 편지를 보면 "언니에게 내 아일랜드 남자 친구와 함께했던 일을 말하려니 두려울 정도야. 우리는 함께 앉아 있거나 춤출 때

•제인 오스틴 고택 명패. 윈체스터. ••제인 오스틴 고택. 윈체스터.

얼마나 방탕하고 충격적이었는지. 모든 걸 한번 상상해봐." 사랑에 빠진 연인이 무슨 일을 했을지 짐작이 가죠. 그러나 이 사랑은 깨지고 맙니다. 르프로이 가족의 반대 때문이에요. 가난한 르프로이는 가족의 의견을 따르지 않을 수 없었어요. 그때나 지금이나 집안과 재력이 문제지요. 꿈같던 사랑은 두 달도 안 돼 1796년 1월 말 끝납니다. 둘은 다시는 만나지 못했어요. 훗날 아일랜드 대법원장을 지낸 르프로이는 자신의 조카에게 "제인 오스틴과 풋사랑을 나눴다."고 털어놓습니다. 작가 제인 오스틴의 명성이 아주 높았을 시점이지요. 더 중요한 것은 그녀가 이미 저세상으로 떠난 뒤였다는 거예요.

제인 오스틴은 아마 평생 이 사랑을 가슴속에 담고 살았을 겁니다. 『오만과 편견』에서 제인 오스틴이 만들어낸 가공인물 엘리자베스는 문벌과 재력의 차이에서 오는 오만과 편견을 극복하죠. 언니의 결혼도 성사시키고 자신의 사랑도 쟁취합니다. 하지만 정작 본인은 현실의 벽을 무너뜨리지 못하고 사랑에 실패해 독신의 삶을 살았어요. 소설처럼 내 운명을, 내 현실을 스스로 바꿔가며 살 수 있다면 얼마나 좋을까요.

■ 도체스터

순결한 여인 테스, 가슴 적시는 사연 속으로

가슴 아픈 사랑에 눈물지었을 제인 오스틴의 잔상을 떨치지 못한 채 도체스터Dorchester로 갔어요. 아마 여기서도 또 한 명의 잊지 못할 여인을 만날 것 같은데요, 윈체스터가 제인 오스틴의 도시라면 도체스터는 토머스 하디의 도시죠. 건축 기사로 일하며 틈틈이 소설을 쓰다 전문 작가가 돼 19세기 말에서 20세기 초 영국 문단을 대표했던 하디의 작품을 기억하실 거예요. 여주인공의 고단한 인생을 통해 감수성 예민한 독자들의 가슴을 눈물로 적셨잖아요. 1891년 작품인데요, 원제는 『더버빌가의 테스, 순결한 여인』, 줄여서 『테스』라고 하지요.

테스 얘기는 나중에 살펴보고요, 먼저 로만 타운 하우스Roman Town House로 가죠. 초원에 도체스터 시 청사를 짓다가 1933년 발견한 로만 타운 하우스가 말끔하게 단장을 끝내고 관람객을 맞이해요. 야트막한 잔디밭 구릉 아래로 로마 시대 건물 잔해가 보이는데요, 도리아식 기둥 하나가

로만 타운 하우스. 도체스터.

•8번 방의 기요세 모자이크. 4세기. 도체스터. ••10번 방의 팔각형 모자이크. 4세기. 도체스터.

외롭게 로마 유적임을 알리며 서 있답니다. 그 뒤로 모자이크를 보호하기 위해 만든 보호각이 보여요. 비바람과 햇빛을 막되 4세기경에 만들어진 내부 모자이크를 들여다볼 수 있도록 벽을 유리로 만들었어요. 안내 책자 자판기에서 도체스터 로만 타운 하우스 책자를 사서 보면 이해가 빨라요.

도싯 카운티 박물관 전경. 도체스터.

잔해를 거쳐 건물 앞으로 다가서면 모두 18 개 방 가운데 7개 방에 모자이크가 남아 있어요. 먼저 8번 방과 마주하는데요. 끈을 꼬아놓은 듯한 기요세 무늬가 선명하게 남아 있죠. 8번 방의 왼쪽에 붙어 있는 10번 방은 규모가 큽니다. 왼쪽으로 돌면서 보면 15개의 팔각형 안에 기요세로 둘러싸인 각종 꽃무늬가 눈길을 끌어요.

로만 타운 하우스에서 나와 시청을 가로지른 뒤 큰길에서 왼쪽으로 틀어 도싯 카운티 박물관으로 갑니다. 입장료를 내는 계산대 위 벽에는 모자이크 작품《바다 괴물》이 마치 수호신처럼 버티고 서 있어요.

콘서트나 집회 공간으로 활용하는 빅토리아 홀 안으로 들어가면 홀 바닥을 가득 메운 기요세 무늬가 눈에 들어옵니다. 시내 던게이트 거리에서 발굴한 4세기 작품인데요, 규모가 무척 커 다양한 기하학무늬나 꽃무늬를 어떻게 모자이크에 활용했는지 살펴보기 좋아요. 안타까운 것은 평소 철제 의자 수백 개를 모자이크 위에 놓고 콘서트를 연다는 거예요. 유럽에서는 유적이나 유물을 그냥 두고만 보는 게 아니라 일상에 활용하

는 지혜를 발휘하곤 하죠. 하지만 이건 좀 너무하지 않나 싶어요. 입구 쪽 구석에는 단풍잎을 묘사한 흑백 모자이크도 1점 자리를 지킵니다. 빅토리아 홀에서 왼쪽 '현대 전시 홀'로 자리를 옮기면 대양의 신《오케아노스》가 펼쳐져요. 맨 위 반원형 패널 안에 오케아노스를, 그 아래에 기하학무늬를 배치했네요. 2세기 작품이랍니다. 하지만 이 작품 역시 카페 통로의 바닥으로 활용하고 있어 안타까움을 더합니다.

스톤헨지에서 체포된 테스, 남성 위주 인습 깬 희생양

여기서 삐걱거리는 나무 계단을 밟고 2층으로 올라갑니다. 2층은 고고학 전시관으로 각종 고대 유물을 전시하고 있어요. 《꽃무늬와 기요세》 모자이크의 호위를 받으며 《여름 여신》으로 추정되는 모자이크가 고적하게 자리를 지키고 있군요. 여신을 자세히 들여다볼까요. 흰색 바탕의

• 오케아노스 전경. 모자이크 위에 각종 가구가 놓여 있다. 2세기. 도싯 카운티 박물관. •• 오케아노스, 2세기. 도싯 카운티 박물관.

둥근 원 안에 자리한 여신은 입에 무엇인가를
문 모습인데, 눈을 보세요. 아름답고 동그란
눈이 왠지 무척 슬퍼 보이죠. 우수에 젖은 그
녀의 눈빛은 무엇을 암시하는 걸까요. 이를
궁금해하면서 고고학 전시관 옆으로 가면 답
이 있어요.

여름의 여신. 도싯 카운티 박물관.

　　영국이 자랑하는 도체스터 출신의 유명
작가 토머스 하디를 기리는 다양한 자료와 유품을 모아놓았는데요, 우리
기억 속에 남겨진 바로 그 작품 『테스』와 연결돼요. 제인 오스틴의 『오만
과 편견』속 엘리자베스는 신데렐라 같은 해피엔딩을 맞지만, 『테스』의
주인공 테스는 정반대지요. 가난에 찌든 농민의 큰딸, 열일곱 살의 테스
는 먼 친척뻘 되는 더버빌 집안에서 일해주며 살다 그 집 아들 알렉의 유

토머스 하디 사진. 도싯 카운티 박물관.

혹에 빠져 순결을 잃고 맙니다. 이듬해 테스는 아기를 낳아요. 하지만 장애를 안고 태어난 아기는 일주일 만에 죽고 말지요. 아기 이름이 '슬픔Sorrow'이에요. 슬픔을 땅이 아닌 가슴에 묻은 테스는 2년 뒤 자신의 과거를 모르는 다른 고장으로 가 목장에서 젖 짜는 일을 하게 돼요. 여기에서 고향에 살 때 우연히 만난 '엔젤(Angel, 천사)'과 재회하고 그와 결혼하죠. 그런데 첫날밤, 이게 무슨 일인가요.

남편이 자신의 과거사를 고백하자 테스도 남편이 모든 것을 이해해주리라 착각하고 지난날을 고백해요. 테스의 친정어머니가 절대 비밀로 하라고 했건만 그녀는 그러지 않았죠. '천사'라는 이름과 달리 엔젤은 결혼을 깨고 브라질로 농장 사업을 위해 떠나요. 테스는 가족을 구하기 위해 첫 연인 알렉을 만나 그의 정부가 되고요. 이때 엔젤이 브라질에서 사업에 실패하고 병까지 얻어 돌아와요. 귀로에 "여인의 과거보다 미래가 더 중요하다."는 말을 들은 엔젤은 지난 일을 후회하죠. 수소문 끝에 귀부인처럼 살고 있는 테스를 만난 엔젤. 용서와 사랑을 구합니다. 일단 엔젤을 다시 오지 말라고 내쫓은 테스. 눈물을 흘리며 엔젤과 자신의 사랑을 두 번이나 깨뜨린 알렉을 살해해요. 그런 다음 엔젤을 쫓아가죠. 짧지만 꿈같은 사랑의 도피는 선사 시대 유적 스톤헨지에서 끝납니다. 스톤헨지 돌 제단 위에서 밤잠을 달게 잔 다음 날 아침 체포돼 처형당하는 테스. 죽기 전 엔젤에게 자기 여동생과 살 것을 당부하죠. 테스가 사형에 처해지고, 엔젤과 여동생은 손잡고 새 길을 걸어가요. 눈물 없이 읽을 수 없는 비극이지요.

왜 토머스 하디는 테스를 엔젤이랑 행복하게 살게 하지 않고 군이 사형수를 만들어야 했을까요. 저항이자 고발이죠. 가여운 여인 테스가 살았던 19세기 영국만 해도 여성의 인권이나 사회적 지위는 무척 낮았어요. 토머스 하디가 『캐스터브리지의 시장』을 통해 고발한 것이지만, 아내도 파는 세상이었으니까요. 영국에서 여성 참정권을 인정한 것은 하디가 죽은 해인 1928년입니다. 그러니 남성 중심적 사고와 고루한 도덕관념이 지배적인 세상에서 고통스러운 삶을 영위하는 가난하고 신분이 미천한 여성들의 삶을 개선하고자 하는 저항의 표현이 불행한 테스를 만든 겁니다. 이는 테스의 체포 장소를 스톤헨지로 삼은 데서 극적으로 표현돼요. 스톤헨지가 무엇인가요? 지금이야 천문학 연구 장소 등 다양한 해석이 제기되고 있지만, 토머스 하디가 글을 쓸 때까지만 해도 절대적인 존재와 만나고 싶어 했던 인간의 염원을 전하는 성소였어요. 테스가 단잠을 잔 뒤 체포된 제단은 희생 제물을 올리는 곳이랍니다. 하디는 테스를 희생양으로 남성 중심의 인습과 세태를 개선해달라고 제를 올린 거예요.

눈시울이 뜨거워져 모자이크 전시실과 토머스 하디 유품 전시실을 빠져나왔어요. 문득 1979년 나스타샤 킨스키가 테스 역을 맡은 영화 「테스」가 생각났어요. 나스타샤 킨스키의 왕방울만 한 두 눈, 모자이크 속 《여름 여신》의 눈물 그렁그렁 맺힐 듯한 두 눈, 상상 속 테스의 가련한 눈망울, 그리고 거리의 영국 여인들이 보여주는 밝은 표정이 하나로 겹쳐집니다.

■ 시런세스터

기부가 만들어낸 박물관에 사는 산토끼

시런세스터Cirencester는 런던에서 서쪽으로 150킬로미터 떨어진 작고 아담한 도시예요. 런던 패딩턴 역에서 출발해 스윈던에서 기차를 갈아타고 캠블로 갑니다. 캠블에서 버스를 타고 시런세스터에 내려요. 버스가 1시간에 한 대 정도 다니니 무척 불편해서 시런세스터까지 택시를 탔어요. 목적지는 코리니움 박물관이죠. '코리니움'은 로마 시대 시런세스터의 지명이에요.

박물관의 역사가 길어요. 1849년 시런세스터 중심가 다이어 스트리트에서 하수도 공사를 하다 꽃미남 사냥꾼 악타이온의 슬픈 전설이 담긴 《사계절》 모자이크를 발견했죠. 이를 보존하고 전시하기 위해 바서스트 공작이 630파운드를 기부했고, 1856년에 박물관을 지었습니다. 돈 벌어 이런 데 쓰면 참 멋있어 보이죠. 1938년 시런세스터 지방정부가 3791파운드를 들여 현 위치로 박물관을 옮기고, 새

코리니움 박물관. 시런세스터.

• 입구 전경. 코리니움 박물관. • • 기하학무늬. 2세기. 코리니움 박물관.

로 발굴한 모자이크를 계속 들여오고 있답니다.

　박물관으로 들어가 정면의 큼직한 모자이크 작품 2점 가운데 오른쪽
은《기하학무늬》랍니다. 원래는 12개의 팔각형이 있었지만, 지금은 3개
남았어요. 제2차 세계대전 직후인 1947년 시내 빅토리아 거리의 목재 야
적장에서 발굴했죠. 다음은《산토끼》예요. 1971년 시내 비치로드에서 찾
아낸 이 모자이크는 산토끼를 가운데 원에 두고 보기 드물게 주변에 16

면체 별 모양의 테두리를 만들었어요.

정면에 있는 모자이크 뒤로 돌아가면 제작 기법이 뛰어나고 원형도 잘 보존된 《사냥개》 모자이크가 바닥에 누워 자태를 뽐내요. 날카로운 이빨을 드러내고 사냥감을 향해 달려가는 개 세 마리가 보이죠. 사냥개 주변에 《메두사》가 보입니다. 머리에 여러 마리의 뱀을 단 흉측한 모습으로 관람객을 노려봐요. 관람객은 얼른 시선을 돌려야지요. 그리스 인들은 메두사와 눈길이 마주치면 돌로 변한다고 믿었으니까요. 영국 모자이크를 탐방하다 이역만리에서 돌이 되지 않으려면 조심해야죠. 해초 수염을 단 대양의 신 《오케아노스》와 상상의 동물로 돌고래를 뒤쫓는 《바다표범》, 《바다기린》도 사냥개 세 마리의 주변을 장식하죠.

여신의 알몸을 보면 서양에서는 죽음, 한국에서는 결혼
《사계절》은 로마 인들이 어떻게 실내 장식을 하고 살았는지 한눈에

1 사냥개 모자이크 전경. 2~3세기. 코리니움 박물관. **2** 원 안의 사냥개. 2~3세기. 코리니움 박물관. **3** 메두사. 2 ~3세기. 코리니움 박물관. **4** 오케아노스. 2~3세기. 코리니움 박물관. **5** 돌고래를 쫓아가는 바다표범. 2~3세 기. 코리니움 박물관.

이해할 수 있도록 해줘요. 오늘날의 실내 인테리어나 가구 배치와 크게 다르지 않아 오히려 어리둥절해지죠.

《사계절》 모자이크는 구구절절한 사연을 9개의 팔각형 속에 담았는데 지금은 5개만 남아 있죠. 《악타이온》, 《실레노스》 그리고 《봄》, 《여름》, 《가을》. 이 가운데 사냥개에 물려 고통스러워하는 《악타이온》의 비극은 다 아실 테죠. 악타이온은 사냥의 여신 아르테미스가 연못에서 목욕하는 모습을 들여다본 죄로 벌을 받아요. 너무 끔찍하죠. 사냥개들은 아르테미스의 마법에 걸려 주인을 사슴으로 본 겁니다. 악타이온 머리 위의 뿔은 사슴으로 변했음을 상징하는 기법이죠. 숲 속 잎이 무성한 나

●사계절 가운데 악타이온. 2~3세기. 코리니움 박물관. ●●사계절 가운데 실레노스. 2~3세기. 코리니움 박물관.

무 아래서 흰색과 검은색의 사나운 개 두 마리가 인정사정없이 악타이온을 물어뜯고 있죠. 유혈이 낭자해요. 왼쪽의 무성한 잎은 삶, 오른쪽의 잎이 모두 떨어진 나무는 죽음. 삶과 죽음을 이렇게 자연현상을 이용해 전하는 표현 방법, 마음에 느시나요? 함축적인 비유 기법이 멋지다고 감탄하기에는 악타이온이 너무 가엾지요. 서양 인심이 우리네랑 많이 다른 것 같지 않나요?

우리에게도 여신의 알몸을 들여다본 사건이 있죠. 기암괴석 1만 2000봉의 금강산이 동해의 푸른 바다와 만나 세계적인 절경을 만들어내는 해금강. 그곳에 감호라는 작은 호수가 있어요. 고성 통일전망대에서도 망원경으로 보입니다. 숨겨진 비경인 탓에 하늘나라 선녀님들도 내려와 미역 감고 올라가는 곳이지요. 사냥꾼에게 쫓기던 사슴을 구해준 금강산 나무꾼이 사슴이 귀띔해준 장소인 감호 물가에 들렀다가 그만 봐서는 안 될 것을 보고 말았죠. 목욕하는 선녀의 알몸을요. 어여쁜 여인이랑 함께 살고 싶어 그는 얼른 옷을 감췄죠. 시원하게 목욕을 마치고 하늘로

●사계절 가운데 여름. 2~3세기. 코리니움 박물관. ●●사계절 가운데 가을. 2~3세기. 코리니움 박물관.

올라가려던 선녀님, 감쪽같이 옷이 없어졌네요. 어쩔 줄 몰라 당황한 선녀 앞에 나무꾼이 점잖게 나타나 말하죠. "저랑 가시죠. 잘 모시겠습니다." 나무꾼과 선녀는 초가 오두막이지만 아들딸 낳고 행복하게 살다 하늘나라까지 같이 올라가요. 여신 알몸 좀 봤다고 결혼은커녕 달콤한 데이트도 못 해보고 처참하게 죽임을 당한 악타이온. 나무꾼처럼 옷을 감출 것이지.

당나귀를 타고 오른손에 포도주 잔 칸타로스를 든 수염 난 노인은 디오니소스의 스승이자 양부인 《실레노스》예요. 포도주 한잔 걸치고 한적한 숲길을 당나귀 타고 거니는 모습이랍니다. 당나귀 귀 좀 보세요. 쫑긋솟았죠. 모자이크에서 계절의 여신은 3명만 나와요. 《봄》은 머리에 꽃과 잎사귀를 얹었어요. 오른쪽 어깨에는 꽃송이가 피어나고, 왼쪽 어깨에는 제비가 앉았어요. 《여름》은 금방 알 수 있겠지요. 밀 이삭을 잔뜩 머리에 꽂고 손에도 들고 있어요. 오른손에는 밀을 베는 낫이 보여요. 포도송이를 인 《가을》도 보고 지나시죠. 1824년에 발굴한 《오르페우스》도 있어요. 4세기 작품이에요.

■ 램스베리(리틀코트 파크)

기독교가 로마 제국 몰락의 원인, 율리아누스 황제 복고 운동

시런세스터를 갈 때는 스윈던에서 캠블 가는 기차로 갈아타지만, 램스베리는 스윈던에서 내려 버스로 갈아탑니다. 역에서 나와 큰길을 건너면 버스 정류장이 있어요. 1시간에 한 대 다니는 46번이나 48번 버스를 타고 50분가량 달리면 램스베리가 나와요. 그러나 여기서 내리면 안 돼요. 더 지나 칠튼 폴리아트에서 내려야 해요. 모사이크가 자리한 행정 구역은 램스베리지만 찾아가는 길은 칠튼 폴리아트에서 더 가깝거든요. 버스가 가던 방향으로 작은 개울 케네트를 건너면 삼거리가 나와요. 여기에서 오른쪽으로 방향을 틀면 한적하고 운치 있는 아름다운 시골길이 끝

●리틀코트 파크 가는 길. 램스베리. ●●리틀코트 파크 모자이크 장소. 램스베리.

오르페우스 모자이크 전경. 4세기. 램스베리.

없이 이어집니다. 적당히 지칠 만큼 걸으면 '리틀코트 하우스Littlecote House'라는 안내 간판이 나타나요. 호텔이자 레저 클럽입니다. 입구로 들어가 다시 직선으로 뻗은 길을 걸으면 고풍스러운 성이 나오고, 이 성을 지나 '로만 모자이크Roman Mosaic' 표시를 따라가요. 힘들어질 때쯤 드넓은 잔디밭 너머 오른쪽 끝에 모자이크가 나와요.

《오르페우스》 모자이크는 반원형의 애프스Apse를 3개 붙여 직사각형으로 길게 만들었네요. 로마 시대 건축양식인데 훗날 교회를 건축할 때 자주 활용했죠. 위에서 내려다보면 십자가 형태이기도 해요. 오르페우스는 붉은색 프리기아 스타일의 모자에 붉은색 망토를 걸치고 있어요. 특이하게 서서 키타라를 연주해요. 다른 작품에서는 많은 짐승들이 주옥같

은 선율에 감동의 도가니
로 빠져드는 모습인데요,
여기서는 달랑 한 마리. 너
무 썰렁하죠. 하지만 서운
해하면 안 됩니다. 주변에
4명의 사계절 여신이 듣거
든요.

애프스에서 본 오르페우스 모자이크. 4세기. 램스베리.

《오르페우스》를 기준
으로 왼쪽 위부터 시계 방
향으로《가을》,《겨울》,《봄》,《여름》입니다. 모두 말을 타고 있는 모습이
흥미로워요.《봄》의 여신은 알몸의 상반신을 드러내며 봄에 오는 철새 백
로와 같이 앉아 있죠. 여신이 타고 있는 말에는 붉은 장미꽃이 점점이 박
혀 있고요.《여름》여신은 밀을 수확하는 계절을 상징하듯 둥글게 생긴
낫을 들었어요.《가을》여신은 민소매의 푸른색 튜니카를 입고 붉은 망토
를 걸쳤네요. 머리를 포도송이로 표현했어요.《겨울》여신은 훨씬 세련된
디자인의 튜니카를 입고 손에 겨울을 상징하는 올리브 가지를 들었어요.

●오르페우스 가운데 봄. 4세기. 램스베리.
●●오르페우스 가운데 여름. 4세기. 램스베리.
●●●오르페우스 가운데 가을. 4세기. 램스베리.
●●●●오르페우스 가운데 겨울. 4세기. 램스베리.
●●●●●오르페우스 가운데 조개 무늬. 4세기. 램스베리.

오르페우스. 4세기. 램스베리.

3개의 애프스에는 조개 무늬를 넣었 답니다. 《오르페우스》와 사계절의 여 신 밑으로 《기하학무늬》 모자이크가 깔끔한 카펫처럼 깔려 있어요. 미앤 더, 기요세, 별 모양 장미꽃 등이 정 갈한 아름다움을 선사해요.

모자이크를 설치한 360년은 313 년 콘스탄티누스 황제가 기독교를 공 인한 뒤 50년 가까이 지난 때인데요, 어떻게 전통 그리스 · 로마 신을 묘 사하는 모자이크를 설치할 수 있었을까요?

콘스탄티누스 황제는 337년에 죽습니다. 이때 전대미문의 학살 사 건이 발생해요. 황제의 아들(콘스탄티누스 2세, 콘스탄티우스 2세, 콘스탄스 1세) 3 명과 조카 2명(배다른 동생의 아들인 갈루스, 율리아누스)을 제외한 콘스탄티누스 가문 소속 남자들이 모두 살해됩니다. 기독교를 인정한 신의 충실한 종 복 콘스탄티누스 황제의 자손들이 겪어야 할 고통치고는 끔찍했죠. 황제 계승권에 문제가 생길 것 같아 큰아들 콘스탄티누스 2세가 계획한 살인 극이라는 설이 파다했어요. 제위를 든든하게 다진 콘스탄티누스 2세는 모든 사회 제도를 기독교식으로 바꾼 아버지의 뜻을 받들어 통치했어요. 하지만 361년 서른한 살에 제위에 오른 사촌 동생 율리아누스 황제의 생 각은 달랐습니다.

율리아누스는 그리스식으로 교육받았고, 황제이기에 앞서 마르쿠스 아우렐리우스를 존중한 스토아 철학자였어요. 율리아누스는 로마가 침체된 원인이 관용 없는 기독교와 그 제도에 있다고 믿었지요. 기독교의 영향력은 너무 커졌고, 수많은 특권과 소모적인 이단 논쟁으로 제국을 위기 속으로 빠뜨린다고 판단한 거예요. 그래서 그는 기독교의 힘을 견제하고, 전래 로마 신앙을 바탕으로 사회를 다시 통합하려 애썼습니다. 이

리틀코트 파크의 로마 시대 목욕탕 유적. 램스베리.

단으로 몰린 많은 성직자들을 복권시키고, 기독교의 힘을 줄이려 노력했어요. 그래서 기독교계는 그를 배교자Apostate라고 불러요. 국내 정치에서는 사치를 막고, 검소한 생활을 통해 재정을 튼튼히 했죠. 대외적으로는 강력한 정복 전쟁을 추진했고요. 하지만 363년 사산조 페르시아 원정에 나섰다가 그만 창에 찔려 서른세 살의 나이로 죽고 말아요. 신의 징벌인가요. 콘스탄티누스 가문의 마지막 황제인 동시에 마지막 비기독교도 황제였던 그의 죽음으로 로마 제국은 더욱 수렁으로 빠져들죠. 리틀코트 파크의 전통 그리스 · 로마 소재 모자이크는 율리아누스 황제 시절에 탄생한 겁니다.

■ 배스

왕자의 문둥병을 고친 목욕의 대명사 배스, 로마 호화 목욕탕

전설에 따르면 영국 왕의 아들 블라더드는 어려서 문둥병을 앓아 궁정에서 쫓겨났지요. 돼지우리 속으로 들어간 블라더드. 그만 돼지들까지 문둥병에 걸리고 말았답니다. 어느 추운 겨울날 블라더드는 돼지들과 함께 따뜻한 물이 솟구치는 진흙탕에서 뒹굴며 놀았는데요, 놀라운 일이 벌어졌어요. 진흙탕에서 나오자 그의 문둥병이 깨끗이 나은 겁니다. 궁정으로 돌아가 왕이 된 블라더드는 진흙탕이 있던 곳에 도시를 세웠는데, 그곳이 배스Bath입니다. 20세기 초 영국이 만든 우표에 등장하는 내용인데요, '목욕Bath'이라는 말이 바로 이 도시 이름에서 나온 겁니다.

배스는 잉글랜드 서쪽 끝자락, 웨일스 지방과 인접해 있죠. 런던 패딩턴 역에서 기차가 자주 다녀요. 1시간 30분 거리랍니다. 켈트 족을 정복하고 입성한 로마는 배스를 희생 의식을 치르는 성소 겸 온천 치료소로 발전시켰어요. '더운물'이라는 뜻의 '아쿠아 칼리다'라고 불렀죠. 그러나 3세기 말 게르만 족의 침입이 격화되면서 이 지역은 쇠퇴합니다. 로마 온천은 어떻게 됐을까요? 하수도가 파괴되면서 물이 빠지지 않자 진흙탕이 되고 말았어요. 찬란했던 신전과 목욕탕 유적은 흙탕물 속에 묻

1 대온천탕. 배스.
2 대온천탕으로 흘러드는 온천 원수. 배스.

혔고요. 수도원의 소유로 넘어간 배스는 973년 캔터베리와 요크 대주교의 승인 아래 에드거 왕이 즉위하면서 다시 번창해요. 1066년 프랑스에서 넘어와 영국을 점령한 노르만 왕조 때는 '왕의 목욕탕'이라 불릴 정도로 발전했지요.

중세 이후 활기를 되찾은 배스에서 로마 시대 유적이 발견된 것은 18세기입니다. 1880년에서 1881년에는 로마 시대 목욕탕인 대온천탕을 발굴하는 데 성공했어요. 이곳을 복원해 지금은 로마 시대 목욕탕 시설과

해마. 배스.

구조를 들여다볼 수 있는 역사 공간으로 탈바꿈했지요. 박물관도 겸해 각종 조각과 미용 관련 생활 소품, 신전 제단을 전시하고, 모자이크《기하학무늬》와《해마》2점을 전시해놓았어요.《기하학무늬》는 많이 훼손됐고요,《해마》는 살아 움직이는 듯 생생한 모습으로 온천 도시를 지키죠. 복원된 현장에서는 지금도 1초에 13리터, 하루 110만 6400리터의 온천수가 쏟아져요. 온천수는 섭씨 46도인데, 칼슘과 유황을 포함해 43가지 미네랄이 들어 있답니다. 맛을 보니 유황 성분이 많아 그런지 무척 쓰고 떫더군요. 일본 벳부의 유황 온천에서 마시던 온천수 맛과 비슷해요.

로마 제국 말기 수도 로마에는 무려 8개의 초대형 무료 공중목욕탕이 있었고, 저렴한 요금을 내는 830개의 소형 사설 목욕탕까지 있었다니 로마의 목욕 문화가 로마 문명과 어떤 관계였는지 짐작하시겠죠? 대형 공중목욕탕의 구조를 목욕 순서대로 알아보죠.

① 아포디테리움Apoditerium : 탈의실.

② 라트리나Latrina : 공중화장실.

③ 팔레스트라Palestra : 체력 단련장.

④ 나타티오Natatio : 실외 수영장.

⑤ 테피다리움Tepidarium : 미지근한 방. 미온욕실微溫浴室.

⑥ 칼다리움Caldarium : 뜨듯한 방. 온욕실溫浴室.

⑦ 라코니쿰Laconicum : 아주 뜨거운 열기욕실熱氣浴室.

⑧ 프레지다리움Fregidarium : 차가운 방의 냉탕.

⑨ 수다토리움Sudatorium : 수증기 욕실.

⑩ 운치오니움Unzionium : 몸을 식힌 뒤 마사지, 털 다듬기, 오일 바르기, 향수 뿌리기 코스.

⑪ 음식점, 주점, 정원, 일광욕장, 도서실, 강연실, 오락실, 연회실 등.

로마 시대에 목욕은 단순히 몸을 씻는 차원이 아니라 사교의 개념이었죠. 오전에는 포럼 등에서 공적 업무를 보고 오후에는 목욕을 즐겼어요. 스페인 땅 코르도바 출신의 스토아 철학자이자 네로 황제의 철학 교사였던 세네카는 "목욕과 포도주와 비너스가 우리를 타락시키고 있다. 그러나 목욕과 포도주와 비너스는 우리의 삶이다."라고 말해요.

BC 2세기 여자들이 목욕탕에 가기 시작할 때는 남녀 공간이 구분됐어요. 그러나 BC 50년경 로마의 정치가이자 카이사르에 반대하고 공화주의를 내세우다 옥타비아누스에게 죽은 키케로는 목욕탕에서 남녀 공간에 대한 규칙이 존중되지 않는 현실에 독설을 쏟아부었어요. 스캔들이 문제가 됐죠. 2세기 초 하드리아누스 황제는 스캔들을 끊기 위해 목욕탕에 가지 않겠다고 선언했어요. 개과천선한 사람의 규율이 더 엄격한 법. 황제는 엄격한 남녀 분리령을 내렸습니다. "남자는 오후, 여자는 오전." 마르쿠스 아우렐리우스 황제, 셉티미우스 세베루스 황제 때도 똑같은 포고령이 나왔어요. 원칙이 잘 무너졌다는 것을 의미하죠. 참, 한국 찜질방은 로마 목욕 문화의 부활, 환생이라고 볼 수 있어요.

■ 카디프

로마와 게르만에 맞선 켈트 족의 전설, 나일 강 풍경

카디프는 웨일스의 수도죠. 배스에서 30여 분, 런던 패딩턴 역에서 기차를 타고 2시간이면 도착하는 곳이지만 언어가 다르답니다. 거리 안내 간판의 철자를 전혀 알 수 없어요. 발음도 낯설고요. 왜 그럴까요? 민족 구성이 달라서입니다. 켈트 족의 후예가 살거든요.

카디프의 인구는 33만 명. 주변 위성도시까지 합쳐도 120만 명 정도에 불과합니다. 카디프 중앙역에서 내리면 걸어서 주요 유적지나 명소를 탐방할 수 있지요. 기차역에서 나와 곧장 걷다 보면 밀레니엄 스타디움을 볼 수 있어요. 계속 직진하면 카디프 성으로 이어집니다. 카디프의 역사를 한눈에 확인할 수 있는 좋은 유적이죠. 카디프 성은 로마가 75년 켈트 족 거주지에 쌓은 성벽 잔해 위에 건축했어요. 로마의 흔적이 성벽에 그대로 남아 있답니다. 카디프 성은 영국 귀족들의 생활상을 잘 보여주는 성 내부 탐방 코스도 운영하고 있어요.

카디프 성에서 오른쪽으로 가면 드넓

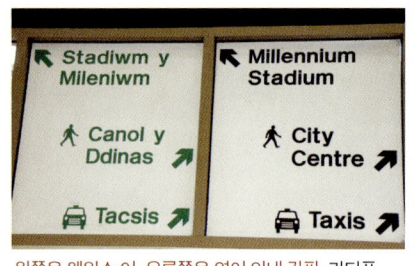

왼쪽은 웨일스 어. 오른쪽은 영어 안내 간판. 카디프.

1 카디프 성. 카디프. **2** 가운데 붉은 벽돌 아래가 로마 성벽. 그 위는 중세에 증축한 부분. 카디프.
3 밀레니엄 스타디움. 카디프. **4** 카디프 박물관. 카디프.

1	2
	3
	4

나일 강 전경. 카디프 박물관.

은 잔디 공원이 나옵니다. 공원 너머로 거대한 돔을 가진 2개의 웅장한 건물이 자리해요. 돔 위로 탑이 있는 건물이 카디프 시청, 그 오른쪽에 아무런 장식이 없는 돔 건물이 카디프 박물관이에요. 박물관 1층으로 들어가면 왼쪽으로 자연사 전시관, 오른쪽 구석에 '기원Origins'이라는 전시관이 자리합니다. 직사각형으로 길게 뻗은 이 전시관은 중간 지점에 로마 코너가 있고요, 입구에서 내부를 바라보았을 때 로마 코너의 왼쪽 벽면에 모자이크 1점이 걸려 있어요. 작품 이름은 《나일 강》. 발굴 장소와 제작 연대는 밝히지 않고 오직 제목만 적어놓는데요, 아주 섬세한 표현 기법에서 미세한 테세라를 사용한 베르미쿨라툼의 전형을 보여줍니다.

모자이크의 내용을 보죠. 먼저 나일 강에 배가 한 척 떠 있습니다. 배에는 모두 9명이 타고 있어요. 맨 오른쪽 남자가 전형적인 뱃사람 복장이네요. 모자를 쓰고 옆이 터진 반바지를 입었어요. 왼쪽 선원은 알몸, 오른쪽 뒤 역시 알몸으로 추정돼요. 배 안에는 모자를 쓴 남자, 어린 남자, 머리에 두건을 쓴 여자 2명이 자리해요. 배가 막 출발하는 장면을 그렸어요. 어떻게 알 수 있냐고요? 왼쪽 알몸의 남자가 뭍에서 강으로 힘차게 배를 밀고 있고, 배 안에서는 2명의 남자가 노를 젓는 대신 삿대를 강바닥에 대고 배를 수심이 깊은 지점까지 미는 중이거든요. 배 뒤로는 농가의 창고와 당나귀, 일하는 농부가 보이죠. 한가롭고 여유로운 전원 풍경이에요.

■ 기타 도시들

레딩 박물관의 《꽃무늬》와 노스 레이의 야외 《기하학무늬》

앞서 살펴본 16개 도시 외에 몇몇 도시도 모자이크를 간직하고 있기에 살짝 들렀다 갑니다. 먼저 런던에서 50킬로미터 정도 떨어져 있는 레딩Reading. 우리로 치면 서울 남서쪽의 수원쯤 되죠. 런던 패딩턴 역이나 워털루 역에서 직행 열차를 타면 언제든 30분 만에 갈 수 있는 가까운 거리예요.

레딩 박물관은 기차역 앞 왼쪽 사거리에서 오른쪽으로 조금만 올라가면 돼요. 걷다 보면 왼쪽에 고풍스러운 건물이 나와요. 박물관이죠. 입구로 들어가면 왼쪽은 박물관, 오른쪽은 콘서트홀입니다. 3층이 모자이크 전시실이죠.

레딩 박물관 전경. 레딩.

실체스터의 로마 빌라에서 가져온 큼직한 모자이크 2점이 벽에 걸려 눈길을 끌어요. 먼저 화려한 컬러의 《꽃무늬》. 9개의 육각형 엠블레마에 꽃무늬와 칸타로스를 표현했어요. 육각형 사이에는 4개의 마름모가 자리하는데요, 마름모 속에는 스와스티카 무늬가 들어 있지요.

1 꽃무늬. 레딩 박물관. 2 꽃무늬 가운데 해바라기. 레딩 박물관. 3 꽃무늬 가운데 칸타로스. 레딩 박물관. 4 기하학무늬. 레딩 박물관.

전체 모자이크 패널의 가장자리는 기요세 무늬로 장식했어요. 또 하나의 작품은 흑백 《기하학무늬》예요. 모자이크 패널 전체를 미앤더曲流 무늬로 장식했고요, 가운데에는 삼각형, 바둑판, 마름모, 별 같은 다양한 기하학 무늬가 빼곡하게 들어차 있어요.

레딩에서 기차를 갈아타고 옥스퍼드 쪽으로 가다 보면 노스 레이North Leigh 마을이 나오는데, 여기에 로마 빌라가 있어요. 택시를 불러 타고 가

•로마 빌라 입구. 노스 레이. ••목욕탕 유적 잔해와
모자이크 보호각. 노스 레이. •••매듭과 꽃무늬 모자
이크. 노스 레이.

야 해요. 두 채를 발굴해 한 채만 일반에 공
개하고 있죠.

'노스 레이 로마 빌라' 라는 깔끔한 안내
표지판 너머로 건물 기초로 쓰였던 돌덩이들
만 이끼 낀 채 을씨년스럽게 남아 유적지임
을 알려줘요. 목욕탕 유적을 지나면 구석에
함석지붕과 유리문을 단 간이 건물이 보여
요. 바닥 모자이크를 보호하기 위해 지상에
설치한 시설입니다. 유리창을 통해 내부에
있는 로마 시대 모자이크를 들여다보도록 돼
있어요. 기하학무늬가 주요 소재예요.

찰스 다윈의 슈루즈베리

레딩에서 배스를 지나 웨일스의 수도 카
디프에 도착하기 직전 브리스틀Bristol이 나
옵니다. 인구 41만 명으로 꽤 큰 도시예요.
18세기까지만 해도 런던에 이어 두 번째로
큰 도시였지만, 산업혁명으로 맨체스터나 리
버풀, 버밍엄이 급성장하면서 뒤로 밀렸어
요. 현재도 인구는 갈수록 줄어드는 추세지만 아직까지는 잉글랜드 서부
지역의 문화, 경제, 교육의 중심지 역할을 하고 있어요. 바다에 접해 있어
상업 항구로, 또 우주 항공 산업지로 명성 높은 곳이지요. 특히 영국 정부

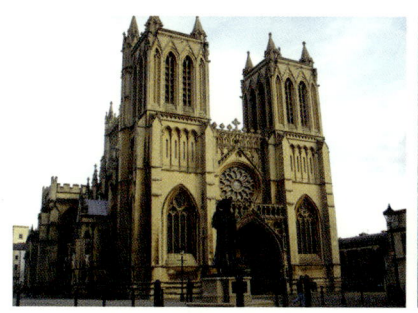

●브리스틀 성당. ●●오르페우스. 발굴 당시 그린 복원도다. 브리스틀 시립 박물관. 브리스틀.

가 2005년 브리스틀을 영국의 6대 과학 도시 가운데 한 곳으로 육성하겠다는 방침을 정한 후, 많은 예산을 브리스틀에 투자하고 있답니다.

박물관은 시내 중심가, 그러니까 철도역에서 좀 떨어진 클리프턴 언덕에 위치해요. 버스를 타고 가야 합니다. 모자이크는《오르페우스》가 눈길을 끄는데요, 브리스틀과 배스 중간에 위치한 마을의 로마 빌라에서 발굴했어요. 1837년 브리스틀과 배스 간 철도를 놓다 아본 강가에서 발견한 작품이지요. 당시 그림을 토대로 한 복원도를 전시 중이에요. 진품이 아니어서 많이 아쉽죠.

브리스틀이나 카디프에서 북쪽으로 가면 웨일스와 잉글랜드 북쪽 경계에 슈루즈베리Shrewsbury가 나와요. 런던에서 가려면 유스턴 역을 이용해야 합니다. 슈루즈베리는『종의 기원』으로 19세기 세계관의 대전환을 가져온 찰스 다윈이 태어나 기초 교육을 받은 도시예요. 슈루즈베리는 한마디로 고풍스러운 건물 집합소라 부를 만해요. 등록된 역사 건축물만 무려 660개랍니다. 인구 7만 명의 그리 크지 않은 도시인데도 기차역은 마치 고성을 방불케 할 만큼 웅장하고 화려해 눈길을 사로잡아요. 슈루즈베

●로울리 하우스. 안에 슈루즈베리 박물관이 자리한다.
슈루즈베리. ●●모자이크 조각. 로울리 하우스. 슈루즈
베리. ●●●목욕탕의 냉탕인 프레지다리움 잔해. 록스터.

리 성을 비롯해 3개의 주요 박물관이 있는
데요, 고고학 유물은 슈루즈베리 박물관에
전시돼 있어요. 시내 복판에 있는 로울리
하우스가 박물관을 겸하죠. 슈루즈베리 관
광 안내소도 같은 장소에 둥지를 틀고 있어
건물 하나가 세 가지 기능을 한답니다.

모자이크는 《삼각형》이라는 흑백 모자
이크 소품. 아무리 소품이라지만 정말 손바
닥만 한 것 하나만 달랑 가져다 놓았어요.
사연이 있어요. 2008년 3월부터 새 박물관
을 짓고 있다는 거예요. 완공될 때까지 로
마 문명 관련 유물은 창고에 보관한다는군
요. 새 슈루즈베리 박물관의 로마 전시실을
채워줄 유물은 어디서 가져왔을까요?

슈루즈베리 시가지에서 남서쪽으로 8
킬로미터, 그러니까 20리쯤 떨어진 지점의
작은 마을 록스터. 여기에 로마 시대 영국
땅에서 네 번째로 크게 번성한 도시 '비로코
니움 코르노비오룸'이 자리해요. 로마 14연
대가 웨일스 지방을 점령하기 위한 거점 도시로 58년에 만들었죠. 한때
인구가 1만 5000명이나 됐답니다. 현재는 목욕탕 시설 중 냉탕인 프레지
다리움 건물 벽이 높게 솟아 웅장했던 당시의 모습을 보여줍니다.

3장

독일
GERMANY

농염한 마에나드의 육신에 어린 소크라테스의 학문

쾰른
베를린

2006년, 독일 월드컵을 취재할 소중한 기회를 얻었습니다. SBS 기자협회 축구단 주장을 맡아 뛰던 입장에서 한국의 예선 마지막 게임인 한국-스위스전을 경기장에서 지켜볼 때의 감흥이란……. 독일 중부 도시 하노버 스타디움에서 펼쳐진 이날의 경기에서 스위스에 무릎을 꿇으며 예선 탈락해 2002년 한일 월드컵 4강의 명예에 흠결을 남겼다지만, 별로 중요치 않았어요. 축구의 속성상 그럴 만도 하죠. 공이란 게 워낙 둥글잖아요.

　　세월이 지나니 치열했던 스위스전의 기억은 어느새 까맣게 잊혔네요. 스위스 인과 한데 엉켜 하노버 시가지를 누비던 응원이나 하노버 시내에 있던 로마 전통의 남녀 혼탕이 더 생각나요. 독일의 혼탕은 정말 문화적 충격이었죠. 자료로만 접하던 로마 시대 목욕탕의 야외 정원과 풀장, 식당, 체력 단련장을 갖춘 남녀 혼탕을 현실에서 접하니 머리가 아찔했어요.

　　월드컵을 치르며 찬찬히 들여다본 독일은 한마디로 환경의 나라라고

●하노버 시 청사. ●●태극기와 스위스 국기를 든 아이. 하노버.

할 수 있어요. 사실 2000년을 열며 파리에서 1년간 유럽을 탐구할 때도 독일에 들를 때마다 느낀 것이지요. 독일에는 산업이 발달한 경제 중심 대도시가 여럿이에요. 인구 350만의 수도 베를린, 인구 66만의 금융 중심지 프랑크푸르트, BMW 자동차와 맥주의 도시 뮌헨, 인구 170만으로 독일의 두 번째 규모이자 최대 항구도시 함부르크, 고급차의 대명사 메르세데스–벤츠의 슈투트가르트, 영국 윈저 왕실의 고향 하노버⋯⋯. 어딜 가나 울창한 숲과 아름다운 물에 둘러싸였어요. 도시에 숲을 조성한 게 아니라 숲 속에 도시를 만들었다는 표현이 더 어울리죠.

바흐와 괴테의 흔적이 묻어나는 라이프치히나 인구 14만의 고풍스러운 대학 도시 하이델베르크 같은 전원도시가 아니라도 누런 공해 띠 대신 맑고 푸른 하늘에 상쾌한 공기를 담고 사는 환경은 괜히 얻어진 게 아니더군요. 웬만한 호텔에서는 재생 화장지를 쓰고, 가정집은 자연 채광과 이중창으로 보온해 전기를 줄이고, 빗물 받아 사용하고, 화석연료 자동차보다 전기를 사용하는 전차가 주 교통수단이고, 자동차는 백금 촉

•태극기가 그려진 갓을 쓴 스위스 응원객. ••타월로 몸을 가리고 남녀 구분 없이 목욕을 즐긴다. 하노버.

매 장치를 달아 경유차라도 매연이 나오지 않고, 풍력발전 같은 신재생에너지에 투자하고……. 환경을 살리려면 멀쩡한 4대강 뒤집어 파지 말고 이런 걸 해야 하지 않을까요. 자연이 곧 인간의 삶이요, 환경이 곧 돈인 세상이 다가오잖아요.

그렇다고 독일을 환경과 경제의 나라로만 이해하면 곤란하죠. 예술이나 학문으로도 손색없어요. 카라얀으로 더 유명한 베를린 필하모닉 오케스트라나 강수진이 있어 더 위대해 보이는 슈투트가르트 발레단의 예술혼이 꽃피기까지 독일 음악계가 쌓아 올린 음덕이 크고 깊어요. 바흐·헨델의 바로크 음악에 이어 모차르트·베토벤의 고전파 음악, 19세기의 슈베르트·멘델스존·슈만·바그너·브람스의 낭만파 음악까지, 독일 음악사 자체가 세계 음악사라고 말할 수 있지요. 우수에 젖은 허스키 보이스에 사색적인 가사도 담곤 했던 하노버 출신의 인기 록 그룹 스콜피온스. 1965년부터 활동을 시작했지만 첫 앨범은 1972년 내놓았는데요, 그들의 「홀리데이」나 「윈드 오브 체인지」는 이런 음악적 전통 위에 탄생한

•옛 건물과 현대식 건물의 조화. ••로마의 북방 한계선, 라인 강. **프랑크푸르트.**

것인가 봅니다.

　문학을 볼까요. 지크프리트와 훈 족(흉노족)의 전설을 담은 중세 서사 문학의 백미『니벨룽겐의 노래』,『트리스탄과 이졸데』를 비롯해 18세기 독일 고전주의 문학을 꽃피운『젊은 베르테르의 슬픔』의 대문호 괴테와『빌헬름 텔』의 실러가 도드라져 보이죠. 학문은 어떤가요. 영국이나 프랑스에 비해 후진 사회이던 독일의 고민을 담은 계몽사상은 칸트에 이르러 유럽을 선도하는 철학으로 자리 잡고, 피히테와 헤겔에서 완성을 보게 되죠. 실존주의자 하이데거, 20세기 세계사의 성격을 규정한 카를 마르크스의 공산주의, 프로이트의 정신분석학, 마르크스와 프로이트를 합친 마르쿠제, 막스 베버와 프랑크푸르트학파, 비非마르크스적 아도르노, 오늘날의 하버마스까지……. 숨이 찰 정도이지요. 독일 학문의 저력은 이렇게 뿌리 깊어요.

　독일의 역사는요, ‘독일에도 로마 유적이 있나?’ 하고 다소 의아해할 수 있지만, 고대 지중해 문명을 최고조로 꽃피운 주역, 로마의 북쪽

●뢰메 광장. ●●괴테 하우스. 생가 박물관이다. 프랑크푸르트.

쾰른 대성당. 쾰른.

영역 끝이 독일이랍니다. 그러니까 지중해 문명기의 북방 한계선은 육지로는 독일이고, 바다로는 영국이에요. 로마 인은 독일 땅을 '게르마니아' 라고 불렀어요. 라인 강 이남을 직접 통치했고, 이때 남긴 로마 유적과 모자이크도 적지 않답니다. 476년 게르만 장군 오도아케르가 서로마 제국을 멸망시키기 전 이미 서유럽 각지는 게르만 족에게 점거당합니다. 이 가운데 프랑크 족이 가장 강력하여 서유럽 대부분을 차지해요. 이 주역이 바로 800년에 교황으로부터 황제의 관을 부여받은 카롤루스 대제(프랑스 어로 샤를마뉴)입니다. 하지만 그 후손들이 843년 베르됭 조약에 따라 프랑크 왕국을 동프랑크, 서프랑크, 중프랑크 셋으로 나누지요. 이 가운데 동프랑크는 독일, 서프랑크는 프랑스가 돼요. 동프랑크에서는 카롤루스 대제의 카롤링거 왕조가 끊기고, 962년 오토 1세가 교황으로부터 다시 황제의 관을 받습니다. 신성 로마 제국이 된 거예요. 신성 로마 제국은 나폴레옹이 1806년 해체시킬 때까지 지속됐어요. 그 후 여러 나라로 나뉘어 있었지요.

1871년 프로이센이 오스트리아를 제외한 나머지 국가들을 통합해 독일 제국을 탄생시킵니다. 강대국 독일은 1914년 제1차 세계대전을, 1939년에는 제2차 세계대전을 일으켜요. 그 참상은 말로 형언할 수 없었

알테 국립 미술관. 베를린.

어요. 독일이 인류 역사에 남긴 어두운 그림자죠. 그 업보일까요. 1945년 패망과 함께 동·서독으로 분난뇌었다가 44년 만인 1989년 통일을 이뤄요. 대국 반열에 다시 오른 독일은 유럽에서 러시아 다음으로 많은 인구와 경제력을 무기로 유럽 통합의 선봉에 서 있지요. 통일의 나라에서 통합의 나라가 된 독일은 제2차 세계대전에 대해 뼈저리게 반성하고, 책임있는 강대국으로 거듭나기 위해 노력하는 중이죠. 민주주의와 지방자치, 노동자를 존중하는 노사 문화와 경제 정책, 사회복지 정책, 친환경 정책 등은 우리 사회가 지속적으로 배워야 할 선진 사회로서 손색없어요.

■ 쾰른

석고 데생 모델 아그리파 장군과 외손녀, 독일의 상징 쾰른 대성당

역사의 고도古都를 살펴보자면 당연히 쾰른이죠. BC 58년 원로원으로부터 갈리아 총독으로 임명된 율리우스 카이사르가 BC 53년 라인 강남부 지방을 로마의 영토로 편입시켰거든요. 카이사르가 죽은 뒤 BC 38년 실권자인 옥타비아누스의 절친한 동지이자 사위인 아그리파 장군이 갈리아의 군사 책임자로 오죠. 아그리파는 이때 라인 강가에 '오피둠 우비오룸Oppidum Ubiorum'이라는 기지를 건설해요. 여기서 태어난 아그리파의 외손녀 소小아그리피나가 삼촌이자 남편 클라우디우스에게 50년 고향에 도시 이름을 새로 지어줄 것을 부탁했어요. 도시의 새 이름은 '콜로니아 클라우디아 아라 아그리피넨지움Colonia Claudia Ara Agrippinensium, CCAA. 좀 길죠. 나중에 줄여서 쾰른이라 부르게 된 거예요.

쾰른이 역사의 고도임을 알려주는 로마 유적은 쾰른 대성당 주변에 몰려 있어요. 박물관으로 꾸며져 있는 총독 관저 프라에토리움은 당시의 유적 잔해를 보존할 뿐 아니라 주변에서 발굴한 각종 유물도 전시하고 있어요.

유네스코 세계문화유산인 쾰른 대성당 자체도 로마 시대 건물 터에

1 프라에토리움 복원도. 칼리굴라와 네로의 어머니 아그리피나가 태어난 집으로 추정되는 관저. **2** 아그리파. BC 38년 라인 강가에 쾰른의 전신 오피둠 우비오룸을 세웠다. **3** 옥타비아누스. BC 16년 직접 오피둠 우비오룸에 와서 라인 강을 따라 50개의 성채를 지었다. 프라에토리움 박물관.

1	2
	3

건축한 것입니다. 지금도 매일 3민 명의 관광객이 찾는 쾰른 대성당은 프랑스의 고딕 양식을 본떠 짓되, 그보다 더 멋지게 지으려는 의욕 아래 1248년 8월 15일 첫 삽을 떴어요. 높이 157미터의 맨 꼭대기에 마지막 벽돌을 놓은 것은 1880년 8월 15일. 기공식 후 무려 632년이 걸렸네요.

시시포스의 바위와 G8 정상회담, 디오니소스 모자이크 위의 만찬

이제 본격적인 모자이크 탐방을 위해 대성당 옆에 자리한 로마–게르만 박물관으로 들어가보죠. 박물관에는 크게 3점의 모자이크 작품이 전시돼 있어요. 정통 그리스 신화를 다룬 《디오니소스》, 《철학자들》 그리고 《검투사》입니다. 3점 모두 독특한 의미와 특색을 지녔는데요, 탐방 순서에 따라 《디오니소스》 모자이크부터 보죠. 이 모자이크는 포블리키우스

1 로마 시대 성벽에 있던 보루. 퀼른. **2** 퀼른 대성당 앞에 있는 로마 시대 성문 유적. 퀼른. **3** 로마 시대 하수도. 퀼른.
4 로마-게르만 박물관. 퀼른. **5** 퀼른 대성당 전면. **6** 퀼른 대성당 전면의 화려한 조각. 퀼른.

1	2
3	5
4	
6	

의 무덤 아래에 자리해요.

《디오니소스》는 가로 7미터, 세로 10.6미터의 대작이에요. 무려 100만 개의 테세라를 사용해 만들었어요. 반짝이는 푸른색과 녹색 유리를 사용하면서 흑백의 석회석과 구운 도자기 조각도 섞어 명암을 나타낸 유려함이 돋보이는 걸작이랍니다. 3세기 중반에 만든 것으로 추정하죠.

모자이크가 발견된 과정이 극적이랍니다. 제2차 세계대전 당시 연합국 측의 공습을 피하기 위해 성당 마당에 방공호를 팠어요. 그때 우연히 모자이크가 드러난 것이죠. 전쟁이 끝나고 1946년 박물관을 지으면서 다시 발굴에 나섰어요. 알코올로 14일 동안 닦고 나서야 1600년간 흙 속에 묻혔던 모자이크의 아름다운 색상을 되찾을 수 있었지요. 1948년 8월 15일 쾰른 대성당 건축 700주년 때 성당보다 천 살이나 더 많은 이 모자이크는 까마득한 손사뻘 싱딩 옆에 제집을 마련해 들어갔어요. 그러나 보존과 복원을 위해 폐쇄됐다가 1974년 새 박물관 건물을 지으면서 오늘날과 같은 모습으로 일반에 공개됐습니다.

포블리키우스의 무덤. 1세기. 로마-게르만 박물관. 쾰른.

《디오니소스》 모자이크는 현대에 와서 세계 정치 무대에도 등장하죠. G8이라는 모임이 있어요. 세계경제는 물론 정치까지 쥐락펴락하며 어깨에 힘주는 세계 8개국 정상들의 만남이요. 프랑스에서 1975년에 처음 미국·영국·프랑스·독일·일본·이탈리아·캐나다의 7개 나라, 즉 G7으로 시작했죠. 그러다 소련이 붕괴한 뒤

1997년부터 러시아를 포함시켜 G8이라고 칭해요. 각국 정상이 모이는 것이어서 '서밋Summit'이라고 부르지요. 처음에는 의제가 경제 문제에만 머물렀으나 최근에는 정치를 포함한 다양한 주제를 다뤄요. 매년 돌아가면서 주최국의 가장 아름다운 명소에서 폼을 잡지만, 글쎄요, 답이 없어요. 지구촌의 화약고 아프가니스탄이나 이라크, 팔레스타인 문제를 전혀 해결하지 못하죠. 환경 파괴와 난개발 문제, 세계 빈민 구제 문제 역시 늘 입에만 올린 뒤 기념사진 찍고 헤어지면 그만이죠. 그리고 보니 G8은 신들을 기만한 죄로 바윗돌을 산꼭대기로 굴려 올린 뒤 아래로 떨어지면 다시 굴려 올리는 일을 영원히 되풀이하는 시시포스를 닮았어요. G8 안

디오니소스 모자이크. 3세기. 로마-게르만 박물관. 쾰른.

건은 시시포스가 굴리는 바윗돌이고요. 지구촌민의 업보를 어떻게 풀어야 할까요.

이 G8 정상회담이 1999년 독일 쾰른에서 열렸어요. 이들이 하루는 저녁을 먹는데, 장소가 바로 로마-게르만 박물관의 《디오니소스》 모자이크 작품 위였습니다. 각국의 수상이나 대통령을 모시려고 유적을 식당으로 제공한 것이죠. 사실 《디오니소스》 모자이크는 로마 시대에 식당 바닥을 장식하던 것이므로 본래 의미를 살렸다고 볼 수도 있기는 해요.

광란의 디오니시아, 해방구 찾은 젊은 남녀, 영원토록 고귀한 아름다움

이제 작품 속으로 들어가보죠. 한가운데의 정사각형 패널에 술에 취해 비틀거리며 시종 사티로스의 부축을 받는 디오니소스를 그려 넣었어요. 술에 취한 디오니소스를 둘러싸고 있는 6개의 팔각형 가운데 악기를 연주하는 장면이 2개, 열정적인 춤에 빠져 있는 장면이 2개예요. 그 4개의 팔각형에는 두 사람이 등장하죠. 디오니소스를 추종하는 마에나드와 사티로스랍니다. 나머지 2개 가운데 1개는 사자를 탄 에로스, 다른 1개는 훼손되어 알 수 없어요.

팔각형 중 첫 번째는 마에나드가 푸른 숄을 걸치고 이중 피리 아울로스를 불어요. 옷이 거의 흘러내려 사실 알몸이 다 드러난 상태죠. 디오니소스의 지팡이인 티르소스를 들고 있는 사티로스는 근육질 몸매네요. 다른 한 손에는 포도송이를 들었고요. 그 밑에 한 아이가 포도를 따려고 달려드는 장면이 희극적이죠. 두 번째는 마에나드가 역시 푸른 숄을 걸치고 키타라를 손에 들었어요. 짐승 가죽을 어깨에 걸친 사티로스가 피리

마에나드와 사티로스. 3세기. 로마-게르만 박물관. 쾰른.

를 불고 있고요. 마에나드는 많이 훼손된 상태입니다. 세 번째는 악기 없이 마에나드와 사티로스가 춤을 추고 있어요. 마에나드는 희고 살진 알몸에 살짝 푸른 숄만 걸쳤고, 구릿빛 피부의 탄탄한 근육질을 자랑하는 사티로스 역시 알몸이랍니다. 네 번째는 독특하면서도 가장 육감적이죠. 흔한 말로 '뒤태'를 그렸거든요. 마에나드는 푸른 옷을 입었는데요, 등과 엉덩이가 전부 드러난 노출 과다 디자인이에요. 탬버린을 들고 춤을 추면서 뒤로 고개를 돌려 사티로스를 바라보고 있어요.

하지만 이 그림들은 중의重意적으로 표현한 것입니다. 디오니소스를 따르는 사티로스와 마에나드이면서 동시에 디오니소스 의식을 치르는 사람들을 나타내요. 복잡한 일상에서 벗어나 마음껏 마시고 노래하고 춤추는 해방의 시간을 갖고 있는 거죠. 절정의 즐거움을 통해 현실의 고통을 잊고 평안을 얻는다고 할까요. 디오니소스를 기리는 종교 의식 '디오니시아Dionisia'가 그렇잖아요. 원래 디오니시아는 아테네에서 BC 5세기부터 치르기 시작한 축제인데요, 각종 행렬과 연극 경연이 열리지요. 도를 넘어서 무질서와 광란으로 이어지기도 했고요. 날고기를 먹는 생식, 남녀의 적나라한 애정 행위, 집단적 사랑 행위 같은 것이요. BC 405년 디오니시아에서 비극 부문 대상작이 된 에우리피데스의 작품 「바카이Bacchae(주신酒神 바커스의 시녀들을 말하며, 영어로는 배키)」는 이런 내용을 잘 전합니다. 공화정기의 로마에서는 디오니소스 의식을 금지하는 포고령을 내리곤 했어요. 광란에 빠져들었기 때문이죠.

모자이크에는 의식과 관련된 다양한 동식물이 등장하는데요, 나름 의미가 있답니다. 작품 맨 아래쪽, 식당으로 들어서는 입구의 조개껍데기 무늬는 인간 내면의 고귀함을 상징해요. 조개껍데기 오른쪽에 공작새가 있네요. 공작새는 영원한 젊음과 아름다움을 유지하길 바라는 소망을 상징하고 있답니다.

오른쪽 가장자리에는 앵무새가 끄는 수레 두 대가 보여요. 수레 한 대에는 과일이, 다른 한 대에는 추수를 하기 위한 농기구가 가득해요. 사계절을 상징하지요. 수레들은 곡식의 쭉정이를 까부르는 모양새를 갖추고 있습니다. 그 앞쪽으로 체리, 배, 포도 등이 가득한 바구니가 보이는데 이는 풍년을 의미하죠. 새가 수레를

●공작새. 3세기. 로마-게르만 박물관. ●●앵무새와 포도 수레. 3세기. 로마-게르만 박물관. ●●●앵무새와 농기구 수레. 3세기. 로마-게르만 박물관. 모두 쾰른.

끌고 가는 장면에서는 해학적 표현이 돋보입니다.

학문의 선구자, 그리스 칠현(七賢)에 탈레스가 빠진 아쉬움

로마-게르만 박물관을 아름답게 수놓은 또 하나의 작품은 《철학자들》입니다. 작품의 크기는 가로 7미터, 세로 6.8미터죠.

어떤 철학자들이 등장하고 있을까요. 인물 배치 구도를 들여다보죠. 가운데에 육각형을 만들고 그 안에 그리스 철학자 디오게네스를 넣었습니다. 그리고 디오게네스 주변에 다시 6개의 육각형을 만들고 그 안에 6명의 현인을 넣었어요. 그러니 모두 7명이 등장하는 거죠. 그런데 2명은 완전히 훼손됐어요. 신원을 확실하게 확인할 수 있는 사람은 디오게네스, 클레오불루스, 킬론(케일론), 소크라테스, 소포클레스, 이렇게 5명이죠. 로마-게르만 박물관은 1844년 발굴한 《철학자들》 모자이크에 1857년 2명을 채워 7명으로 복원했어요. 누구를 어떻게 채웠는지 그 과정을 들여다보죠.

'칠현七賢'을 처음 언급한 가장 오래된 기록은 BC 4세기 플라톤의 저서 『프로타고라스』예요. 이 작품 속에서 7명은 밀레투스의 철학자 탈레스와 아테네의 정치가 솔론, 스파르타의 정치가 킬론, 미틸레네의 정치가 피타코스, 프리에네의 철학자 비아스, 케나이 사람 뮤손, 로도스 섬 린도스의 철학자 클레오불루스랍니다. 모자이크에 나오는 칠현과는 다르죠. 이 모자이크를 만든 연대는 3세기경으로 추정합니다. 이미 플라톤이 스승 소크라테스의 입을 빌려 그리스의 칠현을 선정한 지 600여 년이 흐른 뒤예요. 세월이 흐르면서 그리스 인과 그리스를 계승한 로마 사람들은 7명에 새로운 사람을 추가할 필요를 느꼈겠죠.《철학자들》모자이크를 만든 집주인은 소크라테스가 언급한 7명의 현인 가운데 킬론과 클레오불루스만 넣고 나머지 5명은 바꾸었어요. 바꾼 사람 가운데 3명은 확인이 되죠. 소크라테스와 디오게네스 그리고 소포클레스입니다. 그렇다면 훼손된 두 칸을 채웠던 인물은 누구일까요? 박물관 연구팀은 플라톤과 아리스토텔레스라고 결정을 내렸어요.

　하지만 아쉬움이 커요. 왜냐하면 당대의 많은 사람들이 칠현의 으뜸으로 여겼던 탈레스가 빠졌거든요. 탈레스는 소크라테스에 앞서 현대 개념으로 봐도 믿기 어려울 만큼 놀랄 만한 과학적 업적을 남겼어요. 우주와 자연현상을 탐구하며 그 속에서 신의 뜻이 아닌 합리적인 만물의 존

철학자들과 프레스코 벽. 로마 시대 그대로다. 3세기. 로마-게르만 박물관. 쾰른.

왼쪽은 클레오불루스, 오른쪽은 소포클레스. 가운데에 조그맣게 디오게네스가 보이고, 주변에 나머지 현자들이 자리한다. 3세기. 로마-게르만 박물관. 쾰른.

재 이유와 원리를 발견하려 노력했죠. 일식을 예측해 일식이 신의 노여움이나 기쁨의 표현이 아닌 자연현상임을 설파한 탈레스. 수학에 기하학, 나아가 천문학이나 기타 응용과학을 연구하며 인간까지 탐구한 과학자이자 인문학자였어요. 진정한 서양 학문과 과학의 시조랍니다.

위진남북조 시대의 죽림칠현과 세잔의 정물화

《철학자들》 모자이크가 전시되기까지는 곡절이 있었어요. 2명을 채워 넣어 1861년부터 로마-게르만 박물관의 전신인 발라프-리하르츠 박물관에 전시했지만, 제2차 세계대전이 한창이던 1943년 미국을 중심으

●정물화 1. 컵, 무화과, 체리. 3세기. 로마-게르만 박물관. ●●정물화 2. 물병, 감, 배. 3세기. 로마-게르만 박물관. 쾰른.

로 한 연합국의 심한 폭격에 모자이크가 그만 훼손되고 만 거예요. 이후 복원을 거쳐 임시 거처에 머물다가 1974년 로마-게르만 박물관을 신축하면서 오늘의 위치에 안가를 마련한 겁니다.

'칠현'이나 스토아 철학자들을 보니《철학자들》모지이크가 만들어진 시점인 3세기의 중국이 떠오르네요. '죽림칠현竹林七賢'말이에요. 삼국 시대의 한 축이던 위魏나라가 무너지고 사마씨의 진晉나라가 들어설 무렵, 정의를 잃고 혼탁한 정치 문화에 등 돌리고 강호의 대나무 숲에 모여 시를 지으며 음풍농월吟風弄月로 세월을 낚던 7명의 지식인을 가리키는 말이죠. 놀라워요. 2000년 전 동서양에서 같은 사조의 철학이 유행했다는 게 말입니다.

《철학자들》모자이크에는 2점의 정물화가 담겨 있어요. 하나는 컵과 무화과 열매와 체리를 그렸고요, 다른 하나는 물병에 감과 배 그리고 채소가 놓여 있어요. 세잔이 1877년 그린 정물화「꽃병, 컵, 사과가 있는 정물」과 큰 차이를 발견하기 어렵죠. 모자이크 속의 꽃병이나 컵을 비교해도 말입니다. 정물화나 당대 현자들을 집 안에 모신 그리스·로마 시대 상류층 인사들의 생활철학과 성찰의 미학, 학문적 취향이나 지성, 교양미가 느껴지죠.

알렉산더를 조롱한 통나무 속 무소유, 디오게네스

이제 《철학자들》에 등장하는 인물을 한 사람씩 살펴봅시다. 먼저 가운데에 자리하고 있는 디오게네스에 대해 알아보죠. 알렉산더가 그의 명성을 듣고 찾아와 "뭐 필요한 것 없냐."고 묻자 "햇볕 가리지 말고 비켜달라."고 말했다는 의연하고 당당한, 그리고 속세를 초월한 현자이지요. 빈 통나무 속에 있는 철학자의 모습은 알렉산더와 만난 디오게네스임을 확인시켜주죠.

검소와 가난을 지표로 삼은 철학자답지 않게 디오게네스가 고향 시노페에서 쫓겨난 이유가 재미있어요. 위조화폐 제조 혐의. 아버지가 은행가였는데 무슨 이유로 동전의 표면을 마모시키는 부정행위에 관여했는지 정보가 더 없으니 알 수 없네요. 디오게네스가 어떤 성향인지 알 수 있게 해주는 고사가 하나 있어요. 그가 처음 아테네로 갈 때 마네스라는 노예를 데리고 갔답니다. 그런데 아테네에 도착해 마네스가 도망쳐버렸어요. 그러자 "마네스가 디오게네스 없이 살 수 있다면, 디오게네스는 왜 마네스 없이 살 수 없겠느냐."라고 말했대요. 명료하죠. 세상 불편할 게 뭐 있습니까. 모든 건 마음먹기에 달렸죠.

디오게네스의 견유학파cynics에 대해 잠시 들여다보죠. 소크라테스의 진정한 계승자인 아테네 사람 안티스테네스가 창설했는데요, 키니코스학파라고 부르는 이유는 소크라테스가 세상을 뜬 직후인 BC 4세기 초에 안티스테네스가 제자들을 가르치던 학교가 아테네 교외 키노사르게스에 있었기 때문이에요. 키니코스학파라는 이름이 생긴 유래가 또 하나 있는데요, 디오게네스가 즐기던 '개와 같은 삶kynikos bios'이란 말에서 나왔다는 거예요. 그리스 어로 '키니코스'는 '개'를, '비오스'는 '삶'을 말하거든요. 또 '견유犬儒'의 '견犬'은 '개', '유儒'는 '선비'를 말하지요. 따라서 '견유'란 '개 같은 선비'라는 뜻입니다. '개 같은'이라고 해서 욕이 아니고요, 아무것도 가진 것 없는 개처럼 속박되지 않고 무소유로 자유롭게 산다는 의미입니다.

이 학파는 현실에 속박되기보다는 구속이 없는 자유로운 삶을 높이 샀어요. 그러니 기존의 틀, 즉 문물이나 제도를 거부하거나 부정적으로 바라볼 수밖에 없겠죠. '냉소주의'라는 뜻의 영어 '시니시즘cynicism'이라는 말은 여기서 나왔어요. 가진 것이나 필요로 하는 것이 적을수록 신神에 가까운 자유로운 인간이라고 생각한 견유학파. 신에 가까워지려는 노력으로 개처럼 구걸해서 먹고, 장례식장에서 잠을 자고, 햇볕만 있으면 된다고 믿은 디오게네스의 철학은 철저한 무소유無所有지요. 대낮에 등불을 들고 "도대체 사람을 어디서 찾을 수 있냐?"고 외치면서 이기와 탐욕에 찌든 인간 사회를 냉소한 디오게네스. 참 인간상에 목말라하고 그리워했던 디오게네스의 무소유 정신이 2400여 년의 세월을 뛰어넘어 21세기 우리의 귓전에 쩌렁 울리는 듯합니다.

BC 4세기에서 BC 3세기 그리스 문명권에서 크게 유행한 키니코스 학파는 육체적 쾌락이나 물질적 향락을 거부하고 도덕, 금욕, 검소한 생활을 강조한 로마의 견인주의堅忍主義, 즉 스토아학파Stoicism와 밀접한 관련이 있고, 로마 후기에 각광받아요.

소크라테스가 아닌 킬론의 "너 자신을 알라"

킬론은 강한 훈련과 교육으로 우리에게도 널리 알려진 스파르타 출신이죠. BC 6세기 초에 태어나 민선 장관을 역임한 정치인이에요. 5명의 장관이 국정에 참여하는 제도를 만든 스파르타의 전설적인 입법자 리쿠르고스에 비견되는 인물이랍니다. 또 200여 편이 넘는 비가悲歌를 쓴 엘레지elegy의 남자이기도 하고요.

킬론은 유익한 경구警句를 여럿 남긴 현자였는데요, 가장 유명한 말이 있죠. 델포이 신탁소에 적혀 있는 경구입니다. "너 자신을 알라(그노티 세아우톤 Gnothi Seauton)." 이 말은 흔히 소크라테스가 한 것으로 알고 있는데요, 소크라테스보다 100여 년 앞서 한 사람이 킬론입니다. "너 자신을 알라." 이외에 킬론이 남긴 다음의 경구를 찬찬히 새겨보면서 왜 사람들이 그를 현인이라 칭송했는지 느껴보시죠.

1. "교육받은 사람과 교육받지 못한 사람의 차이는 좋은 희망을 갖는 데 있다."
2. "강해지는 것은 자비로워지는 것이다."

3. "인생을 너무 서둘러 가지 마라."

4. "잘나갈 때보다 어려울 때 친구가 돼라."

5. "남의 나쁜 점을 말하지 마라."

6. "나이 든 사람을 공경하라."

7. "죽은 사람에 대해 나쁜 점을 말하지 마라."

우리에게는 『이솝 우화』의 그 이솝으로 잘 알려진 아이소포스와 킬론, 솔론은 동시대 사람인데요, 킬론과 이솝이 나눈 대화 한 토막은 오늘날 지구촌을 살아가는 모든 종교인의 폐부를 찌르는 대목으로 손색없어요. 킬론이 이솝에게 물었습니다. "(최고신) 제우스는 무엇을 하는 분이신가?" 여기에 이솝이 대답합니다. "높은 것을 낮추고, 낮은 것을 높이는 분입니다." 우리에게 종교는 무엇일까요? 만일 신이 이런 역할을 해주신다면 세상의 모든 갈등과 불화, 다툼이 많이 줄지 않을까요.

문명 선진국 이집트 유학파 정치인, 클레오불루스

이번에는 에게 해 남단의 커다란 섬, 로도스의 도시국가 린도스에 살았던 클레오불루스에 대해 살펴보죠. 정확한 출생 연도는 알기 어렵지만, BC 6세기 스파르타의 킬론, 동양의 공자와 동시대 사람이에요. 먼 조상으로 거슬러 올라가면 헤라클레스가 나오니, 천하장사의 후손인 셈이지요. 미남에다 용력이 뛰어난 남자 중의 남자로 알려져 있어요.

클레오불루스는 풍채와 인물만 훤한 게 아니라 학문도 깊었습니다. 이집트에 유학 가서 견문을 넓힌 사람이에요. 그는 같은 이집트 유학파 출신인 아테네의 솔론과 깊은 교분을 나눴어요. 솔론은 아테네를 세련된 민주사회로 탈바꿈시키는 데 지대한 공헌을 한 입법자이면서 정치가였죠. 당대의 지성이자 정치인이던 이들이 이집트에서 배운 선진 문물을 토대로 이상 사회를 구현하고자 노력하는 모습이 그려집니다. 클레오불루스가 시에 남긴 경구를 몇 대목 들여다볼까요.

1. "무지와 수다스러움은 둘 다 인간 사회에 동요를 낳는 주요 원인이다."
2. "딸은 나이가 충분히 들거든 결혼시켜라."
3. "남들이 있을 때 아내랑 애무하거나 싸우지 마라."
4. "결혼은 자신과 처지가 비슷한 사람과 해라. 만약 자신보다 높은 반열의 여인과 결혼하면 주종 관계나 마찬가지가 된다."
5. "곤경에 처했을 때 낙담하지 마라. 운의 변화를 큰 틀에서 받아들이는 지혜를 배워야 한다."
6. "말하기보다는 들어라. 남의 좋은 점을 얘기해줘라. 덕을 찾고 악을 피해라."

잘생긴 운동선수, 가수를 겸한 그리스 문학의 최고봉 소포클레스

문학을 사랑하던 고대 그리스 인의 뜨거운 존경과 사랑을 받은 이는 단연 소포클레스죠. BC 496년에 태어나 BC 406년에 죽었으니 무려 91세로 장수를 누린 그는 스승 아이스킬로스, 후배 에우리피데스와 함께

고대 그리스 3대 비극 작가로 꼽혀요.

그는 잘생겼고, 건강했어요. 그리스 인이 좋아하는 스포츠인 레슬링이나 권투 가운데 특히 레슬링에 소질을 보였다고 하네요. 음악에도 탁월한 재능이 있었고요.

문학에 재능을 보인 그는 당대 그리스 최고의 비극 작가로 꼽히던 아이스킬로스에게 정식으로 작가 수업을 받습니다. 제대로 스승을 만나 문학적 재능을 마음껏 가다듬던 그는 BC 468년 디오니소스 제전(디오니시아)에 작품을 내 처음으로 비극 부문 1등상을 받았어요. 그리스 인은 1년에 한 번 디오니소스 제전을 치렀는데요, 이 제전의 핵심 행사는 매년 공모하는 비극 3편과 사티로스극 1편을 상연하는 것이었어요. 소포클레스는 BC 468년을 시작으로 생애 무려 스물네 번이나 1등상을 받았습니다. 나머지 대회에서도 2등 이하로 내려간 적이 없지요. 스승 아이스킬로스가 열네 번, 에우리피데스가 단 네 번 1등한 것과 비교할 때 그의 문학적 실력이 얼마나 뛰어났는지 짐작이 가시죠? 그는 그리스 비극의 수준을 한 단계 끌어올렸다는 평가를 받는데요, 작품을 연극으로 상연할 때 직접 무대 배경을 고안하고 합창단원 수를 12명에서 15명으로 늘려 웅장함을 더했죠. 배우도 2명에서 3명으로 늘려 극의 완성도를 높였어요. 배우가 늘면서 작품 속의 인물 간 관계를 더 복잡하게 구성할 수 있게 된 거죠.

그의 작품 가운데 최대의 역작은 「오이디푸스 왕」이죠. 아버지를 죽이고 어머니와 결혼하게 될 것이라는 비극적인 신탁을 받고 태어난 오이

디푸스. 신이 정해놓은 운명을 피하기 위해 발버둥치는 인간의 고뇌와 결국 운명 앞에 무력할 수밖에 없는 인간의 한계를 그린 명작입니다. 소포클레스는 이 작품을 비롯해 생애 총 124편의 작품을 쓴 것으로 알려져 있어요.

소포클레스를 비롯해 그리스 작가들이 위대한 작품을 남길 수 있었던 이유 두 가지를 짚고 싶군요. 먼저, 정치권력과 종교권력에 대한 두려움이나 통제를 느끼지 않았습니다. 검열이 없었고, 문학 작품으로 처벌받을 일이 없었죠. 그러니 마음대로 상상하며 창의성을 발현할 수 있었던 거예요. 또 인간의 깊이에 대한 자유로운 사유 외에 작품을 다룰 인프라, 즉 빼어난 극장을 들고 싶어요. 그리스 최대의 공공건물은 신전과 극장이었죠. 그러나 아테네의 민주주의가 쇠락하면서 자유로운 창작이 크게 후퇴하고 문학도 시들어갑니다.

소포클레스는 정치인으로서도 뛰어난 활약을 펼쳤어요. 그는 위대한 정치가 페리클레스의 동료로서 BC 443년부터 2년간 델로스 동맹의 금고를 관장하는 장관으로 일했습니다. BC 441년에는 페리클레스와 함께 당시 그리스 정치를 이끌어가는 10명의 장군 중 하나로 선출됐고, 이때 사모스 섬의 반란 진압에 나서기도 했어요. 해학적이고 함축미가 돋보이는 소포클레스의 경구들을 들여다보죠.

1. "여자의 맹세는 물에 적는다."
2. "남자의 분노는 세월과 함께 사라지지 않고, 죽음만이 그것을 사라지게 할 뿐이다."

3. "말을 많이 하는 것과 잘하는 것은 다르다."

4. "사람들은 세 가지 부류로 나눌 수 있다. 첫째, 우리를 이용하려는 사람, 즉 원수다. 둘째, 우리를 이용하려는 동시에 우리에게 이용되려는 사람, 즉 친지親知다. 셋째, 우리가 존경하고 또 그를 위해 힘 있는 대로 도와주고 싶은 사람, 즉 진정한 친구다."

5. "사람의 마음은 증오와 우정을 가졌을 때 어이없이 변한다."

6. "이성理性, 그것은 신으로부터 부여받은 최고의 선물이다."

7. "전쟁은 그 수행에 있어서 악한 사람을 학살하는 일은 없고 언제나 선량한 사람만을 학살한다."

시민이 주인 되는 위대한 그리스 직접 민주주의

소포클레스가 열정을 다 바쳐 산 BC 5세기의 아테네는 당시까지 볼 수 없던, 그리고 이후 현대 개념으로 접근해도 흠잡을 데 없이 거의 완벽에 가까운 직접 민주주의를 구가했지요.

BC 6세기에 민중의 세상이 다가와요. BC 594년 아테네 최고의 개혁 입법가로 칭송받던 솔론이 민주주의를 완성해가죠. 귀족이 아닌 일반 시민도 관직에 오를 수 있는 획기적인 민주주의 장치를 마련한 겁니다. BC 462년에는 에피알테스가 원로원(아르콘, 즉 행정관 출신이 종신으로 봉사하는 일종의 귀족 의회로 '아레오파고스'라고 부른다)이 가지고 있던 권력을 거의 민회로 넘겨 이제 아테네에서는 18세 이상 남자 시민의 민회(에클레시아)가 명실상부한 최고 권력 기구가 됐습니다. 국가의 모든 중대사를 민회에서 결정했어요. 전쟁 여부, 군대 소집, 신탁 여부, 전염병 대책, 국가 행사,

법안 통과 등이 민회에서 결정됐죠. 입법, 사법, 행정 분야를 국민이 직접 관장하는 시스템이 직접 민주주의예요.

아테네의 민회는 1년에 40회, 9일에 한 번꼴로 열렸어요. 처리할 일이 많아 추첨으로 뽑는 보울레(Boule, 500인 평의회)가 민회 안건을 마련하고 행정관을 탄핵하는 등의 역할을 맡았습니다. 민회는 아고라에서 열렸는데, 누구나 자유롭게 연설할 수 있었어요. 누구나 평등하게 1인 1표였고요. 시민 5만 명 가운데 의결 정족수는 6000명. 그러나 생업에 바쁜 시민의 참여율이 높지 않자 페리클레스는 민회에 참석하는 시민에게 일당을 줘 참여율을 높였어요. 요즘 대한민국 보궐선거 투표율은 20~30퍼센트대에 그치고 말죠. 유권자는 간 곳 없이 정치꾼과 정당의 소리만 요란해요. 투표율 낮은 것도 일당을 주면 해결될까요?

민회가 결정을 내리면 행정을 책임질 공무원이 있어야 하는데, 그들도 민회에서 선출했어요. 아르콘 9명은 1년 임기에 연임이 불가능했어요. 요즘 한국 대통령은 임기가 5년인데……. 민회에서 뽑다가 BC 486년 이후 추첨제로 바뀌었죠. 그러자 민회에서 뽑는 관직인 장군, 즉 스트라테고스Strategos가 주요 직책이 돼요. 연임이 가능했거든요. 스트라테고스 10명으로 구성하는 장군단團, 즉 스트라테고이는 주요 정책을 다수결 투표로 결정했어요. 그런 만큼 유력한 정치인들은 장군으로 뽑히길 희망했죠. 군사 업무뿐 아니라 일반 정치에도 영향력을 행사할 수 있었으니까요. BC 5세기 아테네 번영기에 페리클레스는 BC 454년부터 연속은 아니지만 무려 열두 번이나 장군에 선출돼 군과 아테네 정계를 이끌었습니다.

매년 시민 6000명을 배심원으로 선정해놓고, 재판이 열리는 날 추첨으로 그날의 재판 담당 배심원을 선발했어요. 배심원은 201명에서 2500명으로 구성됐죠. 소크라테스 재판 때는 배심원이 501명이었습니다. 배심원은 피고인이나 변호사의 변론을 들은 뒤 유·무죄를 직접 결정했어요. 시민 법정이었던 셈이죠. 살인죄만은 귀족 회의 격인 아레오파고스가 담당했고요. 현대적 의미에서 행정, 입법, 사법이라는 국가의 3권을 완벽하게 시민이 장악했답니다. 이를 지키는 장치로 도편추방법陶片追放法, Ostracism을 마련했어요. 인기가 높아 독재자가 될 수 있다고 판단할 경우, 민회에서 6000명 이상 찬성으로 도자기 파편에 이름을 적어내면 누구라도 10년간 외국에 나가 살아야 했어요. 그동안은 시민권이 정지되고, 민회의 번복 없이는 국내로 들어올 수 없었죠. 페리클레스의 아버지 크산티포스는 BC 484년 유력한 정치 지도자에서 하루아침에 도편추방법에 걸려 외국으로 쫓겨났답니다. 비록 BC 480년 페르시아가 재침공해 오자 4년 만에 민회에서 추방령을 번복한 덕에 국내로 돌아올 수 있었지 만요.

죽음의 독배를 마셔 철학의 아버지가 된 소크라테스

소크라테스에게는 만인을 사로잡는 힘이 있었답니다. 그가 말할 때 사람들은 자기도 모르게 빨려 들어갔는데요, 무엇인가 카리 스마가 넘쳐흐른 것이지요. 잘생겨서 그랬 을까요? 아니랍니다. 소크라테스는 두 눈이 툭 불거졌고, 납작코였다고 해요. 몸은 배불뚝 이였고요. 한마디로 못생긴 용모였지요. 그렇다면 웅 변가였을까요? 역시 아니랍니다. 그렇다면 무엇일까요? 그는 인간에게 가장 소중한 것이 무엇인지, 대화를 통해 깨닫고자 했던 겁니다. 그의 학 문 방법론은 '대화' 입니다.

소크라테스는 아고라나 팔레스트라에서 제자나 청소년들을 만났어 요. 인간의 행복과 용기, 인생의 가치, 즉 진眞 · 선善 · 미美에 대해 묻습 니다. 그리고 답을 들어요. 답은 쉽사리 나오지 않죠. 답을 찾아가는 과 정에 대부분 '나는 아직 잘 모른다.' 는 결론을 얻어요. 인간이란 무지한 존재인 만큼 알기 위해 노력하는 그 자체가 소중하다는 깨달음을 얻습니 다. "너 자신을 알라."는 말은 이런 맥락에서 소크라테스가 가장 많이 사 용한 학문 방법론이었죠.

그러나 그의 학문과 대화가 젊은이들을 타락시킨다는 아테네 시민들의 판단에 따라 재판에서 사형선고를 받고, BC 399년 독배를 마셔야 했지요. 무려 마흔 살가량 어린 아내 크산티페와 3명의 자식을 남기고 택한 죽음은 왜 그가 위대한 철학자인가를 역설적으로 설명해줍니다. 사실 제자들은 간수를 뇌물로 구워삶아 그를 탈옥시키려 했어요. 그러나 소크라테스는 거부했죠. 그 이유는 첫째, 탈옥을 하면 죽음을 두려워하는 것으로 비쳐질 테고 그것은 진정한 철학자의 길이 아니라는 것이었어요. 둘째, 탈옥해서 다른 나라로 간들 자신의 가르침이 그들을 기쁘게 만들지는 않을 것이라고 말합니다. 셋째, 국법에 따라 시민들이 제소하고 재판에서 유죄를 받았는데 이를 어기면 국가와의 계약을 위반하는 것이 되며, 이는 국가에 치명적이라는 것이었지요. 숨을 거두기 전 그는 "죽음이란 인간의 영혼을 육체로부터 자유롭게 만들어주는 일."이라는 말을 남기죠. 죽음으로써 위대한 철학의 아버지로 남은 겁니다.

　　중세 기독교 시대에 그리스 학문 가운데 소크라테스와 플라톤, 특히 아리스토텔레스의 인문학만을 파고든 이유는 무엇일까요? 아리스토텔레스는 존재하는 모든 사물에서 으뜸이 되는 원인이 있다고 봤어요. 신神이죠. 그에게 신은 영원불변하고, 현실 세계에서 최고의 존재이며, 모든 것을 움직이는 동력이었던 겁니다. 이는 자연계를 초월하는 일이죠. 기독교는 물론 유대교, 이슬람교까지 모두 아리스토텔레스의 형이상학에서 신학적 논리를 발견하고 가다듬습니다.

플라톤의 실패한 이상 정치, 중국 제자백가 유세와 닮은꼴

플라톤은 BC 429년에 태어난 것으로 추정해요. 아테네의 부유한 가문 출신이죠. 어려서부터 학문 연구를 즐겼고, 이를 뒷받침할 만한 훌륭한 교육을 받았답니다. 그러나 소크라테스의 죽음에 큰 충격을 받고는 현실 정치 참여를 포기하고 학문에만 전념하죠.

지식Sophia을 사랑하는 일Philo에 전념하게 된 것입니다. 덕분에 그리스 고대 철학은 물론 서양 철학이 한 단계 성숙하는 계기를 마련할 수 있었죠. 플라톤은 이집트와 북아프리카의 그리스 도시 키레네, 시칠리아와 이탈리아 반도의 그리스 도시를 여행한 뒤 마흔 살 전후해 귀국해요.

플라톤은 교육을 통해 철학 정치가를 양성할 수 있다고 봤는데요. 자신의 이상 정치, 즉 철인 정치를 펼쳐보려고 인연을 맺은 곳은 시칠리아의 시라쿠사였답니다. 하지만 플라톤은 결국 시라쿠사를 떠나요. 그는 독재자를 소양 갖춘 지도자로 만든다는 게 꿈에 불과하다는 것을 깨달은 거죠. 무소불위의 최고 권력자에게 도덕이나 이성이 먹혀들까요? 통치자를 철학자로 만들 것이 아니라 시민을 철학자로 만드는 교육을 통해 이성적으로 판단하는 지혜로운 시민으로 이끄는 것이 민주적 이상 정치로 가는 정도가 아닐까요. 그래서 BC 385년 아테네 근교에 인류 역사상 첫 고등 교육기관을 세우죠. 아테네의 영웅 아카데모스를 기리는 성역에 만들어 아카데미아라고 불러요. 지식 대중화의 전환점이 된 사건이죠. 아카데미아는 설립한 지 914년 만인 529년 동로마 제국 유스티니아누스 황제 때 문을 닫아요. 기독교에 방해가 될 것을 우려했기 때문인데요, 기독교와 고대 그리스·로마 학문의 관계를 잘 보여주는 실례랍니다.

소포클레스가 레슬링에 능했던 것처럼 플라톤 역시 레슬링을 배워 이스트무스 경기에 나갈 정도였어요. 그는 수학과 논리학 분야에서 특히 뛰어난 연구 성과를 냈어요. 30편에 이르는 플라톤의 저서는 1편을 제외하고 '대화편對話篇'이라고 불려요. 그 안에 『변명』, 『향연』, 『국가론』 등이 있죠. 스승인 소크라테스가 주요 등장인물이며, 그의 사상을 정리해 놓고 있답니다.

플라톤의 유랑은 춘추 전국 시대 제자백가諸子百家의 다양한 사상가들이 세상을 구하는 바른 길을 설파하기 위해 중국 천하를 주유周遊하며 자신의 철학을 유세遊說하던 일에 비선돼요. 세자백가의 사상기들도 각국을 돌며 자신들의 사상을 제후에게 설파해 태평성대를 이루고자 노력하지만 모두 실패하죠.

킬론, 클레오불루스와 동시대를 살았던 공자는 14년간 주유천하周遊天下하며 제자들과 함께 각국의 제후들을 만나 유세를 계속해요. 도덕적 이상 정치를 실현하고자 한 거죠. 하지만 제후에 대한 학문적 교화가 불가능함을 깨닫고, 고향으로 돌아가 제자 교육에만 전념하다가 74세로 생을 마감합니다.

BC 372년에 태어났으니 플라톤보다 50여 년 늦은 맹자 역시 BC 320년경부터 약 15년 동안 중국 각국의 제후들을 찾아다니며 유세를 합니다. 하지만 당시 각국의 세습 통치자인 제후들은 부국강병책만을 찾았어요. 맹자가 꿈꾸던 도덕 정치를 얘기하면 동문서답이었죠. 유세에 한계를 느낀 맹자 역시 제자 교육과 저술에만 전념하게 됩니다.

알렉산더와 갈등 빚은 아리스토텔레스, 기독교 이론의 토대 제공

BC 384년 그리스 북부 할키디키 반도에서 태어난 아리스토텔레스는 마케도니아 왕실에서 일하던 아버지 덕분에 귀족 교육을 받을 수 있었습니다. 그러다 18세 때 그리스 문명권의 로망이었던 아테네로 와서 플라톤의 아카데미아에 들어가 BC 347년 플라톤이 죽을 때까지 학문을 함께했죠.

이후 마케도니아 왕궁에 초빙돼 왕자인 알렉산더의 교육을 맡아요. 왕사王師였다고 할까요. 아리스토텔레스는 알렉산더에게 페르시아에 대한 적개심과 그리스 민족에 대한 자긍심을 심어준 것으로 알려져 있습니다. 아리스토텔레스는 훗날 이집트 프톨레마이오스 왕조를 연 프톨레마이오스와 마케도니아 왕이 되는 카산드로스도 가르쳐요. BC 335년 마케도니아에서 아테네로 돌아온 아리스토텔레스는 스승이 떠난 아카데미아를 두고 별도의 교육기관인 리케이온(프랑스 어로 학교인 '리세'의 기원)을 세워요. 여기서 아리스토텔레스가 연구하고 가르친 학문은 과학 분야로 보자면 물리학·천문학·지리학·지질학·계측학·해부학·동물학 등으로 다양하고, 철학 분야로는 윤리학·미학·정치학·경제학·수사학·음악·시문학에 걸칠 만큼 방대합니다. 한마디로 백과사전이죠. 아리스토텔레스는 아테네에 리케이온을 세운 BC 335년부터 BC 323년 세상을 뜰 때까지 이런 다양한 주제에 대한 많은 저작을 남겼어요.

아리스토텔레스는 『정치학』에서 개인, 가족, 사회가 자연 발생적으로 형성된다고 봤어요. 그는 "인간은 본질적으로 정치적 동물Political Animal."이라고 설파했어요. 여기서 '정치적Political'이란 정치인이 되고 싶어 한다는 뜻이 아닙니다. 사람들이 관계를 맺으며 공동체 사회를 구성하는 행위 자체가 인간의 본성에 내재된 것이라는 뜻이에요.

아리스토텔레스의 죽음에 대해 들여다볼까요. 그에게 신은 앞서 살펴본 대로 초월적 존재이지요. 그런데 문제가 생겨요. 제자인 알렉산더가 스스로를 신이라고 믿으니 말입니다. 아리스토텔레스는 이런 알렉산더를 비난해요. 가뜩이나 자신에 대한 반역의 기운에 신경을 곤두세우던 알렉산더는 편지를 통해 스승 아리스토텔레스를 협박하지요. 심지어 아리스토텔레스의 조카를 죽여요. 사제지간이 이제 돌이킬 수 없는 다리를 건넙니다. 아리스토텔레스가 알렉산더의 죽음에 관여했다는 의혹이 여러 번 제기됐지만, 증거를 찾기는 어려웠죠.

BC 323년 6월 10일 알렉산더가 죽자, 마케도니아에 복속돼 2차 코린트 동맹을 맺은 그리스 도시국가들에서 반마케도니아 정서가 싹트는데요, 그중 아테네가 심했어요. 같은 마케도니아 출신이라는 이유로 신변의 위협을 느낀 아리스토텔레스는 리케이온을 두고 어머니 쪽 일가가 살고 있는 아테네 북방 칼키스로 갔어요.

이때 아리스토텔레스는 다음과 같은 말을 남겨요. "나는 아테네 사람들이 철학에 두 번씩 죄를 짓는 일을 용납할 수 없다." 무슨 뜻일까요.

BC 399년 소크라테스에게 사형선고를 내려 철학에 심대한 손실을 끼친 아테네의 재판 이후, 자신에게 또다시 해를 가하려는 시도에 동의할 수 없다는 뜻이지요. 하지만 피난 간 지 1년 만인 BC 322년 아리스토텔레스도 죽고 말아요. 철학자는 죽음 앞에 초연해야 한다며 탈옥을 거부한 소크라테스는 그래서 더 위대한 철학자인가요.

삶과 죽음이 엇갈리기 직전 비장한 표정의 검투사

《검투사》 모자이크는 그리 크지 않아요. 하지만 원래는 120제곱미터나 되는 넓은 면적에 설치돼 있던 작품이에요. 모두 소실되고 지금은 일부만 남아 있는 거죠. 1885년 발굴한 이 모자이크는 두 장면으로 나뉘는데요, 먼저 아래쪽에 4명의 검투사가 실제 검투 경기를 치르는 장면을 보세요. 4명은 실존 인물로 보여요. 공격하는 자세의 검투사 2명 위에 이름이 새겨져 있거든요. 2000년이 지난 지금까지 이름을 남긴 검투사 중 한 명은 안키타투스이고, 옆에서 다른 검투사와 경기를 펼치는 또 한 명의 검투사는 로스투스예요.

검투를 벌이는 4명의 검투사 위로 7명의 검투사가 더 등장합니다. 검투를 펼치기 위해 경기장으로 향하는 장면입니다. 검투사들의 무표정한, 아니 긴장한 얼굴들을 보세요. 곧 삶과 죽음이 갈리게 될 운명의 무게가 비장한 표정에 잘 담겨 있죠. 검투 경기는 로마와 이웃하고 있던 에트루리아 문명에서 받아들인 겁니다. 시기는 대략 BC 3세기 초.

BC 1세기가 되면서 검투 경기는 국가 손으로 넘어가요. 검찰, 재무 업무를 보던 재무관Quaestor이 검투 경기를 주관합니다. 그래도 시민들은

1 《검투사》. 공격자 안키타투스라는 이름이 새겨져 있다. 또 한 명의 공격자는 로스투스. 로마-게르만 박물관. 쾰른. **2** 7명의 검투사가 계단을 걸어 내려가는 모습. 로마-게르만 박물관. 쾰른.

돈이 필요했지요. 승부 맞히기 도박을 위해서랍니다. 국가는 검투사 양성 학교를 만들어 노예나 범죄자를 모아 특수 훈련을 시킨 뒤 경기에 투입했어요. 삶과 죽음을 다투는 이 경기에서 승리한 자는 때로 자유를 얻기도 했답니다. 인생 막장에 다다른 일반인도 죽음을 무릅쓰고 검투 경기에 참가했는데요, 잔인한 경기를 치른 뒤 살아남으면 바람난 여인들과 한바탕 즐길 수 있었기 때문이죠.

■ 베를린

세계대전으로 무너진 독일 왕정, 통일 독일의 수도로

로마 제국의 영토는 아니었지만 모자이크 탐방에서 꼭 들러야 할 이유가 있는 베를린은 참 아름다운 도시예요. 배가 다닐 수 있는 슈프레 강이 굽이굽이 흐르며 물의 도시로 만들어주고, 시가지 서쪽에 흐르는 하펠 강은 슈프레 강과 만나 수중 도시의 격을 높여줘요. 그러다 보니 통일 독일의 수도답게 인구 340만 명이 사는 거대 도시이지만 전원미가 물씬 풍긴답니다. 산소 창고라 부를 만하죠. 여기에 전통과 사연을 간직한 고풍스러운 건물이 점점이 박혀 있어 현대식 건물에 식상한 이들의 감탄을 자아냅니다. 제2차 세계대전 때 공습으로 초토화된 옛 건물을 공들여 복원한 노력에서 진정한 문화·예술의 힘이 느껴져요.

베를린은 1244년에 건설됐으니, 중세 한중간에 탄생했죠. 베를린이 있는 브란덴부르크 지방은 원래 슬라브계 민족이 살던 지역이었어요. 12세기가 돼서야 게르만 민족이 이동해왔죠. 일등 공신은 변경백(邊境伯, 변경의 백작) 알브레히트 곰Bear이에요. 베를린은 중세 북유럽 상권을 주름잡던 한자동맹Deutsche Hansa에 가입해 상거래의 자유와 도시의 자치를 위해 영주와 싸우면서 발전해요. 그러다 1410년 호엔촐레른 왕가의 지배하에 들어가죠. 1482년에는 호엔촐레른 왕가의 브란덴부르크 선제후選帝侯 혹은 選擧侯 궁정이 옮겨와요. 선제후란 신성로마제국의 황제 선거권을 가진 7명의 제후랍니다. 1701년 브란덴부르크 선제후가 프로이센 왕국의 왕으로 격상되면서 베를린은 독일 정치계의 중심으로 떠올라요. 1757년 오스트리아, 1760년 러시아, 1806년 프랑스의 침공으로 피해를 입기도 했지만 빠르게 복구하죠. 특히 1848년 베를린 남서쪽 25킬로미터 지점의 호엔촐레른 왕가 궁전이 있는 포츠담까지 철도를 부설하면서 세를 더욱 확장합니다.

1871년에는 통일 독일 제국의 수도가 되고요. 제1차 세계대전에서 패배한 뒤 1920년에는 샤를로텐부르크, 노이쾰른, 슈판다우 등 주변 도시를 통합해 대도시로 성장해요. 그러나 베를린은 두 번의 아픈 역사를 맞이하죠. 제2차 세계대전 때 연합군의 폭격으로 시가지가 철저하게 파괴된 것도 모자라 패전과 동시에 미국과 소련이 지배하는 동서 베를린으로 분할돼요. 1961년 동독이 베를린에 거대한 장벽을 세우면서 베를린은 동서로 완전히 갈리죠. 이 장벽은 28년 만인 1989년 무너졌어요. 베를린은 다시 하나가 되고요. 1990년 10월 3일 서독이 동독을 흡수해 통일하면서 베를린을 통일 독일의 수도로 정합니다. 굴곡 많던 장정에 마침표를 찍은 거죠.

베를린 돔을 만든 빌헬름 2세, 패전으로 평민이 되다

로마 시대의 모자이크를 보려면 슈프레 강 한가운데에 있는 박물관 섬Museumsinsel으로 가야 합니다. 아름답다는 표현만으로는 부족한 박물관 섬은 개혁 군주의 이상에 불타 문화를 부흥시키려 애썼던 프리드리히 빌헬름 4세가 만들었죠. 그는 1841년 예술품과 고고학 유물을 소장할 지역을 선정하라는 포고령을 내렸어요. 장소는 이미 1830년에 알테스 박물관이 지어진 슈프레 강가의 섬으로 정했어요. 이후 프로이센이 프랑스와의 전쟁에서 승리를 거두자, 프랑스에서 엄청난 유물을 싣고 와요. 프랑스가 전 세계 각지를 돌며 거둬온 고대 유물을 아주 손쉽게 가로챈 거죠. 어차피 대부분 장물이잖아요. 제국주의 시대에 무슨 허락을 받고 가져왔겠습니까. 프랑스가 **빼앗아**오거나 몰래 가져오거나 헐값에 사온 유물들이죠. 더 흥미로운 일은 독일의 많은 유물을 제2차 세계대전 직후 베를린에 맨 먼저 진주한 소련이 슬쩍해간 겁니다. 프랑스─독일─소련. 전쟁판 주먹의 크기에 따라 유물이 오가는 씁쓸한, 아니 몹쓸 법칙이죠. 다음은 누구의 주먹일까요. 이제 전쟁은 종식돼야 하는데…….

　기자 시절 휴가를 얻으면 보너스 탄 것을 모아 비행기를 탔어요. 아내랑 같이 베를린 알렉산더 광장 근처에 호텔 방을 잡아놓고 인형보다 예쁘고 깨끗한 전철을 타고 다니며 박물관 섬을 누비던 기억이 새롭습니다. 고풍스러운 건물의 박물관이 즐비해 박물관 섬으로 불리는 이곳에는 5개의 박물관과 아주 인상적인 베를린 돔이 관람객의 발길을 붙잡아요. 섬 전체가 1999년 유네스코 세계문화유산으로 지정됐어요.

　신교를 숭상한 독일 호엔촐레른 왕가(16세기 루터파에서 17세기 초 프랑스 칼뱅파로 개종)의 빌헬름 2세는 구교인 가톨릭의 총본산이라 할 수 있는 바티칸의 성 베드로 성당에 필적할 기념비적인 성당을 원했고, 그 결과물이 베를린 돔이에요. 베를린 돔은 독일 제국이 망하기 전까지 호엔촐레

른 왕가의 왕실 성당이자 묘지로 활용됐어요.

빌헬름 2세는 신에게 마음을 다 바쳤건만 신의 뜻은 그의 현실을 외면했어요. 1918년 제1차 세계대전에 패하면서 독일 제국은 붕괴했죠. 빌헬름 2세는 평민으로 전락했어요. 왕권신수설王權神授說을 신봉한 그는 네덜란드로 망명해 독일 황제로 복귀를 꿈꿉니다. 1940년 5월 네덜란드가 독일에 점령당할 당시 처칠이 영국 왕실과 혈연관계인 그에게 영국 망명을 권했지만, 그는 독일이 파리를 함락시키는 것을 보고 히틀러에게 축전을 보내며 독일로 귀환해 황제가 되길 원했어요. 하지만 히틀러의 무관심 속에 1941년 82세로 숨을 거두죠.

나일 강 뱃놀이, 주인은 흥겹고 사공은 힘들고

알테스 박물관은 구舊박물관이라는 뜻이에요. '알테스Altes'는 '올드 Old'에 해당하거든요. 반대로 '노이에스Neues'는 '뉴New'와 같은 말이에요. 그러니까 노이에스 박물관은 신新박물관이죠. 그런데 언제 지었기에 구박물관이라고 부르는 걸까요? 1823년 공사를 시작해 1830년 우리 식으로 상량식을 가졌으니 7년간의 대역사입니다. 독일에서 공공 박물관 시대를 연 알테스 박물관은 건물 앞면에 18개의 도리아 양식 기둥이 줄지어 서 있어요. 18~19세기 유럽에는 고대 그리스·로마의 열풍이 불어닥칩니다. 폼페이의 고대 로마 도시가 발굴되면서 엄청난 유물이 쏟아지고, 역사학계는 물론 지식인들이라면 고대 그리스·로마의 건축이나 문화 예술품에 조예가 깊어야 제대로 된 대접을 받던 때예요. 그래서 일반 건물을 지을 때도 고대 그리스·로마풍을 되살리는 양식이 유행했어요. 이를 신고전주의라고 부르죠.

입구를 들어서면 거대한 돔 천장 아래 넓은 전시 공간이 나와요. 2세기에 로마가 여러 신을 모시기 위해 만든 만신전萬神殿, 즉 판테온을 그대로 옮겨놓은 느낌입니다. 돔 전시실을 바라보면서 1층 오른쪽으로 돌면 1번부터 30번까지 30개의 전시실이 마련돼 있어요. 1~27번은 고대 그리스 문명, 28~30번은 로마 문명의 유물이 촘촘하게 자리를 지키죠. 그리스의 유물이 압도적으로 많은 거예요. 아킬레우스가 파트로클로스를 치료하는 장면이 그려진 도자기를 비롯해 페리클레스의 두상 조각품, 일상생활을 담은 각종 조각 소품과 유물이 고대 그리스·로마에 관심을 가진 관람객의 마음을 흡족하게 해줘요. 이런 훌륭한 유물을 간직할 수 있게 된 것은 1698년 로마에서 다수의 유물을 사들인 덕분입니다.

알테스 박물관. 그리스 · 로마 유물을 전시한다. 베를린.

우리가 관심을 가질 모자이크는 맨 마지막 코스에서 발견할 수 있는데요, 입구에서 보자면 바로 왼쪽, 28번 방에 1점의 모자이크가 전시돼 있어요. 《나일 강 풍경》 모자이크죠. BC 2세기에서 BC 1세기 사이에 제작된 것으로 추정하는 이 작품은 이탈리아 중부에서 발굴했어요. 18세기에 독일로 흘러 들어왔는데요, 나일 강가에 무지개 모양의 그늘막을 만들어놓고 휴식을 취하고 있는 장면을 표현했죠. 작품 한가운데에 음식을 먹으며 쉬고 있는 주인 일행의 향연 상년이 담겨 있어요. 두 쌍의 남녀가 등장하는데요, 여성은 가벼운 튜니카 차림이고, 남성은 상반신이 알몸이네요. 4명 모두 머리에 화관을 썼어요. 여성들의 머리를 보세요. 금발이 아니라 짙은 검은색 머리가 어깨까지 흘러내려요. 이집트 여성 스타일이에요. 왼쪽은 남성이 여성의 어깨를 다정한 표정으로 감싸 안은 정겨운 모습이죠.

그늘막의 아랫부분을 좀 보시죠. 3명의 남녀가 등장해요. 왼쪽에 한 쌍의 남녀가 앉았는데요, 여성이 손으로 남성을 감싸 안은 모습이죠. 남녀 모두 독특한 디자인의 모자를 썼고요. 오른쪽은 남자인데, 피리를 불고 있네요. 우리네 대금처럼 옆으로 부는 연주 방식이 독특하죠. 그늘막 좌우의 쉼터 사이를 배가 지나가요. 배 앞부분에는 꽃을 잔뜩 실었어요.

나일 강 풍경. BC 2세기~BC 1세기. 알테스 박물관. 베를린.

사공을 좀 들여다볼까요. 원뿔형의 흰 모자는 어부나 뱃사람이 쓰던 모
자예요.

프톨레마이오스가 알렉산드리아에 세운 프톨레마이오스 왕조는 그
리스 문명을 계승·발전시킨 주역이었죠. 모자이크 역시 마찬가지였어
요. 알렉산드리아가 모자이크의 중심지가 되죠. 나일 강은 모자이크의
인기 소재로 각광받습니다.

맹수와 혈투를 벌이는 켄타우로스 부부

28번 방에서 나와 입구 쪽으로 걸어가면 30번 방 안쪽 벽에 걸린 모자이크 1점이 관람객을 응시해요. 《켄타우로스》. 작품의 질적 품격이 《나일 강 풍경》보다 한 단계 위예요. 《나일 강 풍경》이 비교적 큰 테세라를 사용한 데 비해 이 작품은 아주 미세한 테세라로 표현해 마치 붓으로 그린 회화를 보는 듯 정교한 맛이 느껴집니다. 베르미쿨라툼의 진수를 선사해요. 섬세한 묘사에 우아함과 살아 숨 쉴 듯한 생동감이 넘쳐흐르는 걸작입니다.

작품 한가운데에는 앞발을 치켜들고 뛰어오르는 남자 켄타우로스가 자리해요. 하반신은 역동적인 말의 모습이고, 상반신은 용감무쌍한 용사의 이미지예요. 바람에 흩날리는 머릿결, 왼쪽 팔에 걸쳐진 채 뒤로 휘날리는 표범 가죽 외투, 단단한 근육질의 상체가 조화를 이루며 힘을 뿜어 내요. 산을 뽑을 듯한 힘力拔山으로 큼직한 바윗돌을 머리 위로 들어 올려 내려치려는 동작에서 용맹함이 전해지죠. 켄타우로스가 바윗돌을 던지려는 방향으로 시선을 옮겨보죠. 사납게 울부짖는 호랑이가 있네요. 뒤돌아보는 호랑이의 시선과 켄타우로스의 시선이 중간에서 마주치며 번개 같은 불꽃이 튑니다. 살기등등한 싸움판이 예사롭지 않아요.

호랑이의 앞발을 보면 켄타우로스가 왜 성난 표정, 근심 어린 표정으로 돌을 호랑이에게 던지려고 하는지 잘 드러납니다. 호랑이는 쓰러진 또 다른 켄타우로스의 몸통을 날카로운 발톱으로 찍어 누른 상태랍니다. 많은 피를 흘린 채 너부러진 모습으로 미루어 중상임에 틀림없죠. 쓰러진 켄타우로스를 자세히 볼까요. 긴 머리, 부드러운 가슴 라인으로 볼 때

여자 켄타우로스예요. 무엇보다 가운데의 상징이 여성이죠. 돌을 던지려
는 남자 켄타우로스와 한 쌍일 겁니다. 남자 켄타우로스는 제짝을 해친
호랑이를 분노에 찬 표정으로 공격하는 거죠. 남자 켄타우로스 밑에는
사자가 한 마리 쓰러져 있어요. 눈을 감은 것으로 보아 이미 숨진 것 같
군요. 화면 왼쪽 바위 위에는 표범이 으르렁거립니다. 남자 켄타우로스
를 공격할 틈을 엿보고 있어요.

    1779년 이 작품이 발굴된 장소는 로마 근교 티볼리의 하드리아누스
빌라예요. 117년부터 138년까지 21년간 제위를 지킨 하드리아누스 황제
가 지은 궁전입니다. 궁전 바닥에서 5점의 모자이크를 발견했는데《켄타
우로스》는 그중 하나랍니다.

유럽을 삼킬 뻔한 지중해 제국 이슬람, 그리스·로마와 한자리에

알테스 박물관에서 나와 노이에스 박물관을 왼쪽으로 끼고 강가를 따라 돌면 모자이크 탐방객의 필수 코스, 페르가몬 박물관이 나옵니다. 'ㄷ'자 형태의 페르가몬 박물관 내부는 크게 3개의 전시관으로 나뉘어요. 건물로 들어가 1층 중앙과 왼쪽은 고전기 그리스 유물 전시관이고요, 1층 오른쪽은 고대 근동Near-East 예술 전시관입니다. 2층에는 이슬람 예술 전시관이 자리하죠.

역사 연대기로 따지면 고대 근동 예술 전시관을 먼저 봐야죠. 6000년 전 메소포타미아와 지중해 연안 오리엔트 지방에서 만들어진 유물과 유적을 전시하고 있어요. 독일 발굴단이 19세기 말 메소포타미아의 바빌론, 아수르, 우루크에서 발굴해 가져온 10만여 점의 유물이 주를 이룹니다. 가장 유명한 것은 BC 6세기경 신바빌로니아 왕국의 네부카드네자르 왕 시절 유프라테스 강가의 수도 바빌론(이라크 바그다드 근처)에 만든 '이슈타르 게이트Ishtar Gate'입니다.

고전기 그리스 유물 전시관은 BC 8세기의 아르카이크기부터 고전기를 거쳐 헬레니즘과 로마 지배기의 유물을 소장하고 있어요. 무엇보다 박물관 1층 중앙을 차지하고 있는 페르가몬 제단Pergamon Altar이 관람객의 눈길을 단번에 사로잡죠. 헬레니즘기인 BC 164년에서 BC 156년 사이에 터키 페르가몬에 세워진 건물 잔해를 1903년부터 1905년 사이에 발굴해 실물 크기로 복원했는데요, 박물관 안에 있지만 규모가 워낙 커서 유물이라기보다 유적이라는 표현이 더 적당하지요. 장엄한 건축미가 헬레니즘 예술 세계의 진수를 펼쳐 보입니다. 페르가몬 제단 오른쪽에

1 페르가몬 제단. BC 2세기. 페르가몬 박물관. **2** 페르가몬 제단 조각. BC 2세기. 페르가몬 박물관. **3** 무샤타 유적. 8세기. 페르가몬 박물관. 모두 베를린.

있는 6·7번 갤러리에는 밀레투스에서 가져온 시장 정문Market Gate이 자리합니다. 로마 시대인 120년경 건축된 유적이죠. 화려한 코린트 양식 기둥에 현란한 돌조각 장식은 로마 전성기의 작품 경향을 잘 보여줘요.

이슬람 예술 전시관은 원래 1904년에 문을 열었어요. 8~9세기의 이슬람 유물이 2층에서 관람객을 기다려요. 무엇보다 오스만튀르크의 황제가 독일 황제에게 선물한 무샤타Mshatta가 압권이에요. 이 유적은 8세기 이슬람 제국을 통틀어 당대 최대의 영토를 확장한 우마이야 왕조의 칼리프 알—왈리드 2세가 743년 요르단에 건축한 궁전의 일부입니다.

당시 이슬람의 위세는 대단했어요. 711년 북아프리카 전역과 지브롤터 해협 건너 이베리아 반도까지 점령합니다. 로마를 멸망시킨 게르만족의 일파 서고트 왕국을 멸망시키면서 피레네 산맥 남쪽, 그러니까 오늘날 스페인 전역을 이슬람 영역으로 만들었어요. 당시 프랑스에도 침입했지만, 푸아티에 전투에서 프랑크 왕국에 패해 서유럽 장악은 실패하죠. 대신 시칠리아를 점령하여 중앙아시아에서 중동, 북아프리카, 이베리아 반도, 시칠리아에 이르는 지중해 세국을 완성합니다.

5000년 전 콘 모자이크, 바빌로니아의 채색 타일

우루크의 에나 신전에서 발굴해온 초기 모자이크가 전시돼 있어요. 박물관 오른쪽의 근동 예술 전시관 5번 갤러리랍니다. BC 3000년경 만들어졌는데요, 진흙을 가느다란 원뿔형 콘 모양으로 구워서 각종 무늬를 표현해 콘 모자이크라 부르죠. 길이 12센티미터, 원지름 2센티미터의 콘을 사용해 원하는 디자인을 만들

우루크의 콘 모자이크. BC 3000년. 페르가몬 박물관. 베를린.

채색 타일 장식. BC 6세기. 페르가몬 박물관. 베를린.

어냈어요. 특이한 것은 바닥이 아니라 벽을 장식하는 용도였다는 겁니다. 그리스에서 발달한 모자이크는 바닥 포장용 장식이었다가 기독교 시대에 벽면으로 올라간 것인데, 수메르 문명에서는 출발이 원래 벽면 장식이었습니다.

콘 모자이크의 후신이라고 할까요. 불에 구운 채색 타일을 활용한 벽면 장식 기법 역시 페르가몬 박물관이 자랑하는 유물이죠. 이슈타르 게이트요. BC 6세기 아시리아를 무너뜨리고 신바빌로니아 왕국을 세운 네부카드네자르 2세 때 만들었죠. 수도 바빌론의 성문인데요, 아름답고 웅장한 채색 타일 장식이 압권입니다. 타일은 우리 주변에서 보는 적벽돌 정도의 크기인데요, 높이 14.7미터, 너비 15.7미터로 거대한 성문 전체를 채색 타일로 뒤덮었어요. BC 539년 신바빌로니아 왕국을 정복한 페르시아 역시 채색 타일 기법을 받아들여 건축에 활용했어요.

박물관 1층 중앙과 왼쪽을 차지한 고전기 그리스 유물 전시관의 조각

●앵무새. 페르가몬 박물관. ●●꽃과 새. 페르가몬 박물관. 모두 베를린.

사이로 모자이크가 본격적으로 고개를 들고 앉아 있어요. 그러니 바닥을 유심히 보고 다녀야 합니다. 페르가몬 제단 뒤 3번 갤러리에 텔레포스 전시실이 있어요. 헤라클레스의 아들 텔레포스와 관련된 유물을 전시하는 공간이죠. 이곳 바닥에는 《앵무새》와 《꽃과 새》 모자이크가 지저귑니다. 언제, 어디서 발굴해 가져온 것인지는 자세한 안내가 없어 아쉬움이 큰데요, 미세한 테세라를 사용한 베르미쿨라툼의 전형이에요.

아테나 여신 동상과 헤파이스티온 모자이크. BC 2세기. 페르가몬 박물관. 베를린.

　　페르가몬 제단 제우스 신전 벽면 앞에는 아테나 여신의 동상이 서 있어요. 그 밑에 《헤파이스티온》 모자이크가 누워 있죠. 헤파이스티온은 알렉산더의 절친한 친구이자 가장 충성스러운 부하 장군이었어요. 게다가 알렉산더가 다리우스 2세의 딸 스타테이

숲과 표범. 페르가몬 박물관. 베를린.

라와 결혼할 때, 스타테이라의 여동생인 드리페티스를 헤파이스티온과 맺어주었으니 동서지간이기도 하죠. 헤파이스티온이 결혼한 뒤 바로 죽자, 알렉산더가 큰 충격을 받고 폭음을 일삼다 아라비아 원정을 앞두고 의문의 죽음을 당한 겁니다. 이런 사연을 간직한 《헤파이스티온》 모자이크이지만 작품 자체는 실망스러워요. 엠블레마Emblema의 테두리만 남아 있고 정작 모자이크 중심 소재는 없어요. BC 2세기에 만들어졌다는 내용 이외에 자세한 안내도 없고요. 이럴 땐 답답하죠. 소문난 잔치에 먹을 것 없다고, 제목만 요란한 채 내용이 없으니……. 페르가몬 제단 오른쪽, 밀레투스 시장 정문 유적이 자리한 6번 갤러리에는 흑백 모자이크 2점이 얼굴을 내밀어요. 흑백 모자이크의 보고인 고대 로마의 도시 오스티아에서 발굴한 《숲과 표범》, 《기하학무늬》랍니다.

여인의 농염한 뒤태, 정론직필의 역사, 문학 수호 뮤즈

《제라시》 모자이크는 요르단 제라시에서 1908년에 발굴해 붙은 이름이죠. 복원을 거쳐 1980년부터 현재 모습으로 관람객을 매혹시키고 있어요. 눈길을 끄는 이유가 무엇일까요? 뭔가 농익은 세속의 음탕함이 흘러넘치고, 정론직필正論直筆의 역사 평가가 살아 숨 쉬는 동시에 성스러운 신의 세계가 경건하게 전달되는 독특한 분위기 때문일 거예요. 인간의 정신세계를 온전하게 가꿔주는 쾌락과 이상, 경건의 세 요소가 불

440 로맨스에 빠진 그리스 로마

협화음을 내기보다는 절묘하게 뒤섞여 있죠.

모자이크는 훼손된 부분을 제외하고 살아남은 10개의 패널을 세 줄로 나눠 배열해놓았어요. 맨 위 왼쪽에 사티로스와 아름다운 마에나드가 자리해요. 마에나드는 소파에 엎드린 자세지요. 상반신만 나오는데요, 머리를 금색 끈으로 묶고 튜니카를 벗어서 배 아래에 깔고 있네요. 흰 피부가 눈부시죠. 가슴은 로마 시대의 브래지어인 붉은색 스트로피움으로 가렸어요. 표범 가죽을 걸친 사티로스가 다가서고 있네요.

가운데 줄 역시 마에나드의 몸매가 아찔한 순간을 연출해내요. 광란에 젖은 디오니시아의 마에나드. 감 잡히시죠? 무척 뜨거운 묘사가 눈을 번쩍 뜨이게 만들어요. 패널 속의 마에나드는 속된 말로 '뒤태', 즉 여성

제라시 모자이크 전경. 맨 윗줄은 사티로스와 마에나드, 가운데 줄은 디오니소스 제전, 아랫줄은 역사가와 뮤즈. 페르가몬 박물관. 베를린.

1 맨 위 왼쪽에 자리한 사티로스와 마에나드. 2 마에나드의 농염한 뒷모습. 3 나귀를 탄 실레노스와 사티로스. 4 클레이오 5 우라니아 6 칼리오페. 페르가몬 박물관. 모두 베를린.

		1	2	3
		4	5	6

의 뒷모습이 얼마나 관능적이고 아름다운지를 온몸으로 증명하고 있답니다. 가운데 줄에는 나귀를 타고 가는 실레노스와 그를 뒤따르는 사티로스도 보여요.

아랫줄로 가면 역사와 문학을 관장하는 여신들이 엄숙한 표정으로 등장해요. 뮤즈(무사이)인데요, 9명 가운데 3명만 모자이크에 담았어요. 가장 위엄을 갖춘 큰언니 격인 칼리오페(서사시)와 클레이오(역사), 우라니아(천문학)랍니다. 속세의 육체파 여인들과 함께 학문과 문학을 진흥시키는 후원자 격의 여신을 한자리에 모신 작품이죠.

호메로스와 투키디데스, 사마천과 반고, 지성과 감성

그리스 역사의 첫 기록이라 할 수 있으며, 고대 그리스의 알파부터 오메가까지 담은 트로이 전쟁 이야기 『일리아드』와 『오디세이아』의 저자 호메로스. 그리고 엄정한 사료 선택과 깊이 있는 역사 인식, 날카로운 통찰로 아테네와 스파르타 간 전쟁을 다뤄 그리스 역사 교과서의 모범을 이루었다고 칭송받는 『펠로폰네소스 전쟁사』의 저자 투키디데스도 《제라시》 모자이크 안에 자리하고 있어요.

교육이나 역사, 사상 등 정신문명의 토양으로서 『일리아드』나 『오디세이아』가 그리스·로마를 넘어 인류 역사에 끼친 영향을 생각하면 호메로스의 위상이 새롭게 인식될 거예요. 호메로스의 얼굴 위에 그리스 어로 'OMER' 라는 글자가 새겨져 있어 호메로스임을 알 수 있게 해줍니다.

페르시아 전쟁을 나룬 『역사』의 저지 헤로도토스와 함께 BC 5세기에 활약한 투키디데스는 아테네 출신이죠. 유력 집안에서 태어난 그는 역사 저술가이기에 앞서 정치가였어요. 펠로폰네소스 전쟁이 한창이던 BC 424년에는 장군으로 선출될 정도였죠. 하지만 암피폴리스를 방어하는 데 실패하면서 하루아침에 패전의 주범이 돼 추방당하고 맙니다. 그후 20년간 귀국하지 못하는데요, 이 기간 동안 아테네와 스파르타 양측에서 자료를 수집해 자신의 인생을 망쳐놓은 전쟁을 냉정하게 평가하는 『펠로폰네소스 전쟁사』를 씁니다. 전쟁이 터진 BC 431년부터 BC 411년까지 그 후 20년간만 다뤘어요. 전쟁은 실제 7년 뒤인 BC 404년 아테네의 패배로 막을 내리죠. 투키디데스는 패배한 아테네로 돌아와 집필 도중 숨진 것으로 보입니다.

●호메로스. 페르가몬 박물관. ●●투키디데스. 페르가몬 박물관. 모두 베를린.

펠로폰네소스 전쟁에서 패배한 아테네는 번영에 종지부를 찍고 쇠퇴하게 돼요. 막강한 해군 함대를 스파르타에 넘겨주고, 아테네를 둘러쌌던 성벽도 헐어내야 했죠. 무장해제당한 거예요. 델로스 동맹이 해체돼 돈을 거두지 못하니 경제적으로도 힘들어지고, 외교적으로도 고립돼요. 민주주의도, 학문도 기웁니다. 패권을 잃은 아테네는 지는 해가 됐고, 다시는 역사의 중심에 서지 못하죠. 힘만 믿고 전쟁을 밀어붙이던 정치 지도자들에게 현혹돼 전쟁을 추인한 민중의 그릇된 선택이 가져온 결과예요. 스파르타 역시 패권을 장악했지만 역시 상처뿐인 영광이었고, 결국 그리스 문명의 주도권은 50여 년 뒤 마케도니아로 넘어갑니다. 전쟁으로 흥한 자, 전쟁으로 망하죠.

위대한 역사책은 투키디데스의 경우처럼 시련 속에 태어나나 봅니다. 동양에서도 그랬거든요. BC 145년경 태어나 역사책 『사기』를 쓴 사마천司馬遷, 기억나시죠? 정치 사건에 휘말려 BC 99년 남자의 상징을 거세당하는 궁형宮刑에 처해지죠. 남자로서 인생이 끝나버리는 역경 속에서도 집필에 나서 위대한 책을 남긴 겁니다. 사마천 이후 반고班固도 마

찬가지예요. 32년에 태어난 반고는 『한서漢書』의 저자이

지요. 흉노족 원정 도중 반란 사건에 연루돼 옥사하고

말아요.

사람 사는 사회는 지성知性만이 전부가 아니죠.
대학 강의실이 필요하지만, 노래방 기계도 있어야 잘
굴러가겠죠. 요르단 제라시에 설치돼 있던 이 모자이
크에는 육감적인 몸매의 마에나드와 사티로스가 에
로틱한 분위기를 빚어냄으로써 지성과 함께 인간의 정신세계를 온전하
게 구성하는 또 다른 측면, 즉 감성感性도 실려 있거든요. 사람 냄새가 진
솔하게, 더 물씬 풍긴다고 봐야죠.

산다는 게 무엇인가 다시 생각해봅니다. 인터넷을 자주 뒤지면서 이
런저런 자료를 찾는데, 뜻하지 않게 한 음악 소개 블로그의 이름에 눈길
이 멎었어요. '인생은 삽질'. 열심히 삽질하는 정치인도 계시지만, 손오
공이 날고 기어도 결국 삼라만상의 우주 조화는 영겁의 시간 속에 다 티
끌이 아닌가 싶어요. 부, 명예, 권세……. 결국은 빈손으로 왔다 빈손으
로 가는 것空手來空手去인데요. 그러니 지나고 나면 없어지는 이 순간, 바
로 지금, 내 주변을 마음껏 사랑하며 훈훈한 마음으로 이웃과 함께하는
사회였으면 좋겠다는 희망을 그리며 펜을 놓습니다.

아쉬움과 사랑

아쉬움

　잘 읽으셨는지요. 글을 마치면 늘 아쉬움이 앞서요. 외국 역사와 문화를 독자들과 나누려면 많은 노력이 필요하죠. 공을 들인 만큼 아쉬움도 크고요. 특히 영국이 그래요. 가기 쉽지 않은 터키와 독일은 원하는 모자이크를 다 담았는데요, 정작 현지에 살면서 소소한 작품까지 모두 돌아본 영국에서는 중요한 작품 하나를 놓쳤거든요. 런던 패딩턴 역에서 기차를 타고 가는 잉글랜드 남서부 서머셋 지방 톤톤의 서머셋 카운티 박물관. 로마 유적지 로함Low Ham에서 발굴하여 걷어온 모자이크 《아이네이아스와 디도》를 전시 중이에요. 트로이 전쟁에서 죽음 일보 직전에 어머니 아프로디테 여신의 도움으로 구사일생 탈출한 아이네이아스는 지중해를 떠돌다 카르타고 여왕 디도를 만나요. 열렬한 사랑을 나누지만 로마를 세워야 한다는 사명감으로 헤어져 이탈리아 반도 라티움 지방으로 가죠. 디도는 자결하고……. 비련의 에피소드죠. 옥타비아누스 황제 때 궁정 시인 베르길리우스가 《아에네이드》에 적은 내용인데요. 그리스 문명의 기념비적인 대사건인 트로이 전쟁과 로마 문명을 연결해 주는 고리여서 독자 여러분께 꼭 보여드리고 싶었는데 박물관이 기약도 없이 수리 중이어서 접할 수가 없었어요. 어찌나 허탈한지 박물관 앞 잔디밭에 놓인 아서 왕의 엑스칼리버(바위에 꽂혀 있는 칼) 복제품을 뽑아 버리고 싶었답니다. 후속 작품에서 다룰 수 있도록 노력할게요.

엑스칼리버. 톤톤

사랑

헬레니즘풍 모자이크의 보고 터키의 안타키아를 처음 찾았을 때 작은애가 7살이었어요. 학교도 들어가기 전이었습니다. 1년 프랑스 유학을 마치고 귀국할 무렵 가족과 디기 배낭여행을 할 때죠. 30대의 아빠도 힘든 야간 버스에다 허름한 호텔을 전전하는 강행군이 일주일 쯤 지났나요. 어린 놈 코에서 코피가 주르르 쏟아지더군요. 귀국해 아이가 중학교 3학년 때 다시 안타키아를 찾았어요. 아빠보다 영어를 더 잘 해석하는 어엿한 조수가 돼서 탐방 여행을 돕던 작은애가 이제 고등학교 2학년. 내년이면 대학 입시를 치르는데……. 초등학교 선생님의 꿈을 갖고 있는 작은애. 학생들에게 세계 역사를 올바르게 가르쳐 줄 수 있도록 정말 좋은 글을 선물하고 싶지만, 왠지 부족함이 커 마음 한구석이 무겁답니다. 어디 제 작은애 뿐이겠습니까. 제 글을 통해 그리스·로마 문명의 편린을 들여다보고자 하는 독자님들에게는 더 미안한 심정이에요. 그러면서도 늘 얼굴 두껍게, 다음 기회에 더 좋은 글로 뵙겠다는 약

속으로 마무리 지어야 할 것 같습니다. 다시 뵙는 그날까지 늘 건강하고 행복하시길. 이름으로 보아 프랑스계로 추정되는 미국 듀오 '르 블랑과 카LeBlanc & Carr'. 올해 벌써 환갑을 넘겼네요. 그들의 너무나도 감미로운 사랑 노래 「폴링Falling, 사랑에 빠졌어요」을 들으면서 그리스 · 로마에 푹 빠진 저와 독자 여러분 간 아름다운 사랑을 지중해 푸른 바다 물결 위에 예쁘게 그려 봅니다.